KB045710

S T O N E R

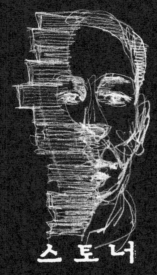

스 토 너

S T O N E R

RHK
알에이치코리아

《스토너》를 향한 언론과 문단의 찬사

"위대한 소설이라기보다 완벽한 소설이다. 이야기 솜씨가 워낙 훌륭하고 글
이 아름다우며, 감동적이라서 숨이 막힐 정도다." **뉴욕 타임스**

"전 세계 출판 시장을 통틀어 가장 놀라운 베스트셀러는 단연 존 윌리엄스
의 고전 소설《스토너》이다." **퍼블리셔스 위클리**

"놀라울 정도로 아름다운 문체의 소설. 단순하지만 찬란한 이야기. 평범한
삶과 조용한 비극에 대한, 잘 알려지지는 않았지만 위대한 작가의 걸작."
가디언

"대가의 솜씨가 엿보이는 초상화…… 윌리엄스는 지극히 힘든 이 이야기를
풀어 놓으면서 뛰어난 통제력을 보여준다." **뉴요커**

"조용하고 절망적인 생애에 관한 소박한 이야기, 존 윌리엄스의《스토너》는
세상이 잊고 있었던 20세기의 걸작이다." **선데이 타임스**

"영어로 된 소설, 아니 종류를 막론한 모든 문학작품 중에 인간적인 지혜
나 예술적인 측면에서 이만한 수준의 근처에라도 도달한 작품은 극히 드
물다." **파이낸셜 타임스**

"이것은 그저 대학에 가서 교수가 된 사람의 이야기일 뿐이다. 하지만 무엇
보다도 매혹적인 이야기이다." **톰 행크스**

"지난 세기에 잊힌 위대한 소설 중 하나." **칼럼 매캔(《거대한 지구를 돌려라》작가)**

"스토너의 죽음에 대한 존 윌리엄스의 주관적인 묘사는 현대 문학에서 타의 추종을 불허한다."
이언 매큐언《《속죄》 작가)

"찬란하고, 가차없이 슬프며 또 아름답다. 현명하고 우아한 소설."
닉 혼비《《어바웃 어 보이》 작가)

"《스토너》는 좋은 작품이다. 주제가 탄탄하고 무게가 있으며, 읽고 난 뒤에도 마음속에 계속 남는다. 50년 만에 이 소설이 부활한 이유를 독자 여러분이 직접 찾아보기를 간절히 바란다."
줄리언 반스《《예감은 틀리지 않는다》 작가)

"존 윌리엄스의 《스토너》만큼 명확하고 깊이 있는 소설을 읽어본 적이 없다. 미국 문학의 진정한 클래식으로 대우 받아야 마땅하다."
채드 하바크《《수비의 기술》 작가)

"《스토너》에서는 고급스러운 재미를 맛볼 수 있다. 윌리엄스 자신은 이것을 가리켜 고통과 즐거움이자 '현실로의 탈출'이라고 묘사했다. 명확한 문장은 그 자체로서 순수한 기쁨이 된다."
존 맥개헌《《Amongst women》 작가)

"《스토너》와 《위대한 개츠비》, 문체만 보면 이 두 작품만큼 서로 다른 작품은 없다. 하지만 언어에 대한 영원한 사랑을 보여준다는 점, 삶의 희망에 대한 모호한 믿음과 환멸의 필연성을 말하고 있다는 점, 이상주의자와 이상, 실망, 고귀한 실패의 통렬함을 이야기한다는 점에서 서로 닮았다. 사랑스럽고 슬픈 걸작, 며칠이고 독자의 기분을 물들이는 작품이다."
사라 처치웰(이스트 앵글리아 대학)

미주리 대학 영문과의 옛 동료들과 내 친구들에게 이 책을 바친다. 그들은 이 책이 픽션임을, 여기에 묘사된 인물들 중 어느 누구도 이미 죽은 사람이든 살아 있는 사람이든 실존인물을 모델로 하지 않았으며 소설 속 사건들 또한 우리가 미주리 대학에서 겪은 현실 속 사건들에 전혀 대응하지 않는다는 것을 금방 알아차릴 것이다. 그리고 그들은 내가 미주리 대학의 지금 모습이나 과거 역사를 묘사할 때 약간의 재량을 발휘해서 사실상 허구의 장소처럼 만들어버렸다는 사실도 알아차릴 것이다.

1

윌리엄 스토너는 1910년, 열아홉의 나이로 미주리 대학에 입학했다. 8년 뒤, 제1차 세계대전이 한창일 때 그는 박사학위를 받고 같은 대학의 강사가 되어 1956년 세상을 떠날 때까지 강단에 섰다. 그는 조교수 이상 올라가지 못했으며, 그의 강의를 들은 학생들 중에도 그를 조금이라도 선명하게 기억하는 사람은 거의 없었다. 그가 세상을 떠나자 동료들이 그를 추모하는 뜻에서 중세 문헌을 대학 도서관에 기증했다. 이 문헌은 지금도 희귀서적관에 보관되어 있는데, 명판에는 다음과 같이 적혀 있다. "영문과 교수 윌리엄 스토너를 추모하는 뜻에서 그의 동료들이 미주리 대학 도서관에 기증."

가끔 어떤 학생이 이 이름을 우연히 발견하고 윌리엄 스토너가 누구인지 무심히 생각해볼 수도 있겠지만, 그 이상 호기심을 충족시키려고 애쓰는 경우는 거의 없다. 스토너의 동료들은 그가 살아 있을 때도 그를 특별히 높이 평가하지 않았고, 지금도 그의 이름을 잘 입에 올리지 않는다. 노장교수들에게 스토너의 이름은 그들을 기다리는 종말을 일깨워주는 역할을 하고, 젊은 교수들에게는 과거에 대해 아무것도 일깨워주지 않고 동질감을 느낄 구석도 전혀 없는 단순한 이름에 불과할 뿐이다.

스토너는 1891년에 미주리 주 중부 분빌 마을 근처의 작은 농가에서 태어났다. 미주리 대학이 있는 컬럼비아에서 약 40마일 떨어진 곳이었다. 그가 태어났을 때 그의 부모는 젊은 나이였지만(아버지는 스물다섯 살, 어머니는 겨우 스무 살), 어렸을 때부터 그에게 부모는 항상 늙은 사람이었다. 아버지는 서른 살 때 이미 쉰 살처럼 보였다. 노동으로 인해 몸이 구부정해진 아버지는 아무 희망 없는 눈으로 식구들을 근근이 먹여 살리는 척박한 땅을 지긋이 바라보곤 했다. 어머니는 삶을 인내했다. 마치 생애 전체가 반드시 참아내야 하는 긴 한 순간에 불과하다고 생각하는 것 같았다. 어머니의 눈은 색이 연하고 흐릿했으며, 뒤로 똑바로 빗어넘겨 틀어올린 가느다란 반백의 머리카락 때문에 눈 주위의 잔주름이 한층 도드라져 보였다.

윌리엄 스토너는 자신이 기억하는 아주 어린 시절부터 집안일을 거들어야 했다. 여섯 살 때는 앙상하게 마른 암소들의 젖을 짜고, 집에서 몇 야드 떨어진 우리로 가서 돼지들에게 먹이를 주고, 껑충한 닭들이 낳은 작은 달걀을 가져오는 일을 맡았다. 집에서 8마일 떨어진 시골학교에 입학한 뒤에도 그의 하루는 새벽부터 밤까지 이런저런 일들로 채워져 있었다. 이런 일들의 무게 때문에 그는 열일곱 살 때 이미 어깨가 구부정해지기 시작했다.

자식이라고는 윌리엄밖에 없어 쓸쓸한 분위기를 풍기는 집에서 식구들을 묶어주는 것은 힘겨운 농사일뿐이었다. 저녁이 되면 세 식구는 등유 램프 한 개로 불을 밝힌 작은 부엌에 앉아 노란색 불꽃을 물끄러미 바라보았다. 저녁식사를 하고 나서 잠자리에 들기 전까지 대략 한 시간 동안 들리는 소리라고는 대개 등받이가 높고 딱딱한 의자에서 식구 중 누군가가 지친 듯 몸을 움직이는 소리, 낡은 집 어딘가에서 목재가 작게 삐걱거리는 소리뿐이었다.

집은 대략 정사각형 모양이었으며, 칠을 하지 않아 맨살이 드러난 포치와 출입문 주위의 목재들은 축 늘어져 있었다. 오랜 세월 동안 이 집은 마른 땅의 색깔을 닮아갔다. 그래서 회색과 갈색 바탕에 하얀색 줄무늬가 있는 것 같은 모양이 되었다. 집 안 한 편에는 길게 자리 잡은 거실과 부엌이 있었는데, 거실의 가구라고는 딱딱한 의자들과 나무토막을 잘라서 만든 탁자 몇 개가 전부였고, 식구들은 함께하는 얼마 안 되는 시간 중 대부분을 부엌에서 보냈다. 그 맞은편에 있는 두 침실에는 각각 하얗게 색칠한 철제 침대, 딱딱한 의자 하나, 램프와 세수 대야가 놓여 있는 탁자 하나가 있었다. 칠을 하지 않은 바닥 널은 간격이 고르지 않았고, 낡아서 갈라진 틈새로 끊임없이 먼지가 새어들어왔기 때문에 매일 스토너의 어머니가 비질을 했다.

스토너는 집에서 하는 허드렛일보다 조금 덜 피곤한 허드렛일을 하듯이 학교에서 공부를 했다. 1910년에 고등학교를 마쳤을 때 그는 자신이 밭일을 더 많이 맡게 될 것이라고 생각했다. 달이 갈수록 아버지가 점점 더 굼뜨고 약해지는 것 같았기 때문이다.

하지만 늦봄의 어느 날 저녁, 아들과 함께 하루 종일 옥수수밭을 갈고 들어온 아버지가 부엌에서 아들에게 말을 꺼냈다. 이미 저녁 식탁은 치워진 뒤였다.

"지난주에 군청에서 사람이 다녀갔다."

윌리엄은 둥그런 식탁 위에 매끈하게 펼쳐진, 빨간색과 하얀색 체크무늬의 식탁보를 바라보다가 시선을 들었다. 하지만 말은 하지 않았다.

"컬럼비아에 있는 대학교에 새로운 학교가 생겼다더구나. 농과대학이라던가. 너를 거기에 보내라고 하더라. 4년이 걸린다면서."

"4년." 윌리엄이 말했다. "돈이 드나요?"

"숙식비는 네가 일해서 충당하면 된다." 아버지가 말했다. "네 어머니 사촌이 컬럼비아 바로 외곽에 살고 있으니까. 책값이나 여기저기 드는 돈은 내가 한 달에 2~3달러씩 보내줄 수 있다."

윌리엄은 식탁보 위에 양손을 펼쳤다. 식탁보가 램프 불빛을 받아 흐릿하게 빛났다. 그는 집에서 15마일 떨어진 분빌 너머로는 가본 적이 없었다. 목소리가 갈라질 것 같아서 그는 침을 꿀꺽 삼켰다.

"아버지 혼자 여기 일을 하실 수 있어요?" 그가 물었다.

"네 어머니랑 둘이서 어떻게든 할 수 있을 거다. 저 위쪽에 밀을 심으면 일이 좀 줄어들겠지."

윌리엄은 어머니를 바라보았다. "어머니?"

어머니가 단조로운 목소리로 말했다. "아버지 말씀대로 해라."

"정말로 제가 가는 게 좋다고 생각하세요?" 그가 물었다. 반쯤은 아니라는 대답을 바라는 듯한 말투였다. "정말로 그렇게 생각하세요?"

아버지가 앉은 채 자세를 바꿨다. 그리고 못이 박인 두툼한 손가락들을 바라보았다. 손가락의 갈라진 살갗 속에 흙이 어찌나 깊이 박혀 있는지 씻어도 깨끗해지지 않았다. 그는 양손을 깍지 끼고 기도하듯이 탁자에서 위로 들어올렸다.

"나는 평생 이렇다 할 만한 학교교육을 받은 적이 없어." 그가 자신의 손을 바라보며 말했다. "6학년을 마친 뒤 농사일을 시작했지. 젊었을 때는 학교교육을 대수롭지 않게 생각했으니까. 하지만 지금은 잘 모르겠다. 해가 갈수록 땅은 점점 건조해져서 농사짓기가 힘들어지기만 하는 것 같다. 내가 어렸을 때처럼 땅이 기름지지 않아. 군청 사람 말로는 농사를 짓는 새로운 방법들이 있다더구나. 대학에서 그런 걸 가르친대. 어쩌면 정말 그런지도 모르지. 가끔 밭일을 하다가 드는 생각이 있는데……." 그가 잠시 말을 멈췄다. 깍지 낀 손가락에 점점 힘이 들어가더니 두 손이 식탁 위로 툭 떨어졌다. "무슨 생각이냐면……." 그는 자신의 손을 향해 험상궂은 표정을 짓더니 고개를 저었다. "돌아오는 가을에 대학에 들어가거라. 여긴 네 어머니랑 내가 알아서 할 테니."

아버지가 이렇게 길게 말한 적은 처음이었다. 그해 가을에 스토너는 컬럼비아로 가서 농과대학 1학년생으로 등록했다.

컬럼비아에 올 때 그는 시어스&로벅의 우편 카탈로그를 보고 주문한 검은색 브로드클로스 양복을 가져왔다. 어머니가 달걀을 팔아 번 돈으로 사준 옷이었다. 아버지가 입던 낡은 외투, 그가 한 달에 한 번씩 분빌에 있는 감리교회에 갈 때 입던 파란색 서지 바지, 하얀 셔츠 두 장, 갈아입을 작업복 두 벌, 아버지가 가을에 밀을 수확해서 갚기로 하고 이웃에서 빌려온 현금 25달러도 가져왔다. 아침 일찍 아버지와 어머니가 농사를 지을 때 쓰는, 노새가 끄는 짐마차로 그를 분빌까지 데려다주었고, 그는 거기서부터 도보로 학교를 향해 출발했다.

가을이지만 아주 더운 날이었다. 분빌에서 컬럼비아까지 가는 길에는 흙먼지가 풀풀 날렸다. 그가 걷기 시작한 지 거의 한 시간쯤 되었을 때 물건들을 실은 수레가 옆으로 다가오더니 마부가 수레에 타겠느냐고 물었다. 그는 고개를 끄덕이고는 수레에 올랐다. 서지 바지는 무릎까지 벌건 흙먼지로 뒤덮였고, 햇빛과 바람에 갈색으로 그을린 얼굴에도 흙먼지가 두텁게 엉겨 있었다. 길에서 인 흙먼지에 땀이 섞인 탓이었다. 한참 동안 수레를 타고 가면서 그는 계속 어색하게 바지의 먼지를 쓸어내고, 모래빛깔의 생머리를 손가락으로 빗어내렸다. 그런데도 머리카락은 머리통에 얌전히 붙어 있으려고 하질 않았다.

두 사람은 오후 늦게 컬럼비아에 도착했다. 마부는 도시 외곽에 스토너를 내려준 뒤 높게 자란 느릅나무의 그림자가 드리워진 건물들을 가리켰다. "저기가 대학일세. 자네가 다닐 학교가 바로 저기야."

마부가 떠나고 몇 분 동안 스토너는 꼼짝 않고 서서 건물들을 빤히 바라보았다. 이렇게 위풍당당한 광경은 지금껏 한 번도 본 적이 없었다. 널찍한 초록색 들판에 빨간 벽돌 건물들이 하늘을 향해 뻗어 있었다. 그리고 들판 곳곳에는 돌로 포장된 통행로와 작은 꽃밭이 있었다. 놀라움과 감탄 속에서 문득 한 번도 느껴보지 못한 안정감과 평온함이 느껴졌다. 늦은 시간이었지만 그는 오랫동안 캠퍼스 주위를 걸어 다녔다. 하지만 그곳에 들어갈 권리가 없다고 생각하는 사람처럼 그저 건물들을 보기만 할 따름이었다.

날이 거의 어두워진 뒤에야 그는 행인을 붙들고 애시랜드 그래벌로 가는 길을 물었다. 어머니의 사촌인 짐 푸트의 농장을 찾아가기 위해서였다. 그는 그곳에서 일을 하기로 되어 있었다. 그가 앞으로 살게 될 2층짜리 하얀 목조가옥에 도착한 것은 날이 어두워진 뒤였다. 푸트 일가와는 한 번도 만난 적이 없었으므로, 이렇게 늦은 시간에 그들을 만나게 된 것이 불편했다.

푸트 일가는 가볍게 고개를 끄덕하며 그에게 인사를 건네고는 그를 샅샅이 훑어보았다. 그렇게 잠시 스토너를 문간에 어색하게 세워둔 뒤, 짐 푸트가 그에게 손짓하며 작고 어둠침침한 거실로 들어오라고 했다. 거실에는 지나치게 속을 채워넣은 가구들이 가득하고, 흐릿하게 반짝이는 탁자들 위에는 장식품들이 북적거렸다. 스토너는 의자에 앉지 않았다.

"저녁식사는?" 푸트가 물었다.

"안 먹었습니다." 스토너가 대답했다.

푸트 부인이 집게손가락을 구부려 그에게 따라오라고 손짓하더니 타박타박 발소리를 내며 나갔다. 스토너는 그녀의 뒤를 따라 여러 개의 방을 통과해서 부엌으로 들어갔다. 푸트 부인이 그에게 식탁을 가리켰다. 그러고는 우유병과 차가운 옥수수빵 여러 쪽을 앞에 놓아주었다. 그는 우유를 한 모금 마셨지만, 마음이 들뜬 탓에 입이 바짝 말라서 빵을 먹을 수 없었다.

푸트가 부엌으로 들어와 아내와 나란히 섰다. 몸집이 작아서 키가 5피트 3인치(약 160센티미터)를 넘지 않을 듯했고, 얼굴은 갸름했으며, 콧날이 날카로웠다. 아내는 그보다 키가 4인치(약 10센티미터)는 더 크고, 몸집도 있었다. 눈은 무테안경에 가려져 있고, 얇은 입술에는 힘이 들어가 있었다. 두 사람은 우유를 조금씩 마시는 스토너를 굶주린 눈으로 지켜보았다.

"아침에 가축들한테 물과 먹이를 주고, 돼지한테도 먹이를 줘라." 푸트가 속사포처럼 빠르게 말했다.

스토너는 멍한 표정으로 그를 바라보았다. "네?"

"그게 네가 아침에 할 일이야." 푸트가 말했다. "학교에 가기 전에 할 일. 저녁에는 가축들에게 먹이를 주고, 달걀을 가져오고, 소젖을 짜라. 시간이 나면 장작도 패고. 주말에는 내가 무슨 일을 하든 날 도와야 한다."

"네." 스토너가 말했다.

푸트는 잠시 그를 유심히 살펴보았다. "대학이라니." 그는 이렇게 말하면서 고개를 절레절레 저었다.

스토너는 9개월 동안 숙식을 해결하는 조건으로 가축들과 돼지에게 먹이와 물을 주고, 달걀을 가져오고, 소젖을 짜고, 장작을 팼다. 그밖에 밭도 갈고, 그루터기도 파냈으며(겨울에는 3인치 두께로 얼어붙은 땅을 파야 했다), 푸트 부인이 버터를 만들 때 우유를 젓는 일도 했다. 목제 교유기가 우유 속에서 첨벙첨벙 오르락내리락하는 동안 푸트 부인은 엄격한 표정으로 마음에 든다는 듯 고개를 주억거리며 그를 지켜보았다.

그에게 배정된 2층 방은 예전에 창고로 쓰던 곳이었다. 가구라고는 힘을 잃고 늘어진 틀 위에 얄팍한 깃털 매트리스가 놓인 검은색 철제 침대, 등유 램프를 놓아둔 망가진 탁자 하나, 수평이 잘 맞지 않는 딱딱한 의자 하나, 책상 역할을 하는 커다란 상자 하나가 고작이었다. 겨울에는 바닥을 통해 조금씩 올라오는 아래층의 온기가 전부라서 그는 해진 퀼트 이불과 담요로 몸을 감싸고 자칫 책장이 찢어지지 않게 곱은 손을 후후 불어가며 책장을 넘겼다.

그는 대학 공부도 농장 일을 도울 때처럼 즐거움도 괴로움도 없이 철저하게, 양심적으로 했다. 1학년 말에 그의 평균성적은 B학점에 조금 미치지 못하는 정도였다. 그는 점수가 더 낮지 않은 것을 기뻐했을 뿐, 점수가 더 높지 않은 것을 걱정하지는 않았다. 자신이 전에는 알지 못하던 것을 배웠음을 알고는 있었지만, 그의 점수가 그에게 의미하는 것은 2학년 때에도 1학년 때처럼 해낼 수 있을 가능성이 있다는 정도에 불과했다.

1학년을 마친 여름방학 때 그는 아버지의 집으로 돌아가 농사를 도왔다. 한번은 아버지가 학교는 마음에 드느냐고 물어보았는데, 그는 마음에 든다고 대답했다. 아버지는 고개를 끄덕이더니 다시는 그 이야기를 입에 올리지 않았다.

윌리엄 스토너는 방학을 마치고 2학년 공부를 위해 학교로 돌아온 뒤에야 비로소 자신이 대학에 온 이유를 깨닫게 되었다.

2학년이 된 그는 캠퍼스에서 친숙한 인물이 되어 있었다. 계절과 상관없이 그의 옷차림은 언제나 똑같은 검은색 브로드클로스 양복, 하얀 셔츠, 스트링타이였다. 윗저고리 소매가 짧아서 손목이 불쑥 튀어나와 있고, 바지자락도 어색하게 겉돌았다. 마치 다른 사람의 제복을 빌려다 입은 것 같은 몰골이었다.

그가 일하는 시간은 고용주가 게으름을 피우는 시간만큼 늘어났다. 저녁에는 방에서 꼼꼼하게 숙제를 하느라 많은 시간을 보냈다. 농과대학에서 학사학위를 받을 수 있게 그를 이끌어줄 일상이 이미 시작된 것이다. 2학년 1학기 때 그는 기초교양 강의를 두 개 들었는데, 하나는 농과대학의 토양화학 강의였고 다른 하나는 모든 학생의 형식적인 필수과목인 영문학 개론 강의였다.

처음 몇 주가 지난 뒤 그는 이 두 강의를 듣는 데 약간 어려움을 느끼고 있었다. 공부해야 할 것도, 외워야 할 것도 너무 많았다. 토양화학 강의는 일반적인 의미에서 그의 관심을 끌었다. 지금까지 많이 다뤄본 갈색 흙덩어리에 외양 이상의 뭔가가 숨어 있을 것이라는 생각은 한 번도 해본 적이 없기 때문이었다. 이처럼 흙에 대한 지식이 쌓이면 나중에 아버지의 집으로 돌아갔을 때 유용할 것 같다는 생각이 어렴풋이 들기 시작했다. 하지만 필수과목인 영문학 개론은 그에게 생전 처음 느끼는 고민과 고뇌를 안겨주었다.

강의를 맡은 아처 슬론 교수는 50대 초반의 중년남자로, 학생들을 가르치는 일을 얕보고 경멸하는 것처럼 보였다. 자신이 알고 있는 것과 학생들에게 가르칠 수 있는 것 사이의 간격이 너무 커서 그 간격을 좁히고 싶다는 생각조차 들지 않는 모양이었다. 대부분의 학생들은 그를 두려워하고 싫어했으며, 그는 학생들과 거리를 두고 비꼬면서 즐거워하는 듯한 태도로 응수했다. 키는 평균이었고, 길쭉한 얼굴에는 주름이 깊이 패어 있었으며, 수염은 항상 깨끗이 깎았다. 그리고 갑갑하다는 듯이 손가락으로 반백의 곱슬머리를 빗어넘기는 습관이 있었다. 목소리는 단조롭고 건조했는데, 그는 표정도 억양도 없이 입술을 거의 움직이지 않은 채 말하곤 했다. 하지만 길고 가느다란 손가락의 움직임에는 우아함과 확신이 배어 있어서, 그의 말에 목소리 대신 어떤 형태를 부여해주는 것 같았다.

스토너는 농장에서 허드렛일을 하거나 창문 하나 없는 자신의 다락방에서 흐릿한 램프 불빛에 눈을 깜박이며 공부를 할 때 자기도 모르게 슬론 교수의 모습을 자주 떠올렸다. 다른 강사들의 얼굴이나 같은 강의를 듣는 학생들의 구체적인 특징은 잘 떠오르지 않았다. 하지만 아처 슬론의 얼굴, 그의 건조한 목소리, 베오울프나 초서의 어떤 구절을 대수롭지 않게 깎아내리는 말 등은 항상 스토너의 의식의 문턱에 걸려 있었다.

그는 영문학 개론 강의를 다른 강의들처럼 대할 수 없음을 깨달았다. 저자들의 이름과 작품, 연대와 영향력 등을 모두 외웠는데도 그는 첫 번째 시험에서 거의 낙제에 가까운 점수를 받았다. 두 번째 시험결과도 그다지 나아지지 않았다. 그는 교수가 숙제로 내준 작품들을 읽고 또 읽었다. 어찌나 많이 읽었는지 다른 강의를 제대로 준비할 수 없을 정도였다. 그런데도 그가 책에서 읽는 단어들은 그냥 단어일 뿐, 자신이 책을 읽는 의미가 무엇인지 알 수 없었다.

그러다가 그는 아처 슬론이 수업시간에 한 말을 생각해보게 되었다. 그 단조롭고 무미건조한 말 속에서 자신이 가고자 하는 곳으로 이끌어줄 열쇠를 찾아낼 수 있을지도 모른다는 듯이. 그는 편안히 앉기에는 너무 작은 의자에 딸린 책상 위로 몸을 구부리고, 단단한 갈색 피부의 손마디가 하얗게 변할 정도로 책상 가장자리를 꽉 움켜쥐었다. 그리고 인상을 찌푸리며 정신을 집중한 채 아랫입술을 잘근잘근 깨물었다. 하지만 스토너를 비롯한 학생들이 점점 더 필사적으로 주의를 기울일수록, 아처 슬론은 더욱더 경멸의 빛을 띠었다. 그러던 어느 날, 그 경멸이 분노로 폭발해서 오로지 윌리엄 스토너를 겨냥해 쏟아졌다.

그 주에 학생들은 셰익스피어의 희곡 두 편을 읽었고, 소네트를 공부하는 것으로 한 주를 마무리하는 중이었다. 학생들은 신경이 곤두서서 곤혹스러워하고 있었으며, 교탁 뒤에 구부정하게 서서 자신들을 바라보는 교수와 자신들 사이에 떠도는 긴장감에 반쯤 겁에 질려 있었다. 슬론은 조금 전 일흔세 번째 소네트를 학생들에게 큰 소리로 읽어주었다. 지금 그의 눈은 강의실 안을 이리저리 두리번거리고 있었고, 굳게 다문 입술은 전혀 즐겁지 않은 미소를 띠고 있었다.

"이 소네트의 의미가 뭐지?" 그가 불쑥 이렇게 묻더니 냉정한 표정으로 강의실 안을 둘러보았다. 학생들에게 아무런 가망이 없다는 사실을 거의 즐기는 것처럼 보이기도 했다. "윌버 군?" 윌버 군은 대답하지 않았다. "슈미트 군?" 누군가가 기침을 했다. 슬론은 밝게 반짝이는 검은 눈으로 스토너를 바라보았다. "스토너 군, 이 소네트의 의미가 뭐지?"

스토너는 침을 꿀꺽 삼키고 입을 열려고 노력했다.

"이것은 소네트야, 스토너 군." 슬론이 건조한 목소리로 말했다. "14행으로 이루어진 시라는 얘기지. 이런 시의 양식은 틀림없이 자네도 이미 외우고 있을 것이라고 확신하네. 이 시는 영어로 되어 있는데, 이건 자네가 오랫동안 사용해온 언어지. 저자는 윌리엄 셰익스피어. 이미 세상을 떠났는데도 몇몇 사람의 머릿속에서 여전히 중요한 위치를 차지하고 있는 시인일세." 그는 잠시 스토너를 바라보다가 무심하게 변해버린 눈으로 학생들 너머의 어딘가에 막연히 시선을 고정시켰다. 그리고 책을 보지 않은 채 다시 시를 읊었다. 단어들을 구성하는 소리와 시의 리듬이 한순간이나마 그 자신이 되기라도 한 것처럼 그의 목소리가 깊고 부드러워졌다.

그대 내게서 계절을 보리

추위에 떠는 나뭇가지에

노란 이파리들이 몇 잎 또는 하나도 없는 계절

얼마 전 예쁜 새들이 노래했으나 살풍경한 폐허가 된 성가대석을

내게서 그대 그 날의 황혼을 보리

석양이 서쪽에서 희미해졌을 때처럼

머지않아 암흑의 밤이 가져갈 황혼

모든 것을 안식에 봉인하는 죽음의 두 번째 자아

그 암흑의 밤이 닥쳐올 황혼을.

내게서 그대 그렇게 타는 불꽃의 빛을 보리.

양분이 되었던 것과 함께 소진되어

반드시 목숨을 다해야 할 죽음의 침상처럼

젊음이 타고 남은 재 위에 놓인 불꽃

    그대 이것을 알아차리면 그대의 사랑이 더욱 강해져

    머지않아 떠나야 하는 것을 잘 사랑하리.

이어진 침묵의 순간에 누군가가 헛기침을 했다. 슬론은 이 시를
다시 읊었다. 이번에는 그의 목소리가 평소처럼 단조롭게 변했다.

    그대 이것을 알아차리면 그대의 사랑이 더욱 강해져

    머지않아 떠나야 하는 것을 잘 사랑하리.

슬론의 시선이 윌리엄 스토너에게 되돌아왔다. 그가 건조한 목

소리로 말했다. "셰익스피어가 300년의 세월을 건너 뛰어 자네에게 말을 걸고 있네, 스토너 군. 그의 목소리가 들리나?"

윌리엄 스토너는 자신이 한참 동안 숨을 멈추고 있었음을 깨달았다. 그는 부드럽게 숨을 내쉬면서 허파에서 숨이 빠져나갈 때마다 옷이 움직이는 것을 세심하게 인식했다. 그는 슬론에게서 시선을 떼어 강의실 안을 둘러보았다. 창문으로 비스듬히 들어온 햇빛이 동료 학생들의 얼굴에 안착해서, 마치 그들의 안에서 나온 빛이 어둠에 맞서 퍼져나가는 것처럼 보였다. 한 학생이 눈을 깜박이자 가느다란 그림자 하나가 뺨에 내려앉았다. 햇빛이 뺨의 솜털에 붙들려 있었다. 스토너는 책상을 꽉 붙들고 있던 손가락에서 힘이 빠지는 것을 느꼈다. 그는 손을 이리저리 돌려보며 그 갈색 피부에 감탄하고, 뭉툭한 손끝에 꼭 맞게 손톱을 만들어준 그 복잡한 메커니즘에 감탄했다. 작고 작은 정맥과 동맥 속에서 섬세하게 박동하며 손끝에서 온몸으로 불안하게 흐르는 피가 느껴지는 듯했다.

슬론이 다시 말했다. "셰익스피어가 자네에게 뭐라고 하나, 스토너 군? 이 소네트의 의미가 뭐지?"

스토너가 내키지 않는 듯 천천히 눈을 들었다. "이 소네트의 의미는……." 그는 이렇게 말하고 나서 허공을 향해 양손을 살짝 들어올렸다. 아처 슬론의 모습을 찾고 있는 자신의 눈이 흐릿하게 변하는 것이 느껴졌다. "이 소네트의 의미는……." 그는 다시 말했지만 하려던 말을 끝마칠 수 없었다.

슬론이 호기심에 찬 표정으로 그를 바라보다가 갑자기 고개를 끄덕이며 말했다. "오늘 수업은 이상." 그러고 나서 그는 어느 누구에게도 시선을 주지 않은 채 몸을 돌려 강의실 밖으로 나갔다.

윌리엄 스토너는 투덜거리며 자리에서 일어나 밖으로 나가는 주위 학생들을 거의 의식하지 못했다. 그들이 나간 뒤로도 몇 분 동안 그는 꼼짝 않고 앉아서 자기 앞의 좁은 바닥 널을 빤히 바라보았다. 바닥 널은 그가 결코 볼 수도 없고 알 수도 없는 학생들의 부산한 발길에 닳아서 니스 칠이 완전히 벗겨진 상태였다. 그는 그 바닥 위에 자신의 발을 미끄러뜨리며 나무가 신발 바닥에 닿는 거친 소리를 듣고, 가죽을 통해 느껴지는 거친 질감을 느꼈다. 그러다가 자리에서 일어나 천천히 밖으로 나갔다.

늦가을의 쌀쌀함이 그의 옷 속으로 파고들었다. 주위를 둘러보자 창백한 하늘 아래 둥글게 말리거나 비틀려 있는 나무들의 벌거벗은 가지가 보였다. 수업에 들어가려고 서둘러 캠퍼스를 가로지르는 학생들이 그를 스치고 지나갔다. 그들이 중얼거리는 소리, 돌로 포장된 길에 신발이 또각또각 닿는 소리가 들리고, 추위에 발갛게 변한 채 가벼운 산들바람을 피해 수그린 얼굴들이 보였다. 그는 호기심에 차서 그들을 바라보았다. 마치 그들을 처음 보는 사람처럼. 그들이 자신과 아주 멀지만 또한 아주 가까운 존재인 것 같았다. 그는 이런 느낌을 간직한 채 서둘러 다음 강의에 들어갔다. 토양화학 교수가 강의를 하는 동안에도 필기하고 외워야 할 내용을 불러주는 단조로운 목소리에 맞서 그 느낌을 간직했다. 이 강의의 내용을 외우는 고된 과정이 점점 낯설게 보이기 시작했다.

그해 2학기에 윌리엄 스토너는 기초교양 강의들을 빼버리고, 농과대 커리큘럼을 따르지 않았다. 대신 철학과 고대역사의 기초강의 한 개씩과 영문학 강의 두 개를 들었다. 여름에 그는 다시 부모의 집으로 돌아가 아버지를 도와 농사일을 했지만 대학에서 어떤 공부를 하는지는 말하지 않았다.

나중에, 훨씬 더 나이를 먹은 뒤에 그는 학부의 마지막 두 해를 되돌아보며 마치 다른 사람의 기억을 돌아보듯 까마득한 기분이 들었다. 그때의 시간은 익숙하게 흐르지 않고 발작처럼 뚝뚝 끊겨 있었다. 순간과 순간이 나란히 놓인 것 같으면서도 서로 소외되어 있어서, 그는 자신이 시간과 동떨어진 곳에서 고르지 못한 속도로 돌아가는 커다란 디오라마(배경 위에 모형을 설치하여 만들어 낸 장면-옮긴이)를 보듯이 시간의 흐름을 지켜보고 있는 것 같았다.

그가 자신을 의식하는 방식도 완전히 달라졌다. 가끔 그는 거울을 통해 건조한 갈색머리를 초가지붕처럼 인 길쭉한 얼굴을 바라보며 날카롭게 도드라진 광대뼈를 만져보았다. 겉옷 소매 밖으로 몇 인치나 삐죽 튀어나온 가느다란 손목도 보았다. 다른 사람들의 눈에도 자신이 이렇게 바보 같아 보이는지 궁금했다.

그에게는 장래 계획이 전혀 없었다. 하지만 누구에게도 자신의 불안에 대해 말하지 않았다. 그는 계속 푸트의 농장에서 일하며 숙식을 해결했지만, 1, 2학년 때처럼 늦게까지 일하지는 않았다. 그는 매일 오후 세 시간, 그리고 주말에는 한나절 동안 짐 푸트와 서리나 푸트가 원하는 대로 해주었다. 그리고 나머지 시간은 온전히 자기 것으로 삼았다.

자기만의 시간 중 일부는 푸트의 집 꼭대기에 있는 자신의 작은 다락방에서 보냈다. 하지만 수업과 푸트의 일이 모두 끝난 뒤에는 최대한 자주 학교로 되돌아갔다. 가끔 저녁에 긴 사각형 모양의 캠퍼스 안뜰을 거닐 때도 있었다. 주위에서는 연인들이 서로에게 부드럽게 속삭이며 안뜰을 거닐었다. 그는 그들과 전혀 모르는 사이였고 그들에게 말을 거는 일도 없었지만, 그들에게 친밀감을 느꼈다. 때로는 안뜰 한복판에 서서 밤이 내려앉은 서늘한 잔디밭에서 불쑥 솟아오른 제시 홀 앞의 거대한 다섯 기둥을 바라보기도 했다. 그는 이 기둥들이 원래 대학의 주요 건물이었던 곳의 잔해임을 알고 있었다. 그 건물은 오래 전 화재로 무너졌다. 달빛 속에서 알몸을 드러낸 채 회색을 띤 은빛으로 빛나는 그 순수한 기둥들은 신전이 신을 상징하듯, 스토너 자신이 받아들인 삶의 방식을 상징하는 것 같았다.

그는 대학 도서관의 서가들 속에서 수천 권의 책들 사이를 돌아다니며 가죽, 천, 종이로 된 책들의 퀴퀴한 냄새를 들이마시기도 했다. 마치 이국적인 향 냄새를 들이마시는 것 같았다. 그러다 때때로 걸음을 멈추고 책을 한 권 꺼내서 커다란 손에 잠시 들고 있었다. 아직 낯선 책등과 표지의 느낌, 그의 손길에 전혀 반항하지 않는 종이의 느낌에 손이 찌릿찌릿했다. 그러고는 책을 뒤적이며 여기저기에서 한 문단씩 읽어보았다. 책장을 넘기는 뻣뻣한 손가락은 이토록 수고스럽게 펼친 책을 서투르게 다루다가 찢어버릴지도 모른다는 듯이 조심스레 움직였다.

그에게는 친구가 없었다. 그리고 이때 생전 처음으로 그는 고독을 느꼈다. 밤에 다락방에서 책을 읽다가 고개를 들어 어두운 방구석을 바라볼 때가 있었다. 램프의 불빛이 구석의 어둠에 맞서 너울거렸다. 그렇게 한참 동안 열심히 바라보고 있으면 어둠이 빛 속으로 모여들어 그가 읽던 책에 나오는 상상의 모습들을 펼쳐 보였다. 그러면 자신이 시간을 초월한 것 같은 느낌이 들었다. 강의 중에 아처 슬론이 그에게 말을 걸었을 때와 같은 기분이었다. 과거가 어둠 속에서 빠져나와 한데 모이고, 죽은 자들이 그의 앞에 되살아났다. 그렇게 과거와 망자가 현재의 살아 있는 사람들 사이로 흘러들어오면 그는 순간적으로 아주 강렬한 환상을 보았다. 자신을 압축해서 집어삼킨 그 환상 속에서 그는 도망칠 길도, 도망칠 생각도 없었다. 트리스탄과 아름다운 이졸데가 그의 앞을 거닐었다. 파올로와 프란체스카(단테의 〈신곡〉에 등장하는 연인들. 형수와 시동생 사이로 불륜을 저지른 두 사람의 이야기는 빅토리아 시대의 화가들과 조각가들이 즐겨 다루던 소재였다─옮긴이)가 강렬한 어둠 속에서 빙빙 돌았다. 헬레네와 총명한 파리스는 자신들의 행동이 낳은 결과 때문에 씁쓸한 표정을 지은 채 어둠 속에서 솟아올랐다. 그는 이런저런 강의를 함께 듣는 동료 학생들에게서는 결코 느낄 수 없는 것을 그들에게서 느꼈다. 학생들은 미주리 주 컬럼비아의 이 커다란 대학을 거처로 삼고 중서부의 공기 속을 무심하게 돌아다녔다.

1년 만에 그는 간단한 글을 읽을 수 있을 만큼 그리스어와 라틴어를 익혔다. 수면부족과 과로로 눈이 빨갛게 충혈되어 따끔거릴 때가 한두 번이 아니었다. 가끔 몇 년 전의 자기 모습을 되돌아보면 마치 낯선 사람 같아서 깜짝깜짝 놀라곤 했다. 땅과 똑같은 갈색을 띠고, 땅처럼 수동적이던 사람. 부모도 거의 옛날의 자신만큼이나 낯설었다. 그는 부모에게 연민이 섞인 감정과 흐릿한 사랑의 감정을 느꼈다.

4학년이 거의 중반에 이른 어느 날 아처 슬론이 수업 뒤에 그를 불러 세우더니 자기 연구실에 들러 이야기나 나누다 가라고 권유했다.

중서부의 축축한 안개가 캠퍼스에 낮게 깔린 겨울이었다. 오전 중반에도 층층나무의 가느다란 가지들은 여전히 하얀 서리에 덮여 있고, 제시 홀 앞의 커다란 기둥들을 휘감은 검은 덩굴은 회색 풍경 속에서 진줏빛으로 반짝이는 크리스털로 테두리를 두른 것 같았다. 날이 아주 추운데도 스토너는 슬론을 만나러 갈 때 낡고 낡은 외투를 입지 않기로 결정했다. 그래서 덜덜 떨면서 제시 홀 앞의 널찍한 석조 계단을 서둘러 올라갔다.

밖의 추위를 맛본 탓에 건물 안의 온기가 강렬했다. 바깥의 회색 빛이 홀 양편의 유리문과 창문을 통해 야금야금 들어오고 있어서 노란색 타일이 깔린 바닥이 회색 빛보다 더 밝게 빛났다. 떡갈나무 기둥과 낡은 벽도 어둠 속에서 어렴풋이 빛났다. 발이 바닥에 닿을 때마다 바람 빠지는 소리가 나고, 웅성거리는 목소리들은 광대한 공간 속에서 낮게 잦아들었다. 흐릿한 형체들이 천천히 움직이며 서로 섞였다가 떨어졌다. 기름을 바른 벽에서 나는 냄새와 젖은 모직 천 냄새가 잔뜩 모여 있는 공기는 갑갑했다. 스토너는 2층에 있는 아처 슬론의 연구실을 향해 매끄러운 대리석 계단을 올라갔다. 그가 닫힌 문 앞에서 노크하자 안에서 목소리가 들렸고, 그는 안으로 들어갔다.

길고 좁은 연구실에 빛이라고는, 단 하나뿐인 맨 끝의 창문에서 들어오는 빛밖에 없었다. 천장까지 높게 이어진 선반들에는 책이 가득했다. 창문 근처의 틈새에 끼듯이 놓인 책상에 빛을 받아 윤곽만 어둡게 보이는 아처 슬론이 반쯤 몸을 돌린 채 앉아 있었다.

"스토너 군." 그가 건조한 목소리로 말하며 반쯤 일어서서 자기 앞의 가죽의자를 가리켰다. 스토너는 의자에 앉았다.

"자네의 성적을 죽 살펴보았네." 슬론은 말을 끊고 책상에 놓여 있던 서류철을 들어올리더니 냉정하고 얄궂은 표정으로 그것을 바라보았다. "내가 멋대로 기록을 들춘 것에 기분이 상하지 않았으면 좋겠군."

스토너는 입술을 적시며 앉은 자세를 바꿨다. 그리고 어떻게든 커다란 양손을 겹쳐 눈에 띄지 않게 하려고 했다. "아뇨, 괜찮습니다." 그가 갈라진 목소리로 말했다.

슬론은 고개를 끄덕였다. "다행이군. 기록에는 자네가 원래 농과 대생으로 입학했는데, 2학년 때 문학 쪽으로 방향을 바꾼 것으로 되어 있네. 맞나?"

"맞습니다." 스토너가 말했다.

슬론은 의자에 등을 기대고 높은 곳에 위치한 작은 창문으로 들어온 사각형 모양의 빛을 지긋이 올려다보았다. 그리고 손가락 끝을 톡톡 마주치며 자기 앞에 뻣뻣하게 앉아 있는 청년에게 다시 시선을 돌렸다.

"내가 자네를 만나자고 한 공식적인 이유는 자네에게 처음의 학과를 버리고 다른 학과를 선택하겠다는 의도를 밝히고 정식으로 수속을 밟아야 한다고 알려주는 것일세. 학생과에 가면 대략 5분 만에 처리될 일이지. 자네가 알아서 처리하게, 알았나?"

"알겠습니다." 스토너가 말했다.

"하지만 자네도 짐작했다시피, 내가 자네더러 여기에 들르라고 한 진짜 이유는 그것이 아냐. 내가 자네에게 장래 계획을 좀 더 자세히 물어봐도 괜찮겠나?"

"괜찮습니다, 교수님." 스토너가 말했다. 그는 거의 뒤틀릴 정도로 단단히 모아진 자신의 양손을 바라보았다.

슬론은 아까 책상 위에 다시 놓아둔 서류철에 손을 댔다. "대학에 입학했을 때 자네 나이가 평범한 학생들보다 조금 많았던 것 같은데. 거의 스무 살이었지, 아마?"

"네, 교수님." 스토너가 말했다.

"그리고 당시 자네 계획은 농과대학의 강의를 듣는 거였고?"

"네, 교수님."

슬론은 의자에 등을 기대고, 높고 어둑한 천장을 바라보았다. 그러더니 불쑥 질문을 던졌다. "그럼 지금은 어떤 계획을 갖고 있나?"

스토너는 침묵했다. 이것은 그가 생각해본 적도 없고, 생각하고 싶지도 않던 문제였다. 마침내 그가 약간 분개한 표정으로 입을 열었다. "모르겠습니다. 별로 생각해보지 않았습니다."

슬론이 말했다. "자네는 이 폐쇄된 공간에서 이른바 세상이라는 곳으로 나가는 날을 고대하고 있나?"

스토너는 당혹스러워하면서 히죽 웃었다. "아닙니다, 교수님."

슬론이 책상 위의 서류철을 톡톡 두드렸다. "이 기록을 보면, 자네는 농촌 출신이야. 그럼 부모님도 농사를 지으시겠군?"

스토너는 고개를 끄덕였다.

"그럼 자네는 여기서 학위를 받은 뒤 집으로 돌아갈 생각인가?"

"아닙니다, 선생님." 스토너가 말했다. 그 단호한 목소리에 스토너 자신도 깜짝 놀랐다. 자신이 갑자기 그런 결정을 내렸다는 사실이 놀라웠다.

슬론이 고개를 끄덕였다. "진지한 문학도라면 자신의 지식이 흙을 다루는 데 딱히 적절하지 않다고 생각할 수도 있겠지."

"저는 돌아가지 않을 겁니다." 스토너가 슬론의 말을 듣지 못한 사람처럼 말했다. "하지만 정확히 무엇을 하게 될지는 잘 모르겠습니다." 그는 자신의 손을 바라보며 그 손을 향해 말했다. "대학과정이 이렇게 빨리 끝나서 올해 말이면 학교를 떠나게 되리라고는 미처 생각하지 못했습니다."

슬론이 무심하게 말했다. "물론 자네가 반드시 이곳을 떠나야 할 필요는 없네. 자네한테는 아직 혼자서 살아갈 수단이 없는 것 같은데?"

스토너는 고개를 끄덕였다.

"자네의 학부 성적은 아주 뛰어나네. 다만……." 그가 눈썹을 치뜨며 빙긋 웃었다. "다만 2학년 때의 영문학 개론 강의만 빼고. 나머지 영문학 강의에서는 모두 A학점을 받았지. 어디서도 B학점 이하의 점수를 찾아볼 수 없네. 졸업 후 1년 정도만 버틸 수 있다면, 자네는 틀림없이 성공적으로 석사과정을 마칠 수 있을 거야. 그러고 나면 십중팔구 강의를 하면서 박사과정을 밟을 수 있겠지. 자네가 관심을 갖고 있다면 그렇다는 말이지만."

스토너는 뒤로 물러났다. "무슨 말씀이십니까?" 이렇게 묻는 그의 목소리에 두려움 같은 것이 배어 있었다.

슬론은 앞으로 몸을 기울여 얼굴을 가까이 들이댔다. 스토너는 길고 갸름한 슬론의 얼굴에 난 주름들이 조금 엷어지고, 상대를 조롱하는 듯한 건조한 목소리가 부드럽고 무방비하게 변하는 것을 알 수 있었다.

"모르겠나, 스토너 군?" 슬론이 물었다. "아직도 자신을 모르겠어? 자네는 교육자가 될 사람일세."

갑자기 슬론이 아주 멀게 보였다. 연구실의 벽들도 뒤로 물러난 것 같았다. 스토너는 자신이 허공에 떠 있는 것 같은 기분이 들었다. 질문을 던지는 자신의 목소리가 들렸다. "정말이십니까?"

"정말이지." 슬론이 부드럽게 말했다.

"그런 걸 어떻게 아시죠? 어떻게 확신하십니까?"

"이건 사랑일세, 스토너 군." 슬론이 유쾌한 표정으로 말했다. "자네는 사랑에 빠졌어. 아주 간단한 이유지."

그렇게 간단한 일이라니. 그는 자신이 슬론을 향해 고개를 끄덕이며 뭔가 앞뒤가 맞지 않는 이야기를 하는 것을 인식했다. 그러고는 일어나서 연구실을 나왔다. 입술이 근질거리고 손끝에는 감각이 없었다. 그는 잠든 사람처럼 몽롱한 기분으로 복도를 걸었지만, 주위의 것들을 똑똑히 인식하고 있었다. 복도의 광택이 나는 나무 벽들을 스치듯이 지나갈 때는 나무의 온기와 유구한 세월이 느껴지는 것 같았다. 천천히 계단을 내려갈 때는 자기 발밑에서 조금 떨어진 곳에서 미끄러지듯 지나가는 것만 같은 차가운 대리석 계단에 감탄했다. 홀에서는 작게 웅성거리는 소리들 속에서 학생들 각자의 목소리가 또렷하게 구분되고, 그들의 얼굴이 친밀하면서 동시에 낯설게 느껴졌다. 그는 제시 홀에서 오전 풍경 속으로 나갔다. 이제는 캠퍼스가 회색 풍경에 짓눌려 있는 것처럼 보이지 않았다. 캠퍼스가 그의 시선을 밖으로, 위로 이끌어 하늘을 향하게 했다. 그는 아직 이름을 알 수 없는 가능성을 바라보듯이 하늘을 바라보았다.

1914년 6월 첫째 주에 윌리엄 스토너는 60명의 청년들 및 소수의 젊은 숙녀들과 함께 미주리 대학에서 문학사 학위를 받았다.

그의 부모는 졸업식에 참석하기 위해 빌린 이륜마차에 자기 집 늙은 말을 매어 하루 전에 집을 출발해서 밤새 40여 마일을 움직였다. 그 덕분에 그들은 잠을 자지 못해 뻣뻣해진 몸으로 동이 튼 직후에 푸트의 집에 도착했다. 스토너는 마당으로 내려가 부모를 맞았다. 두 사람은 상쾌한 아침 햇빛을 받으며 나란히 서서 그가 다가오기를 기다리고 있었다.

스토너는 아버지와 손을 맞잡고 딱 한 번 재빨리 흔들었을 뿐, 시선을 마주치지는 않았다.

"잘 있었니?" 아버지가 말했다.

어머니는 고개를 끄덕였다. "네 졸업식을 보려고 네 아버지랑 같이 왔다."

스토너는 잠시 가만히 있다가 입을 열었다. "안으로 들어가서 아침식사를 좀 하시죠."

부엌에는 그들 세 식구뿐이었다. 스토너가 온 뒤로 푸트 일가는 늦잠을 자는 버릇이 생겼다. 스토너는 부모가 식사를 하기 전에도 식사를 마친 뒤에도 자신의 계획이 바뀌었음을, 그래서 집으로 돌아가지 않기로 했음을 차마 말할 수 없었다. 한두 번 말하려고 해보았지만 새 옷을 입은 부모의 적나라한 갈색 얼굴을 보니 두 사람이 여기까지 먼 길을 온 것과 그가 돌아오기를 기다리며 보낸 그간의 세월이 생각나서 말하지 못했다. 그는 부모가 커피를 다 마실 때까지, 푸트 일가가 잠에서 깨어 부엌으로 들어올 때까지 뻣뻣하게 앉아 있었다. 그러고는 학교에 일찍 가보아야 한다면서, 이따가 졸업식 때 보자고 말했다.

그는 검은 가운과 학사모를 들고 캠퍼스 여기저기를 돌아다녔다. 무겁고 성가신 짐이었지만, 가운과 학사모를 놓아둘 곳이 없었다. 그는 부모에게 반드시 해야 하는 이야기를 생각하다가, 자신의 결정을 이미 돌이킬 수 없음을 처음으로 깨달았다. 이 결정을 무를 수 있으면 좋겠다는 생각이 슬그머니 들었다. 경솔하게 선택한 목표에 도달하기에는 자신의 역량이 부족하다는 생각도 들고, 자신이 버린 세계가 매력적으로 느껴지기도 했다. 그는 자신과 부모가 잃어버린 것을 슬퍼했다. 하지만 그러면서도 자신이 그 세계에서 점점 멀어지는 것을 느꼈다.

그는 졸업식 내내 이런 상실감을 느꼈다. 이름이 불리자 그는 연단을 가로질러 걸어가서 연한 회색 턱수염 때문에 얼굴이 잘 보이지 않는 남자에게서 두루마리를 받았다. 자신이 이 자리에 있다는 사실을 믿을 수 없었다. 손에 쥔 두루마리에는 아무런 의미가 없었다. 생각나는 것이라고는 수많은 사람들 속에 뻣뻣하고 불편하게 앉아 있는 아버지와 어머니뿐이었다.

식이 끝난 뒤 그는 부모와 함께 푸트의 집으로 갔다. 그곳에서 하룻밤을 보낸 뒤 다음 날 새벽에 집으로 돌아가는 것이 원래의 예정이었다.

모두들 푸트의 거실에 늦게까지 앉아 있었다. 짐 푸트와 서리나 푸트도 한동안 그들과 자리를 함께했다. 짐과 스토너의 어머니는 가끔 친척들의 이름을 들먹이다가 침묵에 빠지곤 했다. 아버지는 양다리를 넓게 벌리고 몸을 살짝 수그린 자세로 딱딱한 의자에 앉아 넓적한 양손으로 무릎을 움켜쥐고 있었다. 마침내 푸트 부부가 서로 눈을 맞추더니 하품을 하며 시간이 많이 늦었다고 말하고는 침실로 들어갔다. 이제 세 식구만 남아 있었다.

또 침묵이 흘렀다. 부모는 자기들의 그림자를 똑바로 바라보다가 가끔 아들을 곁눈질했다. 마치 새로운 세계를 확보한 아들을 방해하지 않으려는 것 같았다.

몇 분이 흐른 뒤 윌리엄 스토너가 몸을 앞으로 기울이며 입을 열었다. 목소리가 생각보다 더 크고 강하게 나왔다. "더 빨리 말씀드려야 했는데. 지난여름이나 오늘 아침에라도 말씀드려야 했는데."

램프의 불빛 속에서 부모의 얼굴이 흐릿하고 무표정하게 보였다.

"제가 드리고 싶은 말씀은, 두 분과 함께 집으로 돌아가지 않겠다는 겁니다."

모두 꼼짝도 하지 않았다. 아버지가 말했다. "여기에 아직 끝내지 못한 일이 남아 있다면, 우리만 먼저 아침에 출발할 테니 너는 며칠 뒤에 집으로 오너라."

스토너는 손바닥으로 얼굴을 문질렀다. "그런…… 뜻이 아니에요. 제 말은, 아예 집으로 돌아가지 않겠다는 겁니다."

무릎을 쥔 아버지의 손에 힘이 들어가더니 아버지가 의자 깊숙이 몸을 물렸다. "혹시 무슨 문제라도 생긴 거냐?"

스토너는 빙긋 웃었다. "그런 게 아닙니다. 1년 더 학교를 다니려고 해요. 어쩌면 2년이나 3년이 될 수도 있고요."

아버지가 고개를 저었다. "오늘 네 졸업식을 봤다. 군청 직원은 농사 학교가 4년이면 된다고 했어."

스토너는 자신이 무엇을 할 생각인지 아버지에게 설명하려고 애썼다. 자신이 중요한 목표라고 판단한 것이 옳다는 감정을 스스로 불러일으키려고 애썼다. 그는 다른 사람의 말을 듣듯이 자신의 말에 귀를 기울이며 아버지의 표정을 지켜보았다. 아버지는 거듭된 주먹질을 받아들이는 돌덩이처럼 그의 말을 받아들였다. 이야기를 끝낸 뒤 그는 깍지 낀 양손을 무릎 사이에 끼우고 고개를 수그렸다. 그리고 침묵에 귀를 기울였다.

마침내 아버지가 의자에 앉은 채 몸을 움직였다. 스토너는 고개를 들었다. 부모의 얼굴이 바로 앞에 있었다. 그는 하마터면 비명을 지를 뻔한 것을 겨우 참았다.

"나는 모르겠다." 아버지가 말했다. 지치고 갈라진 목소리였다. "일이 이렇게 될 줄이야. 널 이곳에 보내는 것이 나로서는 널 위하는 최선의 길이라고 생각했는데. 네 어머니랑 나는 언제나 너를 위해 최선을 다했다."

"압니다." 스토너가 말했다. 더 이상 부모의 얼굴을 바라볼 수 없었다. "두 분 괜찮으시겠어요? 제가 올여름에 돌아가서 한동안 일을 도울 수도 있습니다. 아니면……."

"네 생각에 꼭 여기 남아서 공부를 해야겠거든 그렇게 해야지. 네 어머니랑 나는 어떻게든 해나갈 수 있다."

어머니는 그의 정면에 있었지만 그를 보고 있지 않았다. 눈을 꾹 감고 무겁게 숨을 몰아쉬고 있는 어머니의 얼굴은 고통스러운 듯 일그러져 있고, 주먹 쥔 손은 양뺨을 누르고 있었다. 스토너는 어머니가 소리 없이 마음 깊이 울고 있음을 깨달았다. 좀처럼 울지 않는 사람이라 어색해하면서 부끄러워하고 있었다. 스토너는 어머니를 조금 더 지켜보다가 무겁게 일어서서 거실을 벗어났다. 좁은 계단을 통해 자신의 다락방으로 올라간 그는 침대에 누워 어두운 허공을 뜬눈으로 한참 동안 바라보았다.

2

스토너가 학사학위를 받고 2주 뒤에 프란시스 페르디난드 대공이
사라예보에서 세르비아 민족주의자에게 암살당했다. 그리고 가을
이 되기 전에 유럽 전역에서 전쟁이 벌어졌다. 전쟁은 나이 많은
학생들 사이에서 끊이지 않는 화제가 되었다. 그들은 미국이 궁극
적으로 어떤 역할을 하게 될지 궁금해하며 불투명한 자신들의 장
래에 즐거운 듯 기대를 품었다.

　하지만 윌리엄 스토너 앞에 놓인 장래는 밝고 확실하고 변하지
않는 것이었다. 그는 자신의 장래를 수많은 사건과 변화와 가능성
의 흐름이라기보다 탐험가인 자신의 발길을 기다리는 땅으로 보
았다. 그에게 장래는 곧 웅장한 대학 도서관이었다. 언젠가 도서관
에 새로운 건물들이 증축될 수도 있고, 새로운 책들이 들어올 수도
있고, 낡은 책들이 치워질 수도 있겠지만, 도서관의 진정한 본질은
근본적으로 불변이었다. 그는 몸을 바치기로 했지만 아직 제대로
이해하지 못한 이곳에서 자신의 장래를 보았다. 장래에 자신이 변

화를 겪을 것이라는 생각은 들었으나, 장래 그 자체가 변화의 대상이라기보다는 변화의 도구라고 보았다.

여름이 끝나갈 무렵, 가을학기가 시작되기 직전에 그는 부모를 만나러 갔다. 여름 농사를 도울 생각이었지만, 막상 가보니 아버지가 고용한 흑인 일꾼이 조용하면서도 무서울 정도로 열심히 일하면서 윌리엄과 아버지 두 사람의 몫을 혼자서 해내고 있었다. 부모는 그를 보고 반가워했다. 그가 학교에 남겠다는 결정을 내린 것에 분개하는 기색은 없었다. 하지만 윌리엄은 부모에게 아무 할 말이 없음을 깨달았다. 그와 그의 부모는 벌써 낯선 타인들처럼 변해가고 있었다. 그는 이런 상실감 때문에 사랑이 더 커졌음을 느꼈다. 그는 예정보다 일주일 일찍 컬럼비아로 돌아왔다.

이제는 푸트 농장에서 일하는 데 시간을 쏟아야 한다는 사실에 조금씩 화가 나기 시작했다. 남들보다 공부를 늦게 시작했기 때문에 그는 절박했다. 열심히 책에 몰두하다가 자신이 알지 못하는 것, 아직 책에서 읽지 못한 것이 한꺼번에 의식될 때가 가끔 있었다. 그리고 책을 읽고 새로운 것을 배울 시간이 너무 부족하다는 데에 생각이 미치면 그토록 애써 손에 넣은 평화로운 시간이 산산이 부서져버렸다.

그는 1915년 봄에 석사과정을 마치고 여름 동안 논문을 완성했다. 초서의《캔터베리 이야기》중 한 편을 택해서 작시법을 다룬 논문이었다. 그 여름이 끝나기 전에 푸트가 그에게 이제 농장에 그의 일손이 필요하지 않다고 말했다.

그도 이런 말이 나올 것이라고 어느 정도는 예상하고 있었다. 어떻게 보면 반가운 말이기도 했다. 하지만 순간적으로 그는 공황상태에 빠져서 정신을 차릴 수 없었다. 마치 예전의 자신과 연결된 마지막 끈이 끊어진 것 같았다. 그는 여름의 마지막 몇 주를 아버지의 집에서 보내며 논문을 마무리했다. 그동안 아처 슬론은 그가 박사과정을 시작하면서 신입생들을 위한 기초영어 두 강좌를 맡을 수 있게 손을 써두었다. 강사료는 1년에 400달러였다. 그는 5년 동안 자신의 방이었던, 푸트 농장의 손바닥만 한 다락방에서 짐을 정리한 뒤, 대학 근처에서 그보다 훨씬 더 작은 방을 구했다.

그는 평범한 1학년생들에게 문법과 작문 기초만 가르치게 되어 있었지만, 그것이 아주 중요한 일 같아서 열정적으로 고대하고 있었다. 그는 가을학기가 시작되기 전 일주일 동안 강의계획을 짜면서, 열심히 노력하는 사람이 보게 마련인 가능성들을 보았다. 우선 문법의 논리성이 느껴졌고, 그것이 스스로 퍼져나가 언어 전반에 스며들어서 인간의 생각을 지탱하게 된 과정을 알 것 같았다. 그는 학생들을 위해 고안한 간단한 작문 연습에서 아름다운 산문의 싹을 보았으며, 자신이 느낀 것들로 학생들에게 활기와 의욕을 불어넣게 될 때를 고대했다.

하지만 수강신청과 학습계획 제출이라는 개강 절차가 끝난 뒤 직접 학생들을 상대로 강의를 하기 시작하면서 그는 자신이 느꼈던 경이와 놀라움이 자신 안에 여전히 감춰져 있음을 알게 되었다. 때로는 자신이 몸 밖으로 빠져나와 낯선 사람을 보듯이 자신을 지켜보는 것 같은 기분도 들었다. 그 낯선 사람은 마지못해 한자리에 모인 학생들을 상대로 뭐라고 이야기를 하고 있었다. 그가 단조로운 목소리로 미리 준비한 자료를 읽는 소리가 들렸을 뿐, 그가 느꼈던 흥분과 설렘은 거기에 전혀 드러나 있지 않았다.

그는 학생의 입장으로 강의를 들을 때 해방감과 성취감을 느꼈다. 그런 수업에서는 아처 슬론이 수업 중에 처음 그에게 말을 걸었던 그날처럼, 그 자신이 순식간에 다른 사람으로 변해버렸던 그날처럼 새로운 것을 발견하는 기쁨을 다시 느낄 수 있었다. 그는 강의에 빠져들어 문학의 본질을 이해하고 문학의 힘을 파악하려고 씨름하면서 자신 안에서 끊임없이 변화가 일어나고 있음을 인식했다. 그러면서 자신 안에서 자신이 속한 세상으로 점점 빠져나와, 자신이 읽은 밀턴의 시나 베이컨의 에세이나 벤 존슨의 희곡이 세상을 바꿔놓았음을 알게 되었다. 그 작품들이 자신의 소재이기도 한 세상을 바꿀 수 있었던 것은, 그들이 세상에 의존하고 있었기 때문이다. 스토너는 수업 중에 말을 거의 하지 않았으며, 자신이 작성한 과제물에 만족하는 경우도 드물었다. 어린 학생들에게 강의를 할 때와 마찬가지로, 그의 과제물에는 그가 마음 깊숙이 알고 있는 것들이 드러나지 않았다.

그는 자신처럼 강의를 맡고 있는 박사과정 동료들과 점차 친해졌다. 특히 데이비드 매스터스, 고든 핀치 두 명과 친했다.

매스터스는 예리한 말솜씨와 부드러운 눈을 지닌 가무잡잡한 청년이었다. 스토너처럼 그도 이제 막 박사과정을 시작한 참이었지만 나이는 한 살쯤 어렸다. 교수들과 대학원생들 사이에서는 거만하고 건방지다고 알려져 있었기 때문에, 대체로 그가 학위를 받을 때 약간의 어려움이 있을 것이라고 생각하는 분위기였다. 스토너는 그가 지금까지 만난 사람들 중에 가장 똑똑하다고 생각했으므로 시기심이나 앙심 없이 그를 인정했다.

고든 핀치는 덩치 큰 금발 청년이었으며, 아직 스물세 살인데도 벌써 살이 찌고 있었다. 그는 세인트루이스의 상과대학에서 학사학위를 받은 뒤 미주리 대학으로 와서 경제학, 역사학, 공학 등 여러 학과에서 그 이상의 학위를 받으려고 시도했다. 그가 문학 공부를 시작한 데에는 마지막 순간에 영문과에서 작은 강의를 맡을 수 있었다는 점이 큰 영향을 미쳤다. 그는 영문과 박사과정 학생들 중에서 공부에 가장 무심한 축에 속한다는 점을 금방 스스로 드러냈다. 하지만 1학년생들 사이에서는 인기가 좋았고, 나이 많은 교수들이나 교직원들과도 잘 지냈다.

이 세 사람, 즉 스토너, 매스터스, 핀치는 금요일 오후에 컬럼비아 시내의 작은 술집에서 만나 커다란 잔으로 맥주를 마시며 밤늦도록 이야기하는 버릇이 생겼다. 스토너는 여기서 유일하게 사람들과 어울리는 기쁨을 느꼈지만, 자기들의 관계가 과연 무엇인지 의아할 때가 많았다. 그들은 사이좋게 잘 지내고 있었지만, 친한 친구는 아니었다. 서로 속내를 털어놓지도 않았고, 매주 술집에서 모일 때를 제외하면 거의 만나지도 않았다.

그들 중 어느 누구도 이런 관계에 대해 의문을 제기하지 않았다.

고든 핀치는 아예 의문을 가진 적도 없다는 것을 스토너는 알고 있었지만, 데이비스 매스터스는 생각해본 적이 있을 것 같았다. 한번은 저녁 늦은 시각에 어두운 술집의 뒤쪽 자리에서 스토너와 매스터스가 학생들을 가르치는 일이나 공부에 대해 이야기를 나눈 적이 있었다. 아주 진지한 사람들이 어색하게 농담을 시도하는 것 같은 분위기였다. 매스터스가 공짜로 제공되는 점심 때 나온 완숙 달걀을 수정구처럼 높이 들고서 이렇게 말했다. "대학의 진정한 본질에 대해 생각해본 적 있습니까, 여러분? 스토너 군? 핀치 군?"

그들은 빙긋 웃으며 고개를 저었다.

"그럴 줄 알았지. 스토너는 대학을 커다란 저수지처럼 생각하고 있을걸. 도서관이나 유곽처럼 말이야. 사람들이 자유롭게 드나들면서 자신을 완성해줄 물건들을 고를 수 있는 곳, 모두가 같은 벌집의 작은 일벌들처럼 힘을 합쳐 일하는 곳. 진실, 선함, 아름다움. 이런 것들이 모퉁이 너머 바로 다음 복도에 있다는 것이지. 아직 읽지 못한 바로 다음 책, 아니면 아직 가보지 못한 바로 다음 서가에. 언젠가 우리는 반드시 그 서가에 이를 것이고, 그러면……그러면…….." 그는 달걀을 한 번 더 바라본 다음 크게 한입 베어 물고는 스토너에게 시선을 돌렸다. 턱이 우물우물 움직이고, 검은 눈이 밝게 빛났다.

스토너는 불편한 미소를 지었다. 핀치는 크게 웃으면서 탁자를 탕탕 쳤다. "당했군, 빌. 저 친구한테 완전히 당했어."

매스터스는 달걀을 조금 더 씹다가 꿀꺽 삼키고는 핀치에게 시선을 돌렸다. "그럼 자네는, 핀치? 자네 생각은 어떻지?" 그가 한 손을 들어올렸다. "그런 건 생각해본 적이 없다고 말하겠지. 하지만 생각해봤을 거야. 그 허풍과 기운찬 겉모습 밑에서 단순한 정신이 움직이고 있지. 자네에게 이 대학이라는 기관은 선(善)의 도구야. 물론 세상 전반을 향한 선이지. 그러다 보니 자네도 우연히 거기 끼게 된 것이고. 자네는 대학이 그 망나니 학생들이 매년 겨울을 날 수 있게 자네가 가을마다 처방해주는 영적인 '유황과 당밀' 같은 것이라고 생각해. 자네는 인자하게 녀석들의 머리를 두드려주고 돈을 받아 챙기는, 친절한 의사선생님이고."

핀치가 다시 웃음을 터뜨리며 고개를 저었다. "정말이지, 데이브, 자네가 한번 물이 오르면……."

매스터스는 남은 달걀을 입에 넣고 잠시 만족스러운 표정으로 씹다가 맥주를 길게 한 모금 마셨다. "하지만 자네들 둘 다 틀렸어." 그가 말했다. "대학은 보호시설이야. 아니, 요즘은 그걸 뭐라고 하더라? 요양소. 환자, 노인, 불평분자, 그 밖의 무능력자들을 위한 곳. 우리 셋을 보게. 우리가 바로 대학이야. 잘 모르는 사람들은 우리한테 공통점이 많다는 걸 모르겠지만, 우리는 알지, 안 그래? 우린 아주 잘 알아."

핀치는 계속 웃고 있었다. "그게 무슨 소린가, 데이브?"

이제 자신의 말에 흥미가 동한 매스터스가 열렬한 표정으로 몸을 앞으로 기울였다. "먼저 자네를 한번 볼까, 핀치? 나도 때로는 상냥해질 수 있는 사람이지만, 자네에 대해서는 무능력하다고 말하겠어. 자네도 잘 알고 있겠지만, 그다지 똑똑한 편이 아니잖아?
뭐, 그게 모든 걸 결정하는 건 아니지만."

"어이, 어이." 핀치가 여전히 웃으며 말했다.

"하지만 자네도 세상에 나가면 자신이 어떻게 될지 알 수 있는
머리는 있지. 딱 그만큼만. 자네는 처음부터 실패자로 만들어졌고,
자네도 그걸 알고 있어. 비록 개자식처럼 굴 수 있는 능력은 있지
만, 항상 그렇게 굴 수 있을 만큼 막돼먹지는 않았거든. 딱히 내가
아는 사람 중에 자네가 가장 정직하다고 할 수는 없지만, 그렇다고
자네가 영웅적인 수준으로 부정직한 것도 아냐. 일할 능력은 있으
나 게을러서 세상이 원하는 만큼 근면하게 일하지는 못하지. 하지
만 자신의 중요성을 세상에 각인시킬 수 있을 만큼 게으르지도 않
아. 게다가 운도 없고. 음, 그런 편이지. 특별한 기세를 내뿜지도 않
고, 항상 어리둥절한 표정을 하고 있어. 세상에 나가면 항상 성공
의 언저리에 서기는 하겠지만, 자신의 잘못으로 파멸할 걸세. 그러
니 어떤 의미에서는 선택된 사람이지. 신의 유머감각은 항상 재미
있어. 신의 섭리가 자네를 세상의 턱 앞에서 낚아채 여기에 안전히
놓아준 거야. 자네 형제들 속에."

여전히 미소 짓는 얼굴로 비꼬듯 악의적인 표정을 지으면서 그
가 스토너에게 시선을 돌렸다. "자네도 도망칠 길은 없어, 친구. 없
고말고. 자네가 누군가? 소박한 땅의 아들? 자네가 행세하는 것
처럼? 아니, 아니지. 자네도 환자일세. 자네는 몽상가이고 광인이
야. 세상은 더 미쳤지만. 산초가 없는 우리만의 돈키호테. 푸른 하

늘 밑에서 뛰놀고 있지. 자네는 꽤 똑똑해. 어쨌든 우리 둘의 친구
인 저 녀석보다는 똑똑하니까. 하지만 자네에게는 오점이 있네. 오
래된 약점. 자네는 여기에 뭔가가 있다고 생각하지. 여기서 뭔가를
찾아낼 수 있다고. 하지만 세상에 나가면 곧 알 수 있을 걸세. 자네
역시 처음부터 실패자로 만들어졌다는 걸. 자네가 세상과 싸울 거
라는 얘기가 아냐. 세상이 자네를 잘근잘근 씹어서 뱉어내도 자네
는 아무것도 못할 걸세. 그냥 멍하니 누워 무엇이 잘못된 건지 생
각하겠지. 자네는 항상 세상에게서 실제로는 있지 않은 것, 세상이
원한 적 없는 것을 기대하니까. 목화밭의 바구미, 콩줄기 속의 벌
레, 옥수수 속의 좀벌레. 자네는 그런 것들을 마주보지도 못하고,
싸우지도 못해. 너무 약하면서 동시에 너무 강하니까. 이 세상에
자네가 갈 수 있는 자리는 없네."

"그럼 자네는?" 핀치가 물었다. "자네는 어때?"

"아." 매스터스가 뒤로 물러나 등을 기대며 말했다. "나도 자네들
과 같지. 아니, 사실 더 심해. 너무 똑똑해서 세상에서 살아갈 수 없
거든. 게다가 그 사실을 잠자코 숨기지도 않을 테고. 이건 불치병
일세. 그러니 무책임한 짓을 해도 안전한 곳, 내가 아무런 해도 끼
칠 수 없는 곳에 날 가둬두어야 해." 그가 다시 몸을 앞으로 기울이
고 두 사람을 향해 빙긋 웃었다. "우린 모두 가엾은 톰(셰익스피어의
희곡 〈리어 왕〉에서 글로스터 백작의 아들 에드가가 변장한 인물 – 옮긴이)
이고, 차갑게 식었어."

"리어 왕이군." 스토너가 진지한 표정으로 말했다.

"3막 4장." 매스터스가 말했다. "그러니까 신의 섭리인지 사회인지 운명인지, 하여튼 그것이 우리를 위해 이 누옥을 지어준 거야. 우리가 폭풍을 피할 수 있게. 대학은 우리를 위해 존재하는 걸세. 세상에서 소외된 사람들을 위해. 학생들이나 이타적인 지식추구나 그밖에 사람들이 말하는 이런저런 이유를 위해서가 아니야. 우리가 이런저런 이유를 내놓고 평범한 사람들, 그러니까 세상에서 잘 살아갈 수 있는 사람들을 몇 명 받아들이는 건 사실이지만, 그건 그저 보호색일 뿐이지. 중세 교회가 평신도는 물론이고 심지어 신에 대해서도 신경조차 쓰지 않았던 것처럼, 우리도 살아남기 위해 가장을 하는 걸세. 우리는 살아남을 거야. 반드시 그래야 하니까."

핀치가 감탄했다는 표정으로 고개를 절레절레 저었다. "자네 말을 들으니 우리가 정말 나쁜 사람들 같군, 데이브."

"그런가?" 매스터스가 말했다. "하지만 나쁜 사람이라 해도 우리는 저 바깥의 진흙탕 속에 있는 자들보다 나아. 놈들은 풍진 세상의 가엾은 개자식들이지. 우리는 남을 해치지도 않고, 원하는 것을 이야기하고, 그 대가로 돈을 받지. 이건 자연스러운 미덕의 승리야. 아니면 그런 승리에 징그러울 정도로 가까운 것이거나."

매스터스는 무심한 표정으로 탁자에서 뒤로 몸을 물렸다. 자신이 방금 한 말에는 더 이상 관심이 없다는 듯한 태도였다.

고든 핀치가 헛기침을 했다. "자, 그럼……." 그가 진지하게 말했다. "자네 말에 일리가 있는지도 모르지만, 데이브, 내가 보기에는 지나치게 나간 것 같네. 정말이야."

스토너와 매스터스는 서로를 향해 빙긋 웃으며 그날 저녁에는 더 이상 그 문제를 입에 올리지 않았다. 하지만 그 뒤로 오랫동안 스토너는 묘한 순간에 매스터스의 말을 떠올리곤 했다. 그 말은 그가 몸을 바친 대학의 모습에 대해 아무것도 알려주지 않았지만, 두 친구와 자신의 관계에 대해서는 뭔가 알 수 있을 것 같았다. 또한 모든 것을 부식시키는 청춘의 쓴맛도 언뜻 고스란히 볼 수 있었다.

1915년 5월 7일, 독일 잠수함이 미국인 승객 114명을 태운 영국 여객선 루시타니아 호를 침몰시켰다. 1916년 말에는 이미 독일 잠수함들이 무차별적으로 공격을 감행하고 있었고, 미국과 독일의 관계는 지속적으로 악화되었다. 1917년 2월 월슨 대통령은 외교 관계 단절을 선언했다. 4월 6일에는 의회가 독일과의 전쟁을 선포했다.

이 선언과 함께, 전국에서 수천 명의 청년들이 불확실한 미래로 인한 긴장감이 마침내 깨어진 것에 안도한 듯 몇 주 전 서둘러 세워진 모병소로 몰려들었다. 사실 미국이 전쟁에 개입할 때까지 기다리지 못하고 1915년에 이미 캐나다 군대에 입대하거나 유럽 연합군의 구급차 운전기사로 자원한 청년들도 수백 명이나 되었다. 미주리 대학에도 나이가 많은 편인 학생들 중에 그런 사람이 몇 명 있었다. 그중에 윌리엄 스토너가 아는 사람은 하나도 없었지만, 결국 필연적으로 다가올 수밖에 없는 전쟁이 점점 가까워짐에 따라 몇 주, 몇 달 전부터 그들의 이름이 전설처럼 여기저기서 점점 자주 들려왔다.

전쟁이 선포된 것은 금요일이었다. 그다음 주에도 수업 시간표에는 아무런 변화가 없었지만, 강의에 나가는 시늉이라도 하는 학생이나 교수는 거의 없었다. 그들은 건물 로비에 삼삼오오 모여 숨죽인 목소리로 웅성거렸다. 때로는 조용하고 긴장감 넘치는 분위기가 폭발해서 폭력사태 직전까지 가기도 했다. 두 차례 벌어진 반독(反獨) 시위에서는 학생들이 앞뒤가 맞지 않는 소리를 외쳐대며 미국 국기를 흔들었다. 잠깐이지만 어떤 교수에 반대하는 시위가 벌어진 적도 있었다. 나이가 지긋하고 턱수염을 기른 그 교수는 독일어를 가르치고 있었는데, 뮌헨에서 태어나 베를린 대학을 다닌 사람이었다. 하지만 그 교수가 분노로 얼굴이 달아오른 소규모 시위대 앞에 나타나 당혹스러운 표정으로 눈을 깜박이며 덜덜 떨리는 앙상한 양손을 내밀자 학생들은 뚱하고 혼란스러운 표정으로 흩어져버렸다.

전쟁선포 후 처음 며칠 동안 스토너도 혼란에 빠져 있었지만, 캠퍼스 내의 사람들 대부분을 사로잡은 혼란과는 근본적으로 다른 것이었다. 나이 많은 학생들이나 강사들과 유럽에서 벌어지고 있는 전쟁에 대해 이야기를 나눈 적은 있어도, 사실 그는 전쟁을 그다지 실감하지 못했다. 그런데 전쟁이 이제 발등에 떨어진 불이 되자 그는 자신의 마음속에 엄청난 무심함이 자리 잡고 있음을 알게 되었다. 그는 전쟁 때문에 대학의 일들이 중단된 것에 화가 났다. 자신의 내면에서 강렬한 애국심 같은 것은 찾을 수 없었다. 또한 독일인들을 미워하는 마음도 생기지 않았다.

하지만 독일인들은 이미 증오의 대상이었다. 한번은 스토너가 나이 많은 교수들과 이야기하는 고든 핀치의 모습을 우연히 본 적이 있었다. 핀치는 잔뜩 일그러진 얼굴로 마치 바닥에 침을 뱉듯 '훈족'(1차 세계대전 때 독일군이나 독일인을 경멸적으로 부르던 말 – 옮긴이)이라는 말을 입에 담았다. 나중에 젊은 강사들 여섯 명이 함께 쓰는 커다란 사무실에서 스토너에게 다가온 핀치는 그 동안 기분이 바뀌었는지 열에 들뜬 사람처럼 기운차게 스토너의 어깨를 철썩 때렸다.

"놈들을 가만둘 수는 없네, 빌." 그가 빠르게 말했다. 그의 둥근 얼굴에서 땀이 얇은 기름막처럼 번들거렸다. 가느다란 금발이 부드럽게 보였다. "그럴 수는 없지. 난 입대할 생각이네. 벌써 슬론 영감한테도 이야기했어. 영감은 원하는 대로 하라더군. 나는 내일 세인트루이스로 가서 입대할 생각이네." 순간적으로 그는 애써 진지해 보이는 표정을 짓는 데 성공했다. "우린 모두 자신의 몫을 해야 하네." 그러고 나서 그는 히죽 웃으며 또 스토너의 어깨를 철썩 때렸다. "자네도 나랑 같이 가세."

"내가?" 스토너는 믿을 수 없다는 듯이 같은 말을 반복했다. "내가?"

핀치가 웃음을 터뜨렸다. "물론이지. 다들 입대한다고. 방금 데이브하고도 이야기했는데, 나랑 같이 가기로 했어."

스토너는 얼떨떨한 표정으로 고개를 저었다. "데이브 매스터스가?"

"그렇다니까. 우리 데이브가 가끔 웃기는 소리를 하기는 해도, 막상 일이 터지면 다른 사람들이랑 다를 것이 없어. 그 친구도 자기 몫을 할 걸세. 자네도 마찬가지고, 빌." 핀치가 그의 팔을 주먹으로 툭 쳤다. "자네도 마찬가지야."

스토너는 잠시 침묵했다. "난 생각해본 적이 없어서……." 그가 말했다. "모든 일이 너무 빨리 일어나고 있는 것 같아서 말이야. 슬론 선생님과 이야기를 해봐야겠네. 나중에 다시 이야기하세."

"그러지." 핀치가 말했다. "자네도 자네 몫을 하게 될 거야." 그의 목소리에 감정이 진득하게 배어들었다. "우린 모두 한 배에 타고 있어, 빌. 모두 한 배에 타고 있다고."

스토너는 핀치와 헤어졌지만 아처 슬론을 만나러 가지는 않았다. 대신 캠퍼스를 돌아다니며 데이비드 매스터스의 행방을 수소문했다. 그는 도서관의 개인 열람석에서 담뱃대를 뻐끔거리며 서가를 빤히 보고 있었다.

스토너는 그의 맞은편에 앉았다. 그에게 입대하기로 했느냐고 묻자 매스터스가 말했다. "물론이지. 안 갈 이유가 없잖아?"

스토너가 이유를 묻자 매스터스는 이렇게 말했다. "자네는 나를 꽤 잘 알지, 빌. 독일인들 따위 난 신경도 안 써. 사실 생각해보면, 나는 미국인들한테도 아무런 생각이 없는 것 같지만." 그가 담뱃대의 재를 바닥에 턴 뒤 발로 흩어놓았다. "내가 입대하는 건 군대에 가고 안 가는 것이 별로 중요한 일이 아니기 때문이야. 세상을 한 바퀴 휙 돌아보고 이 폐쇄된 공간으로 돌아오는 것이 재미있을 것 같기도 하고. 여기서는 서서히 사멸해가는 운명이 우리 모두를 기다리고 있으니까."

스토너는 그의 말을 이해하지 못했지만, 그래도 고개를 끄덕이며 그의 말을 받아들였다. 그리고 이렇게 말했다. "고든은 나더러도 자네와 같이 입대하라고 하더군."

매스터스가 빙긋 웃었다. "고든은 자신에게 허락된 미덕의 힘을 처음으로 느끼고 있는 거야. 그러니 당연히 온 세상 사람들을 거기 끌어들이고 싶어 하지. 그래야 자신의 믿음을 계속 유지할 수 있으니까. 그래, 안 될 것 뭐 있나? 우리랑 같이 입대하세. 세상이 어떤지 보아두는 것이 자네에게도 좋은 일이 될지 모르잖아." 그는 잠시 말을 멈추고 강렬한 시선으로 스토너를 바라보았다. "하지만 군대에 가더라도, 제발 부탁이니 하느님이나 조국이나 친애하는 미주리 대학을 위해 가지는 말게. 자네 자신을 위해서 가는 거야."

스토너는 조금 더 기다리다가 입을 열었다. "슬론 교수님과 의논해본 뒤 알려주겠네."

그는 아처 슬론이 어떤 반응을 보일지 알 수 없었다. 그런데도 막상 책이 줄줄이 꽂혀 있는 그의 좁은 연구실에서 그를 만나 아직 결정하지 못한 일에 대해 이야기하면서 깜짝 놀랐다.

그를 대할 때 언제나 초연하고 우아하게 빈정거리는 듯한 태도를 취하던 슬론이 화를 내고 있었다. 길고 갸름한 얼굴은 빨갛게 달아올랐고, 입가의 주름살도 분노로 인해 더 깊어졌다. 그는 주먹을 꽉 쥔 채 의자에서 스토너를 향해 반쯤 일어섰다가 다시 앉아서 일부러 신중하게 주먹을 펴서 책상 위에 손을 올려놓았다. 손가락이 가늘게 떨리고 있었지만, 목소리는 확고하고 냉혹했다.

"갑자기 이런 모습을 보여서 미안하네. 하지만 지난 며칠 동안 우리 학과에서 거의 3분의 1이 사라져버려서 말이야. 게다가 그 자리를 메울 사람을 찾을 희망도 없다네. 내가 화난 건 자네 때문이 아니야……." 그는 스토너에게서 시선을 돌려 높은 창문을 올려다보았다. 빛이 그의 얼굴에 곧바로 떨어져서 주름살을 더욱 도드라지게 만들고, 눈 밑의 거뭇한 그림자를 더 짙게 만들었다. 그래서 순간적으로 그가 병든 노인처럼 보였다. "나는 1860년에 태어났네. 반란의 전쟁(주로 북부 사람들이 남북전쟁을 부르던 이름—옮긴이)이 일어나기 직전이지. 물론 나는 그 전쟁의 기억이 없네. 너무 어렸으니까. 내 아버지도 내 기억 속에 없어. 전쟁 첫 해에 실로 전투에서 전사하셨거든." 그가 재빨리 스토너를 바라보았다. "하지만 전쟁의 결과가 무엇인지는 알 수 있네. 전쟁은 단순히 수만 명, 수십 만 명의 청년들만 죽이는 게 아냐. 전쟁으로 인해 사람들 마음속에서도 다시는 돌이킬 수 없는 뭔가가 죽어버린다네. 사람이 전쟁을 많이 겪고 나면 남는 건 짐승 같은 성질뿐이야. 나나 자네 같은 사람들이 진흙탕 속에서 뽑아낸 그런 인간들 말일세." 그는 오랫동안 말이 없다가 살짝 미소를 지었다. "학자에게 평생 구축하고자 했던 것을 파괴하라고 해서는 안 되네."

스토너는 헛기침을 하고 머뭇거리며 말했다. "모든 일이 너무 빠르게 일어나는 것 같습니다. 이유는 잘 모르겠지만 저는 핀치나 매스터스와 이야기를 나눌 때까지 그런 생각을 해본 적이 없어요. 지금도 별로 실감이 나지 않습니다."

"당연하지." 슬론이 말했다. 그러고는 불안한 듯 몸을 움직여 스토너에게서 시선을 돌렸다. "자네한테 이래라저래라 할 생각은 없네. 다만 이 말만 하지. 선택은 자네 몫이야. 곧 징병이 있을 걸세. 하지만 자네는 원한다면 징병을 면할 수 있어. 전쟁에 나가는 것이 무서운 것은 아니지?"

"무섭지 않습니다." 스토너가 말했다. "그렇지는 않은 것 같아요."

"그럼 자네한테 선택의 여지가 있네. 자네가 스스로 선택해야 돼. 만약 자네가 입대하기로 결정한다면, 나중에 돌아왔을 때 지금의 자리가 그대로 복원된다는 건 말할 필요도 없겠지. 입대하지 않기로 결정한다면, 여기에 계속 머무를 수 있지만 당연히 거기서 어떤 이점을 누릴 수는 없을 걸세. 오히려 지금이든 나중에든 자네가 불리해질 가능성이 있어."

"알겠습니다." 스토너가 말했다.

한참 동안 침묵이 흘렀다. 마침내 스토너는 슬론의 말이 모두 끝났다는 결론을 내렸다. 하지만 그가 막 일어서려는 순간 슬론이 다시 입을 열었다.

그가 느리게 말했다. "자네가 어떤 사람인지, 어떤 사람이 되기로 선택했는지, 자신이 하는 일의 의미가 무엇인지 잊으면 안 되네. 인류가 겪은 전쟁과 패배와 승리 중에는 군대와 상관없는 것도 있어. 그런 것들은 기록으로도 남아 있지 않지. 앞으로 어떻게 할지 결정할 때 이 점을 명심하게."

스토너는 이틀 동안 수업에 나가지 않고, 아는 사람들과 한 마디도 이야기를 나누지 않았다. 그는 그동안 내내 작은 방에 틀어박혀서 어떤 결정을 내려야 할지 고민했다. 조용한 방과 책들이 그를 에워싸고 있었다. 바깥세상에서 멀게 들려오는 학생들의 고함 소리, 벽돌로 포장된 길에서 따각따각 빠르게 마차가 달리는 소리, 시내에 열 대 남짓한 자동차의 단조로운 엔진소리 등이 아주 가끔씩 그의 의식 속으로 들어올 뿐이었다. 그에게는 지금까지 내면을 성찰하는 버릇이 없었기 때문에 자신의 의도와 동기를 찾아 헤매는 일이 힘들 뿐만 아니라 살짝 싫다는 생각도 들었다. 자신이 자신에게 내놓을 것이 거의 없다는 생각, 내면에서 찾아낼 수 있는 것 또한 거의 없다는 생각도 들었다.

마침내 결정을 내리고 나자 결국 이렇게 될 것을 처음부터 알고 있었다는 기분이 들었다. 그는 금요일에 매스터스와 핀치를 만나 자신은 독일군과 싸우러 가지 않겠다고 말했다.

여전히 미덕에 취해 있는 고든 핀치는 안색을 굳히더니 스토너를 책망하는 듯한 슬픈 표정을 지었다. "자네가 우리를 실망시키는군, 빌." 그가 가라앉은 목소리로 말했다. "우리 모두를 실망시켰어."

"조용히 하게." 매스터스가 예리한 시선으로 스토너를 바라보았다. "자네가 이런 결정을 내릴지도 모른다고 생각했네. 항상 기름지지 않고 헌신적인 표정을 짓고 있었거든. 물론 그런 건 중요한 일이 아니지만. 그런데 왜 그런 결정을 내렸나?"

스토너는 잠시 침묵한 채 지난 이틀 동안 목적도 의미도 없는 것 같은 고민에 빠졌던 일, 대학에서 보낸 지난 7년의 세월, 그전에 부모와 함께 농사를 짓던 먼 옛날, 지금은 기적적으로 되살아났지만 마치 죽은 것 같던 시절을 생각해보았다.

"모르겠네." 마침내 그가 말했다. "모든 것이 영향을 미쳤겠지. 뭐라고 말할 수 없네."

"힘들 거야." 매스터스가 말했다. "여기 남아 있으면."

"나도 아네." 스토너가 말했다.

"하지만 그럴 만한 가치가 있다고 생각하는 거지?"

스토너는 고개를 끄덕였다.

매스터스가 히죽 웃더니 여느 때처럼 짓궂게 말했다. "자네는 확실히 마르고 굶주린 사람처럼 보여. 인생이 끝장났군."

핀치의 책망하듯 슬픈 표정은 조심스럽지만 경멸하는 듯한 표정으로 바뀌어 있었다. "나중에 후회할 걸세, 빌." 그가 갈라진 목소리로 말했다. 협박과 연민 사이에서 머뭇거리는 목소리였다.

스토너는 고개를 끄덕였다. "그럴지도 모르지."

그는 두 사람에게 작별인사를 하고 몸을 돌렸다. 두 사람은 다음 날 세인트루이스로 가서 입대할 예정이었고, 스토너는 다음 주 수업을 준비해야 했다.

그는 자신의 결정에 전혀 죄책감을 느끼지 않았다. 나중에 징병이 시작되었을 때도 그는 징병유예를 신청하면서 이렇다 할 가책을 느끼지 않았다. 하지만 나이 많은 동료들이 자신을 어떤 시선으로 바라보는지는 알고 있었다. 학생들이 평소처럼 자신을 대하는 것 같은데도 불손한 태도가 예리한 칼날처럼 비어져 나오는 것 역시 알고 있었다. 심지어 대학에 남겠다는 결정을 따스하게 반겼던 아처 슬론조차 시간이 흐를수록 점점 차갑고 소원해지는 것 같았다.

그는 1918년 봄에 박사학위 필수과정을 모두 마치고 그해 6월에 학위를 받았다. 그보다 한 달 전, 장교 훈련학교를 거쳐 뉴욕시 바로 외곽의 훈련소에 배치된 고든 핀치에게서 편지가 왔다. 그가 여가 시간을 이용해서 컬럼비아 대학에 다니는 것을 허락받았다는 내용이었다. 그곳에서 그 역시 박사학위 필수과정을 그럭저럭 마치고, 여름에 그곳 사범대학에서 박사학위를 받게 될 예정이라고 했다.

편지에는 또한 데이브 매스터스가 프랑스로 파견되었으며, 입대한 지 거의 1년 만에 미국의 첫 작전에 참가했다가 샤토 티에리에서 전사했다는 내용도 있었다.

3

스토너가 박사학위를 받게 될 졸업식 일주일 전, 아처 슬론이 대학의 전임강사 자리를 제의했다. 슬론은 미주리 대학의 방침으로는 원래 졸업생을 고용하지 않게 되어 있지만 전쟁으로 인해 훈련과 경험을 갖춘 대학 강사가 부족해서 예외를 인정해주도록 학교 당국을 설득할 수 있었다고 설명했다.

스토너는 그동안 다짜고짜 자신의 경력과 학위를 밝힌 이력서를 써서 여러 곳의 종합대학과 단과대학에 마지못해 보냈지만, 어느 곳에서도 연락이 오지 않자 묘하게 안도감을 느끼고 있었다. 그런 기분이 드는 이유를 반쯤은 이해할 수 있을 것 같았다. 어렸을 때 집에서 느꼈어야 마땅한 안정감과 온기를 컬럼비아의 미주리 대학에서 느꼈으며, 다른 곳에서도 그런 것을 느낄 수 있을지 확신할 수 없다는 것. 그는 감사한 마음으로 슬론의 제의를 받아들였다.

그러면서 문득 슬론이 전쟁 1년 만에 부쩍 늙어버렸다는 생각이 들었다. 50대 후반인 슬론은 실제 나이보다 열 살쯤 더 늙어 보였다. 멋대로 헝클어져 있던 강철색 곱슬머리가 이제는 하얗게 변해서 뼈만 남은 머리 위에 생기 없이 찰싹 달라붙어 있었다. 검은 눈도 습기의 막이 한 꺼풀 씌워진 것처럼 흐릿해졌다. 길고 주름진 얼굴은 예전에 얇은 가죽처럼 강인해 보였지만, 지금은 아주 오래돼서 바짝 말라버린 종이처럼 약해 보였다. 빈정거리는 말을 잘하는 단조로운 목소리에도 잔 떨림이 섞이기 시작했다. 스토너는 그를 보면서 생각했다. 죽음을 향해 가고 계시는구나. 1년, 2년, 아니 10년 뒤라도 선생님은 돌아가시는 거구나. 때 이른 상실감이 몰려와서 그는 시선을 돌렸다.

그해 1918년 여름에 그는 죽음을 자주 생각했다. 매스터스의 죽음은 인정하기 싫을 만큼 충격적이었다. 유럽에서 발생한 최초의 미군 사상자 명단이 발표되기 시작했다. 전에는 죽음을 문학적 사건 또는 불완전한 육체가 세월의 흐름에 따라 서서히 조용하게 마모되어 가는 과정으로만 생각했다. 전장에서 터져나오는 폭력이나 파열된 목에서 쏟아져나오는 피를 생각한 적은 없었다. 이처럼 다른 종류의 죽음이 존재하는 까닭, 그리고 그 차이가 지니는 의미가 궁금했다. 그러다 보니 예전에 친구 데이비드 매스터스의 살아 있는 가슴속에서 언뜻 보았던 쓸쓸함이 자신의 마음속에서도 점점 커지는 것을 알 수 있었다.

그의 논문주제는 '중세 서정시에 고전 전통이 미친 영향'이었다. 그는 여름에 고전 작품과 중세시대의 라틴어 시를 읽는 데에 많은 시간을 할애했다. 특히 죽음을 다룬 시들을 많이 읽었다. 로마의 서정시인들이 죽음을 삶의 현실로 편안하고 우아하게 받아들인 것에 다시 의아함을 느꼈다. 그들은 무(無)로 돌아갈 수밖에 없는 운명을 살면서 즐겼던 풍요로움에 바치는 공물로 생각하는 것 같았다. 반면 기독교 시대에 라틴 전통에 따라 시를 쓰던 후세의 시인들 중 일부의 작품에는 거의 감춰지지 않은 증오, 쓰라림, 공포가 드러나 있는 것이 신기했다. 그들은 비록 모호한 약속이기는 하나 풍요롭고 황홀한 영생의 약속으로 그런 감정이 드러난 것을 보면, 마치 죽음과 영생의 약속이 삶을 망가뜨리는 못된 장난이라고 생각한 것 같았다. 매스터스를 생각할 때면, 그가 카툴루스나 아니면 그보다 더 부드럽고 서정적인 유베날리스(두 사람 모두 고대 로마의 시인—옮긴이) 같았다. 귀양살이를 했던 유베날리스. 매스터스의 죽음도 또 다른 종류의 귀양살이, 그가 알던 것보다 더 기묘하고 영원한 귀양살이 같았다.

1918년 가을에 학기가 시작되었을 때쯤 사람들은 모두 유럽의 전쟁이 길게 갈 것 같지 않다는 사실을 분명히 깨달았다. 독일의 필사적인 마지막 반격은 파리까지 도달하지 못한 채 저지되었고, 포슈 원수는 연합군 전체에 반격 명령을 내려서 독일군을 처음 위치로 재빨리 밀어냈다. 영국군은 북쪽으로 진격했고, 미군은 아르곤을 통과했다. 이를 위해 연합군이 치른 희생은 전체적으로 들뜬 분위기 속에서 대체로 무시되었다. 신문들은 크리스마스 전에 독일이 무너질 것이라고 떠들어댔다.

따라서 가을학기는 아직 긴장감은 남아 있지만 기분 좋고 편안한 분위기 속에서 시작되었다. 학생들과 강사들은 학교에서 마주치면 자기도 모르게 빙긋 웃으며 열심히 고개를 끄덕였다. 학생들이 지나치게 들떠서 사소한 폭력사건을 일으켜도 교수진과 학교는 무시해버렸다. 정체가 밝혀지지 않은 한 학생이 제시 홀 앞의 거대한 기둥 한 곳을 기어 올라가 속에 지푸라기를 채운 카이저의 인형을 꼭대기에 걸어 놓은 적도 있었다. 그 학생은 그 일대에서 금세 영웅으로 떠올랐다.

미주리 대학에서 이런 들뜬 분위기에 영향을 받지 않은 사람은 아처 슬론뿐인 것 같았다. 미국이 전쟁에 돌입한 날부터 그는 자꾸 안으로만 침잠하기 시작했다. 그리고 전쟁의 끝이 다가오면서 그의 침잠이 더욱 깊어졌다. 그는 학과의 공무 때문에 꼭 필요한 경우가 아니면 동료들에게 말을 걸지 않았다. 그의 강의가 너무 괴팍해져서 학생들이 강의에 들어갈 때마다 두려움을 느낀다는 소리도 조용히 돌아다녔다. 강의 때 그는 아무런 열의도 없이 준비해온 메모를 기계적으로 읽으며 결코 학생들과 눈을 마주치지 않았다. 그가 메모를 뚫어져라 바라보는 동안 목소리가 점점 잦아들 때도 많았다. 그럴 때는 1분이나 2분, 길게는 5분까지 침묵이 이어졌다. 그동안 그는 몸을 움직이지도 않았고, 당황한 학생들의 질문에도 아무런 반응을 보이지 않았다.

윌리엄 스토너는 아처 슬론에게서 그해의 강의를 배정받으면서, 예전 학생 때 보았던 똑똑하고 짓궂은 교수의 마지막 흔적을 보았다. 슬론은 스토너에게 1학년 작문 두 강의와 중세 영문학개론 상급 강의를 주었다. 그러고는 옛날처럼 위악적인 모습을 언뜻 내비치며 이렇게 말했다. "자네도 많은 동료들이나 적잖은 학생들과 마찬가지로, 내가 내 강의들을 상당 부분 포기한다는 말을 들으면 기뻐하겠지? 포기하는 강의 중에는 학생들한테 별로 인기는 없지만 내가 좋아하던 강의도 있네. 2학년 영문학개론. 자네도 기억할 텐데?"

스토너는 빙긋 웃으며 고개를 끄덕였다.

"그래." 슬론이 말을 이었다. "그럴 줄 알았네. 그걸 내 대신 자네가 맡아주면 좋겠네. 뭐, 커다란 선물로 주는 건 아니고, 학생 때 공부를 처음 시작했던 곳에서 교수로서 공식적인 첫 발을 내딛는 것도 재미있겠다 싶어서 말이야." 슬론은 잠시 그를 바라보았다. 전쟁 전에 그랬던 것처럼 눈빛이 밝고 강렬하게 반짝였다. 그러더니 무심함이 다시 막처럼 내려앉았다. 슬론은 스토너에게서 시선을 돌려 책상 위의 서류들을 뒤적였다.

이렇게 해서 스토너는 처음 시작한 곳에서 다시 출발하게 되었다. 키가 크고, 깡마르고, 구부정한 소년의 모습으로 자신을 지금의 이 길로 이끌어준 강의에 귀를 기울이던 바로 그 강의실에서 키가 크고, 깡마르고, 구부정한 남자의 모습으로 새로운 출발을 하게 된 것이다. 그는 그 강의실에 들어갈 때마다 예전에 자신이 앉았던 자리를 흘긋 바라보며, 매번 자신이 그 자리에 앉아 있지 않다는 사실에 조금 놀라곤 했다.

그해 11월 11일, 학기가 시작된 지 두 달 뒤에 휴전이 조인되었다. 평일에 전해진 소식이라서, 즉시 수업이 중단되었다. 학생들은 캠퍼스를 무작정 뛰어다니다가 행진을 시작했다. 몇 명이 모여서 행진하다가 흩어졌다가 다시 모이는 식으로 건물 로비, 강의실, 사무실 등을 돌아다녔다. 스토너도 반쯤은 타의로 그런 행렬에 휩쓸려 제시 홀로 들어가서 복도를 지나고, 계단을 오르고, 또 복도를 지나갔다. 학생들과 교수들의 작은 무리에 휩쓸려 다니다 보니 아처 슬론의 연구실 문이 열려 있는 것이 보였다. 그 앞을 지나가면서 그는 슬론이 책상 앞에 앉아 있는 것을 언뜻 보았다. 그는 얼굴을 잔뜩 일그러뜨린 채 쓰디쓰게 울고 있었다. 뺨의 깊은 주름을 따라 눈물이 개울처럼 흘러내렸다.

스토너는 커다란 충격이라도 받은 사람처럼 조금 더 사람들에게 휩쓸려 다녔다. 그러다가 무리에서 떨어져 나와 캠퍼스 근처의 셋방으로 갔다. 그는 어둠침침한 방에 앉아 밖에서 사람들이 질러 대는 기쁨과 해방의 고함소리를 들었다. 패배를 슬퍼하며 울던 아처 슬론의 모습이 생각났다. 정말로 그 모습을 자기만 본 것인지, 아니면 그냥 상상한 것인지 알 수 없었다. 그는 슬론이 이제 완전히 망가져서 다시는 예전 모습으로 돌아갈 수 없음을 깨달았다.

11월 말이 되자 전쟁터로 나갔던 사람들이 대거 컬럼비아로 돌아오기 시작했다. 대학 캠퍼스 여기저기에서 칙칙한 올리브색 군복이 점점이 눈에 띄었다. 그렇게 장기 휴가를 받아 돌아온 사람 중에 고든 핀치도 있었다. 대학을 떠나 있던 1년 반 동안 살이 찐 모양이었다. 예전에는 상냥하게 남들의 말을 받아들이던 그의 널찍하고 솔직한 얼굴이 이제는 다정하지만 엄숙하고 진지한 표정을 짓고 있었다. 대위 계급장을 단 그는 마치 아버지처럼 애정 어린 표정으로 "내 부하들"을 자주 입에 담았다. 그는 윌리엄 스토너를 다정하게 대했지만 거리를 두었으며, 영문과의 구성원들 중 나이 많은 사람들에게는 지나치다 싶을 만큼 경의를 표했다. 가을 학기에 그에게 강의를 배정해주기에는 너무 늦은 시기였기 때문에, 그는 학년이 끝날 때까지 남은 기간 동안 문리대 학장의 행정비서라는, 명목뿐인 직책을 임시로 맡게 되었다. 그는 자신의 직책이 애매하다는 사실을 깨달을 만큼 눈치가 빨랐지만, 그 직책의 가능성을 알아보는 약삭빠름도 갖추고 있었다. 동료들과는 조심스럽고 정중하며 모호한 관계를 유지했다.

　문리대 학장인 조시아 클레어몬트는 몸집이 작고 턱수염을 기른 노인으로, 의무적인 정년퇴직 시기를 이미 몇 년이나 넘긴 나이였다. 그는 1870년대 초에 이 대학이 평범한 단과대학에서 종합대학으로 바뀌었을 때부터 근무했으며, 그의 아버지는 초창기에 총장을 지낸 인물이었다. 그는 대학에 워낙 단단히 자리를 잡고 앉아서 이 대학 역사의 일부가 되어버렸기 때문에, 해가 갈수록 직무능력이 점점 뒷걸음질치는데도 아무도 감히 용기를 내서 그에게 정년퇴직을 요구하지 못했다. 그는 이미 기억력을 거의 모두 잃어버려서 어떤 때는 자신의 사무실이 있는 제시 홀 복도에서 길을 잃어 아이처럼 남의 손에 이끌려 방을 찾아가야 했다.

　대학의 사무에서 그의 존재감이 이미 아주 희미해진 상태였기 때문에, 전쟁터에서 돌아온 교수들과 행정직원들을 위한 리셉션이 그의 집에서 열릴 것이라는 발표가 그의 사무실에서 나왔을 때 초대장을 받은 사람들은 대부분 누가 공들여 장난을 치는 중이거나 아니면 실수를 한 모양이라고 생각했다. 하지만 그것은 장난도 실수도 아니었다. 고든 핀치가 초대장의 내용을 확인해주었기 때문이다. 그와 더불어 리셉션의 아이디어를 내고 앞장서서 추진한 사람이 바로 핀치라는 이야기가 암암리에 널리 퍼져나갔다.

오래전 아내를 잃은 조시아 클레어몬트는 자기만큼 나이가 많은 유색인 하인 세 명과 함께 살고 있었다. 그가 살고 있는 집은 예전에는 컬럼비아 일대에서 흔히 볼 수 있었지만 소규모 자영농과 부동산 개발업자의 등장으로 빠르게 사라져가고 있는, 남북전쟁 이전에 지어진 대형 주택이었다. 건물의 외양은 보기 좋았지만, 어떤 양식을 따른 것인지 알 수 없었다. 전체적인 형태나 널찍한 구조를 보면 '남부' 분위기가 나지만, 버지니아의 주택들에서 볼 수 있는 신고전주의적 경직성은 전혀 보이지 않았다. 목재로 된 벽은 하얀색이고, 위층 여기저기에 튀어나와 있는 작은 발코니 난간과 창틀은 초록색이었다. 마당은 주위를 둘러싼 숲과 이어져 있고, 12월이라 이파리가 하나도 없는 키 큰 포플러나무들이 진입로와 보행로 양편에 늘어서 있었다. 윌리엄 스토너가 이렇게 웅장한 집을 가까이에서 본 것은 처음이었다. 리셉션이 열린 금요일 오후에 그는 약간의 두려움을 안고 진입로를 걸어가 알지 못하는 교수들 무리에 합류했다. 그들은 문 앞에서 문이 열리기를 기다리고 있었다.

여전히 군복차림인 고든 핀치가 문을 열고 그들을 맞아들였다. 사람들은 작은 정사각형 현관홀로 들어갔다. 그 끝에 광택이 나는 떡갈나무 난간이 달린 가파른 계단이 2층으로 이어져 있었다. 정면의 계단 벽에 걸린 작은 프랑스 벽걸이는 파란색과 황금색 무늬로 되어 있었지만 워낙 색이 바래서 작은 전구에서 나오는 희미한 노란색 불빛 속에서는 무늬의 모양을 알아보기 힘들었다. 스토너는 함께 들어온 사람들이 현관홀에서 북적거리는 동안 그 벽걸이를 가만히 바라보았다.

"외투를 주게, 빌." 귓가에서 들린 목소리에 스토너는 깜짝 놀라 고개를 돌렸다. 핀치가 미소 띤 얼굴로 그를 향해 손을 내밀고 있었다. 스토너가 아직 벗지 않은 외투를 받아주려는 모양이었다.

"여기 온 건 오늘이 처음이지?" 핀치가 거의 속삭이듯이 물었다. 스토너는 고개를 끄덕였다.

핀치가 다른 사람들에게 시선을 돌렸다. 그러고는 목소리를 높이지 않고도 모든 사람에게 소리가 잘 들리게 하는 재주를 보여주었다. "여러분, 중앙 거실로 들어가십시오." 그가 현관홀 오른쪽의 문을 가리켰다. "모두 거기 계십니다."

그가 다시 스토너에게 시선을 돌렸다. "훌륭한 고택일세." 그가 스토너의 외투를 계단 밑의 커다란 벽장에 걸면서 말했다. "이 일대에서 진짜 명승지라고 할 만한 곳 중 하나지."

"그렇군." 스토너가 말했다. "사람들이 이 집에 대해 이야기하는 것을 들었네."

"클레어몬트 학장님도 훌륭한 영감님이시지. 나더러 오늘 저녁 당신을 대신해서 이것저것 살펴달라고 말씀하셨네."

스토너는 고개를 끄덕였다.

핀치가 그의 팔을 잡고 조금 전 자신이 가리킨 문 쪽으로 이끌었다. "이따가 나랑 얘기나 좀 하세. 지금은 일단 안으로 들어가 있어. 나도 곧 갈 테니. 자네한테 소개해주고 싶은 사람들이 좀 있거든."

스토너는 뭐라고 말하려고 입을 열었지만, 핀치는 이미 몸을 돌려 정문으로 들어온 다른 손님들을 맞이하고 있었다. 스토너는 심호흡을 한 번 하고 나서 중앙 거실로 통하는 문을 열었다.

추운 현관홀에서 거실로 들어서자 온기가 훅 끼쳐와서 마치 그를 억지로 밀어내려는 것처럼 느껴졌다. 그가 문을 여는 바람에 새어나온, 사람들이 느릿느릿 이야기를 나누는 소리가 순간적으로 확 부풀어 오르는 것 같았지만, 곧 그의 귀가 그 소리에 익숙해졌다.

거실에서 북적거리고 있는 사람들은 아마 20여 명쯤 되는 것 같았다. 언뜻 보기에 스토너가 아는 사람은 하나도 없었다. 수수한 검은색, 회색, 갈색 양복, 칙칙한 올리브 색 군복이 눈에 들어오고, 가끔 여기저기서 섬세한 분홍색이나 파란색 드레스도 눈에 띄었다. 사람들은 따스한 공기 속에서 느릿느릿 움직였다. 스토너도 앉아 있는 사람들 사이에서 자신이 높이 솟아 있음을 의식하며 그들과 함께 움직였다. 그러다가 아는 얼굴이 보이면 고개를 끄덕이며 인사를 건넸다.

맞은편에 응접실로 통하는 또 다른 문이 있었다. 그리고 응접실 옆에는 길고 좁은 식당이 있었다. 식당 문이 두 짝 모두 활짝 열려 있어서 육중한 호두나무 식탁이 보였다. 노란색 다마스크 천을 덮은 식탁 위에 하얀 접시들과 반짝이는 은그릇들이 잔뜩 놓여 있었다. 여러 사람이 식탁 주위에 모여 있었는데, 상석에는 호리호리하고 아름다운 젊은 여성이 물결무늬가 있는 파란색 비단 드레스 차림으로 서서 금테를 두른 도자기 잔에 차를 따르고 있었다. 스토너는 그 젊은 여성의 모습을 보고 자기도 모르게 문간에서 걸음을 멈췄다. 그녀는 갸름하고 섬세한 얼굴로 주위 사람들에게 미소를 짓고 있었다. 날씬하다 못해 금방이라도 부러질 것처럼 보이는 손가락이 능숙하게 찻주전자와 잔을 다뤘다. 스토너는 그녀를 바라보면서 자신이 정말로 서투른 인간임을 절감했다.

그는 한동안 문간에서 움직이지 못했다. 아가씨의 부드럽고 가느다란 목소리가 그녀 주위에 모여 웅성거리는 손님들의 목소리보다 높이 솟아올랐다. 그녀가 고개를 드는 순간, 갑자기 스토너와 눈이 마주쳤다. 색이 연하고 커다란 눈이 내면에서 우러나온 빛으로 반짝이는 것 같았다. 스토너는 조금 혼란스러워서 문간에서 뒤로 물러나 응접실로 방향을 돌렸다. 벽 앞에서 빈 의자를 발견한 그는 그곳에 앉아 발밑의 카펫을 바라보았다. 식당 쪽은 보지 않았지만 가끔 아가씨의 시선이 자신의 얼굴을 따스하게 스치고 지나가는 것 같았다.

손님들이 그의 주위에서 이리저리 움직이며 자리를 바꿔 앉기도 하고, 새로운 대화 상대를 만나 어조를 달리하기도 했다. 스토너의 눈에는 그들이 안개에 싸여 있는 것 같았다. 마치 자신이 청중이 된 것 같은 기분이었다. 얼마 뒤 고든 핀치가 안으로 들어오자 스토너는 의자에서 일어나 그를 향해 응접실을 가로질렀다. 그리고 나이가 지긋한 남자와 대화하고 있던 핀치의 말을 거의 무례하다 싶을 정도로 끊어버렸다. 그는 핀치를 한쪽으로 데리고 가서 차를 따르고 있는 아가씨를 소개해달라고 부탁했다. 목소리를 낮추지는 않았다.

핀치는 잠시 그를 바라보았다. 처음에는 짜증스러운 듯이 이마에 주름을 잡았지만, 곧 눈이 휘둥그레지면서 주름도 사라졌다. "뭐라고?" 그가 말했다. 스토너보다 키가 작은데도 왠지 그가 스토너를 내려다보고 있는 것 같았다.

"날 소개해달라고 했네." 스토너가 말했다. 얼굴이 뜨끈해지는 것 같았다. "자네가 아는 아가씨인가?"

"물론이지." 핀치가 말했다. 히죽 웃고 싶은지 입꼬리가 점점 올라가고 있었다. "학장님의 사촌뻘인 아가씨인데, 친척 아주머니를 만나러 세인트루이스에서 왔다네." 그의 미소가 커졌다. "이런, 이런, 빌. 대단하군. 내가 소개해주겠네. 이리 오게."

그녀의 이름은 이디스 엘레인 보스트윅이고, 세인트루이스에서 부모와 함께 살고 있었다. 지난 봄 그곳에서 젊은 숙녀들을 위한 사립학교 2년 과정을 마쳤으며, 지금은 어머니의 언니인 이모를 만나러 몇 주 동안 컬럼비아에 와 있었다. 봄에는 이모와 함께 유럽 대일주 여행을 떠날 예정이었다. 이제 전쟁이 끝났기 때문에 다

시 가능해진 일이었다. 세인트루이스에서 조그만 은행의 행장으로
있는 아버지는 원래 뉴잉글랜드 출신으로, 1870년대에 서쪽으로
이주해서 미주리 주 중부의 유복한 가정 장녀와 결혼했다. 이디스
는 평생 세인트루이스에서만 살았으며, 몇 년 전 부모와 함께 동쪽
의 보스턴에서 한 계절을 보낸 적이 있었다. 그때 뉴욕에서 오페라
도 보고, 박물관에도 가보았다고 했다. 나이는 스무 살이고, 피아노
를 칠 줄 알았으며, 예술에 취미가 있었는데, 어머니도 그런 취미
를 응원했다.

세월이 흐른 뒤 윌리엄 스토너는 그날 조시아 클레어몬트의 집
에서 오후와 이른 저녁을 보내며 자신이 이런 사실들을 어떻게 알
게 되었는지 기억이 나지 않았다. 그때 분위기가 공식적이었고 기
억도 흐릿해서, 현관홀의 계단 벽에 걸려 있던 색바랜 벽걸이 같았
다. 자신이 그녀에게 말을 걸었던 것은 기억났다. 그녀가 그를 바
라보고, 그와 가까운 곳을 떠나지 않으며 그의 질문에 부드럽고 가
느다란 목소리로 대답하여 기쁨을 주고, 질문에 대한 보답으로 형
식적인 질문을 던졌던 것 같기도 했다.

손님들이 하나둘 떠나기 시작했다. 작별인사를 외치는 목소리,
쾅 하고 문이 닫히는 소리가 나더니 방들이 텅 비었다. 스토너는
대부분의 손님이 떠난 뒤에도 남아 있었다. 마침내 이디스의 마차
가 오자 그는 현관홀까지 따라 나가서 그녀에게 외투를 입혀주었
다. 그녀가 막 밖으로 나가려 할 때 그가 다음 날 저녁에 찾아가도
되겠느냐고 물었다.

그녀는 그의 말을 듣지 못한 사람처럼 문을 열더니 한동안 가만히 서 있었다. 차가운 공기가 문간으로 훅 들어와서 스토너의 뜨거운 얼굴을 어루만졌다. 그녀가 몸을 돌려 그를 바라보며 몇 번 눈을 깜박였다. 색이 연한 눈에 호기심이 가득했다. 거의 대담해 보일 정도였다. 마침내 그녀가 고개를 끄덕이며 말했다. "네, 오셔도 돼요." 미소는 짓지 않았다.

그는 얼얼하게 추운 중서부의 겨울밤에 시내를 가로질러 그녀의 이모 집으로 찾아갔다. 하늘에는 구름 한 점 없고, 오후 일찍 살짝 내린 눈을 반달이 비췄다. 거리에는 인적이 없었다. 침묵을 깨는 것은 그가 걸을 때 발밑에서 눈이 뽀드득거리는 건조한 소리뿐이었다. 그는 자신이 찾아간 커다란 집 앞에 오랫동안 가만히 서서 침묵에 귀를 기울였다. 추위에 발의 감각이 사라졌지만 그는 움직이지 않았다. 커튼이 쳐진 창문에서 희미한 불빛이 새어나와 푸르스름한 눈 위에 노란색 얼룩처럼 떨어졌다. 안에서 누가 움직이는 것 같았지만, 확실하지는 않았다. 그는 온 힘을 다해 신중하게 한 걸음씩 나아가 포치를 향해 걸어가서 문을 두드렸다.

이디스의 이모(스토너는 그녀의 이름이 에마 달리임을 이미 들어서 알고 있었다. 꽤 오래전에 남편과 사별했다고 했다)가 나와 문을 열어주며 안으로 들어오라고 말했다. 그녀는 키가 작고 몸매가 통통했으며, 가느다란 백발이 얼굴 주위에 떠 있는 것처럼 보였다. 검은 눈은 촉촉하게 반짝였고, 말씨는 마치 비밀을 말하는 것처럼 작고 급박

했다. 스토너는 그녀를 따라 응접실로 들어가서 그녀의 맞은편에 놓인 긴 호두나무 소파에 앉았다. 두꺼운 파란색 벨벳을 씌운 소파였다. 그는 신발에 묻어 있던 눈이 녹아서 두툼한 꽃무늬 융단에 축축한 얼룩이 생겨나는 광경을 지켜보았다.

"이디스가 그러는데, 대학에서 교편을 잡고 계시다고요, 스토너씨." 달리 부인이 말했다.

"그렇습니다, 부인." 그는 이렇게 말하고 나서 헛기침을 했다.

"그곳의 젊은 교수와 다시 이야기를 나눌 기회가 생겨서 얼마나 기쁜지 모르겠어요." 달리 부인이 밝은 목소리로 말했다. "세상을 떠난 남편, 달리 씨가 오랫동안 그 대학 이사회에 있었거든요. 물론 이미 알고 계시는 얘기겠지만."

"아뇨, 몰랐습니다, 부인." 스토너가 말했다.

"이런." 달리 부인이 말했다. "뭐, 옛날에 우리는 젊은 교수들과 오후에 차를 마시며 이야기를 나누곤 했어요. 꽤 오래전 일이지요. 전쟁 전의 일. 전쟁에 참전하셨나요, 스토너 교수님?"

"아뇨, 부인." 스토너가 말했다. "저는 대학에 있었습니다."

"그렇군요." 달리 부인은 밝은 표정으로 고개를 끄덕였다. "그럼 가르치시는 건······?"

"영문학입니다." 스토너가 말했다. "아직 교수는 아니에요. 그냥 강사입니다." 그는 자신이 지금 거친 목소리를 내고 있다는 것을 알고 있었다. 목소리가 조절되지 않았다. 그는 미소를 지으려고 애썼다.

"아, 그렇군요." 그녀가 말했다. "셰익스피어······브라우닝······."

두 사람 사이에 침묵이 내려앉았다. 스토너는 양손을 맞잡고 비틀며 바닥을 내려다보았다.

달리 부인이 말했다. "이디스가 준비를 마쳤는지 보고 올게요. 잠시 실례해도 되죠?"

스토너는 고개를 끄덕이며 일어서서 응접실을 나서는 그녀를 배웅했다. 뒷방에서 사납게 속삭이는 소리가 들렸다. 그는 선 채로 조금 더 가만히 있었다.

갑자기 널찍한 문간에 이디스가 나타났다. 안색이 창백하고, 웃음기도 없었다. 두 사람은 상대를 알아보지 못한 사람들처럼 서로를 바라보았다. 이디스는 한 걸음 뒤로 물러났다가 다시 앞으로 다가섰다. 얇은 입술이 잔뜩 긴장하고 있었다. 두 사람은 엄숙한 표정으로 악수를 하고 소파에 함께 앉았다. 그동안 한 마디도 하지 않았다.

이디스는 그가 기억하고 있던 것보다 훨씬 더 키가 크고, 더 약해 보였다. 얼굴은 갸름했고, 입술은 계속 꼭 다물린 채 다소 강해 보이는 이를 감추고 있었다. 투명해 보이는 피부는 아주 작은 일에도 잘 달아오를 것 같았다. 붉은 기운이 있는 밝은 갈색 머리카락은 굵게 땋아서 머리 위에 여러 층으로 틀어올렸다. 하지만 지난번과 마찬가지로 그를 사로잡은 것은 바로 그녀의 눈이었다. 몹시 커다란 그 눈은 그가 상상할 수 있는 가장 연한 파란색이었다. 그 눈을 보면 그의 영혼이 몸에서 빠져나와 이해할 수 없는 신비의 세계로 끌려가는 것 같았다. 지금까지 본 가장 아름다운 여자라는 생각이 들어서 그는 충동적으로 입을 열었다. "저는…… 저는 당신에 대해 알고 싶습니다." 그녀가 몸을 조금 뒤로 물렸다. 그가 다급히 말했다. "제 말은…… 어제 리셉션에서 별로 이야기할 기회가 없어서……. 당신과 이야기를 하고 싶었지만 사람이 너무 많았습니다. 가끔 사람들이 방해가 되기도 하니까요."

"아주 훌륭한 리셉션이었어요." 이디스가 꺼질 듯한 목소리로 말했다. "모두들 친절하셨던 것 같아요."

"아, 네, 물론이죠." 스토너가 말했다. "제 말은……." 그는 말을 잇지 못했다. 이디스도 말이 없었다.

그가 말했다. "얼마 뒤에 이모님과 함께 유럽으로 가신다고요."

"네." 그녀가 말했다.

"유럽이라……." 그는 고개를 저었다. "정말 마음이 설레시겠습니다."

그녀가 마지못해 고개를 끄덕였다.

"어디로 가실 겁니까? 그러니까…… 어떤 곳에?"

"영국이요." 그녀가 말했다. "프랑스랑 이탈리아도."

"그럼 봄에…… 가시는 겁니까?"

"4월에요."

"5개월 뒤군요. 얼마 남지 않았네요. 그동안 우리가……."

"저는 여기에 3주만 더 머무를 거예요." 그녀가 재빨리 말했다. "그다음에는 세인트루이스로 돌아가요. 크리스마스를 지내러."

"그럼 정말 얼마 남지 않았네요." 그가 미소를 지으며 어색하게 말했다. "최대한 자주 당신을 만나야겠습니다. 그래야 서로를 잘 알게 될 테니까요."

그녀가 거의 경악한 표정으로 그를 바라보았다. "난 그런 뜻이 아니었어요. 부디⋯⋯."

스토너는 잠시 가만히 있다가 입을 열었다. "죄송합니다. 저는⋯⋯. 하지만 진심으로 당신을 다시 만나러 오고 싶어요. 당신이 허락해주신다면 자주. 그래도 되겠습니까?"

"아." 그녀가 말했다. "뭐." 그녀의 가느다란 손가락들이 하나로 얽혀서 무릎 위에 놓여 있고, 손마디가 하얗게 변해 있었다. 손등에 아주 희미한 주근깨가 나 있는 것이 보였다.

스토너가 말했다. "뭔가 잘 안 되네요, 그렇죠? 죄송합니다. 당신 같은 분을 만난 적이 없어서 제가 자꾸 서투른 소리만 하고 있습니다. 혹시 당신을 곤란하게 해드렸다면 용서해주십시오."

"어머, 아니에요." 그녀는 그를 바라보며 입술을 늘렸다. 틀림없이 미소를 지으려고 한 모양이었다. "그런 말씀 마세요. 지금 정말 즐거운 걸요. 정말이에요."

그는 뭐라고 해야 좋을지 알 수 없었다. 그래서 날씨 얘기를 하며 융단에 눈을 묻힌 것을 사과했다. 그녀가 뭐라고 웅얼거리듯이 대꾸했다. 그가 대학에서 가르치는 수업에 대해 이야기하자 그녀는 무슨 소리인지 모르겠다는 표정으로 고개를 끄덕였다. 결국 다시 침묵이 이어졌다. 스토너는 소파에서 일어났다. 지친 사람처럼 움직임이 느리고 무거웠다. 이디스가 무표정한 얼굴로 그를 올려다보았다.

"저……." 그는 이렇게 말하고 나서 헛기침을 했다. "시간이 늦어서 저는……. 저기, 죄송합니다. 며칠 뒤에 다시 찾아와도 될까요? 아마……."

하지만 그녀는 그의 말을 못 들은 척했다. 그는 고개를 끄덕이고는 "안녕히 계십시오."라고 인사한 뒤 몸을 돌려 나가려고 했다.

이디스 보스트윅이 날카로운 목소리로 아무런 억양 없이 말했다. "여섯 살쯤 됐을 때 피아노를 칠 수 있었고 그림도 좋아했고 수줍음도 많아서 어머니가 저를 세인트루이스에 있는 미스 손다이크의 여학교에 보냈어요. 거기서 제 나이가 가장 어렸지만 아버지가 이사라서 손을 써두었기 때문에 그런 건 문제가 되지 않았죠. 처음에는 그곳이 마음에 들지 않았지만 나중에는 정말 좋아하게 됐어요. 모두들 정말 훌륭하고 착한 여자아이들이고 돈도 많고 그래서 저는 거기서 평생 친구를 몇 명 사귀었어요. 그리고……."

스토너는 그녀가 입을 열었을 때 이미 다시 뒤돌아 서 있었다. 그는 놀라서 멍하니 그녀를 바라보았지만, 표정에는 그런 감정이 전혀 드러나지 않았다. 이디스의 눈은 정면만 똑바로 바라보고 있었고, 얼굴에는 표정이 없었으며, 입술은 눈에 보이지 않는 책을 뜻도 모른 채 읽고 있는 것처럼 움직였다. 스토너는 천천히 걸어가서 그녀 옆에 나란히 앉았다. 그녀는 그의 존재를 알아차리지 못하는 것 같았다. 눈을 여전히 정면 어딘가에 고정시킨 채 그녀는 그가 알고 싶다고 했던 자신에 대해 계속 설명했다. 그는 이제 그만 둬도 된다고 말하고 싶었다. 그녀를 어루만지며 달래주고 싶은 생각도 들었다. 하지만 몸을 움직이지도, 말을 하지도 못했다.

그녀는 말을 멈추지 않았다. 얼마쯤 시간이 흐른 뒤에는 그도 그녀의 말이 귀에 들어오기 시작했다. 세월이 흐른 뒤, 그는 처음으로 그녀와 둘이서 오랜 시간을 보낸 그해 12월 그날 저녁의 한 시간 반 동안 한 것만큼 그녀가 자신에 대해 많이 이야기한 적이 없다는 생각이 문득 들었다. 그녀의 이야기가 끝나자 그는 자신과 그녀가 타인이라는 생각이 들었다. 그녀에게 그런 느낌을 갖게 될 것이라고는 미처 생각하지 못했는데. 그는 또한 자신이 사랑에 빠졌음을 확신했다.

이디스 엘레인 보스트윅은 그날 저녁 윌리엄 스토너에게 이야기를 늘어놓으면서도 자신이 무슨 말을 하는지 십중팔구 의식하지 못했을 것이다. 만약 의식했어도, 그 이야기의 의미를 깨닫지 못했을 것이다. 하지만 스토너는 그녀의 이야기를 다 들었고, 결코 잊지 않았다. 그녀의 이야기는 일종의 고백이었다. 그가 생각하기에는 그 이야기 속에 도와달라는 간절한 호소가 들어 있는 것 같았다.

그녀와 친해지면서 그는 그녀의 어린시절에 대해 좀 더 많은 것을 알게 되었다. 그리고 그녀의 어린시절이 같은 환경에서 자란 같은 세대의 아가씨들에게서 흔히 볼 수 있는 전형적인 유형이라는 것도 알게 되었다. 그녀가 받은 교육의 전제는 그녀가 살다 보면 불쑥 만날지도 모르는 거친 일들로부터 보호받을 것이라는 점, 그리고 그런 보호를 해주는 사람의 우아하고 세련된 장식품이 되는 것 외에는 다른 의무를 수행할 필요가 없다는 점이었다. 그녀가 사회적으로나 경제적으로나 그런 보호를 거의 신성한 의무처럼 생각하는 계급에 속해 있기 때문이었다. 그녀는 사립 여학교에서 읽기, 쓰기, 간단한 산수를 배웠으며, 여가시간에는 바느질, 피아노, 수채화 등이 장려되었다. 고상한 문학작품들에 관해 이야기하는 것도 장려 대상이었다. 그녀는 또한 옷차림, 몸가짐, 숙녀다운 말씨, 도덕 등에 대해서도 배웠다.

학교와 가정에서 그녀가 받은 도덕교육은 본질적으로 부정적이었으며, 뭔가를 금지하려는 의도를 지니고 있었고, 거의 전적으로 성적인 문제만을 다뤘다. 하지만 성적인 문제를 다룬다는 사실을 인정하지 않은 채, 그런 문제를 간접적으로 언급할 뿐이었다. 다시 말해서, 그녀가 받은 교육의 다른 모든 부분에 성적인 문제가 가득 퍼져 있었다는 뜻이다. 그 교육에 대부분의 에너지를 제공해주는 것은, 사람들이 입 밖으로 내서 말하지 않는 퇴행적인 도덕관념이었다. 그녀는 자신이 남편과 가족을 위해 수행해야 하는 의무가 있으며, 그 의무를 반드시 완수해야 한다고 배웠다.

그녀는 지극히 형식에 집착하는 분위기 속에서 어린시절을 보냈다. 가족들끼리 아주 일상적인 분위기에서 시간을 보낼 때도 마찬가지였다. 그녀의 부모는 데면데면하고 예의바르게 서로를 대했다. 이디스는 아버지와 어머니 사이에 분노든 사랑이든 열기를 띤 감정이 자연스레 오가는 것을 본 적이 없었다. 두 사람은 화가 나면 며칠 동안이나 예의바르게 침묵을 고수했고, 사랑도 예의바르게 친애를 표시하는 말 한마디로 표현했다. 그녀는 무남독녀였기 때문에 일찍부터 고독이 삶의 일부로 자리 잡았다.

그래서 그녀는 좀 더 고상하게 구는 데에는 별로 재능이 없는 채로 자라났으며, 하루하루 살아가는 데 필요한 것이 무엇인지 전혀 알지 못했다. 그녀의 바느질 솜씨는 섬세했지만 쓸모가 없었고, 그녀가 그리는 그림은 연한 수채물감으로 안개가 낀 것처럼 묘사한 풍경화였으며, 그녀의 피아노 솜씨는 정확했지만 힘이 없었다. 그녀는 또한 자기 몸에 대해 무지했다. 지금까지 살아오는 동안 단 하루도 혼자 힘으로 자기 몸을 돌본 적이 없고, 자신이 다른 사람을 돌보는 책임을 지게 될지 모른다는 생각 또한 단 한 번도 해보지 않았다. 그녀의 삶은 나지막한 진동처럼 전혀 변화가 없었다. 그리고 그녀의 어머니가 그녀의 일상을 감시했다. 그녀가 어렸을 때에는 어머니가 몇 시간 동안이나 가만히 앉아서 그녀가 그림을 그리는 모습이나 피아노를 연주하는 모습을 지켜보곤 했다. 마치 두 사람 모두 할 수 있는 일이 그것밖에 없는 것 같았다.

열세 살 때 이디스도 남들처럼 성적인 변화를 겪었다. 그리고 그와 동시에 보기 드문 신체적 변화도 겪었다. 겨우 몇 달 만에 키가 1피트(약 30센티미터)나 자라서 성인 남자와 거의 비슷해졌다. 이처럼 볼품없어진 몸과 어색하게만 느껴지는 성적인 변화가 그녀의 머릿속에서 하나로 묶여버렸고, 그녀는 그 충격에서 결코 완전히 회복하지 못했다. 이 변화가 선천적으로 수줍은 성격을 더욱 부채질했다. 그녀는 학교 친구들과도 친하게 지내지 못했고, 집에도 터놓고 이야기할 사람이 없었다. 그래서 자꾸만 안으로 움츠러들었다.

그 내면의 사적인 공간으로 지금 윌리엄 스토너가 침범해 들어왔다. 그런데 그녀의 내면에 있는 줄도 몰랐던 어떤 것, 아마도 본능 같은 것이 밖으로 나가려는 그를 불러 세운 뒤, 필사적으로 빠르게 말을 이어나갔다. 그녀는 전에도 그렇게 이야기를 해본 적이 없었고, 그 뒤로도 다시는 그런 식으로 이야기를 하지 않았다.

그 뒤 2주 동안 그는 거의 매일 저녁 그녀를 만났다. 대학에 새로 생긴 음악과가 후원한 연주회를 보러 가기도 하고, 날이 너무 춥지 않을 때에는 컬럼비아의 거리를 천천히 엄숙하게 산책하기도 했다. 하지만 달리 부인의 응접실에 앉아서 시간을 보낼 때가 더 많았다. 두 사람은 가끔씩 이야기를 나눴다. 이디스가 그를 위해 피아노를 연주하면, 그는 음악에 귀를 기울이며 건반 위를 생기 없이 움직이는 그녀의 손가락을 지켜보았다. 처음 시간을 함께 보냈던 그날 저녁 이후로 두 사람은 각각 자신에 관한 이야기를 묘할 정도로 입에 담지 않았다. 그는 그녀를 마음속 침묵으로부터 데리고 나올 수 없었다. 그런 시도를 해보다가 그녀가 곤혹스러워하면 그는 시도를 그만두었다. 그래도 두 사람 사이에 모종의 편안한 분위기가 있기는 했다. 그는 자신과 그녀가 어느 정도는 서로를 이해한다고 생각했다. 그녀가 세인트루이스로 돌아갈 날까지 이제 채 일주일도 남지 않았을 때, 그는 사랑을 고백하며 그녀에게 청혼했다.

그녀가 자신의 고백과 청혼을 어떻게 받아들일지 그는 확신할 수 없었지만, 그녀의 침착한 태도에는 깜짝 놀랐다. 그의 말이 끝난 뒤 그녀는 기묘할 정도로 대담하고 신중한 시선으로 그를 한참 동안 바라보았다. 그는 처음 그녀를 만났던 날 자신이 만나러 가도 되겠느냐고 물었을 때 그녀가 차가운 바람이 불어오는 문간에서 자신을 바라보던 모습을 떠올렸다. 마침내 그녀가 시선을 아래로 떨어뜨렸다. 그녀의 얼굴에 떠오른 놀란 표정이 그에게는 비현실적으로 보였다. 그녀는 그를 그런 식으로는 생각해본 적도, 상상해본 적도 없어서 잘 모르겠다고 대답했다.

"내가 당신을 사랑하는 걸 틀림없이 알고 계셨을 텐데요." 그가 말했다. "숨기려 해도 숨길 수가 없었으니까요."

그녀는 살짝 활기를 띠며 말했다. "몰랐어요. 저는 그런 건 전혀 몰라요."

"그럼 다시 말씀드리죠." 그가 부드럽게 말했다. "이제 당신도 익숙해지셔야 합니다. 저는 당신을 사랑합니다. 당신이 없으면 살 수 있을 것 같지가 않아요."

그녀는 혼란에 빠진 사람처럼 고개를 저었다. "저는 유럽 여행을……." 그녀가 꺼질 듯한 목소리로 말했다. "에마 이모랑……."

그는 웃음이 목구멍에서 솟아나올 것 같았다. 그가 행복하고 자신 있는 목소리로 말했다. "아, 유럽 여행이요. 내가 당신을 유럽에 데려다드리겠습니다. 언젠가 같이 유럽을 보러 가요."

그녀는 그에게서 조금 멀어져 손끝으로 이마를 짚었다. "조금 생각할 시간을 주세요. 일단 아버지, 어머니와 의논을 해봐야 생각을 할 수 있으니까……."

그녀는 그 이상 자신을 허락하려 하지 않았다. 세인트루이스로 떠날 때까지 남은 며칠 동안 그를 다시 만나려고 하지도 않았고, 부모를 만나 이야기를 해보고 마음이 정리된 뒤 편지를 쓰겠다고 말할 뿐이었다. 그날 저녁 그 집을 나서면서 그는 키스를 하려고 고개를 수그렸다. 하지만 그녀가 머리를 돌려버리는 바람에 입술이 그녀의 뺨을 스쳤을 뿐이었다. 그녀는 그의 손을 가볍게 쥐어주었지만, 문밖으로 나서는 그에게 다시는 눈길을 주지 않았다.

열흘 뒤 그녀에게서 편지가 왔다. 묘하게 예의바른 편지에는 두 사람 사이에 오간 이야기가 전혀 언급되어 있지 않았다. 그녀는 자기 부모와 그가 한 번 만났으면 좋겠다면서, 가능하면 다음 주말에 세인트루이스로 올 수 있겠느냐고 물었다. 식구들이 모두 그와 만나는 순간을 고대하고 있다는 말도 있었다.

이디스의 부모는 예상대로 차갑고 예의바른 태도로 그를 맞았다. 그가 어쩌면 느낄 수도 있는 편안한 분위기를 아예 망쳐버리려는 것 같았다. 보스트윅 부인은 그에게 질문을 던진 뒤 그가 대답하면 정말이지 의심스럽다는 표정으로 "아, 그, 그렇군요."라고 대답하곤 했다. 그러면서 묘한 시선으로 그를 바라보았다. 마치 얼굴에 얼룩이 묻어 있거나 코피를 흘리는 사람을 보는 것 같은 표정이었다. 그녀는 이디스처럼 키가 크고 호리호리했다. 두 사람이 이렇게 닮았을 것이라고는 미처 예상하지 못한 스토너가 화들짝 놀랄 정도였다. 하지만 보스트윅 부인의 얼굴은 둔하게 늘어져 있어서 힘도 섬세함도 찾아볼 수 없었다. 또한 항상 불만스러운 표정을 짓고 있기 때문에 생겼음이 틀림없는 깊은 주름이 나 있었다.

호러스 보스트윅도 키가 컸지만, 비현실적으로 보일 만큼 뚱뚱했다. 비만하다고 해도 될 정도였다. 벗어진 정수리 아래에 하얗게 센 머리카락이 둥글게 나 있고, 턱 주위의 살갗은 몇 겹으로 늘어져 있었다. 스토너에게 말을 할 때는 마치 그의 뒤에 뭐가 있기라도 한 것처럼 그의 머리 위를 똑바로 바라보았고, 스토너가 그의 말에 대답할 때는 굵은 손가락으로 조끼 앞섶의 테두리 장식을 잘게 두드렸다.

이디스는 그냥 평범한 방문객을 대하듯이 스토너에게 인사를 건네고는 무심한 표정으로 그에게서 멀어져 별로 중요하지도 않은 일들을 하며 바삐 움직였다. 그는 눈으로 그녀를 쫓았지만 그녀는 그에게 시선을 주지 않았다.

스토너는 이렇게 크고 우아한 집에 들어와본 적이 없었다. 방마다 천장이 높고 실내가 어두웠으며, 크기와 모양이 다양한 화병들이 잔뜩 놓여 있었다. 대리석 상판의 식탁, 식기장, 보관상자 등에서 은식기가 흐릿하게 반짝였다. 선이 섬세하기 그지없는 가구들은 풍성한 무늬로 장식돼 있었다. 그들은 여러 방을 한들한들 통과해서 커다란 응접실에 들어섰다. 보스트윅 부인이 중얼거리듯 해준 설명에 따르면, 보스트윅 부부가 친구들과 함께 앉아서 격의 없이 가벼운 이야기를 나누는 방이 이곳이었다. 스토너는 몸을 움직이기가 무서울 만큼 약해 보이는 의자에 앉았다. 자신의 몸무게 때문에 의자가 흔들리는 것 같았다.

이디스는 보이지 않았다. 스토너는 거의 필사적으로 그녀를 찾아 두리번거렸다. 하지만 그녀는 거의 두 시간 동안, 그러니까 스토너가 부모와 '이야기'를 다 나눌 때까지 응접실에 모습을 나타내지 않았다.

그들이 나눈 '이야기'는 간접적이고 암시적이었으며, 군데군데 긴 침묵이 끼어드는 바람에 느리게 진행되었다. 호러스 보스트윅은 스토너의 머리 위 몇 인치 지점을 바라보며 짤막짤막하게 자신의 이야기를 했다. 그래서 스토너는 보스트윅이 보스턴 출신이며, 그의 아버지가 말년에 뉴잉글랜드에서 일련의 현명하지 못한 투자를 하는 바람에 은행이 문을 닫으면서 은행가로서 그의 경력과 아들의 장래를 망쳐버렸음을 알게 되었다. ("배신당했네." 보스트윅이 천장을 향해 선언하듯 말했다. "거짓 친구들한테.") 그래서 보스트윅은 남북전쟁 직후 미주리로 왔다. 원래 서부로 갈 생각이었지만 출장 때 몇 번 갔던 캔자스시티를 결코 넘어가지 못했다. 그는 아버지의 실패, 아니 친구들에게 당한 배신을 명심한 채 세인트루이스에서 구한 첫 직장인 작은 은행에 머물렀다. 30대 후반에 보잘것없는 부행장으로 자리를 잡은 그는 그 지역 좋은 가문 출신의 아가씨와 결혼했다. 두 사람은 자식을 하나밖에 낳지 못했다. 그는 원래 아들을 원했으나 딸이 태어난 것에 대한 실망감을 굳이 감추려고 하지 않았다. 자신이 아직 제대로 출세하지 못했다고 생각하는 많은 남자들이 그렇듯이, 그도 유난히 허영심이 강했으며 자신이 아주 중요한 존재라는 생각에 빠져 있었다. 그는 10분이나 15분마다 조끼 주머니에서 금시계를 꺼내 한 번 보고는 혼자 고개를 끄덕였다.

보스트윅 부인은 남편보다 말수가 적고, 자기 얘기도 남편처럼 직접적으로 하지 않았다. 하지만 스토너는 그녀가 어떤 사람인지 금방 알아차렸다. 그녀는 남부 숙녀들에게서 자주 볼 수 있는 유형이었다. 역사는 길지만 은근히 가난한 집안 출신인 그녀는 곤궁한 살림이 집안의 격에 맞지 않는다는 말을 들으며 자랐다. 어른들의 가르침은 그녀에게 앞으로 상황이 조금 나아질 것이라는 기대를 품게 했지만, 나아진다는 것이 구체적으로 어떤 의미인지는 정확히 알려주지 않았다. 그녀는 호러스 보스트윅과 결혼할 때도 아예 자신의 일부가 되어버린 습관적인 불만을 그대로 품고 있었다. 그 뒤로 세월이 흐르면서 불만과 앙심은 점점 커지기만 했다. 그런 감정이 그녀의 삶에 워낙 깊고 넓게 배어 있어서 어떤 방법으로도 누그러뜨릴 수 없을 것 같았다. 가늘고 높은 그녀의 목소리에서는 절망이 느껴졌다. 그래서 그녀의 말 한마디, 한마디가 특별한 의미를 지닌 것 같았다.

오후 늦은 시간이 되어서야 두 사람은 이렇게 자신들이 한자리에 모이게 된 그 문제를 언급했다.

그들은 이디스가 얼마나 귀한 딸인지, 자기들이 그녀의 행복한 미래를 얼마나 바라는지, 그녀가 지금까지 어떤 혜택을 누리며 살아왔는지 그에게 이야기했다. 스토너는 곤혹스러움에 괴로워하며 적절하다고 생각되는 반응을 보이려고 애썼다.

"정말 뛰어난 아이예요." 보스트윅 부인이 말했다. "감수성이 얼마나 예민한지 몰라요." 그녀의 얼굴에 난 주름이 더욱 깊어지고, 목소리에서는 묵은 양심이 드러났다. "어떤 남자도…… 누구도 그 섬세함을 이해하지 못할 거예요……."

"맞아." 호러스 보스트윅이 짧게 말했다. 그러고는 이른바 스토너의 '장래 전망'에 대해 묻기 시작했다. 스토너는 최선을 다해 대답했다. 지금까지 자신의 '장래 전망'에 대해 생각해본 적이 없었기 때문에, 자신의 장래가 아주 빈약하게 들린다는 사실이 놀라웠다.

보스트윅이 말했다. "그럼 자네는…… 직업 외에 다른 ……수입원이 없는 건가?"

"그렇습니다." 스토너가 말했다.

보스트윅이 마땅치 않다는 표정으로 고개를 저었다. "이디스는…… 알다시피…… 혜택을 누리며 자란 아이일세. 좋은 가정, 하인들, 최고의 학교……. 그러니까…… 좀 걱정이 되는 게, 자네의…… 음, 조건이라면 필연적으로 생활수준이 떨어질 텐데……." 그의 목소리가 잦아들었다.

스토너는 속에서부터 역겨움이 치밀어오르는 것을 느꼈다. 분노도 솟았다. 그는 잠시 마음을 다스린 후 입을 열었다. 목소리는 최대한 단조롭고 무미건조하게 유지했다.

"분명히 말씀드리지만, 저는 그런 물질적인 문제를 생각해본 적이 없습니다. 이디스의 행복은 물론 저의……. 만약 이디스가 행복해지지 못할 것 같다고 생각하신다면, 저는 반드시……." 그는 말을 잠시 멈추고 단어를 골랐다. 이디스의 아버지에게 자신이 그녀를 얼마나 사랑하는지, 함께 행복해질 수 있음을 얼마나 확신하는지, 앞으로 둘이서 살아나갈 수 있는 삶이 어떤 것인지 말하고 싶었다. 하지만 그는 말을 잇지 않았다. 호러스 보스트윅의 얼굴에 걱정과 당혹감, 그리고 두려움과 닮은 어떤 것이 강렬하게 드러난 것을 보고 놀라서 말을 이을 수 없었다.

"아닐세." 호러스 보스트윅이 다급히 말했다. 그의 표정이 밝아졌다. "내 말을 오해했군. 난 그저 장차 이런저런 어려움을 겪게 될지도 모른다고 자네에게 미리 알려주고 싶었을 뿐이야. 젊은 사람들끼리 이런 문제를 이미 이야기해보았겠지. 자네는 자신의 마음을 분명히 알고 있을 테고. 나는 자네의 판단력을 존중하네. 그리고……."

문제는 이렇게 매듭지어졌다. 몇 마디 말이 더 오간 뒤 보스트윅 부인은 이디스가 내내 어디서 뭘 하는지 모르겠다고 소리 내어 중얼거렸다. 그녀가 높고 가느다란 목소리로 딸의 이름을 부르자, 이디스가 잠시 후 모두가 기다리고 있는 방으로 들어왔다. 하지만 스토너에게는 눈길을 주지 않았다.

호러스 보스트윅이 그녀의 '젊은이'와 좋은 이야기를 나눴다며, 두 사람을 축복하겠다고 말했다. 이디스는 고개를 끄덕였다.

"자……." 그녀의 어머니가 말했다. "그럼 이제 계획을 짜야겠구

나. 봄의 결혼식이라. 아니, 6월이 되려나."

"아니에요." 이디스가 말했다.

"음? 뭐라고?" 보스트윅 부인이 기분 좋은 표정으로 물었다.

"기왕 결혼할 거면 빨리 했으면 좋겠어요."

"젊은이들은 성급하기도 하지." 보스트윅 씨가 이렇게 말하고는 헛기침을 했다. "하지만 네 어머니 말이 옳다, 애야. 이런저런 계획을 짜야 하니까 시간이 필요해."

"아니에요." 이디스가 다시 말했다. 그 단호한 목소리에 모두들 그녀를 바라보았다. "반드시 빨리 해야 돼요."

침묵이 흘렀다. 이윽고 그녀의 아버지가 놀라울 만큼 온화한 목소리로 말했다. "알았다. 네 말대로 하자. 너희 젊은 사람들끼리 계획을 짜봐."

이디스는 고개를 끄덕이고는 뭔가 할 일이 있다고 중얼거리더니 살짝 방을 빠져나갔다. 스토너는 그날 저녁식사 때까지 다시 그녀의 얼굴을 보지 못했다. 호러스 보스트윅이 왕처럼 위엄 있는 침묵 속에서 저녁식사를 주재했다. 식사가 끝난 뒤 이디스는 식구들을 위해 피아노를 연주했지만, 실수가 많고 뻣뻣한, 형편없는 연주였다. 그녀는 몸이 좋지 않다면서 자기 방으로 가버렸다.

그날 밤 손님방에서 윌리엄 스토너는 잠이 잘 오지 않았다. 그는 어둠 속을 빤히 바라보며 자신의 삶이 왠지 낯설고 이상해졌다는 생각을 했다. 이제부터 자신이 하려는 일이 현명한 행동인지 처음으로 의문이 들었다. 이디스를 생각하자 조금 안심이 되었다. 이런 상황에서 이렇게 갑작스러운 불안감과 회의를 느끼는 것은 모든 남자들이 마찬가지일 것 같았다.

그는 다음날 아침 일찍 기차를 타고 컬럼비아로 돌아가야 했기 때문에 아침식사를 마친 뒤 시간 여유가 별로 없었다. 원래 전차를 타고 역까지 갈 생각이었지만, 하인이 모는 마차를 타고 가라고 보스트윅 씨가 고집을 부렸다. 이디스는 며칠 뒤 결혼식 계획에 관해 편지를 보내기로 했다. 그는 보스트윅 부부에게 감사인사를 하고 작별을 고했다. 그들은 그와 이디스를 대문까지 배웅했다. 그가 거의 대문에 다다랐을 때 뒤에서 달려오는 발소리가 들렸다. 고개를 돌려 보니 이디스였다. 키가 큰 그녀가 뻣뻣하게 서서 창백한 얼굴로 그를 똑바로 바라보고 있었다.

"당신의 좋은 아내가 되기 위해 노력할게요, 윌리엄." 그녀가 말했다. "노력할 거예요."

그는 자신이 이 집에 온 뒤로 누구든 자신의 이름을 부른 것은 지금이 처음임을 깨달았다.

4

이디스는 이유를 설명하지 않고 무조건 세인트루이스에서 결혼식을 올리기 싫다고 말했다. 그래서 결혼식은 두 사람이 처음으로 몇 시간을 함께 보낸, 컬럼비아의 에마 달리의 집 응접실에서 치러졌다. 2월 첫째 주, 대학이 봄방학에 들어간 직후였다. 보스트윅 부부는 세인트루이스에서 기차를 타고 왔고, 아직 이디스를 만난 적이 없는 윌리엄의 부모는 집에서 마차를 몰고 출발해서 결혼식 전날인 토요일 오후에 도착했다.

스토너는 부모를 호텔에 묵게 하려고 했지만, 두 사람은 푸트의 집에 머무르고 싶어 했다. 윌리엄이 그 집을 떠난 뒤로 푸트 일가가 그들을 냉담하게 대하는데도 그랬다.

"호텔에서는 뭘 어떻게 해야 할지 모를 것 같구나." 아버지가 진지한 표정으로 말했다. "그리고 푸트네 식구들도 하룻밤 정도면 우리를 참아줄 수 있을 거야."

그날 저녁 윌리엄은 작은 마차 한 대를 빌려서 부모를 시내에 있는 에마 달리의 집으로 데려가 처음으로 이디스와 만나게 했다.

문 앞에서 그들을 맞이한 달리 부인은 당황한 시선으로 윌리엄의 부모를 흘깃 바라보더니 거실로 들어오라고 말했다. 윌리엄의 어머니와 아버지는 뻣뻣한 새 옷 때문에 움직이기가 두렵다는 듯이 조심스레 앉았다.

"이디스가 왜 이렇게 오래 걸리는지 모르겠네." 얼마 뒤 달리 부인이 중얼거렸다. "잠깐 실례할게요." 그녀가 조카를 데리러 나갔다.

한참 뒤 이디스가 내려왔다. 그녀는 겁에 질렸으면서도 반항하는 사람처럼 천천히 마지못해 거실로 들어왔다.

모두들 자리에서 일어섰다. 네 사람은 한동안 무슨 말을 해야 할지 몰라 머뭇거리며 어색하게 서 있었다. 이윽고 이디스가 뻣뻣한 걸음으로 다가와 윌리엄의 어머니와 아버지에게 차례로 손을 내밀었다.

"처음 뵙겠소." 윌리엄의 아버지가 격식을 차린 인사를 건네고는 부러질까 겁난다는 듯이 그녀의 손을 놓았다.

이디스는 그에게 짧게 시선을 보내며 미소를 지으려고 애쓰다가 뒤로 물러났다. "앉으세요." 그녀가 말했다. "앉으세요."

모두들 자리에 앉았다. 그리고 윌리엄이 뭔가 말을 했다. 자기가 듣기에도 팽팽하게 긴장된 목소리였다.

침묵 속에서 그의 어머니가 머릿속의 생각을 소리 내어 말하듯이 조용히 놀라움을 표시했다. "이런, 정말 예쁜 아가씨로구나, 그렇지?"

윌리엄은 살짝 웃고는 부드럽게 말했다. "네, 어머니, 맞아요."

이제야 비로소 모두들 한결 편안하게 이야기를 나눌 수 있었다. 하지만 서로를 향해 흘깃흘깃 시선을 주다가 어딘가 먼 곳으로 눈을 돌리곤 했다. 이디스가 두 분을 만나서 반갑다고, 일찍 뵙지 못해 죄송하다고 중얼거렸다.

"저희가 자리가 잡히면……." 그녀가 잠시 말을 멈췄다. 윌리엄은 그녀가 과연 말을 계속 이을지 궁금했다. "저희가 자리가 잡히면 꼭 한번 다니러 오세요."

"고맙구나." 윌리엄의 어머니가 말했다.

대화는 계속되었지만, 중간중간 긴 침묵이 끼어들었다. 이디스의 과민한 모습이 점점 더 심해져서 겉으로 드러났다. 누군가 던진 질문에 대답하지 못한 적도 한두 번 있었다. 윌리엄이 일어서자 그의 어머니가 불안한 표정으로 따라 일어섰다. 하지만 아버지는 움직이지 않았다. 그는 이디스를 똑바로 바라보며 한참동안 그녀에게서 시선을 떼지 않았다.

마침내 그가 말했다. "윌리엄은 언제나 착한 녀석이었다. 녀석이 좋은 여자를 만난 것 같아서 기쁘구나. 남자한테는 이것저것 보살펴주고 위안을 주는 여자가 필요하지. 윌리엄에게 잘해주어라. 녀석에게도 누군가 잘해주는 사람이 있어야 하니까."

이디스의 머리가 마치 충격을 받은 듯 반사적으로 움직였다. 눈을 크게 뜨고 있어서 윌리엄은 순간적으로 그녀가 화를 내는 줄 알았다. 하지만 그렇지 않았다. 그의 아버지와 이디스는 한참 동안 서로를 바라보았다. 두 사람 모두 시선에 흔들림이 없었다.

"노력하겠습니다, 아버님." 이디스가 말했다. "노력할게요."

아버지가 일어나서 서투르게 허리를 숙여 인사했다. "시간이 늦었구나. 우린 이만 가봐야겠다." 그는 이디스와 아들을 남겨둔 채, 볼품없고 가무잡잡하고 자그마한 아내와 나란히 문으로 걸어갔다.

이디스는 그에게 아무런 말도 하지 않았다. 하지만 윌리엄은 작별인사를 하려고 고개를 돌렸다가 그녀의 눈에 눈물이 흥건히 고인 것을 보았다. 그는 고개를 숙여 이디스에게 입을 맞췄다. 그녀의 가느다란 손가락이 그의 팔을 약하게 잡고 있었다.

2월 오후의 차갑고 맑은 햇빛이 달리의 집 앞쪽 창문을 통해 비스듬히 들어오다가 커다란 거실에서 이리저리 움직이는 사람들의 몸에 부딪혀 깨어졌다. 윌리엄의 부모는 구석에 묘하게 외따로 떨어져 서 있었다. 아침 기차를 타고 겨우 한 시간 전에 도착한 보스트윅 부부가 그 근처에 서 있었지만, 윌리엄의 부모를 바라보지는 않았다. 고든 핀치가 마치 책임자처럼 무겁고 걱정스러운 표정으로 돌아다녔다. 모인 사람은 몇 명 되지 않았다. 이디스나 그녀 부모의 친구들로 윌리엄은 모르는 사람들이었다. 자신이 주위 사람들과 대화를 나누는 목소리가 들리고, 자신의 입술이 미소를 짓는 것이 느껴졌다. 다른 사람들의 목소리는 마치 두꺼운 천으로 여러 겹 덮여 있는 것처럼 들려왔다.

고든 핀치가 그의 옆에 있었다. 땀에 젖은 얼굴이 검은 양복 위에서 밝게 빛났다. 그가 긴장한 표정으로 히죽 웃었다. "준비됐어, 빌?"

스토너는 자신이 고개를 끄덕이는 것을 느꼈다.

핀치가 말했다. "불행을 앞둔 청년께서 마지막으로 바라는 것은 없나?"

스토너는 빙긋 웃으며 고개를 저었다.

핀치가 그의 어깨를 찰싹 쳤다. "내 옆에 딱 붙어서 내가 시키는 대로만 해. 준비는 완벽하니까. 이디스가 금방 내려올 거야."

그는 결혼식이 끝난 뒤 자신이 식을 제대로 기억할 수나 있을지 궁금했다. 모든 것이 흐릿해서 안개가 낀 것 같았다. 핀치에게 질문을 던지는 자신의 목소리가 들렸다. "목사님 말인데…… 아직 못 봤어. 여기 와 계신가?"

핀치가 웃음을 터뜨리고 고개를 절레절레 저으며 뭐라고 말했다. 그러고 나서 사람들이 웅성거렸다. 이디스가 계단을 내려오고 있었다.

하얀 드레스를 입은 그녀의 모습을 보니 방 안으로 차가운 빛 한 줄기가 들어오는 것 같았다. 스토너는 자기도 모르게 그녀를 향해 걸음을 떼려다가 자신의 팔을 붙드는 핀치의 손길을 느꼈다. 이디스는 창백했지만 그에게 살짝 미소를 지어 보였다. 그러고는 어느새 그의 옆에 와서 그와 나란히 걷고 있었다. 둥근 칼라를 단 낯선 사람이 두 사람 앞에 섰다. 땅딸막한 몸집에 이목구비도 분명치 않았다. 그가 뭐라고 웅얼거리며 손에 든 하얀 책을 바라보았다. 윌리엄은 침묵을 향해 대답하는 자신의 목소리를 들었다. 옆에서 이디스가 떨고 있는 것이 느껴졌다.

그러고는 긴 침묵이 흐르더니 또 웅성거리는 소리, 웃음소리가 났다. 누군가가 말했다. "신부에게 키스해!" 그는 자신이 몸을 돌리는 것을 느꼈다. 핀치가 그를 향해 활짝 웃고 있었다. 그는 이디스를 내려다보며 미소를 지었다. 그리고 자신 앞에서 빙빙 도는 그 얼굴에 키스했다. 그녀의 입술도 그의 것만큼이나 건조했다.

그는 자신의 손이 누군가에게 잡혀 오르락내리락하는 것을 느꼈다. 사람들이 그의 등을 찰싹 치며 웃고 있었다. 응접실 안에 사람들이 북적거렸다. 새로운 손님들이 문으로 들어왔다. 유리를 세공해 만든 커다란 펀치 그릇이 응접실 한쪽 끝의 긴 탁자 위에 갑자기 나타난 것 같았다. 케이크도 있었다. 누군가가 그와 이디스의 손을 모아 잡았다. 칼이 보였다. 그는 케이크를 자르는 이디스의 손을 자신이 인도해야 한다는 것을 깨달았다.

그러고 나서는 이디스와 떨어져 북적이는 사람들 틈에서 그녀를 볼 수 없었다. 그는 떠들고, 웃고, 고개를 끄덕이며 이디스를 찾으려고 두리번거렸다. 자신의 어머니와 아버지가 처음에 서 있던 그 구석에 서 있는 것이 보였다. 두 사람은 거기서 조금도 움직이지 않았다. 어머니는 미소를 짓고 있고, 아버지는 한 손을 어머니의 어깨에 어색하게 두르고 있었다. 그는 두 사람에게 가려고 했지만, 누군지 몰라도 자신에게 말을 걸고 있는 사람에게서 빠져나올 수 없었다.

그때 이디스가 보였다. 그녀는 자기 부모, 이모와 함께 있었다.

그녀의 아버지는 살짝 인상을 찌푸린 채 갑갑하다는 듯 응접실 안을 살피고 있었다. 어머니는 울고 있었다. 묵직한 광대뼈 위의 두 눈이 붉게 충혈된 채 부어 있었고, 입은 아이처럼 아래를 향해 꾹 다물려 있었다. 달리 부인과 이디스가 그녀를 팔로 끌어안은 모양새였다. 달리 부인이 마치 뭔가를 설명하듯이 그녀에게 빠르게 말하고 있었다. 하지만 멀리 떨어진 곳에서도 이디스가 말이 없는 것을 확실히 알 수 있었다. 그녀의 얼굴은 하얗고 무표정한 가면 같았다. 잠시 뒤 두 사람이 보스트윅 부인을 데리고 나갔다. 윌리엄은 그 뒤로 리셉션이 끝날 때까지, 고든 핀치가 그에게 귓속말을 하며 작은 정원으로 통하는 옆문으로 데려가 밖으로 밀어낼 때까지 이디스를 다시 보지 못했다. 이디스가 정원에서 기다리고 있었다. 날이 추워서 몸을 따뜻하게 감싸고 옷깃을 세웠기 때문에 얼굴이 잘 보이지 않았다. 고든 핀치는 웃음과 함께 윌리엄이 이해할 수 없는 말을 하며 두 사람을 도로로 통하는 오솔길로 밀어냈다. 지붕이 있는 이륜마차가 두 사람을 역으로 데려가려고 기다리고 있었다. 일주일 동안의 신혼여행을 위해 세인트루이스 행 기차에 오른 뒤에야 윌리엄 스토너는 이제 식이 끝나고 자신에게 아내가 생겼음을 실감했다.

두 사람은 무지한 상태로 결혼했지만, 그 무지의 내용이 근본적으로 달랐다. 두 사람 모두 성경험이 없었고, 자신들의 미숙함을 의식했다. 하지만 윌리엄은 농가에서 자란 덕분에 삶의 자연스러운 과정들을 심상하게 받아들인 반면, 이디스에게 그것들은 한없이 신비롭고 상상도 하지 못했던 것들이었다. 그녀는 그것들에 대해 아는 것이 하나도 없었을 뿐만 아니라, 알고 싶지도 않다는 생각을 마음속 어딘가에 품고 있었다.

따라서 많은 사람들이 그렇듯이 그들의 신혼여행도 실패로 끝났다. 하지만 두 사람은 이 사실을 스스로 인정하려 하지 않았다. 그리고 오랜 세월이 흐를 때까지 이 실패의 의미를 깨닫지 못했다.

두 사람은 일요일 밤 늦게 세인트루이스에 도착했다. 호기심과 호의가 어린 표정으로 둘을 바라보는 낯선 사람들에게 둘러싸인 기차 안에서 이디스는 활기찬 표정을 지었다. 거의 즐거워 보일 정도였다. 두 사람은 서로 손을 잡고 소리 내어 웃으며 앞으로 다가올 날들에 대해 이야기했다. 하지만 시내에 도착해서 윌리엄이 호텔까지 갈 마차를 잡았을 무렵, 이디스의 유쾌함에는 히스테리가 언뜻 섞여들었다.

그는 소리 내어 웃으면서 이디스를 반쯤은 끌다시피 안고서 앰배서더 호텔의 출입문을 통과했다. 호텔은 육중한 갈색 석조건물이었다. 거의 인적이 없는 로비는 동굴처럼 어둡고 묵직한 분위기였다. 호텔 안에 들어서자마자 이디스가 갑자기 조용해지더니 그의 옆에서 불안하게 흔들렸다. 두 사람은 프런트를 향해 넓디넓은 로비를 가로질렀다. 방에 다다랐을 때 그녀는 실제로 아픈 사람처럼 보였다. 마치 고열에 시달리는 사람처럼 몸이 가늘게 떨렸고, 안색은 백짓장 같았으며, 입술은 시퍼런 색이었다. 윌리엄은 의사를 부르려고 했지만 이디스는 단지 피곤할 뿐이라며 조금 쉬면 된다고 고집을 부렸다. 두 사람은 힘들었던 그날 하루에 대해 진지하게 이야기를 나눴다. 이디스는 자신이 예민해서 가끔 고생을 한다고 살짝 암시했다. 그녀는 그를 바라보지도 않은 채 아무런 억양이 없는 목소리로 함께 보내는 첫날을 완벽하게 만들고 싶다고 중얼거렸다.

윌리엄이 말했다. "지금도 완벽해요. 앞으로도 완벽할 것이고. 쉬어요. 우리 결혼생활은 내일부터 시작하는 걸로 합시다."

그는 그때까지 이야기로 들었던, 그리고 가끔 자신도 농담을 하며 놀려댔던 다른 신랑들처럼 첫날밤을 아내와 떨어져 보냈다. 작은 소파에 긴 몸을 뻣뻣하게 웅크린 채 잠을 이룰 수 없어서 그의 눈은 지나가는 밤을 향해 열려 있었다.

그는 일찍 일어났다. 이디스의 부모가 결혼선물로 예약하고 비용까지 지불해준 스위트룸은 10층에 있었으므로 도시가 한눈에 내려다보였다. 그가 부드러운 목소리로 이디스를 부르자 몇 분 만에 그녀가 실내용 가운의 끈을 묶으며 침실에서 나왔다. 졸음에 겨워 하품을 하는 얼굴이 살짝 미소를 짓고 있었다. 윌리엄은 그녀를 사랑하는 마음에 목이 메었다. 그는 그녀의 손을 잡고 거실 창가에 서서 아래를 내려다보았다. 자동차, 행인, 마차 등이 저 아래의 좁은 거리를 기어가고 있었다. 두 사람은 인간세상의 잡다한 일들로부터 한참 떨어져 있는 것 같은 느낌이 들었다. 저 멀리 빨간 벽돌과 돌로 된 사각형 건물들 뒤에서 미시시피 강이 아침 햇살 속에서 푸르스름한 기운이 도는 갈색을 띤 채 구불구불 흘러가는 것이 보였다. 급하게 휘어진 강줄기를 따라 오르락내리락하는 배와 예인선은 장난감 같았지만, 그들의 굴뚝에서는 엄청난 양의 회색 연기가 겨울 하늘을 향해 솟아 나왔다. 차분한 느낌이 윌리엄을 감쌌다. 그는 아내를 한 팔로 안고 가볍게 끌어당겼다. 두 사람 모두 희망과 조용한 모험이 가득한 것 같은 세상을 지긋이 내려다보았다.

두 사람은 일찍 아침을 먹었다. 이디스는 전날 밤과는 달리 몸이 완전히 회복된 것처럼 보였다. 어제처럼 또 거의 즐거워 보이기까지 했다. 윌리엄을 바라보는 그녀의 표정이 다정하고 따스해서 그는 그녀가 자신에게 감사와 사랑을 느끼고 있다고 생각했다. 전날 밤의 일은 두 사람 모두 입에 올리지 않았다. 이디스는 가끔 손가락에 새로 자리 잡은 반지를 바라보며 고쳐 끼곤 했다.

추위에 대비해서 옷을 단단히 껴입은 두 사람은 세인트루이스의 거리를 걸었다. 이제 막 시내가 북적거리기 시작하는 시각이었다. 두 사람은 진열창의 물건들을 들여다보고, 장래에 대해 이야기하고, 앞으로 다가올 나날들을 어떻게 채워나갈 것인지 진지하게 생각했다. 윌리엄은 이제 아내가 된 이 여인을 처음 만나 구애할 때 자신에게서 발견했던 편안함과 유창함을 다시 발휘하기 시작했다. 이디스는 그의 팔을 꼭 붙들고서 전에 없이 그의 말에 귀를 기울이는 듯했다. 두 사람은 작고 따뜻한 가게에서 느지막이 커피를 마시며 추위 속에서 서둘러 걸어가는 행인들을 지켜보았다. 그러다 마차를 잡아서 미술관으로 갔다. 두 사람은 팔짱을 끼고 천장이 높은 전시관들을 돌아다녔다. 그림에 반사된 빛이 풍요롭고 은은했다. 그 조용함, 그 따스함, 오래된 그림들과 조각상들 덕분에 시간을 초월한 듯한 그 분위기 속에서 윌리엄 스토너는 자신과 나란히 걷고 있는 섬세한 키다리 아가씨를 향해 사랑이 마구 샘솟는 것을 느꼈다. 그의 마음속에서 솟아오른 조용한 열정은 따스했으며, 관능적이면서도 예의를 잃지 않았다. 사방에 걸린 그림에서 솟아나온 색깔들과 같았다.

두 사람이 오후 늦게 미술관을 나서자 구름 낀 하늘에서 가랑비가 내리고 있었다. 하지만 윌리엄 스토너는 미술관 안에서 느낀 따스함을 아직도 간직하고 있었다. 두 사람은 일몰 직후에 호텔로 돌아왔다. 이디스는 쉬고 싶다면서 침실로 들어갔고, 윌리엄은 프런트에 연락해서 가벼운 저녁식사를 방으로 가져오게 했다. 그러다 갑자기 어떤 생각이 떠오른 그는 직접 아래층 바로 내려가 샴페인을 얼음에 재워 한 시간 안에 방으로 보내달라고 부탁했다. 바텐더는 뚱한 표정으로 고개를 끄덕이더니, 좋은 샴페인은 갖고 있지 않다고 말했다. 7월 1일이면 금주법이 전국적으로 시행될 예정이라서 벌써 술 제조는 불법으로 규정되어 있었다. 따라서 호텔의 포도주 창고에는 종류를 막론하고 샴페인이 겨우 50병밖에 없었다. 게다가 원래 가격보다 더 비싼 가격이 붙어 있었다. 스토너는 미소를 지으며 괜찮다고 말했다.

이디스는 부모와 함께 살면서 특별히 축하할 일이 있을 때 포도

주를 조금 마신 적이 있지만, 샴페인은 한 번도 맛본 적이 없었다. 거실의 작은 사각형 탁자에 차려진 저녁식사를 먹으면서 그녀는 얼음통 속에 들어 있는 낯선 술병을 불안하게 힐끔거렸다. 탁한 황동 촛대에 꽂은 하얀 양초 두 개가 어둠 속에서 고르지 않은 빛을 던졌다. 다른 불들은 윌리엄이 이미 꺼버린 뒤였다. 이야기를 나누는 두 사람 사이에서 너울거리는 양초의 불빛에 매끈하고 어두운 병의 곡선이 드러나고, 그 병을 둘러싼 얼음이 반짝거렸다. 두 사람은 긴장한 채 조심스레 서로를 대하면서도 즐거웠다.

윌리엄이 서투른 솜씨로 샴페인의 코르크 마개를 뽑았다. 이디스는 커다란 폭음 같은 소리에 화들짝 놀랐다. 병에서 뿜어져 나온 하얀 거품이 윌리엄의 손을 흠뻑 적셨다. 두 사람은 그의 서투른 솜씨에 함께 웃음을 터뜨렸다. 각자 포도주 한 잔씩을 마신 뒤 이디스는 술에 취한 척했다. 두 사람은 포도주를 한 잔 더 마셨다. 윌리엄이 보기에 이디스는 점차 나른해지면서 얼굴에는 고요함이 내려앉고 눈은 시름에 젖은 듯 색이 더 짙어진 것 같았다. 그가 일어서서 작은 탁자 앞에 앉아 있는 그녀의 등 뒤로 돌아가 어깨를 양손으로 짚었다. 섬세하기 그지없는 그녀의 살과 뼈에 닿은 자신의 손이 어찌나 두툼하고 무겁게 느껴지는지 놀라울 정도였다. 이디스는 그의 손길에 뻣뻣하게 굳어버렸다. 윌리엄은 양손을 그녀의 가느다란 목의 양옆으로 부드럽게 움직여 불그스름하고 가느다란 머리카락을 살짝 스쳤다. 그녀의 목은 긴장으로 딱딱하게 굳어서 가늘게 떨고 있었다. 그는 양손으로 그녀의 팔을 잡고 부드럽게 들어올려 의자에 앉은 그녀를 일으켰다. 그리고 그녀의 몸을 돌려 자신을 바라보게 했다. 양초의 불빛을 받아 거의 투명하게 보이는 그녀의 연한 색 눈이 휘둥그레진 채 멍하니 그를 바라보았다. 그는 그녀와 멀지만 가까운 사이가 된 것 같았다. 그녀의 무기력한 모습이 안쓰럽기도 했다. 욕망 때문에 목이 잠겨서 그는 말을 할 수 없었다. 그가 그녀를 침실 쪽으로 살짝 끌어당기자 순식간에 그녀의 몸이 딱딱하게 굳어지며 저항하는 것이 느껴졌다. 그와 동시에 그녀가 의지의 힘으로 저항하려는 마음을 물리치는 것도 느껴졌다.

그는 불을 켜지 않은 침실 문을 닫지 않고 열어두었다. 어둠 속에서 촛불이 희미하게 빛났다. 그는 그녀를 위로하고 달래려는 듯 작게 중얼거렸지만, 목소리가 억눌려 있어서 그도 자신의 말을 들을 수 없었다. 그가 그녀의 몸에 손을 얹고, 그 몸을 자신에게 열어줄 단추를 찾아 더듬거렸다. 그런데 그녀가 냉담하게 그를 밀어버렸다. 흐릿한 빛 속에서 그녀가 눈을 꼭 감고 입술에 힘을 준 것이 보였다. 그녀가 그에게서 고개를 돌리더니 재빠른 동작으로 옷을 느슨하게 풀어서 옷이 저절로 흘러내리게 했다. 그녀의 팔과 어깨가 맨살을 드러냈다. 그녀가 추운 것처럼 몸을 부르르 떨고는 단조로운 목소리로 말했다. "다른 방에 가 있어요. 내가 금방 준비할게요." 그는 그녀의 팔을 만지며 어깨에 입술을 댔지만 그녀는 그에게 고개를 돌리지 않았다.

거실로 나간 그는 저녁식사로 먹고 남은 음식 위에서 깜박거리는 촛불 빛을 빤히 바라보았다. 식탁 한가운데에 아직 반 이상 남은 샴페인 병이 놓여 있었다. 그는 잔에 술을 조금 따라서 맛을 보았다. 아까보다 미지근하고 달착지근한 맛이 났다.

그가 침실로 돌아왔을 때 이디스는 턱까지 이불을 덮고 침대에 누워 있었다. 얼굴은 천장을 향했고, 눈은 꼭 감았으며, 이마에는 가느다란 주름이 한 줄 잡혀 있었다. 스토너는 마치 잠든 그녀를 깨우지 않으려는 것처럼 조용히 옷을 벗고 침대로 들어가 그녀와 나란히 누웠다. 그리고 한동안 욕망을 품은 채 누워 있었다. 욕망은 오로지 그에게만 속하는 별개의 존재가 되어 있었다. 그는 자신이 느끼고 있는 기분의 피난처를 찾듯 이디스에게 말을 걸었지만 그녀는 대답하지 않았다. 그가 그녀의 몸에 손을 올리자 잠옷의 얇은 천을 통해 그가 그토록 갈망하던 육체가 느껴졌다. 그가 그녀의 몸 위에서 손을 움직였지만 그녀는 꼼짝도 하지 않았다. 그녀의 주름살이 더 깊어졌다. 그가 다시 그녀의 이름을 부르며 말을 걸었지만 침묵뿐이었다. 그는 서투르지만 부드럽게 그녀의 몸 위로 올라갔다. 그가 그녀의 부드러운 허벅지를 만지자 그녀가 고개를 홱 옆으로 돌리더니 팔을 들어 눈을 가렸다. 그러고는 아무 소리도 내지 않았다.

일이 끝난 뒤 그는 그녀 옆에 누워 사랑이 담긴 조용한 목소리로 말을 걸었다. 이제 그녀는 눈을 뜨고 있었다. 어둠 속에서 그 눈이 그를 물끄러미 바라보았지만, 얼굴에는 아무런 표정이 없었다. 갑자기 그녀가 이불을 홱 젖히더니 재빨리 욕실로 향했다. 욕실에 불이 켜지고, 그녀가 큰 소리로 고통스럽게 토하는 소리가 들렸다.

그는 그녀를 부르며 욕실로 갔지만 욕실 문이 잠겨 있었다. 그가 다시 그녀를 불렀다. 아무 대답이 없었다. 그는 침대로 돌아가 그녀를 기다렸다. 침묵 속에서 몇 분이 흐른 뒤 욕실의 불이 꺼지고 문이 열렸다. 이디스가 욕실에서 나와 뻣뻣한 걸음으로 침대로 돌아왔다.

"샴페인 때문이에요." 그녀가 말했다. "한 잔만 마실걸 그랬어요."

그녀는 이불을 끌어올려 덮고 그에게 등을 돌렸다. 잠시 후 잠든 그녀의 숨소리가 고르고 묵직하게 변했다.

5

두 사람은 예정보다 이틀 일찍 컬럼비아로 돌아왔다. 단둘뿐이라
는 사실에 긴장과 불안이 느껴져서 마치 감옥 안을 함께 걷고 있는
것 같았다. 이디스는 윌리엄이 수업 준비를 해야 하고, 자신은 새
아파트의 살림을 정리해야 하니까 빨리 컬럼비아로 돌아가자고 말
했다. 스토너는 곧바로 찬성했다. 그러면서 집으로 돌아가 친숙한
환경 속에서 아는 사람들과 어울리다 보면 상황이 나아질 것이라
고 자신을 타일렀다. 두 사람은 그날 오후 짐을 싸서 저녁 때 컬럼
비아 행 기차에 올랐다.

　기억도 잘 나지 않을 만큼 허둥지둥 지나간 결혼 전의 며칠 동안
스토너는 대학에서 다섯 블록 떨어진, 낡은 헛간 같은 건물 2층의
비어 있는 아파트를 찾아냈다. 작은 침실 하나, 그보다 더 작은 주
방, 높은 창문이 달린 광활한 거실이 있는 어둡고 살풍경한 아파트
였다. 전에 이곳에 살던 대학의 미술강사는 그다지 깔끔한 사람이
아니었다. 어두운 색을 띤 널찍한 바닥 널에는 눈부신 노란색, 파

란색, 빨간색 얼룩들이 묻어 있고, 벽에도 물감과 땟자국이 있었다. 스토너는 이곳이 낭만적이고 널찍하다고 생각했기 때문에, 새로운 삶을 시작하기에 좋은 장소라는 판단을 내렸다.

이디스는 마치 정복해야 할 적을 대하듯이 아파트로 들어왔다. 육체적인 노동에 익숙하지 않은데도 그녀는 바닥과 벽의 물감 얼룩을 대부분 긁어내고, 때도 박박 닦아냈다. 그녀가 보기에는 사방에서 때가 새어나오는 것 같았다. 손에는 물집이 잡히고, 표정에는 힘이 잔뜩 들어갔으며, 눈 밑에는 거뭇거뭇한 그림자가 생겼다. 스토너가 도와주려고 하자 그녀는 입술을 꾹 다물고 고집스러운 표정으로 고개를 저었다. 그에게는 공부할 시간이 필요하며, 청소는 자신의 일이라는 것이었다. 그래도 그가 억지로 청소를 돕자 그녀는 굴욕을 당했다는 생각에 거의 뚱한 표정을 지었다. 어찌 할 바를 모르고 당혹감에 사로잡힌 스토너는 돕겠다는 뜻을 굽히고, 이디스가 어두운 표정으로 반짝이는 바닥과 벽을 서투르게 문지르고, 커튼을 꿰매 높은 창문에 들쭉날쭉하게 매달고, 하나둘씩 늘어난 중고 가구들을 수리하고 몇 번이나 색칠하는 모습을 지켜보았다. 비록 솜씨는 서툴렀지만 그녀는 말없이 사나울 정도로 맹렬하게 움직였다. 그래서 윌리엄이 오후에 대학에서 집으로 돌아와 보면 그녀는 녹초가 되어 있었다. 지친 몸을 끌고 힘들게 저녁식사를 준비한 뒤 겨우 몇 입만 먹고는 몇 마디 중얼거린 뒤 침실로 사라져 약에 취한 사람처럼 잠들기 일쑤였다. 그녀는 다음 날 윌리엄이 학교로 출근할 때까지 깨지 않았다.

한 달도 안 돼서 그는 이 결혼이 실패작임을 깨달았다. 그리고 1년도 안 돼서 결혼생활이 나아질 것이라는 희망을 버렸다. 그는 침묵을 배웠으며, 자신의 사랑을 고집하지 않았다. 그가 애정을 담아 그녀에게 말을 걸거나 몸을 만지면, 그녀는 그를 외면하고 내면으로 숨어 들어가 아무 말 없이 견디기만 했다. 그러고 나서 며칠 동안 전보다 한층 더 힘들게 새로운 한계까지 자신을 혹사했다. 말은 하지 않았지만 두 사람 모두 같은 침대를 쓰는 것만은 고집스럽게 그만두지 않았다. 그래서 가끔 그녀가 자다가 자기도 모르게 몸을 움직여 그에게 닿을 때가 있었다. 또한 결혼생활에 대한 스토너의 깨달음과 결의가 사랑 앞에서 무너져 내려 그가 그녀를 향해 움직일 때도 있었다. 그럴 때 그녀가 깊은 잠에 빠져 있지 않으면, 긴장해서 몸을 뻣뻣하게 굳힌 채 고개를 옆으로 돌려 베개에 묻고서 자신을 범하는 그의 몸짓을 견뎌냈다. 그럴 때 스토너는 최대한 빨리 사랑의 행위를 하면서 이렇게 서두르는 자신을 증오하고, 그녀에 대한 열정을 후회했다. 그녀가 잠기운 때문에 반쯤 무감각해져 있을 때도 가끔 있었다. 그럴 때면 아무런 움직임도 없이 졸린 목소리로 뭐라고 중얼거리곤 했다. 그녀가 항의를 하는 건지 놀란 건지는 알 수 없었다. 그는 미리 예측할 수 없는 이런 드문 순간들을 고대하게 되었다. 그녀가 잠에 취해 그의 행동을 묵인할 때에는 마치 그녀가 자신에게 모종의 반응을 하는 것처럼 자신을 속일 수 있었기 때문이다.

그는 그녀가 불행해 보인다는 말을 할 수 없었다. 그가 이런 말을 꺼내면, 그녀는 그것을 자신에 대한 질책으로 받아들여 그가 사랑의 행위를 할 때처럼 침울한 표정으로 마음을 닫아버렸다. 그는 자신이 서투른 탓에 그녀가 마음을 닫았다고 한탄하며 그녀의 기분을 자신의 책임으로 받아들였다.

그는 필사적인 마음에 작게나마 그녀를 기쁘게 해줄 방법들을 조용하지만 가차 없이 실험했다. 하지만 선물을 줘도 그녀는 무심하게 받아들일 뿐이었다. 가끔 가격에 대해 가볍게 뭐라고 말하는 것이 전부였다. 컬럼비아 주변의 숲으로 산책이나 소풍을 나가보기도 했지만, 그녀는 쉽게 지칠 뿐만 아니라 때로는 아예 아파서 드러눕기까지 했다. 구애할 때처럼 자신의 일에 대해 이야기해주면 그녀는 마지못해 너그럽게 들어준다는 태도를 취했다.

결국 그는 그녀가 수줍음을 타는 성격이라는 것을 알면서도 집에 손님들을 초대하자고 최대한 부드럽게 고집을 부렸다. 그래서 같은 학과의 젊은 강사들과 조교수들 몇 명을 초대해서 격의 없이 차를 마시는 자리를 마련하고, 소규모 디너파티도 여러 번 열었다. 그런데도 이디스는 좋은 건지 싫은 건지 자신의 기분을 전혀 드러내지 않았다. 하지만 모임을 준비할 때는 너무나 강박적으로 정신없이 몰두했기 때문에 정작 손님들이 집에 올 때쯤 되면 그녀는 긴장과 피로로 반쯤 히스테리 상태가 되었다. 다행히 윌리엄 외에는 아무도 그 사실을 눈치채지 못했다.

그녀는 모임의 여주인 역할을 훌륭하게 해냈다. 활기차고 편안한 태도로 손님들과 이야기하는 모습을 보면, 그녀가 낯선 사람 같았다. 그녀는 또한 손님들 앞에서 그에게 애정이 넘치고 친밀한 태도로 말을 걸었기 때문에 그는 항상 깜짝깜짝 놀라곤 했다. 그녀는 그를 윌리라고 불렀을 뿐만 아니라(그는 여기에 기묘한 감동을 느꼈다), 가끔 부드러운 손을 그의 어깨에 올려놓기도 했다.

하지만 손님들이 가고 나면 그 겉치레가 저절로 무너지고 지친 모습이 드러났다. 그녀는 손님들이 자신을 모욕하고 무시했다는 괜한 상상에 빠져 손님들에 대해 모진 소리를 해댔다. 또한 자신이 용서할 수 없는 실수들을 저질렀다며 조용히 필사적으로 그 실수들을 되짚어보았다. 손님을 치르느라 어질러진 집 안에 꼼짝 않고 앉아서 이런 생각에 빠진 그녀를 윌리엄이 달래려고 해도 소용없었다. 그녀는 괴로움에 잠겨 그의 말에 단조로운 목소리로 짤막한 대답을 할 뿐이었다.

딱 한 번 손님들이 있는 자리에서 그녀의 겉치레에 금이 간 적이 있었다.

두 사람이 결혼하고 여러 달이 지났을 때, 고든 핀치가 뉴욕에서 주둔하는 동안 부담 없이 만났던 아가씨와 약혼을 하게 되었다. 부모가 컬럼비아에 살고 있는 아가씨였다. 핀치는 부학장으로 임명되어 일하고 있었고, 만약 조시아 클레어몬트가 세상을 떠나면 학장 후보로 가장 먼저 물망에 오를 것이라고 다들 암묵적으로 인정하고 있었다. 스토너는 조금 때가 늦기는 했지만 핀치의 승진과 약혼을 한꺼번에 축하하기 위해 그와 약혼녀를 저녁식사에 초대했다.

두 사람은 날씨가 따뜻한 5월 말의 어느 날 어스름이 내리기 직전에 스토너의 집에 도착했다. 핀치가 스토너의 집 앞 벽돌 길에서 반짝이는 검은색 새 차를 노련한 솜씨로 세우자 연달아 몇 번 폭음이 났다. 그는 경적을 울리며 윌리엄과 이디스가 아래층으로 내려올 때까지 유쾌하게 손을 흔들었다. 둥근 얼굴에 미소를 띤 자그맣고 가무잡잡한 아가씨가 그 옆에 앉아 있었다.

그는 약혼녀인 캐롤라인 윈게이트를 스토너 부부에게 소개했다. 그리고 그녀가 핀치의 손을 잡고 차에서 내리는 동안 네 사람은 가벼운 이야기를 나눴다.

"이봐, 이 차 어때?" 핀치가 주먹으로 자동차 앞쪽의 펜더를 쿵쿵 두드리며 물었다. "멋지지? 캐롤라인의 아버님 것일세. 나도 이런 차를 하나 살까 생각 중이야. 그러면……." 그의 목소리가 잦아들면서 눈이 가늘어졌다. 그는 자동차가 바로 자신의 미래라는 듯이 냉정하고 신중한 눈으로 자동차를 바라보았다.

그러다가 다시 명랑해져서 농담을 던졌다. 그는 짐짓 비밀이라는 듯 집게손가락을 입술에 대고 은밀히 주위를 둘러본 뒤 자동차 앞좌석에서 커다란 갈색 종이봉투를 꺼냈다. "술이야." 그가 속삭였다. "방금 배에서 내린 거라고. 날 좀 가려주게, 친구. 잘하면 집까지 안 들키고 갈 수 있을 거야."

저녁식사는 좋은 분위기에서 진행되었다. 핀치는 지금까지 몇 년 동안 스토너가 보아온 것보다 더 붙임성 있게 굴었다. 스토너는 먼 옛날 금요일에 수업을 마친 뒤 자신과 핀치와 데이브 매스터스가 한자리에 앉아서 맥주를 마시며 이야기를 나누던 것을 생각했다. 핀치의 약혼녀인 캐롤라인은 말이 별로 없었다. 핀치가 우스갯소리를 하며 윙크를 보내면 그녀는 행복한 표정으로 미소를 지었다. 핀치가 이 가무잡잡하고 예쁜 아가씨를 진심으로 좋아하고 있으며 그녀가 침묵을 지키는 것은 그에게 홀린 듯이 빠져 있기 때문이라는 사실이 스토너에게는 부럽다 못해 거의 충격이었다.

이디스조차 평소보다 긴장이 덜한 모습이었다. 그녀는 편안한 미소를 지었으며, 자연스러운 웃음을 터뜨렸다. 핀치가 이디스에게 허물없는 태도로 장난을 치는 것을 보며 스토너는 그녀의 남편인 자신은 결코 그렇게 될 수 없음을 깨달았다. 이디스는 몇 달 만에 처음으로 행복해 보였다.

저녁식사가 끝난 뒤 핀치가 아이스박스에서 그 갈색 종이봉투를 꺼냈다. 그는 술을 차게 식히려고 일찌감치 아이스박스에 넣어두었던 그 봉투에서 어두운 갈색 병 몇 개를 꺼냈다. 그가 혼자 살고 있는 아파트의 벽장 안에서 아주 비밀스럽게 직접 빚은 술이었다.

"덕분에 내 옷을 넣어둘 공간이 없어." 그가 말했다. "하지만 남자는 자신의 가치관을 지켜야 하는 법이지."

그의 하얀 피부와 점점 숱이 줄고 있는 금발에 빛이 반사되어 반짝이는 가운데 그는 눈을 가늘게 뜨고 아주 희귀한 물질을 측정하는 화학자처럼 조심스럽게 병에 담긴 맥주를 잔에 따랐다.

"이런 건 조심스럽게 다뤄야 돼." 그가 말했다. "바닥에 침전물이 많이 쌓이거든. 그래서 너무 빨리 따르면 잔에도 침전물이 들어가."

그들은 각자 맥주를 한 잔씩 마시며 핀치의 술 빚는 솜씨를 칭찬

했다. 술맛은 정말이지 놀라울 정도로 좋았다. 쌉쌀하고 가벼우며 색깔도 좋았다. 심지어 이디스도 한 잔을 다 마시고 또 한 잔을 받았다.

다들 조금 술에 취해서 흐리멍덩한 표정으로 감상에 잠겨 웃어 댔다. 서로가 색다르게 보였다.

스토너가 빛을 향해 자신의 잔을 들어올린 채 말했다. "데이브가 있었다면 이 맥주를 마시면서 뭐라고 했을지 궁금하군."

"데이브?" 핀치가 물었다.

"데이브 매스터스 말이야. 그 친구가 맥주를 얼마나 좋아했는지 기억하지?"

"데이브 매스터스라." 핀치가 말했다. "우리 친구 데이브. 진짜 안타까운 일이지."

"매스터스라면……." 이디스가 술에 취한 얼굴로 미소를 짓고 있었다. "전사하셨다던 친구분 아니에요?"

"맞소." 스토너가 말했다. "그 친구야." 오래전의 슬픔이 다시 그를 찾아왔지만 그는 이디스를 향해 미소를 지었다.

"우리 친구 데이브." 핀치가 말했다. "에디, 당신 남편이랑 나랑 데이브는 옛날에 진짜 죽이 잘 맞았어요. 물론 저 친구가 당신을 만나기 한참 전의 일이지만. 우리 친구 데이브……."

그들은 데이브 매스터스를 떠올리며 빙긋 웃었다.

"당신하고 친한 친구였어요?" 이디스가 물었다.

스토너가 고개를 끄덕였다. "좋은 친구였소."

"샤토 티에리(제1차 세계대전의 격전지 중 하나-옮긴이)." 핀치가 잔을 쭉 비웠다. "전쟁은 진짜 엿 같아." 그가 고개를 절레절레 저었다. "하지만 우리 친구 데이브는 아마 지금쯤 어디선가 우리를 보며 웃고 있을걸. 자신이 안됐다는 생각은 하지 않을 거야. 그 친구가 프랑스를 조금이라도 제대로 구경하기는 했는지 모르겠네."

"그거야 모르지." 스토너가 말했다. "그쪽에 도착하고 금방 죽었잖아."

"그럼 그거 안타까운 일인데. 난 그 친구가 군대에 들어간 가장 큰 이유가 그거라고 항상 생각했거든. 유럽을 구경하는 것."

"유럽이라." 이디스가 또렷하게 말했다.

"맞아요." 핀치가 말했다. "우리 친구 데이브는 원하는 게 그리 많지 않았지만, 죽기 전에 꼭 유럽을 보고 싶다고 했죠."

"저도 옛날에 유럽에 갈 예정이었어요." 이디스가 말했다. 미소 짓고 있는 그녀의 눈이 무기력하게 반짝였다. "기억나요, 윌리? 결혼하기 직전에 에마 이모랑 유럽에 갈 계획이었잖아요. 기억나요?"

"기억해요." 스토너가 말했다.

이디스가 거슬리는 웃음소리를 내더니 당혹스러운 듯 고개를 저었다. "아주 오래전 일 같아요. 사실은 그렇지 않은데. 그게 얼마 전이죠, 윌리?"

"이디스……." 스토너가 말했다.

"보자, 4월에 떠날 예정이었으니까, 1년 전이네요. 지금은 5월이잖아요. 그때 떠났으면……." 갑자기 그녀의 눈에 눈물이 글썽였다. 하지만 그녀는 여전히 그린 듯한 밝은 표정으로 미소를 짓고 있었다. "이젠 결코 거기에 갈 수 없겠죠. 에마 이모는 곧 돌아가실 거고, 나한테는 절대 그런 기회가……."

그러고 나서 그녀는 흐느끼기 시작했다. 입술은 그대로 굳어버린 듯 여전히 미소를 짓고 있었지만, 눈에서는 눈물이 줄줄 흘러내렸다. 스토너와 핀치가 의자에서 일어섰다.

"이디스." 스토너가 무기력하게 말했다.

"아, 그냥 내버려둬요!" 그녀가 묘하게 몸을 비틀면서 일어나 두 사람 앞에 꼿꼿이 섰다. 눈은 꼭 감았고, 양손은 주먹을 쥔 채 옆구리에 늘어뜨려져 있었다. "당신들 모두! 날 그냥 내버려둬요!" 그러고 나서 그녀는 몸을 돌려 비틀거리며 침실로 들어가더니 문을 쾅 닫아버렸다.

잠시 아무도 입을 열지 않았다. 그들은 문 뒤에서 들려오는 이디스의 울음소리에 귀를 기울였다. 그러다가 스토너가 말했다. "자네가 이해하게. 몸도 별로 좋지 않고, 많이 지친 모양이야. 긴장이……."

"물론이지, 나도 어떤 건지 잘 아네, 빌." 핀치가 공허한 웃음을 터뜨렸다. "여자들이란. 나도 곧 저런 모습에 익숙해지게 될 것 같은데." 그가 캐롤라인을 바라보며 다시 웃음을 터뜨리더니 목소리를 낮췄다. "지금은 에디를 방해하지 말아야 할 것 같군. 우리 대신 감사인사를 전해주게. 아주 훌륭한 식사였다고 전해줘. 나중에 우리가 자리를 잡고 나면 자네 부부도 우리 집에 한번 놀러오고."

"고맙네, 고든." 스토너가 말했다. "내가 말을 전해주지."

"그리고 걱정 말게." 핀치가 스토너의 팔을 쳤다. "이런 일도 있는 거야."

고든과 캐롤라인이 타고 온 차가 부릉거리다가 밤의 어둠을 향해 폭음을 내며 사라진 뒤 윌리엄 스토너는 거실 복판에 서서 이디스의 건조한 울음소리에 귀를 기울였다. 감정이 느껴지지 않는, 묘하게 단조로운 울음소리가 영원히 멈추지 않을 것처럼 이어졌다. 그는 그녀를 위로하고 달래주고 싶었지만 무슨 말을 해야 할지 알수 없었다. 그래서 가만히 서서 듣기만 했다. 얼마 뒤 그는 지금껏 이디스가 우는 소리를 들은 적이 한 번도 없었음을 깨달았다.

고든 핀치와 캐롤라인 윈게이트를 초대했지만 엉망으로 끝나버린 그 디너파티 이후로 이디스는 지금의 생활에 거의 만족하고 있는 것처럼 보였다. 결혼한 뒤로 그녀가 이렇게 차분해 보인 것은 처음이었다. 하지만 그녀는 누구도 초대하고 싶어 하지 않았고, 아파트 밖으로 나가는 것도 꺼리는 기색을 드러냈다. 이디스가 작은 파란색 메모지에 묘하게 성실하고 어린애 같은 필체로 적어준 목록을 들고 나가서 장을 보는 일도 대부분 스토너의 몫이었다. 그녀는 혼자 있을 때 가장 행복한 것 같았다. 그럴 때면 그녀는 자기만 아는 미소를 살짝 띠고 몇 시간 동안이나 한 자리에 앉아서 바느질을 하거나 식탁보와 냅킨에 자수를 놓았다. 그녀의 이모인 에마 달리가 그녀를 찾아오는 횟수가 점점 늘어났다. 윌리엄이 오후에 대학에서 퇴근해 돌아와 보면 두 사람이 함께 앉아서 차를 마시거나 거의 속삭임에 가까운 작은 소리로 이야기를 하고 있을 때가 많았다. 두 사람은 항상 예의바르게 그를 맞이했지만, 윌리엄은 그들이 유감스러운 시선으로 자신을 바라본다는 것을 알고 있었다. 그가 집에 돌아온 뒤 달리 부인이 몇 분 이상 머무르는 경우는 거의 없었다. 그는 이디스가 만들어낸 세계를 조심스럽고 섬세하게 대하는 법을 터득했다.

1920년 여름에 이디스가 세인트루이스의 친척들 집에 다니러 가 있는 동안 윌리엄은 부모 집에서 일주일을 보냈다. 결혼식 이후로 부모를 만난 것은 그때가 처음이었다.

그는 하루 이틀 정도 밭에 나가 아버지와 흑인 일꾼을 도왔다. 하지만 발밑에 느껴지는 따스하고 촉촉하고 부드러운 흙, 새로 갈아엎은 흙의 냄새는 그에게 고향의 느낌이나 친숙한 기분을 전혀 불러일으키지 못했다. 그는 컬럼비아로 돌아와 다음 학년에 가르치게 될 새로운 강의를 준비하며 여름을 보냈다. 거의 매일 도서관에서 시간을 보내다가 가끔 저녁 늦게 이디스가 있는 아파트로 돌아가는 식이었다. 어둠 속에서 유령처럼 바스락거리는 인동덩굴의 섬세한 이파리들에 섞여 따스한 공기 속에서 흔들리는 층층나무의 달콤한 냄새가 사방에 짙게 깔려 있었다. 흐릿한 글자들을 집중해서 읽느라 눈이 따가웠고, 머릿속에는 방금 읽은 내용이 묵직하게 들어 있었다. 손가락은 낡은 가죽표지와 양장본과 종이의 느낌을 여전히 간직한 채 얼얼하게 감각이 마비되어 있었다. 하지만 그는 자신이 걷고 있는 주변 세상을 향해 마음을 열고 그 안에서 기쁨을 찾아냈다.

학과 회의에 몇몇 새로운 얼굴이 모습을 드러냈다. 대신 몇몇 친숙한 얼굴이 사라졌다. 아처 슬론은 스토너가 전쟁 중에 눈치챘듯이 계속 서서히 쇠락해가는 중이었다. 그는 손을 덜덜 떨면서 자신이 하는 말에도 주의를 집중하지 못했다. 학과는 단순히 존재한다는 사실 그 자체와 전통에서 얻은 힘으로 계속 굴러갔다.

스토너가 사나울 정도로 강렬하게 학생들을 가르쳤으므로, 학과의 새로운 얼굴들 중 일부는 경이로운 표정으로 그를 바라보았다. 하지만 오래전부터 그를 알던 동료들 중에는 조금 걱정스러운 표정을 짓는 사람도 있었다. 그는 얼굴이 점점 수척해지고, 체중이 줄었으며, 어깨도 한층 더 구부정해졌다. 그해 2학기에 수업을 과중하게 맡아 추가로 보수를 받을 기회가 생기자 그는 그 기회를 잡았다. 또한 그해에 새로 생긴 여름학기에서도 역시 추가로 보수를 받기로 하고 강의를 맡았다. 그는 해외여행을 할 수 있을 만큼 돈을 모아야 한다는 생각을 어렴풋이 하고 있었다. 자기 때문에 유럽 여행을 포기한 이디스에게 유럽을 보여주기 위해서였다.

1921년 여름에 잊고 있던 라틴어 시의 참고자료를 찾던 그는 자신의 학위논문을 제출한 지 3년 만에 처음으로 언뜻 보게 되었다. 전문을 다 읽어본 결과 내용이 탄탄하다는 판단이 섰다. 하지만 자신의 철면피 같은 판단이 조금 겁이 난 그는 이 논문을 새로 다듬어서 책으로 낼 생각을 했다. 이번에도 여름학기 내내 강의를 해야 하는 입장인데도 그는 논문을 쓸 때 참고했던 자료들을 대부분 다시 읽고 더 많은 자료를 찾기 시작했다. 1월 말에 그는 책을 낼 수 있겠다는 결론을 내렸다. 이른 봄 무렵에는 조심스레 몇 페이지 정도 초고를 쓸 수 있을 만큼 연구가 진행되어 있었다.

이디스가 차분하다 못해 거의 무심하기까지 한 태도로 아이를 갖겠다는 결정을 내렸다고 그에게 말한 것은 그해 봄이었다.

이디스의 말은 갑작스러웠을 뿐만 아니라, 그런 결정을 내리게 된 원인도 금방 눈에 띄지 않았다. 그녀 자신도 어느 날 아침식탁에서 윌리엄이 출근하기 몇 분 전에 아이를 갖고 싶다는 말을 하면서 거의 놀란 것 같은 표정을 지을 정도였다. 마치 새로운 발견을 한 사람 같았다.

"뭐라고?" 윌리엄이 말했다. "방금 뭐라고 한 거요?"

"아기를 갖고 싶어요." 이디스가 말했다. "아기를 갖고 싶은 것 같아요."

그녀는 토스트를 조금씩 베어 먹다가 냅킨 귀퉁이로 입술을 닦고는 딱딱한 미소를 지었다.

"우리한테도 아기가 있어야 할 것 같지 않아요?" 그녀가 물었다. "결혼한 지 거의 3년이나 됐어요."

"물론, 그렇지." 윌리엄은 찻잔을 받침접시 위에 아주 조심스레 내려놓았다. 그리고 그녀에게 시선을 주지 않은 채 말을 이었다. "확실히 마음을 정한 거요? 우린 그런 이야기를 한 적이 없잖소. 나는 당신이……."

"물론이에요." 그녀가 말했다. "내 마음은 확실해요. 우리가 아기를 가져야 할 것 같아요."

윌리엄은 손목시계를 보았다. "이러다 지각하겠소. 이야기할 시간이 좀 더 있으면 좋으련만. 당신 마음이 정말 확실한 거요?"

이디스의 미간에 살짝 주름이 잡혔다. "확실하다고 했잖아요. 당신은 아기를 원하지 않아요? 왜 계속 그런 걸 묻는 거죠? 이제 그 이야기는 하고 싶지 않아요."

"좋소." 윌리엄은 자리에 앉은 채 잠시 그녀를 바라보았다. "그만 나가봐야겠소." 하지만 그는 움직이지 않았다. 그러다가 식탁보 위에 놓인 그녀의 긴 손가락 위에 어색하게 자신의 손을 얹고 가만히 있었다. 결국 그녀가 손을 뺐다. 그는 식탁에서 일어나 거의 수줍음을 타듯이 조심스레 그녀의 옆을 돌아가서 책과 자료를 챙겼다. 이디스는 언제나 그렇듯이 거실로 나와서 출근하는 그를 기다리고 있었다. 그는 그녀의 뺨에 입을 맞췄다. 그가 오랫동안 하지 않던 행동이었다.

문 앞에서 그가 그녀에게 시선을 돌리며 말했다. "당신이…… 당신이 아이를 원한다니 기쁜 일이오, 이디스. 당신이 우리 결혼에 조금 실망하고 있다는 건 나도 알고 있소. 아기 덕분에 우리 사이에 변화가 생기면 좋겠군."

"그래요." 이디스가 말했다. "이러다 지각하겠어요. 서두르세요."

그가 나간 뒤 이디스는 거실 한복판에 몇 분 동안 서서 닫힌 문을 뚫어져라 바라보았다. 마치 뭔가를 기억해내려고 애쓰는 것 같은 표정이었다. 이윽고 그녀가 침착하지 못한 표정으로 이리저리 돌아다녔다. 자기 옷이 살갗 위에서 이리저리 움직이며 스치는 소리를 내는 것을 도저히 참을 수 없는 사람 같았다. 그녀는 회색 호박단으로 만든 뻣뻣한 아침 드레스의 단추를 풀어 바닥으로 떨어뜨렸다. 그리고 양팔을 가슴 앞으로 모아 자신을 끌어안고는 얄팍한 플란넬 잠옷으로 덮여 있는 팔뚝을 주물렀다. 그러다가 다시 움직임을 멈추고 자그마한 침실로 단호하게 걸어 들어가 벽장을 열었다. 그 안에 전신거울이 걸려 있었다. 그녀는 빛을 향해 거울의 방향을 조절한 뒤 뒤로 물러나서 파란색 잠옷을 입은 자신의 길고 날씬한 몸을 살펴보았다. 그리고 거울에서 눈을 떼지 않은 채 잠옷 윗 단추를 풀어 머리 위로 벗었다. 이제 그녀는 아침 햇빛 속에 알몸으로 서 있었다. 그녀는 잠옷을 뭉쳐서 벽장 안에 던져버리고 거울 앞에서 이리저리 몸을 돌리며 마치 다른 사람의 몸을 보듯이 자신의 몸을 살펴보았다. 아래로 처진 작은 가슴을 양손으로 쓸어보기도 하고, 긴 허리를 지나 평평한 배까지 가볍게 손을 미끄러뜨리기도 했다.

그녀는 거울에서 물러나 침대로 갔다. 침대는 아직 흐트러진 채였다. 그녀는 이불을 걷어 아무렇게나 접은 뒤 벽장에 넣어버렸다. 그리고 나서 침대보를 매끈하게 펴고는 똑바로 누워 다리를 곧게 펴고 양팔을 옆구리에 붙였다. 그녀는 눈도 깜박이지 않고 그대로 누워서 천장을 빤히 바라보며 오전이 지나고 긴 오후가 지날 때까지 기다렸다.

　그날 윌리엄 스토너는 날이 거의 어두워졌을 때 집에 돌아왔다. 하지만 2층 창문에는 불빛이 보이지 않았다. 왠지 걱정스러워진 그는 계단을 올라가 거실 불을 켰다. 거실은 비어 있었다. "이디스?"

　대답이 없었다. 그는 다시 아내의 이름을 불렀다.

　부엌을 들여다보니 아침식사 때의 접시가 작은 식탁에 그대로 놓여 있었다. 그는 재빨리 거실을 가로질러 침실 문을 열었다.

　이디스가 아무것도 없는 침대 위에 알몸으로 누워 있었다. 문이 열리고 거실의 불빛이 들어오자 그녀는 그를 향해 고개를 돌렸지만 몸을 일으키지는 않았다. 그리고 커다랗게 뜬 눈으로 그를 빤히 바라보았다. 벌어진 입술에서 작은 소리가 흘러나왔다.

　"이디스!" 그는 누워 있는 그녀에게 다가가 한쪽 무릎을 바닥에 대고 앉았다. "괜찮소? 무슨 일이오?"

　그녀는 대답하지 않았다. 하지만 그녀의 입술에서 흘러나오는 소리가 점점 커지면서 그녀의 몸이 움직였다. 갑자기 그녀의 손이 짐승의 발톱처럼 그를 향해 튀어나오는 바람에 그는 하마터면 흠칫 물러날 뻔했다. 하지만 그녀의 손은 그의 옷을 찢어버릴 듯이 움켜쥐고 그를 침대 위 자신의 옆자리로 잡아당겼다. 뜨겁게 벌어진 그녀의 입술이 그에게 다가왔다. 그녀의 손은 그의 몸을 더듬고, 옷을 잡아당기며 그를 구하고 있었다. 커다랗게 뜬 눈은 그 동안 내내 흔들림 없이 그를 뚫어지게 바라보았다. 하지만 그것은 그녀의 눈이 아닌 것처럼, 아무것도 보지 않는 것처럼 보였다.

그는 이디스의 이런 모습을 처음 보았다. 굶주림처럼 강렬해서 오히려 그녀 자신과는 전혀 상관없어 보이는 이런 욕망이라니. 이 욕망은 충족되자마자 다시 그녀 안에서 자라나기 시작했기 때문에, 두 사람 모두 긴장 속에서 이 욕망을 기대하며 살았다.

그 후 두 달은 윌리엄과 이디스가 유일하게 열정에 잠긴 기간이었다. 하지만 두 사람의 관계에는 별로 변화가 없었다. 스토너는 서로의 몸을 끌어당기는 그 힘이 사랑과는 거의 관계가 없음을 금방 깨달았다. 두 사람은 강렬하면서도 냉정하고 단호하게 몸을 겹친 뒤 서로에게서 떨어졌다가 다시 몸을 겹쳤다. 욕구를 아무리 충족시켜도 물리지가 않았다.

때로는 윌리엄이 학교에 가 있는 낮 시간에 욕구가 강렬하게 이디스를 덮치는 바람에 그녀가 안절부절못하기도 했다. 그럴 때면 그녀는 아파트를 나와 빠른 걸음으로 거리를 오르락내리락하며 이리저리 정처 없이 돌아다녔다. 그러다 집으로 돌아와 커튼을 닫고 옷을 벗은 뒤 흐릿한 어둠 속에서 몸을 웅크리고 윌리엄이 집에 돌아오기를 기다렸다. 그가 문을 열면 그녀는 그에게 달려들어 거친 손으로 그에게 사랑을 요구했다. 그 손이 그녀와는 별개로 움직이면서 그를 침실로 잡아끄는 것 같았다. 침대는 전날 밤이나 아침에 두 사람이 사용한 그대로 흐트러져 있었다.

이디스는 6월에 임신하자마자 앓아눕더니, 아기를 기다리는 동안 내내 완전히 건강을 회복하지 못했다. 거의 그녀가 임신하던 바로 그 순간, 그러니까 달력과 의사의 진단을 통해 임신 사실을 확인하기도 전에, 두 달 가까이 그녀 안에서 날뛰던 윌리엄에 대한 굶주림이 사라져버렸다. 그녀는 남편에게 그의 손이 닿는 것을 참을 수 없다고 분명히 말했다. 심지어 그가 그녀를 바라보기만 하는 것도 마치 그녀를 범하는 행위처럼 느껴지는 것 같았다. 그들의 굶주린 열정은 기억 속에 묻혔고, 마침내 스토너는 그것이 자신들 두 사람과는 아무런 상관이 없는 꿈이었던 것 같다는 생각을 하기에 이르렀다.

두 사람이 열정을 해소하던 장소인 침대는 이제 그녀의 병상이 되었다. 그녀는 거의 하루 종일 침대에 누워 있다가, 입덧으로 아침에 구역질을 할 때나 오후에 몇 분 동안 휘청휘청 거실을 돌아다닐 때만 몸을 일으켰다. 윌리엄은 서둘러 퇴근해서 돌아온 뒤 오후와 저녁에 집을 청소하고, 설거지를 하고, 저녁식사를 준비했다. 이디스의 식사는 쟁반에 담아 방까지 가져다주었다. 그녀는 그와 함께 식사하는 것을 싫어했지만, 저녁식사 후에 그와 함께 연한 차를 마시는 시간에는 즐거워하는 것 같았다. 그래서 저녁에 잠깐 동안 두 사람은 조용히 편안하게 이야기를 나눴다. 오랜 친구나 이미 감정이 소진된 원수들처럼. 그러고 나서 이디스는 금방 잠이 들었다. 윌리엄은 부엌으로 돌아와 집안일을 마친 뒤 거실 소파 앞에 탁자를 놓고 학생들의 과제물을 채점하거나 강의준비를 했다. 그러다가 자정이 지나면 소파 뒤에 깔끔하게 개어둔 담요를 덮고, 긴 몸을 둥글게 구부린 채 아침까지 자다 깨다를 반복했다.

아이는 1923년 3월 중순 사흘간의 산고 끝에 태어났다. 두 사람은 오래전 세상을 떠난 이디스의 이모 이름을 따서 딸의 이름을 그레이스라고 지었다.

그레이스는 처음 태어났을 때부터 예쁜 아이였다. 이목구비가 또렷하고, 금발은 아직 솜털 같았다. 빨갛던 피부도 며칠 만에 반짝이는 황금색이 깃든 분홍색으로 변했다. 아이는 잘 울지 않았으며, 마치 주위 환경을 잘 인식하는 것 같았다. 윌리엄은 아이를 보자마자 사랑에 빠졌다. 이디스에게 줄 수 없는 사랑을 딸에게는 줄 수 있었다. 그는 아이를 돌보는 일이 이렇게 기쁠 줄은 미처 예상하지 못했다.

그레이스를 출산한 뒤 거의 1년 동안 이디스는 자주 침대 신세를 졌다. 어쩌면 그녀가 평생 병석에 눕게 될지도 모른다는 생각이 언뜻 들었다. 하지만 의사는 특별히 아픈 곳이 없다고 말했다. 윌리엄은 여자를 한 명 고용해서 오전에 이디스를 돌봐주게 했다. 그리고 오후 일찍 집에 올 수 있도록 수업을 조정했다.

그렇게 해서 윌리엄은 1년이 넘도록 살림을 하면서 자기 몸을 스스로 돌볼 수 없는 두 사람을 돌봤다. 그는 동이 트기 전에 일어나 학생들의 과제를 채점하고 강의를 준비했다. 출근하기 전에는 그레이스에게 아침을 먹이고, 자신과 이디스가 먹을 아침식사와 자신의 점심 도시락을 준비했다. 도시락은 서류가방에 넣어 학교로 가지고 갔다. 수업이 끝나면 집으로 돌아와 쓸고 닦고 청소를 했다.

딸에게 그는 아버지라기보다 거의 어머니였다. 기저귀를 갈아주고 빠는 사람도 그였고, 아기 옷을 골라 입혀주고 찢어진 곳을 꿰매는 사람도 그였다. 그는 아기를 먹이고, 목욕시키고, 울면 품에 안고 달래주었다. 가끔 이디스가 투덜거리면서 아기를 부르면 윌리엄은 아기를 그녀에게 데려다주었다. 이디스는 침대에 등을 기대고 앉아서 아무 말 없이 불편한 자세로 잠시 아이를 안고 있었다. 낯선 사람의 아이를 대하는 것 같은 표정이었다. 그러다 몸이 피곤해지면 한숨을 내쉬며 아기를 다시 윌리엄에게 건네주었다. 그녀는 정체를 잘 알 수 없는 감정에 휩싸여 조금 울고는 눈가의 눈물을 찍어내며 그에게 등을 돌렸다.

그래서 그레이스 스토너가 태어난 뒤 처음 1년 동안 접한 것은 오로지 아버지의 손길, 아버지의 목소리, 아버지의 사랑뿐이었다.

6

1924년 초여름, 어느 금요일 오후에 아처 슬론이 연구실로 들어가는 모습을 여러 학생들이 보았다. 그리고 그다음 주 월요일 동이 튼 직후에 제시 홀을 돌아다니며 쓰레기통을 비우던 관리인이 그를 발견했다. 슬론은 책상 앞의 의자에 늘어지듯 앉은 채로 뻣뻣하게 굳어 있었다. 고개는 이상한 각도로 기울어져 있고, 눈은 뜬 채로 무섭게 허공을 노려보고 있었다. 관리인은 그에게 말을 걸었다가 이내 비명을 지르며 텅 빈 복도로 달려나갔다. 연구실에서 시체를 치우는 데에는 시간이 조금 걸렸기 때문에, 묘하게 구부정한 물체가 천에 싸여 들것을 통해 대기 중인 구급차까지 계단을 내려가는 동안 일찍 등교한 학생들 몇 명이 복도에 모여 북적거렸다. 슬론이 숨을 거둔 것은 금요일 밤늦게나 토요일 새벽 일찍인 것으로 나중에 밝혀졌다. 이미 숨을 거둔 그가 주말 내내 책상에 앉아 허공을 하염없이 바라보고 있었던 것이다. 분명히 자연사인 것 같기는 했지만, 정확한 사인은 끝내 밝혀지지 않았다. 검시관은 심장마비가 사인이라고 선언했지만, 윌리엄 스토너는 슬론이 분노와 절망의 순간에 자기 의지로 심장을 멈추게 했을 것 같은 생각이 들었다. 세상에 뿌리부터 배신당해 더 이상 참고 살아갈 수 없게 된 그가 마지막 순간에 세상을 향해 사랑과 경멸을 드러낸 것 같았다.

스토너는 장례식에서 다른 사람들과 함께 운구를 맡았다. 장례 예배 중에는 목사의 말에 정신을 집중할 수 없었지만, 어차피 알맹이 없는 소리라는 것을 알고 있었다. 그는 강의실에서 처음 만났을 때의 슬론을 떠올렸다. 그와 처음 나눈 이야기도 기억해냈다. 가까운 사이는 아니지만 그의 친구였던 슬론이 서서히 쇠락해가던 모습이 생각났다. 예배가 끝나고 회색 관을 영구차로 옮길 때, 관이 너무나 가벼워서 그 좁은 상자 안에 과연 뭐가 들어 있기는 한 것인지 믿을 수 없었다.

슬론에게는 가족이 없었다. 그래서 대학의 동료들과 이 도시 사람들 몇 명만이 좁은 구덩이 주위에 모여 서서 경외감, 당혹감, 존경심을 한꺼번에 느끼며 목사의 말에 귀를 기울였다. 그의 죽음을 슬퍼해줄 가족도 사랑하는 사람도 없었기 때문에, 관이 무덤 속으로 들어갈 때 울어준 사람은 바로 스토너였다. 이제 완전히 무덤 속으로 들어가는 망자의 고독이 그 울음으로 조금 덜어질지도 모른다고 생각하는 것처럼. 그가 운 것이 자신 때문인지, 슬론과 함께 보낸 젊은 시절이 함께 땅속에 묻히고 있기 때문인지, 그가 사랑했던 저 마르고 가엾은 사람 때문인지는 스토너 자신도 알 수 없었다.

고든 핀치가 차로 시내까지 그를 데려다주었다. 그동안 두 사람은 말을 거의 하지 않았다. 시내에 거의 다다랐을 때 고든이 이디스의 안부를 물었다. 윌리엄은 적당히 대답하고 나서 캐롤라인의 안부를 물었다. 고든이 이 질문에 대답한 뒤 한참 동안 침묵이 이어졌다. 윌리엄의 아파트 앞에 차를 대기 직전에 고든 핀치가 다시 입을 열었다.

"잘 모르겠지만, 아까 예배 중에 나는 계속 데이브 매스터스를 생각했네. 프랑스에서 죽은 데이브와 자기 책상에 앉아 죽은 채 이틀을 보낸 슬론. 두 사람의 죽음이 같은 종류인 것 같은 생각이 들어. 나는 슬론하고 그리 친한 사이가 아니었지만, 아마 좋은 사람이었겠지. 적어도 내가 듣기로는 그렇다고 했네. 그런데 이제는 새로운 교수를 물색하고, 새로운 학과장도 찾아봐야 해. 모든 게 그냥 이런 식으로 계속 돌고 도는 것만 같아. 도대체 이것이 다 뭔가 하는 생각이 드네."

"맞아." 윌리엄은 더 이상 말을 잇지 않았지만, 순간적으로 고든 핀치에게 커다란 호감을 느꼈다. 그는 차에서 내려 고든의 차가 떠나는 것을 지켜보면서 자신이 지나온 과거의 또 다른 한 부분이 거의 알아보기 힘들 만큼 천천히 그에게서 멀어져 어둠 속으로 사라지고 있음을 절감했다.

고든 핀치는 부학장의 업무에 덧붙여 영문과 임시 학과장으로 지명되었다. 따라서 아처 슬론의 후임자를 찾는 일이 그의 당면한

임무가 되었다.

그 문제가 해결되기도 전에 7월이 되었다. 핀치는 여름 동안 컬럼비아에 남아 있던 영문과 교수들을 불러 모은 뒤 후임자를 발표했다. 19세기 영문학 전문가로 최근 하버드 대학에서 박사학위를 받은 홀리스 N. 로맥스였다. 뉴욕 주 남쪽의 작은 교양대학에서 몇년 동안 교편을 잡았다고 했다. 추천장도 화려하고, 벌써 책을 출판한 경력도 있는 그는 조교수 급으로 채용되었다. 핀치는 영문과 학과장에 대해서는 아직 정해진 것이 없다고 강조했다. 앞으로 적어도 1년 동안은 핀치가 임시 학과장 역할을 하게 될 예정이었다.

여름이 끝날 때까지 로맥스는 여전히 수수께끼 같은 인물로 남아 있었기 때문에, 교수들은 이런저런 추측을 해댔다. 그들은 그가 학술지에 발표한 글들을 찾아내서 읽어보고는 현명한 표정으로 고개를 끄덕이며 동료들에게도 보여주었다. 로맥스는 신입생 주간에도, 학생들의 강의 신청이 시작되는 월요일을 앞둔 금요일의 교수 전체회의에도 모습을 드러내지 않았다. 강의 신청 때 긴 책상에 줄지어 앉아서 피곤한 표정으로 학생들의 강의 선택과 죽도록 지겨운 서류작성을 도와주던 영문과 사람들은 혹시 못 보던 얼굴이 있는지 남몰래 주위를 두리번거렸다. 그런데도 로맥스의 모습은 보이지 않았다.

그는 강의 신청이 모두 끝난 뒤 화요일 오후 늦게 열린 학과회의 때 비로소 얼굴을 보였다. 지난 2주 동안의 단조로운 일상에 감각이 마비됐으면서도 새로운 학년을 앞둔 설렘으로 긴장한 영문과

교수들이 이미 로맥스에 대해 잊어버리고 있을 때였다. 그들은 제
시 홀 동관(東館)의 커다란 강의실에서 책상이 딸린 의자에 늘어진
채 경멸과 열렬한 기대가 한꺼번에 담긴 시선으로 강단을 바라보
았다. 강단에서는 고든 핀치가 엄청나게 자비로운 표정으로 교수
들을 훑어보고 있었다. 낮게 웅성거리는 소리가 강의실을 가득 채
웠다. 의자가 바닥에 긁히는 소리, 가끔 누군가가 거슬리는 소리로
일부러 터뜨리는 웃음소리도 들려왔다. 고든 핀치가 오른손을 들
어 손바닥이 청중을 향하게 했다. 웅성거리는 소리가 조금 잦아들
었다.

그 덕분에 강의실 안의 모든 사람들이 뒷문이 삐걱 하고 열리는
소리, 아무것도 깔지 않은 나무 바닥을 천천히 걷는 또렷한 발소리
를 들을 수 있었다. 다들 뒤를 돌아보았다. 웅성거리던 소리는 완
전히 사라졌다. 누군가가 속삭였다. "로맥스야." 이 말이 강의실 전
체에 날카롭게 울렸다.

로맥스는 문을 닫은 뒤 몇 걸음 안으로 들어와 키는 5피트(약
150센티미터)를 간신히 넘긴 수준이고, 몸은 기괴할 정도로 흉측했
다. 왼쪽 어깨에서 목을 향해 작은 혹이 솟아 있고, 왼팔은 옆구리
에 힘없이 늘어져 있었다. 상반신이 두툼하고 구부정해서 항상 균
형을 잡으려고 안간힘을 쓰는 것처럼 보였다. 반면 다리는 가늘었
다. 게다가 걸을 때 오른쪽 다리는 뻣뻣한 채로 구부러지지 않았
다. 그는 금발로 뒤덮인 머리를 숙인 채 한동안 가만히 서 있었다.
마치 반짝반짝 광을 낸 검은 구두와 날카롭게 주름을 잡은 검은 바

지를 열심히 검사하는 것 같았다. 그러다가 고개를 들더니 느닷없이 오른팔을 획 뻗었다. 금색 커프스단추가 달린 하얗고 빳빳한 소맷부리가 드러났다. 길고 창백한 손가락에는 담배가 들려 있었다. 그는 깊게 담배를 빨아들인 뒤 가느다란 연기를 내뿜었다. 그제야 그의 얼굴이 사람들의 눈에 들어왔다.

낮 공연의 우상 같은 얼굴이었다. 길고 갸름하고 감정이 풍부해 보이면서도 이목구비가 강렬했다. 폭이 좁고 세로로 긴 이마에는 핏줄이 굵게 드러나 있고, 파도처럼 구불거리는 굵직한 머리카락은 잘 익은 밀 색깔로, 마치 분장한 배우처럼 올백으로 정리되어 있었다. 그는 담배를 바닥에 떨어뜨리고 구둣발로 짓이긴 뒤 입을 열었다.

"저는 로맥스입니다." 묵직하고 성량이 풍부한 목소리가 말을 정확히 전달하며 극적인 공명을 일으켰다. "제가 회의를 방해한 것은 아닌지 모르겠군요."

회의는 계속되었지만, 다들 고든 핀치의 말에 별로 주의를 기울이지 않았다. 로맥스는 뒤편에 혼자 앉아서 담배를 피우며 높은 천장을 바라보고 있었다. 가끔 고개를 돌려 그를 보는 사람들을 전혀 의식하지 않는 것 같은 모습이었다. 회의가 끝난 뒤 그는 계속 앉은 채로 자신에게 다가오는 동료들을 맞았다. 교수들은 그에게 자신을 소개하고 말을 건넸다. 그는 예의바른데도 묘하게 조롱하는 것처럼 보이는 태도로 그들 각자에게 짤막한 인사를 했다.

그 뒤 몇 주 동안 로맥스가 미주리 주 컬럼비아의 사회적, 문화

적, 학문적 일상에 적응할 의사가 전혀 없음이 분명해졌다. 그는 짓궂은 듯 유쾌한 태도로 동료들을 대했지만, 사교적인 초대에는 응하지 않았고 자신이 남들을 초대하지도 않았다. 심지어 클레어 몬트 학장의 집에서 매년 열리는 파티에도 참석하지 않았다. 워낙 전통적인 행사라서 모두들 거의 의무적으로 참석해야 하는 자리였 는데도 말이다. 대학에서 열리는 연주회나 강연에도 전혀 모습을 드러내지 않았다. 들리는 말로는, 강의는 활기차게 진행하지만 강 의실에서 괴짜처럼 행동한다고 했다. 그는 인기 있는 교수였다. 학 생들은 강의가 없는 시간에 그의 책상 주위에 모여 북적거릴 뿐만 아니라 복도에서도 그를 졸졸 따라다녔다. 그가 가끔 학생들을 자 신의 연구실로 초대해서 현악 4중주 음반과 대화로 즐거운 시간을 보낸다는 사실이 알려졌다.

윌리엄 스토너는 그와 좀 더 가까워지고 싶었지만, 어떻게 해야 할지 알 수 없었다. 뭔가 할 말이 생기면 그에게 말을 건네고, 그를 저녁식사에 초대하기는 했다. 로맥스는 누구에게나 그렇듯이 예의 바르면서도 짓궂고 냉담하게 그를 대했다. 그가 저녁식사 초대를 거절하자 스토너는 더 이상 방법을 생각해낼 수 없었다.

스토너는 얼마쯤 시간이 흐른 뒤에야 자신이 홀리스 로맥스에 게 끌리는 이유를 깨달았다. 로맥스의 거만한 태도, 달변, 유쾌한 신랄함 속에서 스토너는 비록 조금 일그러지기는 했어도 충분히 알아볼 수 있는, 친구 데이비드 매스터스의 모습을 보았다. 그는 데이브와 그랬던 것처럼 로맥스와 이야기를 나누고 싶었지만, 이런 마음을 스스로 인정한 뒤에도 그렇게 할 수 없었다. 젊은 시절의 어색함과 서투름은 아직 남아 있는 반면, 어쩌면 우정을 쌓는 데 도움이 되었을 솔직함과 열정은 사라져버린 탓이었다. 그는 자신의 소망이 불가능한 것임을 깨달았다. 그 깨달음이 그를 슬프게 했다.

저녁에 집 청소와 설거지를 마치고 그레이스를 거실 구석의 요람에 눕힌 뒤 스토너는 책으로 출판할 원고를 손봤다. 작업은 그해 말에 끝났다. 원고가 전적으로 마음에 드는 것은 아니었지만, 그래도 그는 출판사에 원고를 보냈다. 그런데 놀랍게도 출판사에서 그 원고를 받아들여 1925년 가을로 출간 일정이 잡혔다. 아직 출판되지 않은 그 책 덕분에 스토너는 조교수로 승진하면서 종신교수가 되었다.

그가 승진 소식을 들은 것은 출판사에서 그의 원고를 받아들인 지 몇 주 뒤였다. 이디스는 그 소식을 듣더니 아기와 함께 세인트루이스의 친정에 가서 일주일 동안 머무르다 오겠다고 선언했다.

하지만 그녀는 일주일이 채 안 돼서 컬럼비아로 돌아왔다. 걱정스럽고 지친 표정이면서도 은근히 의기양양한 모습이었다. 그녀가 예정보다 일찍 돌아온 것은 친정어머니가 아기를 돌보는 일을 너무 힘들어했기 때문이었다. 이디스 자신도 여행 때문에 너무 지쳐서 아기를 돌볼 수 없었다. 하지만 그녀가 빈손으로 돌아온 것은 아니었다. 이디스는 가방에서 종이 한 묶음을 꺼내더니 작은 쪽지

하나를 윌리엄에게 건네주었다.

6천 달러짜리 수표였다. 윌리엄 스토너 부부 앞으로 되어 있는 이 수표에는 거의 알아보기 힘들 만큼 힘차게 갈겨쓴 호러스 보스트윅의 서명이 있었다. "이게 뭐요?" 스토너가 물었다.

이디스가 나머지 종이도 그에게 건넸다. "빌려온 거예요." 그녀가 말했다. "당신은 여기에 서명만 하면 돼요. 난 이미 서명했어요."

"하지만 6천 달러라니! 어디에 쓰려고?"

"집을 살 거예요." 이디스가 말했다. "우리의 진짜 집."

윌리엄 스토너는 다시 종이 다발을 바라보며 재빨리 뒤적였다. "이디스, 안 되오. 미안하지만…… 이디스, 내년에 내 연봉은 겨우 1600달러에 불과해요. 이 빚을 갚으려면 한 달에 60달러 이상을 내놓아야겠지. 그건 내 월급의 거의 절반이오. 게다가 세금이며 보험이며……. 그렇게 해서는 도저히 살아갈 수가 없소. 미리 나한테 이야기를 하지그랬소?"

이디스가 슬픈 표정을 지으며 그를 외면했다. "당신을 놀래주고 싶었어요. 내가 할 수 있는 일이 너무 없잖아요. 그래도 이 정도는 할 수 있어요."

그는 고맙게 생각한다고 말했지만, 이디스의 기세는 누그러지지 않았다.

"난 당신과 아기를 생각해서 이렇게 한 거예요." 그녀가 말했다. "당신한테는 서재가 생길 거고, 그레이스도 마당에서 뛰어놀 수 있어요."

"알아요." 윌리엄이 말했다. "몇 년 뒤에는 그렇게 될지도 모르지."

"몇 년이라니요." 이디스가 그의 말을 되풀이했다. 그러고는 침묵이었다. 이윽고 그녀가 시무룩한 목소리로 말했다. "난 이렇게 살 수 없어요. 더 이상은 안 돼요. 이런 아파트라니. 집 안 어디서든 당신 소리와 아기 소리가 들려요. 게다가…… 냄새는 또 어떻고요? 나는. 그 냄새를. 참을 수. 없어요! 날이면 날마다 기저귀 냄새…… 참을 수 없다고요. 그런데 도망칠 수도 없어요. 모르겠어요? 몰라요?"

결국 그들은 돈을 받아들이기로 했다. 스토너는 연구와 집필을 위해 여름 강의를 그만두려고 했지만, 적어도 몇 년 동안은 계속하기로 결심했다.

이디스는 집을 보러 다니는 일을 맡았다. 늦봄과 초여름 내내 지칠 줄 모르고 움직였다. 그 일이 그녀의 병을 즉시 치료해준 것 같았다. 윌리엄이 수업을 마치고 집으로 돌아오면 그녀는 곧장 외출해서 어스름이 내릴 때까지 돌아오지 않을 때가 많았다. 걸어서 돌아다닐 때도 있고, 이제 허물없는 친구가 된 캐롤라인 핀치와 함께 차를 타고 돌아다닐 때도 있었다. 6월 말에 그녀는 마음에 드는 집을 발견하고, 8월 중순까지 돈을 지불하기로 계약을 맺었다.

그녀가 찾아낸 집은 캠퍼스에서 겨우 몇 블록 떨어진 오래된 2층짜리 주택이었다. 예전 주인이 집을 돌보지 않았기 때문에 나무 벽에 칠한 암녹색 페인트가 가닥가닥 벗겨지고, 잔디밭은 잡초투성이가 되어 갈색으로 시들어 있었다. 하지만 마당이 넓고, 실내도 널찍했다. 비록 망가지기는 했어도 위풍당당한 모습이 남아 있어서 이디스는 얼마든지 집을 새로 꾸밀 수 있을 것이라고 생각했다.

그녀는 가구 값으로 아버지에게 500달러를 더 빌렸다. 그리고 윌리엄은 여름학기와 가을학기 사이에 집에 페인트칠을 다시 했다. 이디스가 하얀색을 원했기 때문에 그는 원래의 암녹색이 비쳐 보이지 않게 세 번이나 페인트를 칠해야 했다. 이디스는 9월 첫째 주에 갑자기 집들이 파티를 열어야겠다고 결정했다. 이 말을 할 때 그녀의 태도는 결의에 차 있어서 뭔가 새로운 시작을 하려는 사람 같았다.

두 사람은 여름방학이 끝나서 학교로 돌아온 영문과 사람들 전원과 이디스가 사귄 사람들 몇 명을 초대했다. 홀리스 로맥스가 이 초대를 받아들인 것은 모든 사람들에게 놀라운 일이었다. 그가 1년 전 컬럼비아로 온 이후 초대를 받아들인 것은 이번이 처음이었다. 스토너는 밀주업자를 찾아내서 진을 여러 병 사들였다. 고든 핀치는 맥주를 조금 가져오겠다고 약속했고, 이디스의 이모 에마는 강한 술을 싫어하는 사람들을 위해 오래된 셰리주 두 병을 보내주었다. 이디스는 애당초 술을 내놓는 것을 꺼렸다. 엄밀히 말해서 불법적인 일이기 때문이었다. 하지만 대학의 어느 누구도 술을 내놓는 것이 부적절한 일이라고는 생각하지 않을 것이라는 캐롤라인 핀치의 말이 그녀를 설득했다.

그해에는 가을이 일찍 왔다. 수강신청 전날인 9월 10일에는 가벼운 눈이 내리더니 밤사이 땅이 꽁꽁 얼어버렸다. 그 주말, 그러니까 파티가 열릴 무렵에는 추위가 물러간 덕분에 그저 날이 쌀쌀한 정도였다. 하지만 나무들에는 이미 이파리가 하나도 남아 있지 않았고 잔디도 갈색으로 변하기 시작해서, 추운 겨울을 암시하듯 세상이 헐벗은 느낌이 났다. 이렇게 쌀쌀한 날씨, 이파리를 모두 잃어버린 채 마당에 황량하게 서 있는 포플러와 느릅나무, 집 안의 온기와 곧 시작될 파티를 위한 물품들을 보며 윌리엄 스토너는 과거의 어느 날이 생각났다. 하지만 한동안은 자신이 기억해내려고 하는 것이 무엇인지 잘 알 수 없었다. 그러다가 거의 7년 전 바로 이런 날에 자신이 조시아 클레어몬트의 집에 가서 이디스를 처음으로 보았음을 깨달았다. 아주 멀고 먼 과거의 일 같았다. 지난 몇 년 동안 있었던 변화들을 다 헤아리기도 힘들 정도였다.

파티가 열리기 전 거의 일주일 동안 이디스는 파티 준비에 열광적으로 몰두했다. 일주일 동안 파티 준비를 도와주고 파티에서 음식 시중을 들 흑인 처녀를 한 명 고용해서 함께 나무로 된 바닥과 벽을 박박 닦고, 왁스칠을 하고, 가구의 먼지를 털어 몇 번이나 이리저리 배치해보았다. 그래서 정작 파티 날 이디스는 거의 기진맥진한 상태였다. 눈 밑은 검게 푹 꺼지고, 목소리는 조용하지만 히스테리를 부리기 직전이었다. 6시에(손님들은 7시에 오기로 되어 있었다) 그녀는 잔의 개수를 다시 세어보다가 예상되는 손님 수에 비해 잔이 모자라는 것을 발견했다. 결국 울음을 터뜨린 그녀는 2층으로 뛰어 올라가더니 이제 어떻게 되든 상관없다며 아래층으로 내려가지 않겠다고 흐느꼈다. 스토너는 그녀를 달래려고 했지만 그녀는 그의 말에 대답하지 않았다. 그는 자신이 잔을 구해볼 테니 걱정하지 말라고 그녀에게 말한 뒤, 하녀에게 곧 돌아오겠다고 이르고는 서둘러 밖으로 나갔다. 그리고 거의 한 시간 동안 잔을 구할 수 있는 상점 중에 아직 문을 연 곳이 있는지 찾아다녔다. 마침내 그가 가게를 찾아내서 잔을 고른 뒤 집으로 돌아온 것은 7시가 훨씬 넘은 시각이라 이미 일부 손님들이 와 있었다. 이디스는 거실에서 아무런 걱정도 근심도 없는 사람처럼 방긋방긋 웃으며 그들과 가벼운 이야기를 나누고 있었다. 그녀는 윌리엄을 무심하게 맞으며 사온 물건을 부엌으로 가져가라고 말했다.

파티는 여느 파티와 비슷하게 진행되었다. 중구난방으로 시작된 대화는 금방 미약한 힘을 얻어 별로 상관이 없는 다른 주제로 옮겨갔다. 웃음소리는 신경질적으로 짧게 끊어졌다. 계속 이어지지만 서로 아무런 상관이 없는 일제사격이 거실 전체를 뒤덮은 가운데 작은 폭탄들이 터지는 소리 같았다. 참석자들은 조용히 전략적인 위치를 차지하려는 듯이 무심하게 이곳저곳으로 흐르듯이 움직였다. 그중 몇 명은 이디스나 윌리엄의 손에 이끌려 스파이처럼 집안을 돌아다니며 이렇게 오래된 집들이 새집보다 훨씬 낫다는 논평을 내놓았다. 요즘 도시 외곽 여기저기에 세워지는 집들은 옛집보다 튼튼하지 못하다는 것이었다.

10시쯤까지 대부분의 손님들은 얇게 저민 햄과 칠면조고기, 살구 절임, 그 밖에 작은 토마토, 셀러리, 올리브, 피클, 아삭한 무, 작은 콜리플라워 등 다양한 음식들을 몇 접시씩 먹었다. 술에 취해 음식을 먹지 않는 사람들도 몇 명 있었다. 11시까지는 대부분의 손님들이 돌아갔다. 남은 사람은 고든 핀치와 캐롤라인 핀치, 스토너가 오래전부터 알고 지낸 영문과 사람들 몇 명, 홀리스 로맥스였다. 로맥스는 겉으로는 드러나지 않았지만 상당히 술에 취해 있어서 무거운 짐을 들고 험한 길을 걷는 사람처럼 조심스럽게 걸었다. 창백하고 갸름한 얼굴이 땀에 젖어 반짝였다. 술기운에 혀가 풀어진 그는 발음은 정확했지만 목소리에서는 평소처럼 날카롭게 빈정거리는 듯한 기운이 사라졌다. 그는 무방비상태인 것처럼 보였다.

그는 오하이오에서 외로운 어린 시절을 보냈다고 말했다. 그의 아버지는 작은 기업을 상당히 성공적으로 운영하는 사업가였다고 했다. 그는 자신의 기형적인 외모 때문에 고립된 생활을 할 수밖에 없었고, 일찍부터 스스로 이해할 수 없는 수치심을 느꼈으며, 자신을 방어할 방법을 떠올릴 수 없었다고 마치 다른 사람의 이야기를 하듯이 털어놓았다. 그는 길고 긴 낮과 밤을 방에서 혼자 보내며 자신의 일그러진 몸이 강요하는 한계로부터 도망치기 위해 책을 읽다가 점차 자유로움을 느끼게 되었다고 말했다. 그가 이 자유의 본질을 이해하게 됨에 따라 그가 느끼는 자유로움도 더욱 강렬해졌다. 윌리엄 스토너는 이 말을 들으면서 그에게 뜻밖의 친근감을 느꼈다. 그는 로맥스가 일종의 변화를 거쳤음을 알 수 있었다. 말로 표현할 수 없는 것을 말을 통해 알게 되는 직관적인 깨달음 같은 것. 스토너 자신도 예전에 아처 슬론의 강의를 들으며 같은 경험을 한 적이 있었다. 로맥스는 일찌감치 혼자서 그런 경험을 했기 때문에 그 깨달음을 통해 얻은 지식이 스토너의 경우보다 더욱더 그의 일부를 이루고 있었다. 하지만 가장 중요한 부분에서 두 사람은 비슷했다. 비록 두 사람 모두 서로에게, 또는 심지어 자신에게조차 그 사실을 시인하고 싶어 하지 않겠지만.

　파티가 끝난 뒤에도 남은 사람들은 거의 새벽 4시까지 이야기를 나눴다. 술을 계속 마셨는데도 말소리가 점점 조용해지더니 나중에는 아무도 입을 열지 않게 되었다. 그들은 파티의 잔해 속에서 온기와 위안을 얻기 위해 섬에 고립된 사람들처럼 가까이 붙어 앉았다. 얼마 뒤 고든 핀치와 캐롤라인 핀치가 일어서더니 로맥스를 집까지 태워다주겠다고 제의했다. 로맥스는 스토너와 악수하며 그가 쓰고 있는 책에 대해 묻고는 책이 성공하기를 바란다고 말했다. 그러고 나서 등받이가 곧은 의자에 허리를 곧추세우고 앉아 있는 이디스에게 다가가 손을 잡고 파티에 대해 감사인사를 했다. 그러더니 조용한 충동이라도 일었는지 살짝 몸을 수그리고 그녀의 입술에 가볍게 입을 맞췄다. 이디스의 손이 그의 머리를 향해 가볍게 뻗어 올라갔고, 두 사람은 다들 지켜보는 가운데 잠시 그 자세를 유지했다. 스토너는 그렇게 정숙한 키스를 본 적이 없었다. 흠 잡을 데 없이 자연스러워 보이는 키스였다.

　스토너는 문까지 손님들을 따라 나가서 손님들이 계단을 내려가 포치의 불빛을 벗어나는 모습을 지켜보았다. 차가운 공기가 그의 주위에 내려앉아 떨어지려 하지 않았다. 깊이 숨을 들이쉬자 선뜩한 찬 기운이 그에게 활기를 주었다. 그는 내키지 않는 듯 문을 닫고 돌아섰다. 거실은 비어 있었다. 이디스는 벌써 2층으로 올라간 모양이었다. 그는 불을 끄고 어질러진 거실을 가로질러 계단으로 향했다. 벌써부터 집이 친숙하게 느껴졌다. 그는 보이지 않는 난간을 잡고 그것에 의지해 계단을 올랐다. 계단 꼭대기에 다다르자 앞이 보였다. 반쯤 열린 침실문에서 새어나온 빛이 복도를 밝히고 있기 때문이었다. 그가 복도를 걸어 침실로 들어가는 동안 바닥널이 삐걱거렸다.

이디스의 옷이 침대 옆 바닥에 제멋대로 흩어져 있고, 이불도 아무렇게나 젖혀져 있었다. 이디스는 주름 하나 없는 하얀 침대보 위에 알몸으로 누워 빛을 받고 있었다. 알몸으로 널브러진 그녀의 모습이 느슨하고 방탕하게 보였다. 게다가 연한 황금빛으로 빛나고 있었다. 윌리엄은 침대로 가까이 다가갔다. 이디스는 곤히 잠들어 있었지만, 빛의 장난 때문에 살짝 벌어진 입술이 소리 없이 열정과 사랑을 말하고 있는 것처럼 보였다. 그는 한참 동안 선 채로 그녀를 바라보았다. 아련한 연민과 내키지 않는 우정과 친숙한 존중이 느껴졌다. 또한 지친 듯한 슬픔도 느껴졌다. 이제는 그녀를 봐도 예전처럼 욕망으로 괴로워지지 않는다는 사실을 알기 때문이었다. 예전처럼 그녀의 모습에 마음이 움직이는 일도 다시는 없을 터였다. 슬픔이 조금 가라앉자 그는 그녀의 몸에 부드럽게 이불을 덮어주고 불을 끈 뒤 그녀 옆에 누웠다.

다음 날 아침 이디스는 아프고 지친 모습이었다. 그녀는 방에서 하루를 보냈다. 윌리엄은 집을 청소하고 딸을 돌봤다. 월요일에 로맥스와 마주친 그는 파티 날 밤의 분위기에서 이어진 따스함을 담아 그에게 말을 건넸다. 로맥스는 차가운 분노를 표출하듯 빈정거리는 말투로 대답했다. 그리고 다시는 그날의 파티 이야기를 입에 올리지 않았다. 마치 스토너를 자신에게서 떼어놓을 적의를 찾아내서 꼭 움켜쥐고 있는 것 같았다.

집을 사는 것이 경제적으로 거의 파괴적인 부담이 될 것이라던 윌리엄의 걱정이 곧 현실이 되었다. 그가 월급의 용도를 꼼꼼히 분류해놓았는데도 월말이면 항상 돈이 부족해서, 여름학기 강의를 하며 모아둔 보잘것없는 예비비가 매달 꾸준히 줄어들었다. 집을 산 첫해에 그는 이디스의 아버지에게 돈을 보내야 하는 날짜를 두 번 놓쳤다. 그러자 재정계획을 탄탄하게 짜야 한다고 차갑게 꾸짖는 편지가 날아왔다.

그럼에도 그는 이 집을 소유하게 된 것이 점점 기뻐져서 미처 예상치 못했던 위안을 얻었다. 1층 거실 옆에 있는 그의 서재에는 북쪽으로 높게 창문이 달려 있어서 낮에 부드러운 빛이 스며들었다. 나무로 된 벽은 세월의 풍요로움을 안고 은은히 빛났다. 지하실에는 상당량의 판자가 있었는데, 먼지와 곰팡이투성이기는 해도 서재의 판벽널과 같은 판자임을 알 수 있었다. 그는 이 판자들을 손질해서 책꽂이를 몇 개 만들었다. 언젠가 책에 에워싸인 서재를 만들 수 있을 것 같았다. 그는 중고가구점에서 낡아빠진 의자, 소파, 아주 오래된 책상을 몇 달러에 사서 몇 주 동안 수리했다.

이렇게 꾸민 끝에 서재가 서서히 모습을 갖추기 시작했을 때 그는 오래전부터 자신도 모르게 부끄러운 비밀처럼 마음속 어딘가에 이미지 하나가 묻혀 있었음을 깨달았다. 겉으로는 방의 이미지였지만 사실은 그 자신의 이미지였다. 따라서 그가 서재를 꾸미면서 분명하게 규정하려고 애쓰는 것은 바로 그 자신인 셈이었다. 그가 책꽂이를 만들기 위해 낡은 판자들을 사포로 문지르자 표면의 거친 느낌이 사라졌다. 낡은 회색 표면이 조각조각 떨어져나가면서 나무 본래의 모습이 겉으로 드러나더니, 마침내 풍요롭고 순수한 질감을 느낄 수 있게 되었다. 그가 이렇게 가구를 수리해서 서재에 배치하는 동안 서서히 모양을 다듬고 있던 것은 바로 그 자신이었다. 그가 질서 있는 모습으로 정리하던 것도, 현실 속에 실현하고 있는 것도 그 자신이었다.

그래서 빚과 궁핍이 정기적으로 거듭 압박을 가하는데도 그는 몇 년 동안 행복했다. 젊은 대학원 시절과 신혼 시절에 꿈꿨던 삶과 거의 비슷한 삶을 살고 있기 때문이었다. 이디스가 그의 삶에서 차지하는 부분은 그가 예전에 희망했던 것만큼 크지 않았다. 사실 두 사람은 교착상태와 비슷한 긴 휴전에 들어간 것 같았다. 두 사람은 대부분의 시간을 따로 보냈다. 이디스는 손님이 거의 오지 않는 집을 티끌 하나 없이 깨끗하게 관리했다. 청소와 세탁과 광내기가 끝나면 그녀는 방에 틀어박혀 있었다. 그런 생활이 만족스러운 듯했다. 그녀가 윌리엄의 서재에 들어오는 일은 결코 없었다. 그녀에게 서재는 없는 존재인 것 같았다.

윌리엄은 여전히 딸을 돌보는 일을 대부분 맡고 있었다. 오후에 대학에서 퇴근해 돌아오면 그는 자신이 아이 방으로 바꿔놓은 2층 침실에서 그레이스를 데리고 내려와서 자신이 일하는 동안 서재에서 놀게 했다. 아이는 바닥에서 조용히 잘 놀았다. 혼자 노는 것이 만족스러운 모양이었다. 가끔 윌리엄이 말을 걸면 아이는 엄숙한 표정으로 서서히 기쁨을 드러내며 그를 바라보았다.

그는 집에 들러 상담을 하거나 가벼운 이야기를 나누다 가라고 가끔 학생들을 초대했다. 그리고 책상 옆에 놓아둔 작은 요리용 철판으로 차를 끓여주었다. 의자에 어색하게 앉아 그의 서재에 대해 말을 던지거나 딸이 예쁘다고 칭찬하는 학생들을 보면 서투른 애정이 느껴졌다. 그는 아내가 학생들을 맞으러 나오지 못한 것을 사과하며 그녀가 아프다고 설명했다. 하지만 결국은 자신이 이렇게 거듭 사과하는 것이 아내의 부재를 설명해주기보다 오히려 강조한다는 사실을 그도 깨닫게 되었다. 그래서 더 이상 그 이야기를 입에 담지 않고, 자신의 침묵이 설명보다 덜 구차하기를 바랐다.

이디스가 없다는 점만 제외하면, 그의 삶은 그가 원하던 모습과 거의 비슷했다. 그는 수업준비를 하거나 과제를 채점하거나 논문을 읽는 시간을 제외하면, 항상 연구를 하고 글을 썼다. 세월이 흐르면 자신도 학자이자 교육자로서 명성을 얻기를 바라는 마음이 있었다. 첫 번째 저서에 대해 그는 조심스럽고 소박한 기대를 품고 있었으며, 그것이 적절한 마음가짐이기도 했다. 그의 책에 대한 서평에서 어떤 사람은 "단조롭다"고 말했고, 또 다른 사람은 "충분한 조사"를 했다고 말했다. 처음에 그는 자신의 책을 매우 자랑스럽게 여겼다. 그래서 그것을 양손으로 들고 아무 장식이 없는 표지를 쓰다듬다가 책장을 펼쳤다. 섬세하고 활기 찬 아이 같았다. 그는 책으로 완성된 자신의 원고를 다시 읽고 나서 자신이 생각했던 것보다 뛰어나지도 나쁘지도 않다는 사실에 조금 놀랐다. 얼마쯤 시간이 흐르자 그 책을 보는 일에 진력이 났다. 하지만 자신이 책을 썼다는 사실을 생각할 때마다 경이가 느껴졌으며, 자신이 그토록 커다란 책임이 따르는 일에 무모하게 나섰다는 사실을 믿을 수 없었다.

7

1927년 봄, 어느 저녁에 윌리엄 스토너는 늦게 집으로 돌아왔다. 이제 막 봉오리를 터뜨리고 있는 꽃들의 향기가 촉촉하고 따스한 공기에 섞여 있었다. 어두운 그림자 속에서 귀뚜라미들이 노래를 부르고, 저 멀리에서는 자동차 한 대가 외로이 흙먼지를 피워 올리며 적막한 어둠을 향해 반항하듯 커다랗게 덜걱거리는 소리를 냈다. 그는 새로운 계절의 나른함에 사로잡혀 천천히 걸었다. 덤불과 나무의 그늘 속에서 밝게 고개를 내민 자그마한 초록색 봉오리들이 신기했다.

그가 집에 들어서자 이디스가 거실 저편에서 수화기를 귀에 댄 채 그를 바라보았다.

"늦었네요." 그녀가 말했다.

"음." 그가 유쾌하게 말했다. "박사학위 구두시험이 있었소."

그녀가 그에게 수화기를 건네주었다. "당신 전화예요. 장거리전화. 누군지 몰라도 오후 내내 당신을 찾았어요. 당신이 대학에 나가 있다고 말했는데도, 한 시간마다 계속 여기로 전화를 하더라고요."

윌리엄은 수화기를 받아들고 상대에게 말을 걸었다. 아무 대답이 없었다. "여보세요." 그가 다시 말했다.

가늘고 이상한 남자 목소리가 그에게 말했다.

"빌 스토너요?"

"네, 누구십니까?"

"당신은 날 모를 거요. 그냥 지나가던 사람인데, 당신 어머니가 전화를 해달라고 부탁했거든. 오후 내내 전화를 걸었소."

"그렇군요." 스토너가 말했다. 송화구를 들고 있는 손이 덜덜 떨렸다. "무슨 일입니까?"

"당신 아버지 일이오." 남자가 말했다. "이야기를 어떻게 시작해야 할지 잘 모르겠군."

건조하고, 간결하고, 겁을 먹은 듯한 남자의 목소리가 이어졌다. 윌리엄은 멍하니 귀를 기울였다. 마치 그 목소리가 귀에 대고 있는 수화기 속에만 존재하는 것 같았다. 남자의 이야기는 아버지에 관한 것이었다. 아버지가 거의 일주일 전부터 몸이 좋지 않았다고 했다. 그런데 일꾼 혼자서는 밭을 갈고 씨를 뿌리는 일을 다 해낼 수 없었기 때문에 아버지가 고열에 시달리면서도 새벽 일찍 씨를 뿌리러 나갔다고 했다. 아버지는 오전 중반에 일꾼에게 발견되었다. 울퉁불퉁한 밭에서 의식을 잃고 앞으로 엎어져 있었다. 일꾼은 아버지를 집으로 데려와 침대에 눕히고 의사를 데려오려고 나갔다. 하지만 아버지는 정오가 되기 전에 숨을 거뒀다.

"전화해주셔서 감사합니다." 스토너가 기계적으로 말했다. "어머니께 내일 제가 가겠다고 전해주세요."

그는 수화기를 고리에 내려놓고 가느다란 검은색 원통에 부착된 종 모양의 송화구를 한참 동안 빤히 바라보았다. 그러다가 돌아서서 거실을 보았다. 이디스가 기대에 찬 표정으로 그를 바라보고 있었다.

"그래서요? 무슨 일이에요?" 그녀가 물었다.

"아버지 일이야." 스토너가 말했다. "돌아가셨소."

"아, 윌리!" 이디스는 이렇게 말하고 나서 고개를 끄덕였다. "그럼 당신이 주말까지 집을 비우게 되겠군요."

"그렇소." 스토너가 말했다.

"그럼 저는 에마 이모에게 이리로 와서 그레이스를 돌봐달라고 부탁할게요."

"그래요." 스토너는 기계적으로 말했다. "그래요."

그는 주말까지 대신 강의를 맡아줄 사람을 구한 뒤 다음 날 아침 일찍 분빌행 버스를 탔다. 컬럼비아에서 캔자스시티로 가는 고속도로가 분빌을 가르고 지나갔다. 17년 전 그가 처음 대학에 올 때 이용했던 바로 그 길이었다. 이제는 길이 더 넓어지고 포장도 되어 있었다. 깔끔하고 곧은 울타리에 둘러싸인 밀밭과 옥수수밭이 버스 창밖으로 휙휙 지나갔다.

분빌은 그가 마지막으로 봤을 때에 비해 변한 것이 거의 없었다. 새로운 건물이 몇 개 들어서고 옛날에 있던 건물 몇 채가 철거되었지만, 살풍경하고 보잘것없는 분위기는 여전했다. 지금도 언제든 없애버릴 수 있는 임시 거처처럼 보였다. 지난 몇 년 동안 대부분의 길이 포장되었는데도 흙먼지가 엷은 안개처럼 허공에 떠 있고, 강철바퀴를 단 마차 몇 대가 여전히 돌아다니고 있었다. 강철바퀴가 도로와 도로 턱의 콘크리트 포장을 긁을 때면 가끔 불꽃이 튀었다.

고향집도 크게 변한 것이 없었다. 옛날보다 더 건조하고 칙칙해진 것 같기는 했다. 미늘벽판자로 된 벽에는 페인트가 한 조각도 남아 있지 않았고, 역시 페인트칠이 되지 않은 포치 바닥도 맨살을 드러낸 땅을 향해 조금 더 주저앉아 있었다.

집 안에는 사람들(이웃들)이 몇 명 있었지만, 스토너의 기억에는 없는 사람들이었다. 검은 정장, 하얀 셔츠, 스트링타이 차림의 키크고 수척한 남자가 스토너의 어머니를 향해 몸을 수그리고 있고, 어머니는 아버지의 시신이 담긴 좁은 나무 상자 옆에서 등받이가 곧은 의자에 앉아 있었다. 스토너는 방을 가로지르기 시작했다. 키큰 남자가 그것을 보고 그를 맞으려고 다가왔다. 남자의 회색 눈은 유약을 바른 도자기처럼 표정이 없었다. 그가 굵고 매끄러운 바리톤 목소리로 숨 죽여 몇 마디를 했다. 그는 스토너를 "형제"라고 불렀고, "조의"라는 말과 "하느님이 데려가셨다."는 말을 입에 담았으며, 스토너에게 자신과 함께 기도하겠느냐고 물었다. 스토너는 그 남자를 스치듯 지나쳐서 어머니 앞에 섰다. 어머니의 얼굴이 눈앞에서 빙글빙글 돌고 있었다. 그 뭉개진 풍경을 뚫고 어머니가 그에게 고개를 끄덕한 뒤 의자에서 일어서는 모습이 보였다. 어머니가 그의 팔을 잡고 말했다. "아버지를 뵈어야지."

거의 느껴지지 않을 만큼 연약한 손길로 어머니는 그를 관 옆으로 이끌었다. 그는 뚜껑이 열려 있는 관을 내려다보았다. 부옇던 눈앞이 맑아질 때까지. 그때서야 그는 너무 놀라서 화들짝 뒷걸음질을 쳤다. 그가 본 시신은 낯선 사람의 것 같았다. 몸이 아주 작게 쪼그라들었고, 얼굴은 얇은 갈색 종이로 만든 가면 같았으며, 눈이 있어야 할 곳은 검고 깊게 움푹 파여 있었다. 시신을 감싼 검푸른 정장은 기괴할 정도로 컸고, 소매 밖으로 삐져나와 가슴 위에 포개진 양손은 동물의 발톱을 말려놓은 것 같았다. 스토너는 어머니에게 시선을 돌렸다. 그리고 자신이 느낀 경악이 눈빛에 고스란히 드러나 있음을 깨달았다.

"지난 1, 2주 동안 아버지가 살이 많이 빠지셨다." 어머니가 말했다. "내가 밭에 나가지 말라고 말했는데도 내가 일어나기 전에 먼저 일어나서 나가버렸지. 제정신이 아니었던 게야. 병이 너무 깊어서 제정신을 잃고 자기가 무슨 짓을 하는지도 몰랐던 거다. 의사 말이 틀림없이 그랬을 거라더구나. 그렇지 않았다면 버텨내지 못했을 거라고."

어머니가 말하는 동안 스토너의 눈에 어머니의 모습이 선명히 보였다. 어머니도 이미 죽어버린 것 같았다. 어머니의 일부가 남편과 함께 저 상자 속으로 들어가 다시는 나오지 못할 것 같았다. 이제야 어머니의 모습이 제대로 보였다. 여윈 얼굴이 퀭하게 보였다. 피부가 늘어져서 가만히 있을 때조차 얇은 입술 사이로 치아 끝이 살짝 드러났다. 걸을 때는 무게도 힘도 없는 사람 같았다. 그는 뭐라고 중얼거리고는 거실 밖으로 나가 어렸을 때 자신이 쓰던 방으로 가서 그 황량한 풍경 속에 서 있었다. 눈이 뜨겁고 건조했다. 울음이 나오지 않았다.

그는 장례식 준비를 하고, 필요한 서류에 서명했다. 모든 시골사람들이 그렇듯이 그의 부모도 장례보험을 들어두었다. 거의 평생 동안 장례비로 매주 몇 푼씩을 따로 떼어놓은 것이다. 절망적일 만큼 궁핍하던 시절도 예외가 아니었다. 어머니 방의 낡은 궤짝에서 꺼내온 보험증서는 왠지 안쓰러워 보였다. 정교하게 인쇄된 문서의 금박은 조각조각 떨어져나가기 시작했고, 싸구려 종이는 너무 오래돼서 금방이라도 부서질 것 같았다. 그는 어머니에게 장래에 대해 이야기하며 자신과 함께 컬럼비아로 가자고 말했다. 방은 많아요. 이디스도 어머니를 반길 거예요(그는 이렇게 거짓말을 하며 양심의 가책을 느꼈다).

하지만 어머니는 그와 함께 가지 않겠다고 말했다. "거긴 내게 어울리지 않아. 네 아버지랑 나는…… 나는 거의 평생 동안 여기서 살았다. 여기 말고 다른 곳에서는 편안히 자리 잡고 살 수 없을 것 같구나. 게다가 토브가……." 스토너는 아버지가 오래전 고용한 흑인 일꾼의 이름이 토브라는 것을 기억해냈다. "토브가 제가 필요없어질 때까지 여기 남겠다고 했다. 지하실에 제 방도 번듯하게 만들어놨어. 우린 걱정 마라."

스토너는 어머니와 입씨름을 벌였지만, 어머니는 꿈쩍도 하지 않았다. 마침내 그는 어머니가 오로지 죽음만을 바라고 있으며, 자신이 살아온 곳에서 죽고 싶어 한다는 것을 깨달았다. 또한 어머니가 원하는 대로 하며 약간의 품위를 누릴 자격이 있다는 것도 알고 있었다.

아버지는 분빌 외곽의 작은 무덤에 묻혔다. 윌리엄은 어머니와 함께 집으로 돌아왔다. 그날 밤 그는 잠을 이룰 수가 없어서 옷을 입고 밭으로 나갔다. 아버지가 마지막 순간까지 해마다 일하던 곳이었다. 그는 아버지를 떠올리려고 했지만, 어렸을 때 보았던 아버지 얼굴이 생각나지 않았다. 그는 밭에 무릎을 꿇고 앉아서 마른 흙 한 덩이를 손으로 집었다. 그리고 그것을 부스러뜨리며 달빛 속에서 어둡게 보이는 흙 알갱이들이 손가락 사이로 흘러내리는 것을 지켜보았다. 그는 바지에 손을 털고 일어나서 집으로 돌아갔다. 잠이 오지 않았다. 그는 침대에 누워 하나밖에 없는 창문으로 밖을 바라보았다. 동이 틀 때까지. 땅 위의 그림자가 모두 사라질 때까지. 척박한 회색 땅이 그의 앞에 무한하게 펼쳐질 때까지.

아버지가 돌아가신 뒤 스토너는 주말을 이용해서 최대한 자주 고향집을 찾았다. 그때마다 어머니가 점점 마르고, 창백하고, 고요해지는 것이 보였다. 그러다 결국은 어머니의 움푹 파인 밝은 눈만이 살아 있는 것처럼 보이게 되었다. 마지막 며칠 동안 어머니는 그에게 아무런 말도 하지 않았다. 침대에 누워 허공을 빤히 바라보는 어머니의 눈빛이 희미하게 흔들리고, 가끔 작은 한숨 소리가 입술에서 새어나왔다.

그는 어머니를 아버지와 나란히 묻어주었다. 예배가 끝나고 몇 명 되지 않는 조문객들도 돌아간 뒤, 그는 11월의 차가운 바람 속에 혼자 서서 두 개의 무덤을 바라보았다. 하나는 아직 열려 있었고, 다른 하나는 봉분 위에 가느다란 솜털 같은 잔디가 덮여 있었다. 그는 자기 어머니나 아버지 같은 사람들이 묻혀 있는 이 황량하고, 나무 하나 없는 작은 땅으로 시선을 돌려 평평한 땅 너머를 바라보았다. 자신이 태어난 집, 아버지와 어머니가 평생을 보낸 집이 있는 방향이었다. 그는 해마다 땅에 들어가는 비용을 생각했다. 땅은 옛날과 다름없었다. 아니, 그때보다 조금 더 척박해지고, 소출도 조금 더 인색해진 것 같았다. 변한 것은 하나도 없었다. 아버지와 어머니는 즐거움이 없는 노동에 평생을 바쳤다. 그들의 의지는 꺾이고, 머리는 멍해졌다. 이제 두 분은 평생을 바친 땅 속에 누워 있었다. 땅은 앞으로 서서히 두 분을 자기 것으로 만들 것이다. 습기와 부패의 기운이 두 분의 시신이 담긴 소나무 상자를 서서히 침범해서 두 분의 몸을 건드리다가, 마침내 두 분의 마지막 흔적까지 모조리 먹어치울 것이다. 그렇게 해서 두 분은 이미 오래전에 자신을 바쳤던 이 고집스러운 땅의 무의미한 일부가 될 것이다.

그는 토브가 고향집에서 겨울을 날 수 있게 해주었다. 그리고 1928년 봄에 그 집과 땅을 매물로 내놓았다. 토브는 집과 땅이 팔릴 때까지 그곳에 살면서, 자신이 재배하는 모든 것을 갖기로 합의했다. 토브는 최선을 다해서 집을 수리하고, 작은 헛간에 페인트칠을 했다. 그런데도 1929년 초봄에야 비로소 적당한 구매자가 나섰다. 스토너는 그가 첫 번째로 제시한, 2000달러가 조금 넘는 가격을 그대로 받아들이고, 토브에게 몇 백 달러를 주었다. 그리고 8월 말에 남은 금액을 장인에게 보내, 집을 사느라 빚진 돈을 일부 갚았다.

그해 10월에 주식시장이 붕괴했다. 지역 신문들은 월가에 대해서, 엄청난 재산을 잃고 인생이 변해버린 사람들에 대해서 기사를 썼다. 컬럼비아에는 그 영향을 받은 사람이 거의 없었다. 보수적인 동네였으므로, 주식이나 채권에 돈을 투자한 사람이 거의 없었기 때문이다. 하지만 전국에서 은행들이 도산하고 있다는 소식이 들어오기 시작하면서 싹튼 불안감이 몇몇 사람들을 건드렸다. 농부들 몇 명이 저축했던 돈을 인출해갔고, 그보다 조금 많은 농부들은 (지역 은행들의 다그침을 받아) 예금을 늘렸다. 하지만 세인트루이스의 작은 민영은행인 머천트트러스트의 도산 소식이 들어올 때까지는 진심으로 상황을 걱정하는 사람이 전혀 없었다.

스토너는 대학 카페테리아에서 점심을 먹다가 그 소식을 듣고는 곧장 집으로 가서 이디스에게 말했다. 머천트트러스트는 그들이 주택 담보대출을 받은 은행이자, 이디스의 아버지가 행장으로 있는 곳이었다. 이디스는 그날 오후에 세인트루이스로 전화를 걸어 어머니와 이야기를 나누었다. 어머니는 명랑한 목소리로 아버지한테서 몇 주만 지나면 모든 일이 잘 해결될 테니 하나도 걱정할 필요 없다는 말을 들었다고 이디스에게 말했다.

그리고 사흘 뒤 호러스 보스트윅이 죽었다. 자살이었다. 그는 어느 날 아침 유난히 유쾌한 표정으로 은행에 출근했다. 그는 문을 닫은 은행에서 아직 일하고 있는 여러 직원들과 인사를 나누고는 비서에게 전화를 연결하지 말라고 이른 뒤 자기 사무실로 들어가 문을 잠갔다. 그리고 오전 10시경 전날 구입해서 서류가방에 넣어 가져온 권총으로 자기 머리를 쏘았다. 유서는 남기지 않았지만, 책상에 깔끔하게 정리된 서류들이 그가 하고자 했던 말을 대변해주었다. 재정적으로 파산했다는 말. 그는 보스턴 출신인 아버지와 마찬가지로 자기 돈뿐만 아니라 은행 돈까지 끌어들여 현명하지 못한 투자를 했다. 그 결과 워낙 철저하게 파산해버렸기 때문에 궁지에서 벗어날 길을 도저히 찾을 수 없었다. 하지만 나중에 밝혀진 바에 따르면, 그가 자살하던 순간에 생각했던 것처럼 철저히 파산한 것은 아니었다. 재산을 정리하고 보니 가족들이 살던 집은 고스란히 남았고, 세인트루이스 외곽의 소소한 부동산만으로도 아내가 평생 소액의 소득을 올리기에 충분했다.

하지만 이런 사실들이 곧바로 밝혀지지는 않았다. 윌리엄 스토너는 호러스 보스트윅의 파산과 자살을 알리는 전화를 받은 뒤, 비록 사이가 멀어진 아내이기는 해도 최대한 부드럽게 이 소식을 알렸다.

이디스는 차분하게 받아들였다. 거의 그런 소식을 예상하고 있었던 것처럼 보일 정도였다. 그녀는 말없이 한동안 스토너를 바라보다가 고개를 저으며 멍하니 말했다. "어머니가 가엾어요. 이제 어찌 사실까요? 항상 남의 보살핌을 받으며 사신 분인데. 이제 어찌 사실까요?"

스토너가 말했다. "장모님께 말씀드려요." 그가 어색한 표정으로 잠시 말을 멈췄다. "원하신다면 우리랑 같이 사셔도 된다고. 장모님을 환영하겠다고 말이오."

이디스는 애정과 경멸이 뒤섞인 묘한 표정으로 그에게 미소를 지어 보였다. "아, 윌리. 어머니는 그러느니 차라리 죽겠다고 하실 분이에요. 그걸 몰라요?"

스토너는 고개를 끄덕였다. "알기야 하지."

스토너가 전화를 받은 그날 저녁 이디스는 장례식을 위해 컬럼비아를 떠나 세인트루이스로 향했다. 필요한 만큼 그곳에서 머무르다 오겠다고 했다. 그녀가 떠난 지 일주일이 되었을 때, 스토너는 친정어머니와 2주 더, 어쩌면 그보다 더 오래 지내게 될 것 같다는 짤막한 편지를 받았다. 그녀는 거의 두 달 동안 집을 떠나 있었고, 윌리엄의 큰 집에는 그와 딸 둘뿐이었다.

처음 며칠 동안은 집이 텅 빈 것 같아서 묘하게 마음이 안정되지 않았다. 뜻밖의 일이었다. 하지만 그는 이내 그 텅 빈 것 같은 느낌에 익숙해져서 점점 즐기기 시작했다. 일주일도 안 돼서 그는 자신이 몇 년 만에 최고로 행복하다는 것을 깨달았다. 언제든 반드시 돌아오게 돼 있는 이디스를 생각할 때면, 이제 더 이상 자신에게 숨길 필요가 없는 조용한 후회가 느껴졌다.

그레이스는 그해 봄에 여섯 번째 생일을 맞았고, 가을에는 초등학교에 입학했다. 매일 아침 스토너는 아이를 준비시켜 학교에 보냈다. 오후에는 아이가 집에 돌아올 시간에 맞춰 대학에서 돌아왔다.

여섯 살인 그레이스는 키가 크고 호리호리한 아이였으며, 머리카락은 빨간색보다는 금발에 가까웠다. 피부는 하얗고 깨끗했으며, 눈은 보라색에 가까울 만큼 진한 파란색이었다. 조용하고 명랑한 그레이스는 제 아비에게 향수에 찬 경의와 비슷한 감정을 느끼게 하는 것들에서 기쁨을 찾아냈다.

그레이스는 가끔 동네 아이들과 놀기도 했지만, 그보다는 아버지와 함께 커다란 서재에 앉아 아버지가 채점하거나, 책을 읽거나, 글을 쓰는 모습을 지켜볼 때가 많았다. 아이가 아버지에게 말을 걸면 두 사람의 대화가 시작되었다. 어찌나 조용하고 진지한 대화였는지, 윌리엄 스토너는 전혀 예상치 못했던 그 부드러움에 감동했다. 그레이스는 노란 종이에 서투르지만 매력적인 그림들을 그려 엄숙한 표정으로 아버지에게 내밀었다. 초등학교 1학년용 독본을 소리 내어 읽어주기도 했다. 밤에 아이를 재운 뒤 서재로 돌아갈 때면, 아이가 서재에 없다는 사실이 실감나게 느껴졌다. 하지만 아이가 위층에서 안전하게 자고 있다는 사실이 위안이 되었다. 거의 의식하지 못했지만, 그는 사실상 아이에게 공부를 가르치기 시작했다. 그러면서 자기 눈앞에서 자라나는 아이의 모습을 놀라움과 사랑의 눈길로 지켜보았다. 아이의 얼굴에는 그 내면에서 움직이고 있는 지성이 드러나기 시작했다.

이디스는 새해가 지난 뒤에야 컬럼비아로 돌아왔기 때문에 윌리엄 스토너는 딸과 단 둘이서 크리스마스를 보냈다. 크리스마스 아침에 두 사람은 선물을 교환했다. 그레이스는 담배도 피우지 않는 아버지에게, 조심스레 앞선 교육을 시행하는 대학부속학교에서 자기가 서투른 솜씨로 만든 재떨이를 선물했다. 윌리엄은 시내 상점에서 직접 고른 새 옷과 책 여러 권, 색칠 세트를 딸에게 주었다. 두 사람은 그날 거의 하루 내내 작은 트리 앞에 앉아서 트리 장식물에서 반짝이는 불빛들과 암녹색 트리 속에서 숨은 불꽃처럼 빛나는 반짝이 장식을 바라보며 이야기를 나눴다.

정신없이 지나가는 학기 중에 묘하게 잠시 정지된 것 같은 느낌이 드는 크리스마스 연휴 동안 윌리엄 스토너는 차츰 두 가지 사실을 깨닫게 되었다. 그레이스가 자신의 삶에서 중심을 차지하는 중요한 존재가 되었다는 것과 어쩌면 자신이 훌륭한 교육자가 될 수 있을지도 모른다는 점.

그는 지금까지 자신이 훌륭한 교사가 아니었음을 스스로 인정할 준비가 되어 있었다. 신입생들에게 처음 영문학을 가르치면서 허둥거리던 그 시절부터 그는 자신이 영문학에 대해 느끼는 감정과 강의실에서 전달하는 내용 사이에 커다란 틈이 있음을 항상 의식하고 있었다. 그때는 시간이 흘러 경험이 쌓이면 그 틈이 사라질 것이라는 희망을 품었지만 현실은 그렇지 않았다. 그가 가장 깊숙이 간직하고 있는 감정들이 강의에서는 충분히 드러나지 않았다. 생기가 넘치던 것들이 그가 하는 말 속에서 시들어버렸고, 그에게 가장 감동을 주었던 것들은 차갑게 식어버렸다. 이처럼 자신의 능력이 부족하다는 자각 때문에 너무 고민한 나머지 이제는 그 고민이 습관이 되어 구부정한 어깨만큼이나 그의 일부가 되었을 정도였다.

하지만 이디스가 세인트루이스에 가 있는 동안 강의를 하면서 그는 강의 내용에 완전히 몰입한 나머지 자신의 무능력은 물론 자기 자신과 눈앞의 학생들까지 잊어버리는 경험을 종종 했다. 완전히 열정에 사로잡혀서 대개 강의의 지침서로 삼던 강의메모마저 무시해버린 채 말을 더듬기도 하고 손짓을 동원하기도 했다. 처음에는 이런 감정의 폭발이 신경에 거슬렸다. 자신이 영문학이라는 주제를 너무 친숙하게 대하는 것이 아닌가 싶어서였다. 그래서 그는 학생들에게 사과를 했다. 하지만 강의가 끝난 뒤 학생들이 그를 찾아오기 시작하고 과제물에도 조심스러운 애정과 상상력이 드러나기 시작하자, 그는 기운을 얻어 한 번도 배운 적이 없는 일을 해보기로 했다. 문학, 언어, 정밀하고 기묘하며 뜻밖의 조합을 이룬 글 속에서 그 무엇보다 검고 그 무엇보다 차가운 글자를 통해 저절로 모습을 드러내는 마음과 정신의 신비, 이 모든 것에 대한 사랑을 그는 마치 위험하고 부정한 것을 숨기듯 숨겨왔지만, 이제는 드러내기 시작했다. 처음에는 조심스럽게, 그러다가 대담하게, 종내는 자랑스럽게.

그는 이 새로운 발견에 슬프면서도 기운이 났다. 자신의 의도는 아니었지만 그동안 학생들과 자신을 속인 것 같은 기분이 들었기 때문이다. 그때까지 기계적인 단계들을 반복적으로 밟으며 그의 강의를 끈기 있게 버텨내던 학생들이 당혹감과 분노를 안고 그를 바라보기 시작했다. 반면 그의 강의를 들은 적이 없는 학생들은 그의 강의에 참석하고, 복도에서 만나면 고갯짓으로 인사를 건네기 시작했다. 그의 말투에 자신감이 붙었고, 그의 내면에서는 따스하면서도 단단한 엄격함이 힘을 얻었다. 10년이나 늦기는 했지만, 이제야 자신이 어떤 사람인지 차츰 알게 된 것 같다는 생각이 들었다. 그가 발견한 새로운 자신은 예전에 상상했던 것보다 더 훌륭하기도 하고 더 못나기도 했다. 이제야 비로소 진짜 교육자가 된 기분이었다. 자신이 책에 적은 내용을 진심으로 받아들이는 사람, 인간으로서 그가 지닌 어리석음이나 약점이나 무능력과는 별로 상관이 없는 예술의 위엄을 얻은 사람. 그가 이런 깨달음을 입으로 말할 수는 없었지만, 일단 깨달음을 얻은 뒤에는 사람이 달라졌기 때문에 그것의 존재를 누구나 알아볼 수 있었다.

세인트루이스에서 돌아온 이디스도 그가 변했음을 알아차렸다. 어째서 이렇게 변했는지는 알 수 없었지만, 변했다는 사실만은 즉시 감지했다. 그녀는 연락도 없이 어느 날 오후에 기차로 돌아와서 거실을 지나 서재로 들어왔다. 서재에는 그녀의 남편과 딸이 조용히 앉아 있었다. 그녀는 달라진 외모로 갑자기 나타나서 남편과 딸을 깜짝 놀래줄 작정이었지만, 시선을 들어 놀란 눈빛으로 자신을 바라보는 윌리엄을 보고는 진짜로 변한 사람은 바로 그임을 알아차렸다. 그 변화가 워낙 깊어서 그녀의 외모가 변한 효과쯤은 그냥 사라져버렸다. 그녀는 조금은 멍하니, 하지만 약간 놀란 마음으로 생각했다. 내가 저 남자를 생각보다 더 잘 알고 있었구나.

윌리엄은 그녀가 바뀐 모습으로 갑자기 나타난 것에 깜짝 놀랐지만, 예전처럼 마음이 움직이지는 않았다. 그는 잠시 그녀를 바라보다가 책상에서 일어나 그녀에게 가서 진지하게 인사를 건넸다.

이디스는 머리를 단발로 자르고, 꼭 끼는 모자를 쓰고 있었다. 모자가 머리를 단단히 조이는 바람에 짧게 자른 머리카락이 불규칙한 모양의 틀처럼 얼굴을 바싹 감싸고 있었다. 입술에는 밝은 오렌지레드를 발랐고, 작은 볼연지 자국 두 개가 광대뼈를 날카롭게 강조해주었다. 옷은 지난 몇 년 동안 젊은 여성들 사이에서 인기를 끌었던 짧은 드레스였다. 어깨에서부터 똑바로 늘어진 옷자락이 무릎 바로 위에서 끝났다. 그녀는 남편을 향해 어색하게 웃어 보이고는 딸에게 다가갔다. 딸은 바닥에 앉은 채 조용히 신중하게 그녀를 바라보고 있었다. 이디스가 어색하게 무릎을 바닥에 대고 앉았다. 새 옷의 끝단이 다리를 단단하게 조였다.

"그레이시." 윌리엄이 듣기에 금방이라도 깨어질 것처럼 불안하고 긴장된 목소리로 이디스가 말했다. "엄마 안 보고 싶었어? 엄마가 이제 아주 안 오려나 했지?"

그레이스는 어머니의 뺨에 입을 맞추고는 엄숙한 표정으로 그녀를 바라보았다. "모양이 달라졌어요."

이디스는 웃음을 터뜨리며 일어서서 양손을 머리 위로 올리고 한 바퀴 획 돌았다. "새 옷이랑 새 신발을 사고, 머리도 새로 했거든. 마음에 드니?"

그레이스는 잘 모르겠다는 표정으로 고개를 끄덕였다. "모양이 달라졌어요." 그녀가 같은 말을 반복했다.

이디스의 미소가 더욱 커졌다. 치아 하나에 립스틱이 연하게 묻어 있었다. 그녀가 윌리엄을 바라보며 물었다. "내가 달라 보여요?"

"응." 윌리엄이 말했다. "아주 매력적이오. 아주 예뻐요."

그녀는 웃음을 터뜨리며 고개를 저었다. "가엾은 윌리." 그러고는 다시 딸에게 시선을 돌렸다. "난 달라졌어." 그녀가 딸에게 말했다. "정말 달라진 것 같아."

윌리엄 스토너는 이것이 자신에게 하는 말임을 깨달았다. 그리고 그 순간 왠지 이디스가 자기도 모르는 사이에 의도하지도 이해하지도 못한 채 그에게 새로이 선전포고를 하고 있다는 확신이 들었다.

8

그 선전포고는 이디스가 친정아버지의 죽음 이후 세인트루이스의 '집'에서 보낸 몇 주 동안 시작한 변화 중 일부였다. 그런데 윌리엄 스토너가 자신이 좋은 교사가 될 수 있을지도 모른다는 사실을 깨달은 뒤 서서히 변화한 모습이 이디스의 변화를 더욱 강화시키다 못해 결국은 뾰족하고 흉포하게 만들어버렸다.

이디스는 아버지의 장례식에서 이상할 정도로 감정의 동요가 없었다. 장례식이 공들여 진행되는 동안 그녀는 딱딱한 표정으로 꼿꼿하게 앉아 있었다. 화려하게 장식된 관 속에 눈부시게 치장된 모습으로 누워 있는 아버지의 뚱뚱한 시신 옆을 지나칠 때도 그녀의 표정에는 아무런 변화가 없었다. 하지만 묘지에서 관이 인조잔디 매트로 가려진 좁은 구멍 속으로 들어갈 때, 그녀는 무표정한 얼굴을 양손에 묻더니 누군가가 그녀의 어깨를 건드릴 때까지 그대로 있었다.

장례식이 끝난 뒤 그녀는 자신이 옛날에 쓰던 방에서 여러 날을 보냈다. 그녀가 어린 시절을 보낸 방이었다. 어머니와 얼굴을 마주치는 것은 아침식사와 저녁식사 때뿐이었다. 방문객들은 그녀가 슬픔에 잠겨 혼자 방에 틀어박힌 모양이라고 생각했다. "부녀 사이가 아주 가까웠지요." 이디스의 어머니가 뭔가 이유가 있는 듯한 표정으로 말했다. "겉으로 보기보다 훨씬 더 가까웠답니다."

하지만 이디스는 그 방에서 이리저리 걸어다니며 벽과 창문을 마치 처음 만져보는 사람처럼 자유로이 만져보고, 얼마나 단단한지 시험했다. 그녀는 다락방에서 자신의 어린 시절 물건들이 가득 들어 있는 트렁크를 가지고 내려오게 했고, 10년이 넘도록 아무도 손대지 않은 자신의 옷장 서랍들을 살펴보았다. 세상의 모든 시간을 다 가진 사람처럼 한가로운 표정으로 그녀는 자신의 물건들을 살펴보고, 어루만지고, 이리저리 돌려보고, 거의 예식을 치르는 사람처럼 신중하게 조사해보았다. 그러다가 어렸을 때 받은 편지가 나오면 생전 처음 그 편지를 발견한 사람처럼 처음부터 끝까지 다 읽어보았다. 잊고 있던 인형이 나오면 미소를 지으며 다시 아이가 되어 선물을 받기라도 한 것처럼 분홍색이 칠해진 인형의 뺨을 어루만졌다.

마침내 그녀는 어렸을 때의 물건들을 모두 깔끔히 정리해서 두 무더기로 나눴다. 그녀가 직접 산 장난감과 장신구, 학교 친구들이 보낸 편지와 비밀 사진, 먼 친척들에게서 받은 선물 등이 한 무더기를 이루었고, 아버지에게서 받은 물건이나 아버지와 직간접적으로 관련된 물건들이 다른 한 무더기를 이루었다. 그녀는 이 두 번째 무더기에 관심을 보였다. 분노도 기쁨도 없는 무표정한 얼굴로 그녀는 그 무더기 속의 물건들을 하나씩 꼼꼼하게 들어내서 폐기했다. 편지와 옷, 인형의 속, 바늘겨레와 사진. 그녀는 이런 물건들을 벽난로에서 태웠다. 진흙이나 도자기로 만들어진 인형들의 머리, 손, 팔, 발은 벽난로 안에서 고운 가루가 될 때까지 부숴버렸다. 이렇게 태우고 부순 뒤에 남은 재와 가루는 한 곳으로 모아서 자기 방에 붙어 있는 화장실 변기에 넣고 물을 내려버렸다.

이 일을 다 끝내고, 방에 차 있던 연기도 몰아내고, 벽난로를 청소하고, 아직 남아 있는 몇 가지 소지품들을 서랍에 다시 돌려놓은 뒤 이디스 보스트윅 스토너는 작은 화장대에 앉아 거울에 비친 자신의 모습을 바라보았다. 거울이 낡아서 뒤편에 발라놓은 은색 물질이 군데군데 떨어져나가고 있었기 때문에 거울에 비친 그녀의 모습도 흔들리거나 아예 보이지 않는 곳이 있어서 얼굴이 묘하게 불완전해 보였다. 그녀는 이제 서른 살이었다. 머리카락은 젊음의 윤기를 잃기 시작했고, 눈가에는 잔주름이 생기기 시작했으며, 피부도 광대뼈 주위에서부터 얇아지기 시작했다. 그녀는 거울 속의 얼굴을 향해 고개를 까딱하고는 벌떡 일어서서 아래층으로 내려가 며칠 만에 처음으로 명랑하다 못해 거의 친근하게 느껴지는 말투로 어머니에게 말을 걸었다.

그녀는 자신을 변화시키고 싶다고 말했다. 지금의 모습을 너무 오래 갖고 있었다면서 자신의 어린 시절과 결혼생활을 이야기했다. 그리고 확실하지 않고 모호하게만 기억나는 자료를 토대로 자신이 되고 싶은 모습을 정했다. 그녀는 거의 두 달 동안 세인트루이스의 어머니 집에 머무르면서 그 모습을 만들어내는 데 자신을 바쳤다.

그녀는 어머니에게 돈을 조금 빌려달라고 말했다. 어머니는 돈을 빌려주는 대신 순간적인 충동으로 선물해주었다. 이디스는 컬럼비아에서 가져온 옷가지들을 모두 태워버리고는 옷장을 새 옷들로 채웠다. 머리도 짧게 잘라서 유행하는 모양으로 다듬었다. 화장품과 향수를 사서 매일 자신의 방에서 사용법을 연습했다. 담배도 배우고, 영국식 발음이 살짝 들어간 말투로 상처 입기 쉬운 사람처럼 새된 소리로 말하는 법도 연습했다. 이런 외적인 변화를 충분히 통제할 수 있게 되었을 때 그녀는 컬럼비아로 돌아왔다. 그녀의 내면에는 또 다른 변화 하나가 비밀스럽게 잠재되어 있었다.

그녀는 컬럼비아로 돌아온 뒤 몇 달 동안 정신없이 움직였다. 이제는 아프거나 몸이 약한 척할 필요가 없는 것 같았다. 그녀는 작은 극단에 들어가 자신에게 주어진 일에 헌신했다. 무대배경을 디자인하고 색칠했으며, 극단을 위해 기금을 모으기도 하고, 심지어 작은 역을 맡아 연극에 출연도 했다. 스토너가 오후에 집으로 돌아와 보면 거실에 그녀의 친구들이 가득했다. 그 낯선 사람들은 침입자를 보듯이 그를 바라보았고, 그는 예의바르게 고갯짓으로 인사한 뒤 서재로 물러났다. 벽 너머에서 대본을 낭독하는 듯한 사람들의 목소리가 작게 들려왔다.

이디스는 낡은 피아노를 한 대 사서 거실에 들여놓았다. 윌리엄의 서재와 거실 사이의 벽 앞이었다. 결혼 직전에 피아노 연습을 그만두었던 그녀는 새롭게 피아노를 배우는 사람처럼 곡을 연습하며 자신에게는 너무 어려운 연습곡들을 열심히 소화해나갔다. 어떤 때는 하루에 두세 시간씩 피아노를 쳤으며, 그레이스를 재운 뒤인 늦은 밤에 피아노를 칠 때도 많았다.

스토너가 서재로 초대해서 이야기를 나누는 학생들의 수도 점점 늘어나고, 모임 횟수도 잦아졌다. 이디스는 이제 학생들을 만나지 않으려고 위층에만 머무르는 것에 만족하지 않고 자신이 직접 차와 커피를 내오겠다고 고집을 부렸다. 그러고는 서재에 자리를 잡고 앉아 큰 소리로 즐겁게 이야기를 나누며 극단에서 자신이 맡고 있는 일이나 피아노 연습 등으로 화제를 돌렸다. 시간이 나는 대로 그림과 조각을 다시 시작할 계획이라고 밝히기도 했다. 학생들은 당황해서 점차 발길을 끊었다. 결국 스토너는 대학 카페테리아나 캠퍼스 주위의 작은 카페에서 커피를 마시며 학생들을 만나기 시작했다.

그는 이디스의 새로운 행동에 대해 아무런 말도 하지 않았다. 그녀의 활동은 그에게 아주 조금 성가실 뿐이었고, 그녀가 행복해 보였기 때문이다. 하지만 그녀가 조금 필사적인 것 같다는 느낌이 들기는 했다. 사실 그녀가 이렇게 새로운 삶의 방향을 찾게 된 책임은 그에게 있었다. 그녀가 그와 함께하는 결혼생활에서 의미를 찾을 수 있게 해주지 못했으니까. 따라서 그녀가 그와는 아무런 상관이 없는 곳에서 인생의 의미를 찾아 그가 따라갈 수 없는 길을 가는 것은 옳은 일이었다.

스토너는 교육자로서 새로이 거둔 성공과 실력 있는 대학원생들 사이에서 점점 높아가는 인기에 용기를 얻어 1930년 여름에 새 저서를 준비하기 시작했다. 그래서 자유로운 시간을 거의 전부 서재에서 보냈다. 그와 이디스는 여전히 같은 침실을 쓰는 척했지만, 그가 침실에 발을 들여놓는 경우는 거의 없었다. 특히 밤에는 절대로 가지 않았다. 그는 침대 겸용 소파에서 잠을 잤으며, 심지어 자신의 옷도 서재 구석에 직접 만든 작은 옷장에 보관했다.

그는 그레이스와 함께 시간을 보낼 수 있었다. 아이는 제 엄마가 처음으로 오랫동안 집을 비웠을 때 습관을 들인 대로 서재에서 아버지와 대부분의 시간을 보냈다. 스토너가 아이를 위해 작은 책상과 의자까지 마련해주었기 때문에 아이는 그곳에서 책을 읽거나 숙제를 할 수 있었다. 두 사람은 각자 따로 식사를 할 때보다 함께 식사할 때가 더 많았다. 이디스는 집을 자주 비웠을 뿐만 아니라, 집에 있을 때에도 극단 친구들과 작은 파티를 열어 즐거운 시간을 보낼 때가 많았다. 그런 파티에 아이의 존재는 받아들여지지 않았다.

그러다 갑자기 이디스가 집에서 시간을 보내기 시작했다. 그래서 세 식구가 다시 함께 식사를 하게 되었다. 이디스는 심지어 살림에도 조금 관심을 보이기까지 했다. 집 안은 조용했다. 피아노도 사용하는 사람이 없어서 건반에 먼지가 앉았다.

두 사람은 함께 살고 있지만 이제는 자신에 대해서든 상대에 대해서든 거의 이야기하지 않는 상황에 이르러 있었다. 두 사람의 공동생활을 가능하게 해주는 섬세한 균형이 깨어질까 두렵기 때문이었다. 따라서 스토너는 한참 동안 망설이며 결과에 대해 신중하게 생각한 뒤에야 비로소 이디스에게 무슨 일이 있느냐고 물었다.

두 사람은 저녁식사를 하는 중이었다. 그레이스는 먼저 식탁에서 일어나 책을 들고 스토너의 서재로 들어간 뒤였다.

"무슨 뜻이에요?" 이디스가 물었다.

"당신 친구들 말이오." 윌리엄이 말했다. "한동안 보이지 않는 것 같은데. 당신도 이제 극단 일을 안 하는 것 같고. 그래서 무슨 일이 있는 건지 그냥 궁금했을 뿐이오."

이디스는 거의 남자 같은 몸짓으로 접시 옆의 담뱃갑에서 담배를 하나 꺼내 입술 사이에 턱 꽂고는 이미 반쯤 피우고 있던 담배로 불을 붙였다. 그리고 담배연기를 깊숙이 들이마신 뒤 고개를 뒤로 젖혔다. 그녀가 눈을 가늘게 뜨고 윌리엄을 바라보았을 때, 그 눈빛은 그를 놀리는 것 같기도 하고 뭔가 계산하는 것 같기도 했다.

"아무 일도 없어요." 그녀가 말했다. "그냥 그 사람들이랑 극단 일에 싫증이 났을 뿐이에요. 항상 꼭 무슨 일이 있어야 하나요?"

"아니오." 윌리엄이 말했다. "그냥 당신이 몸이라도 좋지 않은 건가 해서 물어본 거요."

그는 이 대화에 대해 더 이상 주의를 기울이지 않고 금방 식탁에서 일어나 서재로 들어갔다. 그레이스가 제 책상에 앉아 책에 빠져 있었다. 책상 위의 스탠드 불빛이 아이의 머리카락에 부딪혀 반짝이고, 그 불빛에 작고 진지한 아이의 얼굴 윤곽이 도드라지게 보였다. 지난 1년 동안 아이가 많이 자랐다는 생각이 들었다. 그리 싫지만은 않은 작은 슬픔에 윌리엄은 잠깐 목이 메었다. 그는 미소를 지으며 조용히 자신의 책상으로 갔다.

그리고 금방 일에 빠져들었다. 전날 저녁에는 강의를 위한 일상적인 일에 붙들려 여유가 없었다. 과제물도 채점하고, 다음 주 강의도 준비해야 했기 때문이다. 하지만 오늘 저녁뿐만 아니라 앞으로도 여러 날 동안은 여유롭게 저서를 준비하는 일에 저녁시간을 바칠 수 있었다. 이번 책에 쓰고 싶은 내용이 무엇인지는 그도 아직 정확히 알지 못했다. 시간과 범위라는 측면에서 모두 첫 번째 저서보다 폭을 넓히고 싶다는 생각이 있을 뿐이었다. 그는 영국 르네상스시대를 연구하면서 고전시대와 중세시대 라틴어의 영향에 대한 자신의 연구를 그 분야에까지 확장시키고 싶었다. 지금은 연구를 계획하는 단계였는데, 이것은 그가 가장 즐거워하는 단계이기도 했다. 여러 접근방법 중 하나를 선택하고 몇몇 전략은 퇴짜를 놓는 일, 아직 탐구해보지 않은 가능성의 영역 안에 들어 있는 신비와 불확실성, 자신이 한 선택의 결과……. 눈앞에 보이는 가능성들에 마음이 들떠서 그는 가만히 있을 수 없었다. 그래서 책상에서 일어나 조금 서성거리다가 갑갑하면서도 기쁜 듯한 말투로 딸에게 말을 걸었다. 아이가 책을 보다가 고개를 들어 그에게 대답했다.

아이는 아버지의 기분을 알아차렸다. 그리고 정확히 무엇 때문인지는 모르지만 하여튼 아버지의 말을 듣고 웃음을 터뜨렸다. 이내 두 사람은 함께 정신없이 웃고 있었다. 마치 둘 다 어린 아이인 것 같았다. 그때 갑자기 서재 문이 열리더니 거실의 강한 불빛이 서재의 어두운 구석까지 흘러 들어왔다. 그 빛 속에 이디스의 윤곽이 서 있었다.

"그레이스." 그녀가 천천히 또렷하게 말했다. "아버지는 일하시는 중이니까 방해하면 안 돼."

윌리엄과 아이는 이 갑작스러운 침입자에게 너무 놀라서 한동안 움직이지도, 말을 하지도 못했다. 그러다가 윌리엄이 간신히 말했다. "괜찮소, 이디스. 그레이스는 방해가 되지 않아요."

이디스는 그의 말을 무시한 채 다시 말했다. "그레이스, 내 말 못 들었니? 당장 이리 나와라."

그레이스는 당혹스러운 표정으로 의자에서 일어나 문으로 향하다가 서재 한복판에서 걸음을 멈추고 아버지와 어머니를 차례로 바라보았다. 이디스가 다시 뭔가 말하려고 했지만 윌리엄이 먼저 말했다.

"괜찮다, 그레이스." 그가 최대한 부드럽게 말했다. "괜찮아. 어머니랑 같이 가거라."

그레이스가 서재 문을 지나 거실로 나가는 동안 이디스가 남편에게 말했다. "그동안 아이를 너무 자유롭게 내버려뒀어요. 아이가 저렇게 조용한 것이나, 풀이 죽어 있는 건 자연스럽지 못해요. 혼자 지내는 시간이 너무 많았기 때문이에요. 자기 또래 아이들과 더 활발하게 뛰어놀아야 해요. 아이가 얼마나 불행한지 모르겠어요?"

그러고 나서 그녀는 그가 미처 뭐라고 대답하기도 전에 문을 닫

아버렸다.

그는 한참 동안 꼼짝도 하지 않았다. 메모와 펼쳐진 책들이 흩어
진 책상을 바라보다가 천천히 서재를 가로질러 책상 위의 종이와
책들을 멍하니 정리했다. 그리고 인상을 찌푸린 채 뭔가를 기억해
내려는 사람처럼 몇 분 동안 그 자리에 서 있었다. 그러다가 다시
돌아서서 그레이스의 작은 책상으로 다가가 자기 책상 앞에서 그
랬던 것처럼 또 한동안 서 있었다. 그가 그곳의 스탠드를 끄자 책
상이 회색으로 변하면서 생기를 잃었다. 그는 소파로 가서 눈을 뜬
채로 누워 천장을 뚫어져라 바라보았다.

이 일의 중대한 의미가 서서히 다가왔기 때문에 그는 여러 주가
지난 뒤에야 이디스의 행동이 지닌 의미를 인정할 수 있었다. 그리
고 마침내 이렇게 인정하는 순간이 왔을 때에는 놀라움을 거의 느
끼지 못했다. 이디스가 워낙 영리하고 노련하게 행동했기 때문에
그는 그녀의 행동에 불평을 늘어놓을 합리적인 근거를 전혀 찾아
낼 수 없었다. 그녀가 그날 밤 거의 난폭하게 보일 정도로 갑작스
레 그의 서재에 들이닥친 일을 되돌아보니 마치 기습공격 같다는
생각이 들었다. 그 뒤로 이디스는 그보다 간접적이고, 조용하고, 조
심스러운 전략을 사용했다. 사랑과 염려라는 가면을 쓴 전략이었
으므로, 그는 그 앞에서 무기력했다.

이디스는 이제 거의 모든 시간을 집에서 보냈다. 그레이스가 학
교에 가 있는 오전과 이른 오후에 그녀는 그레이스의 침실을 다
시 꾸미는 데 몰두했다. 스토너의 서재에 있던 작은 책상을 가져다

가 다시 손질하고 연한 분홍색을 칠한 다음, 같은 색의 새틴으로 된 널찍한 리본에 주름을 잡아 가장자리를 둘렀다. 그래서 그레이스가 익숙하게 사용하던 책상과는 완전히 다른 모습이 되었다. 어느 날 그녀는 그레이스가 말없이 옆에 서 있는 가운데 윌리엄이 아이에게 사준 옷들을 모두 살펴본 뒤 대부분 내다버리고는 그레이스에게 주말에 시내에 가서 더 잘 어울리고 더 '여자아이다운' 옷들을 새로 사주겠다고 약속했다. 그리고 그 약속을 실천했다. 그날 오후 늦게 이디스는 피곤하지만 의기양양한 표정으로 꾸러미를 한 아름 들고 집으로 돌아왔다. 기진맥진한 아이는 러플이 복잡하게 달리고 풀을 빳빳하게 먹인 새 옷을 입고 절망적일 정도로 불편한 기색이었다. 풍선처럼 부푼 치맛자락 밑으로 아이의 가느다란 다리가 우스꽝스러운 막대기처럼 삐져나와 있었다.

이디스는 딸에게 인형과 장난감을 사주고는 아이가 그것들을 가지고 노는 동안 주위에서 어른거렸다. 마치 그렇게 하는 것이 의무라고 생각하는 사람 같았다. 아이에게 피아노를 배우게 하고는 아이가 연습하는 동안 의자에 나란히 앉아 있기도 했다. 그러다가 조금이라도 핑계가 생기면 아이를 위한 작은 파티를 열어 이웃 아이들을 초대했다. 빳빳한 예복을 입은 동네 아이들은 뚱하니 앙심을 품은 것 같은 표정으로 파티에 참석했다. 이디스는 딸의 숙제와 독서를 엄격히 감독하면서 자신이 정해준 공부시간을 넘기지 못하게 했다.

이제 이디스를 찾아오는 사람들은 아이를 키우는 동네 주부들이었다. 그들은 아이들이 학교에 가 있는 오전에 와서 커피를 마시며 이야기를 나눴다. 오후에는 아이들을 데려와서 커다란 거실에서 아이들이 노는 것을 지켜보며 아이들의 시끄러운 소음 속에서 별로 알맹이가 없는 이야기를 나눴다.

그럴 때 스토너는 대개 서재에 있었으므로 동네 주부들이 아이들의 목소리보다 더 크게 말하는 소리를 들을 수 있었다.

한번은 소음이 잠시 잦아들었을 때 이디스의 목소리가 들렸다. "그레이스가 가엾어요. 애가 아버지를 너무나 좋아하는데 아이 아버지는 시간이 없어서 아이랑 놀아주질 못하거든요. 아시죠? 연구 때문에요. 게다가 새로운 저서를 시작해서……."

그는 거의 초연한 자세로 신기한 것을 보듯 자신의 손을 바라보았다. 책을 들고 있던 그 손이 떨리기 시작했다. 그렇게 잠시 지켜보던 그는 떨림을 멈추기 위해 손을 주머니 깊숙이 찔러 넣고 주먹을 쥐었다.

이제 그는 딸을 거의 볼 수 없었다. 세 식구가 함께 식사를 하기는 했지만, 그럴 때도 그는 감히 딸에게 말을 걸지 못했다. 그가 말을 걸고 그레이스가 대답하기라도 하면 이디스가 곧 그레이스의 식사예절이나 앉은 자세에서 잘못된 점을 찾아내기 때문이었다. 이디스의 말투가 어찌나 신랄한지 아이는 식사가 끝날 때까지 내내 풀이 죽어서 침묵을 지키곤 했다.

그렇지 않아도 호리호리하던 그레이스의 몸이 더욱 더 여위기 시작했다. 이디스는 아이가 "옆이 아니라 위로 자란다."면서 부드럽게 웃었다. 아이의 눈은 조심스럽다 못해 거의 경계의 눈빛을 띠었다. 조용하고 차분하던 표정은 이제 살짝 뚱해지거나 히스테리에 가까울 만큼 활기를 띠는 양극단을 오갔다. 미소는 거의 짓지 않았지만, 소리 내어 웃는 경우는 많았다. 어쩌다 미소를 지을 때면 마치 유령이 얼굴을 살짝 스치고 지나가는 것 같았다. 한 번은 이디스가 위층에 있을 때 윌리엄과 아이가 거실에서 스쳐 지나간 적이 있었다. 그레이스가 그를 향해 수줍은 미소를 짓자 그는 자기도 모르게 무릎을 꿇고 아이를 안아주었다. 아이의 몸이 뻣뻣해지더니 얼굴에 당혹스러움과 두려움이 떠오르는 것이 보였다. 그는 부드럽게 몸을 떼어내며 일어서서 대수롭지 않은 말을 한마디 건네고는 서재로 물러났다.

다음 날 아침 그는 그레이스가 학교에 갈 때까지 아침 식탁에 남아 있었다. 9시 강의에 지각하리라는 것을 알고 있었지만 어쩔 수 없었다. 이디스는 그레이스를 배웅한 뒤 식당으로 돌아오지 않았다. 그는 그녀가 자신을 피하고 있음을 알았다. 그가 거실로 나갔을 때 아내는 커피 한 잔과 담배 한 개비를 들고 소파 한쪽 끝에 앉아 있었다.

그는 불쑥 본론으로 들어갔다. "이디스, 난 요즘 그레이스가 변하는 것이 마음에 안 들어요."

이디스가 마치 무슨 신호라도 받은 사람처럼 즉시 대답했다. "그게 무슨 소리예요?"

그는 이디스와 떨어진 곳, 소파의 반대편 끝에 앉았다. 무기력감이 그를 엄습했다. "내 말이 무슨 뜻인지 알잖소." 그가 지친 목소리로 말했다. "좀 너그러워져요. 아이를 너무 몰아붙이지 마시오."

이디스는 받침접시에 담배를 비벼 껐다. "그레이스는 지금 그 어느 때보다도 행복해요. 친구도 있고, 열심히 몰두할 일도 있으니까요. 당신이야 너무 바빠서 알아차리지 못했겠지만…… 요새 아이가 훨씬 더 외향적으로 변했다는 건 당신도 알 수 있을 거예요. 게다가 소리 내서 웃기도 한다고요. 옛날에는 절대 안 웃었잖아요. 거의 한 번도."

윌리엄은 놀란 표정으로 조용히 그녀를 바라보았다. "당신, 정말로 그렇게 믿는 거로군."

"당연하죠." 이디스가 말했다. "나는 그 아이 엄마예요."

스토너는 이디스가 방금 한 말을 진심으로 믿고 있음을 깨달았다. 그는 고개를 절레절레 저었다.

"이것만은 절대 인정하고 싶지 않았는데." 그가 왠지 고요해 보이는 표정으로 말했다. "당신은 정말로 나를 증오하는군. 그렇지 않소, 이디스?"

"뭐라고요?" 그녀의 목소리에 깃든 놀라움은 진심이었다. "아, 윌리!" 그녀가 또렷한 소리로 마음껏 웃음을 터뜨렸다. "바보 같은 소리 마세요. 그럴 리가 없잖아요. 당신은 내 남편인데요."

"아이를 이용하지 마시오." 그는 목소리가 떨리는 것을 막을 수 없었다. "이젠 그럴 필요가 없어요. 당신도 알 거요. 다른 건 뭐든 괜찮지만, 계속 그레이스를 이용한다면 내가……." 그는 말을 끝맺지 않았다.

잠시 뒤 이디스가 말했다. "당신이 뭘요?" 오기가 느껴지지 않는 조용한 목소리였다. "당신이 할 수 있는 일이라고 해봤자 내 곁을 떠나는 것뿐인데, 당신은 절대 그럴 사람이 아니에요. 그건 우리 둘 다 알고 있는 사실이죠."

그는 고개를 끄덕였다. "그런 것 같군." 그는 막막한 심정으로 일어서서 서재로 들어가 옷장에서 외투를 꺼낸 뒤 책상 옆에 있던 서류가방을 들었다. 그리고 거실을 가로질러 지나갈 때 이디스가 다시 그에게 말을 걸었다.

"윌리, 내가 그레이스에게 상처를 주는 일은 없어요. 그건 알아두세요. 난 그 아이를 사랑해요. 내 딸이니까요."

이 말이 사실이라는 것은 그도 알 수 있었다. 그녀는 정말로 아이를 사랑했다. 이것이 진실임을 알기 때문에 그는 하마터면 소리를 지르며 울부짖을 뻔했다. 그는 고개를 젓고는 밖으로 나갔다.

그날 저녁 집으로 돌아와 보니, 이디스가 낮에 일꾼을 고용해서 그의 소지품을 모두 서재에서 꺼내놓은 뒤였다. 그의 책상과 소파가 거실 귀퉁이에 비좁게 놓여 있고, 그 주위에 그의 옷가지, 서류, 모든 책들이 아무렇게나 쌓여 있었다.

이제 집에 있는 시간이 늘어났으므로 그녀는 그림과 조각 수업을 다시 듣기로 했다고 그에게 말했다. 그런데 북향인 그의 서재가 이 집에서 유일하게 그럴듯한 빛이 들어오는 방이라는 것이었다.

그녀는 자기가 멋대로 짐을 옮겨도 그가 개의치 않을 줄 알고 있었다며, 유리로 둘러싸인 집 뒤의 일광욕실을 쓰라고 말했다. 서재보다 더 거실에서 머니까 예전보다 더 조용히 일에 몰두할 수 있으리라는 것이었다.

하지만 일광욕실이 너무 좁아서 그는 책들을 질서 있게 정리해둘 수 없었다. 서재에 두었던 책상과 소파를 모두 놓을 공간도 없었다. 그래서 그는 책상과 소파를 모두 지하실에 넣어두었다. 겨울에는 난방으로 일광욕실을 덥히기가 힘들었고, 여름에는 사방의 유리창으로 햇빛이 쏟아지듯 들어오기 때문에 견딜 수 없을 지경이었다. 그래도 그는 그곳에서 여러 달 동안 일했다. 작은 탁자를 구해서 책상으로 사용했으며, 저녁이 되면 얇은 미늘벽판자로 된 벽으로 스며들어오는 추위를 조금이라도 막아보려고 휴대용 난방기를 구입했다. 밤에는 거실 소파에서 담요를 몸에 두르고 잤다.

불편하지만 비교적 평화로운 몇 달이 지난 뒤, 그가 오후에 퇴근해 돌아와 보면 이제 그의 서재 역할을 하는 일광욕실에 부서진 램프, 작은 융단과 궤짝, 고물이 담긴 상자 등 버려진 가재도구들이 잡다하게 흩어져 있는 것이 점점 눈에 띄었다.

"지하실이 너무 습해서 그래요." 이디스가 말했다. "지하실에 두면 다 망가질 거예요. 한동안 거기다 보관해도 괜찮죠?"

맹렬하게 폭풍우가 치던 어느 봄날 오후에 그가 집으로 돌아와 보니 일광욕실의 유리창 한 장이 깨져서 그의 책 여러 권이 비에 젖어 못쓰게 되어 있었다. 그의 메모도 읽을 수 없게 된 것이 많았다. 몇 주 뒤에는 그레이스가 제 엄마의 허락을 얻어 친구들과 함께 그 방에서 노는 바람에 그의 메모들과 새로운 저서의 원고 앞부분이 찢어지거나 훼손되었다. "그냥 몇 분만 거기서 놀라고 했어요." 이디스가 말했다. "아이들도 놀 데가 있어야죠. 그런데 달리 생각나는 데가 없지 뭐예요. 당신이 그레이스한테 말해요. 당신의 연구가 얼마나 중요한지 내가 이미 말했는데."

그때 그는 포기해버렸다. 그래서 자신의 책을 최대한 대학 연구실로 옮겼다. 자신보다 젊은 강사 세 명과 함께 쓰는 방이었다. 그 뒤로 그는 예전에 집에서 보내던 시간 중 대부분을 대학에서 보내며, 너무 외로워서 잠시라도 딸을 언뜻 보거나 말을 한마디 나누고 싶은 마음을 참을 수 없을 때만 일찍 퇴근했다.

하지만 연구실에도 공간이 부족해서 그의 책을 몇 권밖에 놓아둘 수 없었다. 그래서 필요한 문헌이 옆에 없어 쓰던 원고를 중단해야 할 때가 많았다. 게다가 함께 연구실을 쓰는 강사들 중 아주 열성적인 젊은 청년은 저녁에 학생들과 상담 약속을 잡는 버릇이 있었기 때문에, 연구실 한 편에서 진행되는 곤란한 대화에 정신이 산만해져서 일에 집중하기가 힘들었다. 결국 그는 저술에 흥미를 잃어버렸고, 작업은 점점 느려지다가 완전히 중단되었다. 마침내 그는 밤에 연구실로 나오는 것이 자신에게 일종의 피난이자 구실이 되었음을 깨달았다. 그는 연구실에서 책을 읽고 공부를 했다. 그리고 거기서 약간의 위안과 기쁨, 심지어 이렇다 할 목적이 없는 공부에서 예전에 느꼈던 즐거움의 흔적까지도 느낄 수 있었다.

한편 아이에게 강박적으로 집착하던 이디스의 태도가 조금 느슨해졌기 때문에 아이도 이제 가끔 미소를 지을 뿐만 아니라 그에게 편안한 태도로 이야기를 건넬 수 있게 되었다. 그래서 그는 가끔 이만하면 살 만하다고, 심지어 행복하기까지 하다고 생각했다.

9

아처 슬론이 죽은 뒤 고든 핀치가 맡은 영문과 임시 학과장의 임기가 매년 갱신되더니 결국 영문과 사람들 모두 무심한 듯한 무정부 상태 속에서 어찌어찌 강의가 이루어지고, 새로운 직원들이 임명되고, 학과의 사소한 일들이 처리되고, 또 해가 바뀌어가는 상황에 점차 익숙해졌다. 핀치가 사실상 차지하고 있는 것이나 마찬가지인 문리대 학장 자리에 정식으로 취임할 수 있게 되자마자 영문과 학과장도 정식으로 임명되리라는 것이 일반적인 인식이었다. 그런데 조시아 클레어몬트는 더 이상 학교 안에서 자주 모습을 볼 수 없는데도 결코 죽지 않을 것처럼 보였다.

영문과 사람들은 각자 자기 방식대로 움직이면서 지난해에 맡았던 수업을 다시 맡고, 공강 시간에는 서로의 연구실을 오갔다. 그들이 공식적으로 한자리에 모이는 것은 학기 초마다 고든 핀치가 소집하는 형식적인 학과회의 때와 대학원장에게서 가끔 공부를 거의 마친 대학원생들의 구두시험과 논문심사를 요청하는 메모가

올 때뿐이었다.

그런 시험들이 스토너의 시간을 점점 더 많이 차지하게 되었다. 놀랍게도 그는 교육자로서 조금 인기를 끌고 있는 지금 상황이 즐거워지기 시작했다. 라틴 전통문학과 르네상스 문학에 관한 그의 대학원 세미나에 많은 학생이 몰려서 일부 학생들을 돌려보내야 할 정도였고, 학부의 개론 강의에는 항상 학생들이 꽉꽉 들어찼다. 그에게 논문지도를 부탁한 대학원생도 여럿 있었고, 논문심사위원이 되어달라고 요청한 학생도 역시 여럿이었다.

1931년 가을에는 수강신청이 시작되기도 전에 그의 세미나 정원이 거의 차버렸다. 많은 학생들이 지난해 말이나 여름학기 때 스토너에게 미리 말을 해두었기 때문이었다. 학기가 시작하고 일주일 뒤, 그러니까 세미나 수업을 딱 한 번 진행했을 때 한 학생이 스토너의 연구실을 찾아와 강의에 넣어달라고 부탁했다.

스토너는 세미나 학생들의 명단이 놓인 책상에 앉아 있었다. 학생들에게 내줄 과제를 고르던 참이었는데, 그의 강의를 처음 접하는 학생들이 많아서 고르기가 유난히 힘들었다. 9월의 오후라서 그는 책상 옆의 창문을 열어두었다. 위풍당당한 건물 전면에 그늘 속에 드리워져 그 앞의 초록색 잔디밭에 건물의 모습이 정확하게 그림자로 나타났다. 반원형 지붕과 불규칙한 옥상의 선이 초록색 풀밭을 어둡게 물들이며 알아차리기 힘들 만큼 서서히 뻗어나가 캠퍼스와 그 너머까지 덮어버리려고 했다. 선선한 바람이 창문으로 들어오면서 가을의 상쾌한 향기를 함께 실어왔다.

노크 소리가 났다. 그는 열린 문간을 향해 시선을 돌리고 말했다. "들어와요."

복도의 어둠 속에서 환한 방 안으로 누군가가 들어왔다. 스토너는 눈이 침침해서 졸린 사람처럼 눈을 깜박였다. 들어온 사람은 그와 아는 사이가 아니지만 전에 복도에서 본 적이 있는 학생이었다. 그 젊은 청년의 왼팔이 옆구리에 뻣뻣하게 늘어져 있고, 걸음을 뗄 때마다 왼발이 바닥에 질질 끌렸다. 얼굴은 둥글고 창백했으며, 뿔테 안경도 둥근 모양이었다. 정확하게 옆 가르마를 탄 검고 가느다란 머리카락이 둥근 머리통에 찰싹 달라붙어 있었다.

"스토너 박사님?" 그가 물었다. 가늘고 딱딱 끊어지는 듯한 목소리였으며, 발음이 또렷했다.

"그렇네만." 스토너가 말했다. "의자에 앉겠나?"

젊은이는 스토너의 책상 옆에 있는, 등받이가 곧은 나무의자에 앉았다. 한쪽 다리는 뻣뻣하게 쭉 뻗은 채였고, 반쯤 주먹을 쥔 모양으로 완전히 뒤틀려버린 왼손이 그 위에 놓였다. 그가 미소를 짓고 고개를 주억거리더니 묘하게 자신을 비하하는 듯한 태도로 말했다. "아마 교수님은 저를 모르실 겁니다. 저는 찰스 워커라고 합니다. 박사과정 2년차이며, 로맥스 박사님을 도와드리고 있습니다."

"그래, 워커 군." 스토너가 말했다. "무슨 일로 왔나?"

"부탁을 하나 드리려고 왔습니다, 교수님." 워커가 다시 미소를 지었다. "교수님 세미나 정원이 다 찼다는 건 알지만, 간절히 그 세미나에 들어가고 싶습니다." 그는 잠시 말을 멈췄다가 날카롭게 말했다. "로맥스 박사님이 교수님을 직접 찾아가서 말씀을 드려보라고 하셨습니다."

"그렇군." 스토너가 말했다. "자네 전공이 뭔가, 워커 군?"

"낭만주의 시입니다." 워커가 말했다. "로맥스 박사님이 제 논문을 지도해주실 겁니다."

스토너는 고개를 끄덕였다. "과정은 어디까지 마쳤지?"

"2년 내에 마칠 수 있기를 바라고 있습니다." 워커가 말했다.

"그렇다면 얘기가 쉬워지겠군." 스토너가 말했다. "나는 매년 이 세미나를 하네. 지금은 학생이 너무 많아서 사실상 세미나라고 하기도 어려운 지경이야. 그런데 학생을 한 명 더 받아들인다면 그걸로 아예 끝장이 나버리겠지. 이 세미나에 그렇게 들어오고 싶다면 내년까지 기다리지 못할 이유가 없지 않은가?"

워커의 시선이 스토너에게서 다른 곳으로 향했다. "저, 솔직히 말씀드려서⋯⋯." 그는 이렇게 말하고 나서 또 재빨리 미소를 지었다. "저는 오해의 피해자입니다. 물론 모든 것이 제 잘못이지만요. 박사학위를 받으려면 누구나 대학원 세미나를 네 가지 이상 들어야 한다는 사실을 몰랐습니다. 그래서 작년에 세미나를 하나도 듣지 않았죠. 교수님도 아시다시피 세미나는 한 학기에 한 가지밖에 들 수 없습니다. 그러니까 제가 2년 뒤에 졸업하려면 이번 학기에 세미나를 하나 들어야 합니다."

스토너는 한숨을 내쉬었다. "알겠네. 그러니까 자네는 라틴 전통의 영향에 대해서는 사실 그다지 관심이 없는 거로군."

"아뇨, 관심 있습니다, 교수님. 정말로요. 제 논문에 크게 도움이 될 겁니다."

"워커 군, 내 세미나는 꽤 전문적인 강의라는 걸 알아두어야 할 걸세. 특별히 관심이 있는 학생이 아니라면 추천하고 싶지 않아."

"정말입니다, 교수님." 워커가 말했다. "정말로 특별한 관심이 있습니다."

스토너는 고개를 끄덕였다. "라틴어 실력은 어느 정도인가?"

워커는 고개를 주억거렸다. "아, 괜찮은 정도입니다, 교수님. 아직 라틴어 시험을 치르지는 않았지만, 독해는 문제 없습니다."

"프랑스어나 독일어는?"

"아, 할 수 있습니다, 교수님. 역시 시험은 아직 치르지 않았지만요. 올해 말에 한꺼번에 시험을 치를 생각이었습니다. 하지만 두 언어 모두 독해는 자신 있습니다." 워커는 잠시 가만히 있다가 말을 덧붙였다. "로맥스 박사님이 저라면 교수님의 세미나를 틀림없이 따라갈 수 있을 거라고 말씀하셨습니다."

스토너는 한숨을 내쉬었다. "알겠네. 학생들이 읽어야 하는 문헌 대부분이 라틴어이고, 프랑스어와 독일어도 조금 있네. 어쩌면 자네는 그런 것을 읽지 않아도 그럭저럭 해나갈 수 있을지도 모르겠네만. 자네에게 읽어야 할 문헌 목록을 주지. 다음 수요일 오후에 자네의 세미나 주제에 대해 이야기해보세."

워커는 감격한 사람처럼 고맙다는 말을 하고는 힘들게 의자에서 일어났다. "곧바로 문헌을 읽어보겠습니다." 그가 말했다. "저를 수업에 받아들인 걸 결코 후회하지 않으실 겁니다, 교수님."

스토너는 조금 놀란 표정으로 그를 바라보았다. "나는 그런 생각을 해보지 않았네, 워커 군." 그가 건조한 목소리로 말했다. "수요일에 보세."

세미나는 제시 홀 남관 지하의 작은 강의실에서 열렸다. 습하지만 기분 나쁘지 않은 냄새가 시멘트벽에서 스며나오고, 아무것도 깔지 않은 시멘트 바닥에서 사람들의 발이 공허한 속삭임 같은 소리를 냈다. 천장 한가운데에 하나밖에 없는 불빛이 아래를 비추고 있어서, 강의실 복판의 책상 겸용 의자에 앉은 학생들은 환한 빛 속에 풍덩 빠져 있었다. 하지만 벽들은 흐릿한 회색을 띠었고, 강의실 네 귀퉁이는 거의 새카맣게 어두웠다. 마치 색을 칠하지 않은 매끈한 시멘트 바닥과 벽이 천장에서 쏟아지는 빛을 빨아들이는 것 같았다.

두 번째 세미나가 열린 수요일에 윌리엄 스토너는 몇 분 늦게 강의실에 들어서서 학생들에게 몇 마디 말을 던진 뒤, 칠판 정중앙에 있는 작고 때 묻은 떡갈나무 책상에 책과 자료를 정리하기 시작했다. 그러면서 강의실 여기저기에 흩어져 있는 학생들을 흘깃 바라보았다. 그와 잘 아는 사이인 학생들 몇 명이 보였다. 두 명은 그가 논문 지도를 맡고 있는 박사과정 학생이었고, 네 명은 학부에서 그의 강의를 들었던 영문과 석사과정 학생이었다. 나머지 학생들 중 세 명은 현대 언어로 석사 이상의 학위과정을 공부 중이고, 한 명은 스콜라 철학을 주제로 학위논문을 쓰고 있는 철학과 학생이었으며, 또 한 명은 안식년을 이용해서 석사학위를 취득하려고 들어온 중년의 고등학교 여교사이고, 마지막 한 명은 영문과의 신임 강사인 검은 머리의 젊은 여성이었다. 그녀는 동부의 한 대학에서 코스를 마친 뒤 논문을 준비하는 2년 동안 이곳에서 강사로 일하고 있었다. 그녀가 세미나에 청강생으로 들어가도 괜찮으냐고 스토너에게 미리 물어보았을 때, 그는 괜찮다고 대답했다. 찰스 워커의 모습은 보이지 않았다. 스토너는 자료를 정리하며 조금 더 기다려보다가 목을 가다듬고 수업을 시작했다.

"첫 번째 수업에서 우리는 이 세미나의 범위에 대해 토론한 끝에 중세 라틴 전통에 대한 우리의 공부를 일곱 가지 학예 중 처음 세 가지, 즉 문법, 수사학, 논리학으로 한정하기로 했습니다." 그는 잠시 말을 멈추고 학생들의 얼굴을 관찰했다. 학생들은 조심스러운 표정, 호기심에 찬 표정, 가면을 쓴 것 같은 표정으로 각자 그를 바라보며 그의 말에 주의를 집중하고 있었다.

"그렇게 제한을 두는 것이 터무니없이 엄격한 조치가 아니냐고 생각하는 사람도 있을 겁니다. 하지만 설사 우리가 그 세 가지 학예를 16세기까지 겨우 피상적인 수준으로만 더듬어간다 해도 다른 생각을 할 수 없을 만큼 풍부한 연구주제를 찾을 수 있을 것이라고 나는 확신합니다. 수사학, 문법, 논리학이 중세 말과 르네상스 초기의 사람들에게는 중요한 의미를 지녔지만, 오늘날 우리들로서는 역사적 상상력을 동원하지 않고서는 그 의미를 겨우 어렴풋이 짐작할 수 있을 뿐이라는 사실을 반드시 명심해야 합니다. 예를 들어 과거의 학자에게 문법은 단순히 말의 각 부분들을 기계적으로 배열하는 방법이 아니었습니다. 헬레니즘 시대 말기에서부터 중세까지 문법의 연구와 실행에는 플라톤과 아리스토텔레스가 언급한 '문자의 기술'뿐만 아니라 기술적으로 적절한 수준에 이른 시(詩)의 연구, 즉 형식과 내용 양 측면에서 시의 해석, 수사학과 구분되는 문체의 훌륭함 등도 포함되어 있었습니다. 이 점이 매우 중요합니다."

그는 점점 흥이 나는 것을 느꼈다. 여러 학생들이 필기를 중단한 채 앞으로 몸을 기울이고 있는 것이 보였다. 그는 말을 이었다. "만약 20세기의 우리들에게 이 세 가지 학예 중 무엇이 가장 중요하냐고 누가 묻는다면, 아마 논리학이나 수사학이라고 대답할 수는 있어도 문법이라고 대답하지는 않을 겁니다. 하지만 로마와 중세의 학자들과 시인들이라면 틀림없이 문법이 가장 중요하다고 생각했을 겁니다. 명심할 것은……."

커다란 소음이 그의 강의를 방해했다. 문이 열리고 찰스 워커가 안으로 들어왔는데, 그가 문을 다시 닫는 동안 불편한 팔 밑에 끼고 있던 책들이 미끄러져서 바닥으로 와장창 떨어진 탓이었다. 그는 불편한 다리를 뒤로 쭉 뻗은 모습으로 어색하게 허리를 숙여 천천히 책과 자료를 모았다. 그러고는 몸을 일으켜 발을 질질 끌며 강의실을 가로질렀다. 맨 시멘트 바닥에 발이 긁히면서 마치 맷돌을 가는 것 같은 커다란 소리가 강의실 안에 공허하게 울렸다. 그는 앞줄에서 의자를 하나 찾아 앉았다.

워커가 자리를 잡고 책과 자료를 책상 겸 의자에 정리한 뒤 스토너는 말을 이었다. "명심해야 할 것은 중세의 문법 개념이 헬레니즘 말기나 로마시대보다 훨씬 더 포괄적이었다는 점입니다. 여기에는 정확한 말과 해석에 대한 연구뿐만 아니라, 유추, 어원, 진술 방법, 구성, 시적 허용의 조건, 그 조건의 예외 등 현대적인 개념들은 물론 심지어 은유적인 표현도 포함되어 있었습니다."

스토너는 자신이 열거한 문법의 범주들에 대해 계속 자세히 설명하면서 눈으로 강의실을 훑어보았다. 워커가 들어오는 순간 학생들의 관심이 사라져서 다시 한 번 학생들의 몰입을 이끌어내려면 시간이 좀 걸릴 것 같다는 사실을 알 수 있었다. 그는 궁금증에 차서 자꾸만 워커를 힐끔거렸다. 워커는 잠시 정신없이 필기를 하다가 시나브로 연필을 내려놓고는 당혹스럽다는 듯 인상을 찌푸린 채 스토너를 바라보았다. 마침내 워커가 번쩍 손을 들었다. 스토너는 하던 말을 마치고 그에게 고갯짓을 했다.

"교수님." 워커가 말했다. "죄송합니다만 이해가 잘 안 갑니다. 어떻게……." 그는 잠시 말을 멈췄다가 일부러 '문법'이라는 단어를 이상하게 발음하며 말을 이었다. "문법이 시와 관계가 있을 수 있습니까? 근본적인 수준을 말하는 겁니다. '진짜' 시 말입니다."

스토너는 부드럽게 말했다. "자네가 들어오기 전에 설명했듯이, 워커 군, 로마와 중세의 수사학자들에게 '문법'이라는 용어는 오늘날보다 훨씬 더 포괄적인 의미를 지니고 있었네. 그들에게 이 단어는……." 그는 처음에 했던 이야기를 되풀이해야 한다는 것을 깨닫고 말을 멈췄다. 학생들이 지루한 듯 동요하는 것이 느껴졌다. "강의를 계속 듣다 보면 자네도 분명히 알 수 있을 걸세. 르네상스 중기와 말기의 시인과 극작가도 라틴 수사학에 빚을 지고 있음을 알게 될 터이니."

"모두가 그렇다는 말씀입니까, 교수님?" 워커가 빙긋 웃으며 의자에 등을 기댔다. "셰익스피어가 라틴어를 거의 모르고 그리스어는 그보다 더 몰랐다고 새뮤얼 존슨이 말하지 않았습니까?"

학생들 사이에서 억눌린 웃음소리가 일고, 스토너는 워커가 안쓰러워졌다. "물론 벤 존슨을 잘못 말한 거겠지."

워커는 안경을 벗고 난감한 표정으로 눈을 깜박이면서 안경을 닦았다. "물론입니다. 제가 말실수를 했습니다."

워커가 여러 번 강의를 방해했지만, 스토너는 이렇다 할 어려움 없이 강의를 마치고 첫 번째 과제를 내줄 수 있었다. 그는 거의 30분이나 일찍 세미나를 끝낸 뒤 서둘러 강의실을 빠져나갔다. 워커가 그린 듯한 미소를 지은 채 다리를 질질 끌며 그에게 다가오는 것이 보였기 때문이다. 그는 시끄러운 소리를 내며 지하에서 1층으로 이어진 나무 계단을 올라갔다. 2층까지 매끈한 대리석 계단을 오를 때는 한 번에 두 칸씩 뛰어올랐다. 워커가 도망치는 그를 잡으려고 다리를 질질 끌며 집요하게 쫓아오고 있을 것 같은 묘한 기분이 들었다. 수치심과 죄책감이 곧바로 그를 엄습했다.

3층에 이르자 그는 곧장 로맥스의 연구실로 향했다. 로맥스는 학생과 상담 중이었다. 스토너는 문간에 고개를 들이밀고 말했다.

"홀리, 상담이 끝난 뒤에 잠깐 시간을 내주겠나?"

로맥스가 상냥한 표정으로 손짓했다. "들어오게. 이야기를 거의 마친 참이야."

스토너는 안으로 들어가서 로맥스가 학생과의 이야기를 마무리하는 동안 책꽂이의 책들을 살펴보는 척했다. 학생이 나가자 스토너는 그가 앉았던 자리에 앉았다. 로맥스가 무슨 일이냐는 듯한 표정으로 그를 바라보았다.

"학생 이야기일세." 스토너가 말했다. "찰스 워커. 자네 말을 듣고 나를 찾아왔다고 하던데."

로맥스는 손가락 끝을 하나로 모아 생각에 잠긴 표정으로 바라보면서 고개를 끄덕였다. "맞네. 자네 세미나를 들으면 좋을 것 같다고 내가 말해주었을 거야. 세미나 주제가 뭐였지? 라틴 전통."

"그 친구에 대해 좀 얘기해주게."

로맥스는 자신의 손을 보던 시선을 들어 천장을 바라보았다. 아랫입술이 현자처럼 튀어나와 있었다. "좋은 학생일세. 아주 뛰어나다고 할 수 있겠지. 셸리와 헬레니즘의 이상에 대해 논문을 준비하고 있어. 아주 뛰어난 논문이 될 것 같네. 아주 뛰어나. 어떤 사람들은……." 그는 자신이 말할 단어를 놓고 신중하게 머뭇거렸다. "탄탄하지 않다고 할지 모르지만, 상상력이 아주 뛰어나네. 그런데 나한테 그 친구에 대해 묻는 이유가 따로 있는 건가?"

"있네." 스토너가 말했다. "오늘 세미나에서 조금 엉터리 같은 행동을 하더군. 그런 행동에 특별한 의미가 있다고 봐야 하는 건지 궁금해서 물어보았네."

로맥스가 조금 전에 보여주었던 상냥함은 이미 사라지고, 좀 더 친숙한 위악적인 가면이 그의 얼굴을 덮었다. "아, 그렇군." 그가 서릿발 같은 미소를 띠며 말했다. "젊음의 서투름과 어리석음. 자네도 아마 이유를 이해할 수 있겠지만, 워커는 다소 터무니없을 정도로 수줍음이 많아서 가끔 자기 방어적이다 못해 지나치게 자기주장을 내세우곤 한다네. 우리 모두 그렇듯이 그 친구에게도 나름의 문제가 있으니까 말이야. 하지만 충분히 이해할 수 있는 그 심리적 동요에 입각해서 그 친구의 학문적 능력과 비판능력을 판단하지 않기를 바라네." 그는 스토너를 똑바로 바라보며 유쾌하지만 악의적인 목소리로 말했다. "자네도 알아차렸는지 모르겠지만, 그 친구는 불구자야."

"자네 말이 옳을 수도 있겠지." 스토너는 신중한 표정으로 말하고 나서 한숨을 내쉬며 의자에서 일어섰다. "아직 걱정하기에는 너무 이르다는 생각이 드는군. 그저 자네한테 한 번 확인해보고 싶었을 뿐이네."

갑자기 로맥스가 분노를 억누르느라 잔뜩 힘이 들어간 나머지 가늘게 떨리는 듯한 목소리로 말했다. "자네도 그 친구가 아주 우수하다는 것을 알게 될 걸세. 내 장담하네. 자네도 그 친구가 아주 뛰어나다는 것을 알게 될 거야."

스토너는 당혹스러운 표정으로 얼굴을 찌푸리며 그를 잠시 바라보다가 고개를 끄덕이고는 밖으로 나갔다.

세미나는 매주 한 번씩 있었다. 처음 여러 주 동안 워커는 스토너가 어떻게 대응해야 할지 모를 정도로 황당한 질문과 발언으로 수업을 방해했다. 곧 워커의 질문과 발언은 다른 학생들의 웃음이나 신랄한 무시에 직면했다. 그리고 몇 주 뒤 그는 한 마디도 하지 않고 분노에 차서 돌처럼 굳은 표정으로 가만히 앉아 있기만 했다. 자신의 주위에서 끓어오르는 세미나를 향해 온 마음으로 분노하는 듯한 분위기였다. 스토너는 워커의 분노가 그토록 적나라하지 않았다면 재미있게 보였을 것이라고 생각했다.

하지만 워커와 상관없이 세미나는 성공적으로 진행되었다. 스토너가 지금까지 맡았던 최고의 강의 중 하나였다. 거의 처음부터 주제에 함축된 의미들이 학생들의 관심을 사로잡았고, 학생들 모두 자신이 다루는 주제가 훨씬 더 커다란 주제의 핵심에 있다는 생각이 들 때, 그리고 그 주제를 연구하다 보면 어디에 가 닿을지 궁금하다는 느낌이 강렬하게 들 때 맛볼 수 있는 발견의 기쁨을 얻었다. 세미나는 스스로 체계를 갖춰갔으며, 학생들이 수업에 열심히 참여했기 때문에 스토너도 단순히 학생들 중의 한 명이 되어 그들 못지않게 열심히 공부했다. 심지어 청강생(학위논문을 쓰는 동안 잠시 이곳 대학에서 강의하고 있는 젊은 강사)도 세미나의 주제에 관해 발표를 해도 되겠느냐고 물어볼 정도였다. 그녀는 다른 사람들에게도 도움이 될 만한 것을 찾아낸 것 같다고 말했다. 이름이 캐서린 드리스콜인 그녀는 20대 후반이었다. 스토너는 어느 날 수업이 끝난 뒤 그녀가 자신에게 다가와 발표를 해도 되냐고 물을 때까지 그녀에게 전혀 신경을 쓰지 않았다. 그녀는 그에게 자신이 논문을 끝낸 뒤 한번 읽어봐달라는 부탁도 했다. 그는 그녀의 발표를 환영하며, 논문도 기꺼이 읽어주겠다고 말했다.

학생들이 세미나의 주제에 관해 수업 중에 발표하는 것은 크리스마스 연휴 이후의 학기 후반부로 예정돼 있었다. 워커는 '헬레니즘과 중세 라틴전통'을 주제로 비교적 일찍 발표를 하도록 예정되어 있었지만, 필요한 책이 대학 도서관에 없어서 구하기가 힘들다며 계속 기한을 미루고 있었다.

미스 드리스콜은 청강생이므로 학생들이 모두 발표한 뒤에 나서는 쪽으로 양해가 이루어졌다. 그런데 스토너가 모든 학생들의 발표기한으로 정한 마지막 날, 즉 학기가 끝나기 2주 전에 워커가 또 일주일만 시간을 더 달라고 간청했다. 그동안 몸이 아팠고, 눈도 좋지 않았으며, 대학간 대출 시스템으로 신청한 중요한 참고서적이 아직 도착하지 않았다는 것이었다. 그래서 워커가 빠진 그 시간에 미스 드리콜이 대신 발표자로 나섰다.

그녀의 보고서 제목은 '도나투스와 르네상스 비극'이었다. 그녀는 중세의 문법과 논문집에까지 끈질기게 모습을 드러낸 도나투스 전통을 셰익스피어가 어떻게 이용했는지를 중점적으로 다뤘는데, 그녀가 발표를 시작하고 얼마 안 돼서 스토너는 그 보고서가 아주 훌륭하다는 것을 알아차렸다. 그래서 오랜만에 설레는 마음으로 발표에 귀를 기울였다. 그녀의 발표를 듣고 학생들이 토론을 마친 뒤 그는 학생들이 강의실을 나가는 동안 그녀를 잠시 붙들어두었다.

"드리스콜 양, 그저 한마디⋯⋯." 그는 잠시 말을 멈췄다. 순간적으로 어색한 기분이 파도처럼 그를 덮쳤다. 드리스콜은 커다란 검은 눈으로 무슨 일이냐는 듯 그를 바라보고 있었다. 얼굴을 감싼 짙은 검은색 머리카락 때문에 얼굴이 몹시 하얗게 보였다. 그녀는 머리카락을 단단히 뒤로 잡아당겨 작게 틀어올리고 있었다. 그는 말을 이었다. "그저 당신의 보고서가 내가 아는 한 그 주제를 다룬 글 중에서 최고였다는 말을 하고 싶었습니다. 그리고 오늘 발표하겠다고 자진해서 나서준 것도 고맙습니다."

그녀는 아무 말도 하지 않았다. 그녀의 표정에도 아무런 변화가 없었지만 스토너는 순간적으로 그녀가 화를 내는 건가 싶었다. 뭔가 사나운 것이 그녀의 눈 속에서 반짝였다. 그러더니 그녀가 얼굴을 새빨갛게 물들이며 고개를 움츠렸다. 분노 때문인지 스토너의 말을 인정한 때문인지는 알 수 없었지만, 그녀는 그 상태로 서둘러 가버렸다. 스토너는 당혹스러운 기분으로 천천히 강의실을 나섰다. 자신이 서투른 말로 그녀를 화나게 만든 것이 아닌지 걱정스러웠다.

그는 워커에게 학점을 받고 싶다면 다음 수요일에 반드시 발표를 해야 할 것이라고 최대한 부드럽게 경고했다. 그러자 반쯤 예상했던 대로 워커는 정중한 태도로 차갑게 화를 내며 자신의 발표가 늦어진 갖가지 이유들을 되풀이했다. 그리고 스토너에게 자신의 보고서가 거의 완성되었으니 걱정할 필요 없다고 장담했다.

그 마지막 수요일에 스토너는 남학생회에서 쫓겨나지 않게 2학년 개론 수업에서 C학점이라도 받을 수 있게 해달라고 필사적으로 매달리는 학부생 때문에 연구실에 몇 분간 붙들려 있었다. 스토너는 서둘러 계단을 내려가 약간 숨이 찬 상태로 지하의 세미나실로 들어갔다. 찰스 워커가 자신의 책상에 앉아서 오만하고 음침한 표정으로 학생들을 바라보고 있었다. 그가 모종의 개인적인 환상에 빠져 있음이 분명했다. 그는 스토너에게 시선을 돌려 거만하게 그를 바라보았다. 마치 말썽꾸러기 대학 신입생을 윽박지르는 교수 같았다. 하지만 그는 이내 표정을 풀고 이렇게 말했다. "교수님 없이 우리끼리 그냥 시작할 참이었습니다." 그는 잠시 말을 멈추고 살짝 미소를 지으며 고개를 주억거리더니 스토너에게 자기 말이 농담이었음을 알리려는 듯 이렇게 덧붙였다. "교수님."

스토너는 잠시 그를 바라보다가 다른 학생들에게 시선을 돌렸다. "늦어서 미안합니다. 다들 알다시피 워커 군이 오늘 '헬레니즘과 중세 라틴전통'을 주제로 발표할 예정입니다." 그러고 나서 그는 첫 번째 줄의 캐서린 드리스콜 옆자리에 앉았다.

찰스 워커는 책상에 놓인 종이 다발을 잠시 만지작거리다가 다시 냉담한 표정을 지었다. 그는 오른손 집게손가락으로 자신의 원고를 톡톡 두드리며 스토너와 캐서린 드리스콜이 앉아 있는 쪽에서 시선을 돌려 강의실 귀퉁이를 바라보았다. 마치 뭔가를 기다리는 사람 같았다. 이내 그가 책상 위에 놓인 종이 뭉치를 힐끔거리며 발표를 시작했다.

"문학의 신비와 그 형용할 수 없는 힘과 마주한 우리는 그 힘과 신비의 원천을 찾아낼 의무가 있습니다. 하지만 최종적으로 무엇이 소용이 있겠습니까? 문학작품은 우리 앞에 측량할 수 없는 심오한 베일을 던져줍니다. 그 앞에서 우리는 다만 신봉자에 불과합니다. 그 베일이 흔들리는 대로 무기력하게 흔들리는 존재입니다. 그 베일을 젖히고 발견할 수 없는 것을 발견하며 손이 닿을 수 없는 곳에 손을 뻗을 만큼 무모한 사람이 있을까요? 우리들 중에 가장 강인한 사람도 약해빠진 미물에 불과하며, 영원의 신비 앞에서는 소리 나는 구리와 울리는 꽹과리(고린도전서 13장 2절-옮긴이)에 불과합니다."

그의 목소리가 높아졌다가 낮아지고, 손가락을 둥글게 구부린 오른손이 탄원하듯 위로 뻗어 나가고, 몸이 그의 말에 박자를 맞춰 흔들리고, 접신이라도 한 것처럼 눈동자가 살짝 위로 말려 올라갔다. 그의 말과 행동이 왠지 기괴할 정도로 친숙하게 느껴졌다. 스토너는 그 이유를 문득 깨달았다. 이것은 홀리스 로맥스, 그의 대략적인 캐리커처였다. 경멸이나 반감이 아니라 존경과 사랑의 몸짓이 그 캐리커처에서 흘러나왔다.

워커의 목소리가 대화를 할 때처럼 낮아지더니 그가 차분하고 이성적인 어조로 강의실 뒤편 벽을 향해 말했다. "얼마 전 우리는 학자의 마음으로 보기에 무엇보다 뛰어나다고 할 수밖에 없는 발표를 들었습니다. 지금부터 하는 말은 인신공격이 아닙니다. 제가 예증하고 싶은 것이 하나 있습니다. 그 발표는 셰익스피어 예술의 신비와 용솟음치는 서정성을 설명하겠다는 취지로 마련된 것이었습니다. 여러분, 분명히 말씀드리지만……." 여기서 그는 학생들을 손가락에 꿰어버리겠다는 듯이 집게손가락을 불쑥 내밀었다. "분명히 말씀드리지만, 그 발표는 틀렸습니다." 그는 의자에 등을 기대고 책상 위의 자료를 들춰보았다. "그 발표에 따르면 도나투스라는, 서기 4세기에 로마에서 활동했던 이름 없는 문법학자가, 현학자에 불과한 그런 사람이 예술사를 통틀어 최고의 천재 중 한 사람인 셰익스피어의 작품을 결정할 힘을 가지고 있었다고 합니다. 그런 이론을 분명하게 의심해야 하지 않겠습니까? 절대로 의심해야 하지 않습니까?"

순수하고 둔탁한 분노가 스토너의 가슴속에서 치밀어 올라 처음 발표가 시작되었을 때 그가 느꼈던 복합적인 감정을 압도해버렸다. 마음 같아서는 당장 일어서서 지금 진행되고 있는 저 소극(笑劇)을 중단시키고 싶었다. 지금 워커를 막지 않는다면, 그가 말하고 싶은 만큼 끝까지 말하게 내버려둘 수밖에 없다는 것을 그는 알고 있었다. 그는 캐서린 드리스콜의 얼굴을 보려고 고개를 살짝 돌렸다. 그녀의 차분한 얼굴에는 아무런 표정이 없었다. 다만 초연하고 정중한 관심이 나타나 있을 뿐이었다. 검은 눈이 지루함과 비슷한 무심함을 담고 워커를 바라보았다. 스토너는 잠시 몰래 그녀를 바라보았다. 그러다 보니 그녀가 지금 어떤 기분인지, 자신이 어떻게 해주기를 바라는지 궁금해졌다. 그가 마침내 그녀에게서 시선을 떼고 고개를 돌리는 순간, 자신이 이미 결정을 내렸음을 깨달았다. 그는 너무 오랫동안 머뭇거렸기 때문에 이제는 워커를 방해할 수 없었다. 워커는 준비한 말을 맹렬하게 쏟아내고 있었다.

"……르네상스 문학이라는 기념비적인 산물은 19세기 위대한 시의 초석이 되었습니다. 비평과 구분되는 학문이라는 지루한 일의 고유한 특성인 증거의 문제 또한 안타까울 만큼 부족합니다. 셰익스피어가 로마시대의 그 보잘것없는 문법학자의 글을 읽어보기라도 했다는 증거가 어디 있습니까? 우리가 반드시 기억해야 할 것은 바로 벤 존슨이……." 그는 잠시 머뭇거렸다. "셰익스피어와 동시대 인물이며 그의 친구였던 벤 존슨이 셰익스피어는 라틴어를 거의 모르고 그리스어는 그보다 더 모른다고 말했다는 점입니다. 셰익스피어를 우상화했던 존슨이 그 위대한 친구의 부족한 점을 지적하려 한 것이 아니었음은 분명합니다. 오히려 그는 저와 마찬가지로 셰익스피어의 용솟음치는 서정성이 그저 한밤중에 불을 밝히고 애쓴 덕분에 생겨난 것이 아니라 범속한 법칙을 뛰어넘는 타고난 천재성 덕분에 생겨난 것임을 말하고자 했습니다. 다른 평범한 시인들과 달리 셰익스피어는 눈에 보이지 않는 것을 부끄러워하고 그 다정함을 황량한 분위기 속에 낭비해버리려고 태어나지 않았습니다. 그는 모든 시인들이 자양분을 구하려고 의지하는 그 신비로운 원천을 먹어치웠습니다. 보잘것없는 문법에서 찾을 수 있는 그 어리석은 규칙들이 불멸의 시인에게 무슨 소용이 있었겠습니까? 설사 그가 도나투스를 읽었다 해도, 그것이 그에게 무슨 의미가 있었겠습니까? 독특한 존재이며 그 자체로서 법칙인 천재에게 지금까지 우리가 설명을 들은 '전통'이라는 것의 지원은 필요하지 않습니다. 포괄적인 라틴전통이든 도나투스의 전통이든 그 밖의 무엇이든 똑같습니다. 하늘 높이 자유로이 치솟아 오르는 천재는 반드시……."

속에서 치밀어 오르는 분노에 익숙해진 뒤 스토너는 내키지는 않지만 일그러진 찬탄이 살금살금 마음을 차지하는 것을 알아차렸다. 워커의 말은 현란하기만 할 뿐 부정확했지만 그의 표현력과 창의성은 당혹스러울 만큼 인상적이었다. 또한 비록 기괴한 모습이기는 해도 그의 존재감 역시 진짜였다. 그의 눈빛에는 차갑고 계산적이고 경계를 게을리하지 않는 뭔가가 있었다. 그것은 쓸데없이 무모하면서도 필사적으로 느껴질 만큼 신중했다. 스토너는 자신이 미처 대처할 수단을 생각해낼 수 없을 만큼 거대하고 대담한 허장성세에 직면했음을 깨달았다.

아무리 수업을 건성으로 들은 학생이라도, 워커가 완전히 즉흥적인 공연을 펼치고 있다는 사실을 분명히 알 수 있을 정도였다. 스토너가 보기에는 그가 학생들 앞에 앉아서 그 차갑고 오만한 표정으로 그들을 바라볼 때까지 자신이 무슨 말을 하게 될지 명확한 개념조차 갖고 있지 않았을 것 같았다. 책상에 놓인 종이 뭉치는 그저 종이 뭉치일 뿐이었다. 워커는 점점 흥이 오르면서 이제 그 종이 뭉치를 흘깃 보는 시늉조차 하지 않았다. 발표가 끝나갈 무렵에는 흥분에 겨워 다급한 나머지 종이 뭉치를 멀리 밀어버리기까지 했다.

그의 발표는 거의 한 시간 동안 이어졌다. 발표가 끝나갈 무렵 다른 학생들은 걱정스러운 표정으로 서로를 힐끔거렸다. 마치 뭔가 위험한 상황에 직면해서 도망칠 길을 생각하는 사람들 같았다. 그들은 무표정하게 앉아 있는 젊은 여강사와 그 옆의 스토너를 바라보지 않으려고 일부러 시선을 피했다. 워커는 학생들의 동요를 감지하기라도 했는지 갑작스레 발표를 끝내버리고는 의자에 등을 기대고서 의기양양한 미소를 지었다.

워커가 말을 멈추자마자 스토너는 자리에서 일어나 수업이 끝났음을 학생들에게 알렸다. 그 순간에는 그 자신도 깨닫지 못했지만, 어렴풋이 워커를 배려한 행동이었다. 학생들이 그의 발언 내용을 토론하지 못하게 막은 것이다. 스토너는 워커가 앉아 있는 책상으로 가서 그에게 여기 잠시 남아달라고 말했다. 워커는 생각이 다른 곳에 가 있는 사람처럼 멍한 표정으로 고개를 끄덕였다. 스토너는 몸을 돌려 뿔뿔이 흩어지고 있는 몇몇 학생들의 뒤를 따라 복도로 나갔다. 캐서린 드리스콜이 혼자서 복도를 걸어가는 것이 보였다. 그는 그녀를 불러 세운 뒤 그녀에게 다가가 앞에 섰다. 그리고 그녀에게 말을 걸면서 지난 주에 그녀의 보고서를 칭찬할 때 느꼈던 어색함을 또 다시 느꼈다.

"드리스콜 양, 죄, 죄송합니다. 정말이지 부당한 비판이었습니다. 왠지 모두 제 책임인 것 같군요. 제가 중간에 발표를 중단시킬걸 그랬습니다."

그녀는 여전히 아무런 대답이 없었다. 얼굴에 어떤 표정이 드러나지도 않았다. 그녀는 강의실에서 워커를 바라볼 때처럼 그를 바라보았다.

"어쨌든……." 스토너는 더욱더 어색해하면서 말을 이었다. "저 친구가 당신을 그렇게 공격한 것이 유감입니다."

그러자 그녀가 미소를 지었다. 눈에서부터 시작해서 서서히 입술이 늘어나다가 마침내 얼굴 전체가 눈부시고, 은밀하고, 친밀한 기쁨에 둘러싸이는 미소였다. 스토너는 자발적으로 우러나온 그 갑작스러운 따스함에 하마터면 뒷걸음질을 칠 뻔했다.

"아, 저를 공격한 게 아니에요." 그녀가 말했다. 웃음을 억누르는 자그마한 떨림이 나지막한 목소리에 배어 있었다. "결코 제가 아니에요. 그 학생이 공격한 건 교수님이었어요. 저는 아무 상관 없어요."

스토너는 자신이 지고 있는 줄도 몰랐던 후회와 근심의 무게가 사라지는 것을 느꼈다. 안도감이 손에 잡힐 듯 생생해서 발이 가벼워지고 조금 어지럽기까지 했다. 그는 소리 내어 웃었다.

"물론이죠." 그가 말했다. "물론 그렇습니다."

그녀의 얼굴에서 미소가 서서히 사라지더니 그녀가 진지한 표정으로 잠시 그를 바라보았다. 그러고는 고개를 주억거린 뒤 몸을 돌려 빠른 걸음으로 복도를 걸어갔다. 그녀의 몸매는 꼿꼿하고 호리호리했으며, 태도는 겸손했다. 스토너는 그녀가 사라진 뒤에도 한동안 복도를 바라보며 서 있었다. 그러다가 한숨을 내쉬고는 워커가 기다리는 강의실로 돌아갔다.

워커는 책상에 꼼짝도 않고 앉아 있었다. 그가 스토너를 응시하며 빙긋 웃었다. 비굴함과 오만이 묘하게 뒤섞인 표정이었다. 스토너는 조금 전 자신이 앉았던 의자에 앉아 호기심에 찬 표정으로 워커를 바라보았다.

"교수님?" 워커가 말했다.

"설명을 해보겠나?" 스토너가 조용히 물었다.

상처 받은 표정과 놀란 표정이 워커의 둥근 얼굴에 나타났다. "무슨 뜻입니까, 교수님?"

"워커 군, 부탁이네." 스토너가 지친 목소리로 말했다. "힘든 하루였어. 우리 둘 다 피곤한 상태지. 오늘 오후에 자네가 보인 행동을 설명해보게."

"분명히 말씀드리지만, 교수님, 기분을 상하게 해드릴 생각은 없었습니다." 그는 안경을 벗어 손을 빠르게 놀리며 닦았다. 스토너는 그의 맨 얼굴에 드러난 연약함에 또다시 충격을 받았다. "제가 인신공격을 할 생각은 없다고 분명히 말씀드렸습니다. 만약 저 때문에 상처를 입으셨다면, 그 숙녀분께 기꺼이 해명을⋯⋯."

"워커 군." 스토너가 말했다. "그것이 요점이 아니라는 것을 자네도 알잖나."

"그 숙녀분께서 교수님께 불만을 제기하셨습니까?" 워커가 물었다. 안경을 다시 쓰는 그의 손가락이 가늘게 떨리고 있었다. 안경을 쓴 그의 얼굴이 분노한 듯 찌푸린 표정을 힘겹게 연출했다. "교수님, 감정이 상한 학생의 불만을 그런 식으로⋯⋯."

"워커 군!" 스토너는 자신의 목소리가 통제를 벗어난 것을 느꼈다. 그는 심호흡을 했다. "이번 일은 그 숙녀분과는 아무 상관도 없는 일일세. 나도 상관 없는 일이고. 자네의 발표를 제외하고는 아무것도 상관이 없어. 나는 아직도 자네의 해명을 기다리고 있네."

"그렇다면 죄송하지만 저는 무슨 말씀인지 이해하지 못하겠습니다, 교수님. 혹시⋯⋯."

"혹시 뭔가, 워커 군?"

"혹시 단순히 서로 의견이 다를 뿐인 건 아닌지요." 워커가 말했다. "제 생각이 교수님의 생각과 일치하지 않는다는 건 알겠습니다. 하지만 저는 옛날부터 의견 불일치가 건전한 것이라고 항상 생각했습니다. 교수님도 그 정도 도량은⋯⋯."

"자꾸 요점을 회피하지 말게." 스토너가 말했다. 차갑고 침착한 목소리였다. "자네한테 부여된 세미나 주제가 뭐였는지 말해보게."

"화가 나셨군요." 워커가 말했다.

"그래, 화가 났네. 자네한테 부여된 세미나 주제가 뭐였지?"

워커는 딱딱할 정도로 정중해졌다. "제 주제는 '헬레니즘과 중세 라틴전통'이었습니다, 교수님."

"그럼 보고서를 완성한 것은 언제인가, 워커 군?"

"이틀 전입니다. 말씀드렸듯이, 두어 주 전에 거의 완성했습니다만, 대학 간 대출 시스템을 통해 신청한 책이 늦게야 도착⋯⋯."

"워커 군, 자네 보고서가 2주 전에 거의 완성된 상태였다면 지난주에야 발표된 드리스콜 양의 보고서 전체를 기반으로 삼은 건 어찌 된 일인가?"

"여러 군데 손을 봤습니다, 교수님. 마지막 순간에요." 그의 목소리에 비꼬는 기색이 짙게 배어들었다. "그것이 금지된 일은 아닐 텐데요. 가끔 텍스트에서 벗어난 이야기도 했습니다만 다른 학생들도 그렇게 하는 것을 봤기 때문에, 제게도 그런 특권이 허용될 것이라고 생각했습니다."

스토너는 히스테리 환자처럼 웃어버리고 싶은 충동을 애써 억눌렀다. "워커 군, 드리스콜 양의 보고서에 대한 자네의 공격이 중세 라틴 전통 속에 살아남은 헬레니즘과 무슨 관계가 있는지 설명해보겠나?"

"저는 주제에 간접적으로 접근했습니다, 교수님." 워커가 말했다. "개념을 전개할 때 어느 정도 재량권이 허용되는 줄 알았는데요."

스토너는 잠시 말이 없다가 지친 목소리로 말했다. "워커 군, 대학원생에게 낙제점을 주는 것은 나도 내키지 않는 일이네. 특히 단순히 능력이 미치지 못할 뿐인 학생에게 낙제점을 주는 건 더욱 내키지 않는 일이지."

"교수님!" 워커가 분노에 차서 말했다.

"하지만 자네의 태도가 내게 여지를 주지 않는군. 내가 보기에 대안은 몇 가지뿐일세. 앞으로 3주 안에 자네가 할당된 주제에 대해 만족스러운 보고서를 제출한다는 조건하에 자네가 아직 강의를 다 마치지 못한 것으로 처리해줄 수 있네."

"하지만 교수님." 워커가 말했다. "저는 이미 보고서를 썼습니다. 제가 다른 보고서를 쓰겠다고 하면 그건 제가 스스로 인정을…… 인정을……."

"알겠네." 스토너가 말했다. "그럼 자네가 오늘 오후에…… 일탈했던 원래 원고를 내게 준다면 내가 방법을 찾아보지."

"교수님." 워커가 외쳤다. "지금은 그것을 제 손에서 내놓기가 꺼려집니다. 전혀 정리되지 않은 초고라서요."

스토너는 안타까우면서도 모진 태도로 말을 이었다. "괜찮네. 내가 알고 싶은 것을 알아낼 수는 있을 거야."

워커가 교활한 표정으로 그를 바라보았다. "교수님, 다른 학생들에게도 원고를 제출하라고 말씀하신 적이 있습니까?"

"없네." 스토너가 말했다.

"그렇다면……." 워커가 의기양양하다 못해 거의 기쁜 표정으로 말했다. "저도 원칙에 따라 제 원고를 제출하는 것을 거부할 수밖에 없습니다. 교수님이 다른 학생들 모두에게 원고 제출을 지시하신다면 또 모르지만요."

스토너는 흔들림 없는 표정으로 잠시 그를 바라보았다. "알겠네, 워커 군. 자네는 마음을 정한 거로군. 이제 가봐도 좋네."

워커가 말했다. "그게 무슨 뜻입니까, 교수님? 저는 이번 강의에서 무엇을 얻게 되는 거죠?"

스토너는 짧게 웃었다. "워커 군, 정말 놀라운 사람이군. 자네는 당연히 F학점을 받을 걸세."

워커는 둥근 얼굴로 우울한 표정을 지으려고 애썼다. 순교자처럼 고난을 참는 표정으로 그가 말했다. "알겠습니다. 좋습니다, 교수님. 사람이란 신념 때문에 이렇게 고난을 당할 각오를 해야 하는 것이군요."

"게으름과 부정직과 무지 때문에도 고난을 각오해야 하지." 스토너가 말했다. "워커 군, 이런 말을 굳이 할 필요가 있을까 싶긴 하네만, 지금 자네의 처지를 다시 한 번 살펴보라고 강력히 충고하고 싶네. 자네가 대학원 강의를 들을 수 있는 사람인지 심히 의심스럽군."

처음으로 워커가 진실한 감정을 드러냈다. 분노가 그를 거의 위엄있게 만들어주었다. "스토너 교수님, 지나친 말씀입니다! 설마 진심은 아니겠지요."

"분명히 진심일세." 스토너가 말했다.

워커는 잠시 침묵을 지키며 생각에 잠긴 표정으로 스토너를 바라보다가 말했다. "저는 교수님이 주는 점수를 기꺼이 받아들일 생각이었습니다. 하지만 이것만은 받아들일 수 없습니다. 교수님은 지금 제 능력을 의심하고 계십니다!"

"맞네, 워커 군." 스토너는 피곤한 표정으로 이렇게 말한 뒤 의자에서 일어섰다. "이제 그만 실례하겠네……." 그는 문으로 향했다.

하지만 워커가 고함을 지르듯 그의 이름을 부르는 소리에 그는 걸음을 멈추고 돌아보았다. 워커의 얼굴이 시뻘겋게 물들어 있고, 피부가 부풀어 올라서 두꺼운 안경 뒤의 눈이 작은 점처럼 보였다. "스토너 교수!" 그가 다시 고함을 질렀다. "난 이대로 가만히 있지 않아. 두고 봐, 이대로 가만히 있지 않아!"

스토너는 아무런 표정 없이 무심하게 그를 바라보다가 생각이 다른 곳에 가 있는 사람처럼 고개를 끄덕이고는 몸을 돌려 복도로 나갔다. 맨 시멘트 바닥에서 질질 끌리는 발걸음이 무거웠다. 모든 감정이 빠져나가고, 그저 자신이 아주 나이가 많고 피곤한 사람이 된 것 같은 기분뿐이었다.

10

가만히 있지 않겠다던 워커의 말은 옳았다.

금요일에 학기가 끝나고, 그다음 주 월요일에 그는 채점결과를 제출했다. 학생들을 가르치면서 하는 일 중에 이것이 가장 싫은 부분이었기 때문에 그는 항상 최대한 빨리 이 일을 끝마쳤다. 그는 워커에게 F학점을 준 뒤 더 이상 신경 쓰지 않았다. 그리고 다음 학기까지 남은 일주일 중 대부분을 봄에 최종 제출하게 되어 있는 논문 두 편의 초고를 읽으며 보냈다. 두 편 모두 서투른 논문이라서 그가 신경을 많이 써줄 필요가 있었다. 워커 사건은 바쁜 일들에 묻혀 그의 머리에서 사라졌다.

하지만 2학기가 시작하고 2주 뒤 그는 그 일을 다시 생각할 수밖에 없게 되었다. 어느 날 아침 우편함에 편한 시간에 사무실에 와서 이야기나 좀 나누자고 청하는 고든 핀치의 편지가 들어 있었기 때문이다.

고든 핀치와 윌리엄 스토너 사이의 우정은 그런 관계가 오랫동안 지속되었을 때 도달하는 단계, 즉 편안하고 깊으며, 남들은 끼어들 수 없을 만큼 친밀해서 거의 서로에게 아무런 감정이 없는 것처럼 보이는 단계에 이르러 있었다. 두 사람은 자주 만나서 어울리지 않았다. 캐롤라인 핀치가 가끔 예의상 이디스를 만날 뿐이었다. 핀치와 스토너는 이야기를 나누면서 젊은 시절을 떠올리고, 상대방의 옛날 모습을 생각했다.

이제 막 중년에 접어든 핀치는 체중관리를 위해 열심히 애쓰는 사람들 특유의 꼿꼿하면서도 말랑말랑한 태도를 갖고 있었다. 얼굴에는 살이 쪘지만 아직 주름은 없었다. 그래도 턱은 처지기 시작했고, 목덜미에는 살이 겹쳐질 만큼 살이 붙었다. 머리숱도 크게 줄어들어서 그는 벗어진 곳이 금방 드러나지 않게 머리카락을 정돈했다.

스토너는 어느 날 오후 그의 사무실에 들러 잠시 동안 편안하게 가족들 이야기를 했다. 핀치는 스토너가 정상적인 결혼생활을 하고 있는 것처럼 편안한 태도를 고수했고, 스토너도 평소처럼 고든과 캐롤라인이 두 아이의 부모라는 사실을 믿기 어렵다고 말했다. 두 아이 중 막내는 벌써 유치원에 다니고 있었다.

이렇게 편안하고 친밀한 관계를 자동적으로 확인한 뒤, 핀치가 괴로운 표정으로 창밖을 바라보며 말했다. "음, 내가 자네한테 하려던 이야기가 뭐더라? 아, 그렇지. 대학원장이 나더러 자네랑 친구 사이니까 한번 말해보라고 하더군. 별로 중요한 이야기는 아니야." 그는 수첩의 메모를 바라보았다. "어떤 대학원생이 지난 학기에 자네 수업에서 낭패를 당했다며 화를 내고 있을 뿐이니까."

"워커로군." 스토너가 말했다. "찰스 워커."

핀치는 고개를 끄덕였다. "맞네. 어찌 된 일인가?"

스토너는 어깨를 으쓱했다. "내가 아는 한 그 학생은 읽어야 할 자료를 하나도 읽지 않았네. 라틴전통에 대한 세미나였는데, 그 학생은 세미나 보고서를 가짜로 꾸며내려고 했지. 내가 보고서를 새로 쓰든지 아니면 기존의 보고서 원고를 제출하라고 기회를 줬는데도 그 학생은 거절했네. 그러니 낙제점을 주는 것 외에는 대안이 없었어."

핀치는 다시 고개를 끄덕였다. "나도 그럴 것이라고 짐작했네. 그 사람들 정말이지 이런 일로 시간을 낭비하게 만들다니. 하지만 확인은 해볼 수밖에 없어. 다른 건 몰라도 자네를 위해서라도 말일세."

스토너가 물었다. "뭔가 특별히…… 문제라도 있는 건가?"

"아냐, 아냐." 핀치가 말했다. "전혀 아닐세. 그냥 불만제기지. 이런 일이 어떻게 돌아가는지 자네도 알잖나. 사실 워커는 대학원에 들어와서 처음 들은 강의에서 C학점을 받았네. 우리가 마음만 먹으면 지금이라도 그 녀석을 쫓아낼 수 있어. 하지만 다음 달에 예비 구두시험을 치를 기회를 주기로 거의 결정된 것 같네. 거기서 녀석의 이야기를 들어보자는 거지. 이런 일로 자네를 귀찮게 해서 미안하군."

두 사람은 다른 일들에 대해 잠시 더 이야기를 나눴다. 그러다가 스토너가 막 일어서려는 참에 핀치가 별일 아니라는 듯이 그를 붙잡았다.

"아, 말해두고 싶은 게 하나 더 있네. 총장님과 이사회가 클레어몬트 학장님에 대해 어떻게든 조치를 취해야 한다고 마침내 결정했어. 그래서 내 짐작에, 내년 초부터 내가 문리대 학장이 될 것 같아……. 공식적으로 말일세."

"그거 잘됐군, 고든." 스토너가 말했다. "벌써 그렇게 됐어야지."

"그렇게 되면 영문과에 새 학과장이 필요해지지. 자네 의견을 한번 들어보고 싶은데……."

"글쎄." 스토너가 말했다. "전혀 생각해본 적이 없어서 말이야."

"외부에서 새로운 사람을 영입할 수도 있고, 현재 있는 사람 중에 한 명을 학과장으로 올릴 수도 있네. 내가 알아보고 싶은 건, 만약 기존 교수들 중에 한 사람을 고른다면……. 자네는 그 자리에 생각이 있나?"

스토너는 잠시 생각해보았다. "생각해본 적은 없지만…… 아니. 생각 없네. 별로 원하지 않아."

핀치가 워낙 노골적으로 안도의 표정을 지었기 때문에 스토너는 빙긋 웃었다. "다행이군. 나도 그럴 줄 알았네. 쓸데없는 일들을 아주 많이 해야 하는 자리니까. 사람들을 대접하고, 사교모임에 어울리고……." 그는 스토너에게서 시선을 돌렸다. "자네가 그런 일을 좋아하지 않는다는 걸 나도 아네. 하지만 슬론 선생이 돌아가시고, 허긴스와 또 이름이 뭐더라, 그래, 쿠퍼 선생이 작년에 은퇴하신 뒤로는 자네가 영문과에서 가장 선임이지 않은가. 하지만 자네가 그 자리를 욕심내지 않는다니…….”

“그래.” 스토너가 단호하게 말했다. “난 십중팔구 엉터리 학과장이 될 걸세. 난 그 자리를 기대하지도, 원하지도 않아.”

“다행이야.” 핀치가 말했다. “다행이야. 그러면 일이 아주 간단해지지.”

두 사람은 작별인사를 나눴다. 그리고 스토너는 이날의 대화를 한동안 잊고 지냈다.

찰스 워커의 예비 구두시험은 3월 중순으로 예정되었다. 스토너는 그의 시험을 맡을 3인 위원회의 일원으로 선정되었다는 핀치의 통보를 받고 조금 놀랐다. 그는 자신이 워커에게 낙제점을 주었으며, 워커가 그것에 화를 냈음을 핀치에게 상기시키고, 자신을 위원회에서 제외시켜달라고 요청했다.

“규정일세.” 핀치가 한숨을 내쉬며 대답했다. “자네도 알잖나. 위원회는 후보자의 지도교수, 대학원 세미나에서 후보자를 가르친 교수, 후보자의 전공과는 다른 분야의 교수로 구성되네. 로맥스는 지도교수이고, 자네는 세미나에서 워커를 가르친 유일한 교수야. 전공이 다른 교수로는 신임교수인 짐 홀랜드를 선정했네. 러더퍼드 대학원장과 나도 직책상 동석할 거야. 내가 최대한 자네가 고생하지 않게 해보겠네.”

하지만 그것은 고생이 없을 수 없는 시련이었다. 스토너는 최대한 질문을 던지지 않으려 했지만, 예비 구두시험에 적용되는 규정에는 예외가 없었다. 각각의 교수들은 45분 동안 후보자에게 무엇이든 질문할 수 있었다. 물론 다른 교수들이 끼어드는 것이 늘 있는 일이기는 했지만.

시험이 예정된 날 스토너는 제시 홀 3층의 세미나실에 일부러 늦게 나타났다. 워커는 반짝반짝 광이 나는 긴 탁자의 한쪽 끝에 앉아 있고, 핀치, 로맥스, 신입교수인 홀랜드, 헨리 러더퍼드 등 시험관 네 명도 벌써 나와 워커의 반대편에 앉아 있었다. 스토너는 살짝 안으로 들어가 워커와 마주 보는 탁자 끝자리에 앉았다. 핀치와 홀랜드가 그에게 고갯짓으로 인사를 건넸다. 의자에 늘어지듯 앉은 로맥스는 똑바로 앞만 바라보며 길고 하얀 손가락으로 거울 같은 탁자 상판을 톡톡 두드리고 있었다. 워커는 긴 탁자를 사이에 두고 맞은편을 똑바로 바라보았다. 꼿꼿하게 쳐든 그의 얼굴은 차가운 경멸의 표정을 짓고 있었다.

러더퍼드가 목을 가다듬었다. "음……." 그는 앞에 놓인 서류를 흘깃 보았다. "스토너 교수." 러더퍼드는 호리호리하고 백발이 성성했으며 어깨가 둥글었다. 눈꼬리와 눈썹 꼬리가 아래로 처져 있어서 항상 부드럽지만 희망을 잃어버린 사람처럼 보였다. 그는 오래전부터 스토너와 알고 지냈는데도 한 번도 그의 이름을 기억하지 못했다. 그가 다시 헛기침을 했다. "막 시작하려던 참이었소."

스토너는 고개를 끄덕이고 탁자 위에 팔을 올려 양손을 깍지 끼었다. 그리고 러더퍼드가 단조로운 목소리로 구두시험의 공식적인 예비단계를 밟아나가는 동안 자신의 양손을 물끄러미 바라보았다.

워커가 오늘 시험을 치르는 것은 미주리대학교 영문과의 박사 과정을 계속 이수할 능력이 있는지를 파악하기 위해서였다(러더퍼드의 목소리가 확 줄어들어서 억양 없는 허밍처럼 꾸준히 이어졌다). 박사 후보자들은 모두 이 시험을 치르게 되어 있으며, 후보자의 전체적인 적합성뿐만 아니라 장점과 약점을 파악해서 앞으로 공부를 할 때 그에게 도움이 되는 방향으로 지침이 되게 하는 것이 이 시험의 목적이었다. 시험 결과는 합격, 조건부 합격, 불합격 세 가지 중 하나였다. 러더퍼드는 이 세 가지 판정의 조건들을 설명한 뒤, 시선을 들지 않은 채 정해진 대로 시험관들과 후보자를 소개했다. 그러고 나서 줄곧 보고 있던 서류를 밀쳐버리고, 그 희망을 잃은 표정으로 주위 사람들을 둘러보았다.

"관례에 따르면……." 그가 부드럽게 말했다. "후보자의 논문 지도교수가 먼저 질문을 시작합니다. 지도교수가……." 그는 서류를 힐끗 바라보았다. "로맥스 교수로군요. 워커 군의 지도교수. 그럼……."

로맥스가 졸다가 갑자기 깬 사람처럼 고개를 획 젖혔다. 눈을 깜박이며 탁자를 둘러보는 그의 입술에 희미한 미소가 걸려 있었다. 하지만 눈빛은 빈틈없고 기민했다.

"워커 군, 셸리와 헬레니즘의 이상에 관한 논문을 준비 중이지? 아직은 자네가 주제에 대해 충분히 생각해보지 않았겠지만, 우선 배경설명을 좀 해주겠나? 그 주제를 선택한 이유 같은 것들 말일세."

워커는 고개를 끄덕이고 재빨리 말을 시작했다. "저는 셸리가 처음에 고드윈의 숙명론을 거부하고 〈관념미 찬가〉에서 다소 플라톤적인 이상을 선택한 경위를, 〈프로메테우스의 해방〉에 나타난 그 이상의 성숙한 사용이 그가 초기에 좇았던 무신론, 급진주의, 기독교, 과학적 숙명론의 포괄적인 통합이라고 보고 추적해볼 뿐만 아니라, 궁극적으로 〈헬라스〉 같은 후기 작품에서 그 이상이 쇠퇴한 이유도 설명해보고자 합니다. 제가 보기에 이 주제가 중요한 이유는 세 가지입니다. 첫째, 셸리의 정신이 지닌 질을 보여줌으로써 그의 시를 더욱 잘 이해할 수 있게 해준다는 점. 둘째, 19세기 초를 선도했던 철학적 문학적 갈등을 보여줌으로써 낭만주의 시에 대한 우리의 이해를 넓혀준다는 점. 셋째, 우리시대, 즉 셸리와 그의 동시대 인물들이 직면했던 것과 똑같은 갈등 중 많은 것들을 우리 역시 직면하고 있는 시대에 특별한 의미를 지닐 수 있는 주제라는 점."

스토너는 귀를 기울였다. 그러면서 점점 놀라움이 커졌다. 이 청년이 자신의 세미나를 들었던 그 사람이라고는 믿을 수 없었다. 그를 잘 안다고 생각했는데. 워커의 발표는 명료하고, 솔직하고, 지적이었다. 가끔 거의 눈부시게 뛰어나다고 느껴지는 대목도 있었다. 로맥스의 말이 옳았다. 만약 그의 논문이 예정대로 완성된다면, 눈부시게 뛰어난 논문이 될 것이다. 따스하고 유쾌한 희망이 밀려와서 그는 앞으로 몸을 기울이고 주의 깊게 들었다.

워커는 박사논문의 주제에 대해 10분쯤 이야기하다가 갑자기 말을 멈췄다. 그러자 재빨리 로맥스가 질문을 던졌고, 워커는 곧바로 대답했다. 고든 핀치가 스토너와 눈을 마주치며 살짝 의아한 표정을 지었다. 스토너는 자신이 한심하다는 듯 살짝 미소를 지어 보이고 가볍게 어깨를 으쓱했다.

워커가 다시 말을 멈추자 짐 홀랜드가 즉시 입을 열었다. 호리호리한 젊은 청년인 그는 창백한 얼굴에 열띤 표정을 띠고 있었으며, 푸른 눈이 조금 튀어나와 있었다. 그가 일부러 느릿느릿 말했다. 억지로 자신을 억제하느라 항상 떨리는 것처럼 들리는 목소리였다. "워커 군, 조금 전에 고드윈의 숙명론을 언급했는데, 혹시 그것과 존 로크의 현상론을 연결시킬 수 있겠나?" 스토너는 홀랜드가 18세기 사람임을 떠올렸다.

잠시 침묵이 흘렀다. 워커는 홀랜드에게 시선을 돌리고, 둥근 안경을 벗어 닦았다. 깜박이는 그의 눈이 아무 데나 한 곳을 빤히 보았다. 그는 안경을 쓰고 다시 눈을 깜박거렸다. "질문을 다시 해주시겠습니까?"

홀랜드가 입을 열었지만, 로맥스가 끼어들었다. "짐." 그가 사근사근하게 말했다. "내가 그 질문을 조금 확대시켜도 괜찮겠소?" 그는 홀랜드가 뭐라고 대답하기도 전에 재빨리 워커에게 시선을 돌렸다. "워커 군, 홀랜드 교수의 질문에 함축된 의미, 즉 고드윈이 지식의 놀라운 본질에 대한 로크의 이론, 즉 타불라 라사(tabula rasa, 빈 서판 또는 백지상태-옮긴이) 등을 받아들였는지, 그리고 정열이라는 우연과 무지로 인해 위조된 지식과 판단력을 교육으로 교정할 수 있다는 로크의 믿음을 고드윈도 함께 했는지와 관련해서, 셸리의 지식 원칙, 특히 〈아도네이스〉의 마지막 연에 천명되어 있는 미의 원칙에 대해 논평해보게."

홀랜드는 당혹스러운 듯 얼굴을 찌푸리고 의자에 등을 기댔다. 워커가 고개를 끄덕이더니 빠르게 말했다. "셸리가 친구이자 동료인 존 키츠에게 바친 시 〈아도네이스〉의 처음 연들은 어머니, 시간, 우라니아 등에 대한 인유와 반복적인 기원 등 고전적인 관습을 따르고 있지만, 진정 고전적인 순간이 등장하는 것은 마지막 연들인데, 그들은 사실상 미의 영원한 원칙에 바치는 장대한 찬가입니다. 잠시 그 유명한 구절에 주목해보겠습니다.

> 삶이, 색색의 유리 돔처럼,
> 하얗게 빛나는 영원을 물들인다,
> 죽음이 그것을 짓밟아 산산이 부술 때까지.

이 구절에 함축적으로 들어 있는 상징은 이 구절을 문맥과 함께 살펴보아야만 명확히 알 수 있습니다. 몇 행 앞에서 셸리는 '하나는 남고, 많은 것이 변하여 사라진다'고 말합니다. 여기서 이에 못지않게 유명한 키츠의 시 구절이 떠오릅니다.

> '미는 진실, 진실은 미,' 그것이 그대가
> 지상에서 아는 전부, 그리고 그대가 알아야 할 전부.

그렇다면 원칙은 미입니다. 하지만 미는 또한 지식이죠. 그 개념의 뿌리는······."

워커는 자신 있고 유창하게 말을 이어갔다. 빠르게 움직이는 그
의 입에서 나오는 단어들이 마치······. 스토너는 화들짝 놀랐다. 그
리고 그의 마음속에서 싹을 틔웠던 희망이 태어날 때처럼 갑작스
레 죽어버렸다. 순간적으로 몸이 정말로 아픈 것처럼 느껴질 정도
였다. 탁자를 내려다보니 양팔 사이의 반짝이는 호두나무 탁자 상
판에 비친 자신의 얼굴이 보였다. 탁자 상판이 어두워서 이목구비
가 구분되지는 않았다. 딱딱한 탁자 속에서 실체가 없는 유령이 희
미하게 빛을 내며 그를 만나러 오고 있는 것 같았다.

로맥스의 질문이 끝나고 홀랜드의 질문이 시작되었다. 스토너
는 지금 훌륭한 공연이 펼쳐지고 있음을 인정했다. 로맥스는 지나
치게 나서지 않으면서 아주 매력적이고 유쾌하게 공연을 주관했
다. 홀랜드가 질문을 던지는 동안 로맥스는 사람 좋은 표정으로 의
아한 척하며 몇 번 추가 설명을 요구했다. 자신의 열정이 지나친
것을 사과하며, 홀랜드의 질문에 자신의 추측을 얹어 워커를 토론
으로 이끌 때도 있었다. 그래서 마치 그가 실제로 토론에 참여하
고 있는 것처럼 보였다. 그는 질문의 문구를 다시 정리해서(항상 미
안하다는 표정을 지었다) 설명하는 동안 원래의 질문 의도가 사라지
게 만들었다. 그리고 아주 정교한 이론적 논쟁처럼 보이는 것에 워
커를 끌어들였다. 하지만 이야기를 하는 사람은 주로 그였다. 그는
계속 사과를 하면서 홀랜드의 질문을 자르고 자신이 직접 질문을
던져, 워커를 자신이 원하는 방향으로 이끌었다.

그동안 스토너는 아무 말도 하지 않고, 주위에서 소용돌이치는 말에 귀를 기울였다. 그리고 핀치의 얼굴을 응시했다. 그의 표정이 무거운 가면처럼 변해 있었다. 러더퍼드는 눈을 감고 앉아서 고개를 끄덕이는 중이었다. 홀랜드는 워커의 정중하지만 경멸 어린 태도와 로맥스의 열광적인 활기에 당혹스러운 표정을 짓고 있었다. 스토너는 자신이 반드시 해야 하는 일을 하려고 기다리는 중이었지만, 시간이 흐를수록 두려움과 분노와 슬픔이 점점 강렬해졌다. 자신이 다른 사람들을 바라볼 때 그들 중 누구도 자신과 눈이 마주치지 않아서 다행이라는 생각이 들었다.

마침내 홀랜드의 질문시간이 끝났다. 스토너가 느끼고 있는 두려움에 동참하기라도 한 것 같은 표정으로 핀치가 손목시계를 보더니 고개를 끄덕였다. 그는 아무 말도 하지 않았다.

스토너는 심호흡을 했다. 그는 거울 같은 탁자 상판에 비친 유령 같은 자신의 얼굴을 계속 바라보며 무표정하게 말했다. "워커 군, 영문학에 대해 몇 가지 질문을 하겠네. 간단한 질문이니 복잡한 대답은 필요 없네. 초기 영문학부터 시작해서 연대순으로 훑어볼 생각일세. 내 질문 시간이 끝날 때까지 말일세. 먼저 앵글로색슨 작시법 원칙에 대해 설명해보겠나?"

"예, 교수님." 워커가 말했다. 찌푸린 표정이었다. "먼저, 앵글로색슨 시인들은 암흑시대에도 존재했지만 영문학 전통 후기의 시인들과 같은 감수성의 혜택을 누리지 못했습니다. 사실 그들의 시는 원시주의가 특징이라고 해야 할 정도입니다. 그럼에도 이 원시주의 안에 잠재력이 있습니다. 비록 이것을 알아차리지 못하는 사람들도 있겠지만, 그 섬세한 감정은……."

"워커 군." 스토너가 말했다. "나는 작시법의 원칙을 물었네. 설명할 수 있겠나?"

"예, 교수님." 워커가 말했다. "아주 거칠고 불규칙적입니다. 그러니까, 작시법이요."

"자네가 할 수 있는 말은 그것뿐인가?"

"워커 군." 로맥스가 재빨리 말했다. 스토너가 듣기에는 조금 난폭한 말투였다. "자네가 거칠다고 말한 것 말인데…… 그것을 설명할 수, 그러니까……."

"아니." 스토너가 특별히 누군가에게 시선을 주지 않은 채 단호하게 말했다. "나는 내 질문에 대한 답을 원하네. 앵글로색슨 작시법에 대해 자네가 할 수 있는 말은 그것뿐인가?"

"저, 교수님……." 워커는 이렇게 말하고 나서 빙긋 웃다가 신경질적으로 키득거리기 시작했다. "솔직히 말해서 저는 아직 앵글로색슨과 관련된 필수 수업을 듣지 않았습니다. 그러니까 그 문제를 논하는 것이 망설여지는데요."

"알았네." 스토너가 말했다. "앵글로색슨 문학은 건너뛰기로 하지. 르네상스 희곡의 발전에 조금이라도 영향을 미친 중세 희곡을 하나 지목할 수 있겠나?"

워커는 고개를 끄덕였다. "물론입니다. 모든 중세 희곡은 그 나름대로 르네상스의 훌륭한 성취와 이어져 있습니다. 중세의 그 척박한 환경에서 겨우 몇 년 뒤에 셰익스피어의 희곡이 꽃을 피운 것은 참으로……."

"워커 군, 내 질문은 단순하네. 답변도 단순한 것을 원한다고 다시 한 번 강조해야겠군. 질문을 더 간단하게 만들어주지. 중세 희곡 세 편을 열거해보게."

"초기입니까, 후기입니까, 교수님?" 워커는 안경을 벗어서 격렬하게 닦고 있었다.

"무조건 세 편만 말하면 되네, 워커 군."

"워낙 작품이 많아서요." 워커가 말했다. "어려운 일입니다. 그러니까 〈만인Everyman〉이 있고……."

"더 말할 수 있겠나?"

"아뇨, 교수님." 워커가 말했다. "그 분야가 제 약점이라고 고백할 수밖에……."

"중세 문학작품 중에서 무엇이든, 무엇이든 좋으니 제목을 말해볼 수 있겠나?"

워커의 손이 떨리고 있었다. "방금 말씀드렸듯이, 교수님, 제가 그 부분에 약점이……."

"그럼 르네상스로 넘어가지. 이 시기의 장르 중에 자네가 가장 자신 있는 것이 무엇인가, 워커 군?"

"저……." 워커는 머뭇거리다가 자기도 모르게 애원하는 표정으로 로맥스를 바라보았다. "시입니다. 교수님. 아니면…… 희곡. 아마 희곡인 것 같습니다."

"그래, 희곡이로군. 영어로 된 최초의 무운시(無韻詩) 비극이 무엇인가, 워커 군?"

"최초요?" 워커는 입술을 핥았다. "그 문제에 대해서는 학계의 의견이 갈려 있습니다, 교수님. 그래서 쉽게 대답할 수⋯⋯."

"셰익스피어 이전의 중요한 희곡 제목을 아무거나 하나 말할 수 있나?"

"물론입니다, 교수님." 워커가 말했다. "말로가 있지요. 그 힘찬 구절들은⋯⋯."

"말로의 작품 제목을 대보게."

워커는 힘들게 평정을 되찾았다. "물론, 명성에 걸맞은 작품인 〈파우스트 박사〉가 있습니다. 그리고⋯⋯ 그리고⋯⋯ 〈몰피의 유대인〉도 있고요."

"〈파우스투스Faustus〉와 〈몰타의 유대인The Jew of Malta〉이로군. 또 생각나는 작품 있나?"

"솔직히 말씀드려서, 교수님, 제가 지난 1년 여 동안 다시 읽어볼 기회가 있었던 작품은 그 두 편뿐입니다. 그래서 그 이상은⋯⋯."

"알았네. 그럼 〈몰타의 유대인〉에 대해 이야기해보게."

"워커 군." 로맥스가 외쳤다. "내가 그 질문의 범위를 조금 넓혀주지. 괜찮다면⋯⋯."

"안 돼!" 스토너가 로맥스를 보지 않은 채 냉정하게 말했다. "내 질문에 대답하게. 워커 군?"

워커가 필사적으로 말했다. "말로의 힘찬 구절들은⋯⋯."

"그 '힘찬 구절'에 대해서는 잊어버리게." 스토너가 지친 목소리로 말했다. "극의 내용이 무엇인가?"

"저……." 워커가 조금 다급한 표정으로 말했다. "말로는 16세기 초반에 나타난 반유대주의라는 문제를 공격하고 있습니다. 심지어는 그 연민이, 그 깊은 연민이……."

"됐네, 워커 군. 이제 다음으로……."

로맥스가 고함을 질렀다. "후보자가 대답하게 하시오! 적어도 대답할 시간은 주어야 하잖소."

"좋습니다." 스토너가 온화하게 말했다. "답변을 계속하고 싶나, 워커 군?"

워커는 잠시 머뭇거리다가 말했다. "아뇨."

스토너는 가차 없이 질문을 계속했다. 처음에는 워커와 로맥스 두 사람 모두에게 분노를 느꼈지만, 나중에는 분노가 일종의 연민과 지독한 유감으로 변했다. 스토너는 자신이 몸에서 빠져나와 냉정한 태도로 치명적인 질문들을 계속 던지는 자신의 목소리를 듣고 있는 것 같았다.

마침내 그 목소리가 이렇게 말하는 것이 들렸다. "알겠네, 워커 군. 자네의 전공은 19세기지. 그 이전 시기의 문학에 대해서는 거의 아는 것이 없는 듯하군. 혹시 낭만주의 시인들에 대해서는 좀 더 편안한 기분을 느낄 수 있을지도 모르겠네."

그는 워커의 얼굴을 보지 않으려고 했지만, 가끔 시선을 들어 그 둥근 가면 같은 얼굴을 보게 되는 것은 어쩔 수 없었다. 차가운 악의를 띤 그 창백한 얼굴은 허공을 노려보고 있었다. 워커가 무뚝뚝하게 고개를 끄덕했다.

"바이런 경의 중요한 작품들에 대해서는 잘 알고 있을 테지?"

"물론입니다." 워커가 말했다.

"그럼 〈잉글랜드 서정시인과 스코틀랜드 비평가English Bards and Scottish Reviewers〉(바이런이 1809년에 발표한 풍자시-옮긴이)에 대해 논평해보겠나?"

워커는 잠시 수상쩍은 표정으로 그를 바라보다가 의기양양한 미소를 지었다. "아, 교수님." 그는 힘있게 고개를 끄덕였다. "알겠습니다. 이제 알겠어요. 저를 속이려고 하시는군요. 물론 그러시겠죠. 〈잉글랜드 서정시인과 스코틀랜드 비평가〉는 결코 바이런의 작품이 아닙니다. 존 키츠가 첫 번째 시집을 발표한 뒤 시인으로서 자신의 명성을 더럽히려 한 기자에게 보낸 유명한 작품이에요. 훌륭하십니다, 교수님. 정말로……."

"됐네, 워커 군." 스토너는 피곤한 목소리로 말했다. "내 질문은 이것으로 끝일세."

한동안 침묵이 내려앉았다. 이윽고 러더퍼드가 헛기침을 하고, 앞에 놓인 서류를 뒤적이더니 입을 열었다. "수고했네, 워커 군. 잠시 밖에서 기다려주겠나? 자네의 시험결과를 의논해서 알려주겠네."

러더퍼드가 반드시 해야 하는 이 말을 하는 그 짧은 시간 동안 워커는 마음을 진정시켰다. 그는 일어서서 불구인 손으로 탁자를 짚고 은혜라도 베푸는 것 같은 표정으로 교수들을 향해 미소를 지어 보였다. "감사합니다, 교수님들. 아주 보람 있는 시간이었습니다." 그는 절룩거리며 밖으로 나가 문을 닫았다.

러더퍼드가 한숨을 내쉬었다. "자, 여러분, 하실 말씀이 있습니까?"

또 침묵이 내려앉았다.

로맥스가 말했다. "제가 질문을 던졌을 때는 저 학생이 상당히 훌륭하다고 생각했습니다. 홀랜드 교수의 질문 시간에도 그럭저럭 잘한 편이지요. 시험의 후반부에 대해서는 조금 실망했다고 말씀드릴 수밖에 없습니다만 아마 오랫동안 진행된 시험에 지친 모양입니다. 워커 군은 좋은 학생입니다. 심리적 압박이 있을 때 제 실력을 다 보이지 못할 뿐이지요." 그는 스토너를 향해 공허하고 고통스러운 미소를 지어 보였다. "자네가 그를 조금 몰아붙인 것은 사실일세, 빌. 자네도 그건 인정해야 할 거야. 저는 합격 쪽에 표를 던지겠습니다."

러더퍼드가 말했다. "홀랜드…… 교수?"

홀랜드는 로맥스와 스토너를 번갈아 바라보며 곤혹스러운 표정으로 인상을 찌푸리고 눈을 깜박거렸다. "글쎄요, 제가 보기에 저 학생은 지독히 모자라는 것 같습니다. 정확히 어떻게 생각해야 할지 모르겠어요." 그는 불편한 표정으로 침을 꿀꺽 삼켰다. "제가 이곳에 와서 구두시험에 참석한 것은 오늘이 처음입니다. 이곳의 기준이 무엇인지는 잘 모르겠지만…… 어쨌든 지독히 모자란 학생인 것 같아요. 잠시 생각을 좀 해봐야겠습니다."

러더퍼드가 고개를 끄덕였다. "스토너…… 교수?"

"불합격입니다." 스토너가 말했다. "확실한 불합격이에요."

"아, 이러지 말게, 빌." 로맥스가 외쳤다. "저 아이한테 조금 심한 것 아닌가?"

"아닐세." 스토너가 똑바로 앞을 바라보며 침착한 목소리로 말했다. "내가 그렇지 않다는 걸 자네도 알 거야, 홀리."

"그게 무슨 뜻인가?" 로맥스가 물었다. 마치 목소리를 높여서 그 목소리에 어떤 감정이 깃들게 하려는 것 같았다. "도대체 무슨 뜻이야?"

"그만두게, 홀리." 스토너가 지친 표정으로 말했다. "저 학생은 능력이 없어. 의문의 여지가 없네. 내가 던진 질문들은 유망한 학부생에게 걸맞은 것이었네. 그런데 워커 군은 단 한 번도 만족스러운 대답을 하지 못했어. 게다가 게으르고 부정직하기까지 하지. 지난 학기에 내 세미나에서도……."

"자네의 세미나라고!" 로맥스가 무뚝뚝하게 웃음을 터뜨렸다. "그래, 나도 그 얘기는 들었네. 게다가 그건 다른 문제야. 지금 문제는 오늘 워커 군의 시험결과일세. 내가 보기에는 분명히……." 그의 눈이 가늘어졌다. "자네가 워커 군에게 덤벼들기 전에는 그 친구가 상당히 잘하고 있었네."

"나는 워커 군에게 질문을 던졌네." 스토너가 말했다. "내가 생각해낼 수 있는 가장 간단한 질문들이었어. 나는 그 친구에게 모든 기회를 줄 생각이었네." 그는 잠시 말을 멈췄다가 조심스레 입을 열었다. "자네는 그 친구의 논문 지도교수지. 그러니 당연히 논문

주제에 대해 이야기를 나눴을 거야. 자네가 논문에 대해 질문했을 때 워커 군이 훌륭한 대답을 한 것은 그 때문이겠지. 하지만 그 주제를 넘어섰을 때는……."

"그게 무슨 소리야!" 로맥스가 고함을 질렀다. "자네 지금 내가…… 무슨……."

"그런 생각은 전혀 없네. 다만 내가 보기에 저 후보자는 제대로 공부를 한 것 같지 않아. 나는 저 친구를 합격시키는 데 동의할 수 없네."

"이봐." 로맥스의 목소리가 조금 전보다 조용했다. 그는 미소를 지으려고 애썼다. "내가 워커 군을 자네보다 높게 평가하게 된 이유는 알겠네. 저 친구는 내 수업도 여러 번 들었고…… 어쨌든, 나는 협상할 용의가 있네. 지나치게 엄격한 평가라고 생각하지만, 조건부 합격에 동의할 용의가 있어. 그러면 워커 군이 두어 학기 동안 다시 공부한 뒤에……."

"음……." 홀랜드가 조금 안도한 표정으로 말했다. "확실히 합격시키는 것보다는 그 편이 나을 것 같군요. 저는 저 학생을 잘 모르지만, 아무리 봐도 아직 준비가 되지 않은……."

"좋소." 로맥스가 홀랜드를 향해 열심히 미소를 지으며 말했다. "그럼 결정됐군. 이제……."

"아닐세." 스토너가 말했다. "난 반드시 불합격을 주장하겠네."

"젠장." 로맥스가 고함을 질렀다. "자네 지금 무슨 짓을 하는 건지 알고 있나, 스토너? 저 아이한테 무슨 짓을 하는 건지 알아?"

"알고 있네." 스토너가 조용히 말했다. "나도 유감이야. 나로 인해 저 친구는 학위를 받을 수 없을 것이고, 대학의 강단에 설 수도 없을 테니까. 내가 원하는 것이 바로 그것일세. 저 친구가 교육자가 되는 것은…… 재앙이야."

로맥스는 꼼짝도 하지 않았다. "그것이 자네의 최종적인 의견인가?" 그가 얼음처럼 차갑게 물었다.

"그렇네." 스토너가 말했다.

로맥스는 고개를 끄덕였다. "그럼, 내가 경고 하나 하지, 스토너 교수. 나는 이 문제를 여기서 끝낼 생각이 없소. 당신은…… 당신은 오늘 이 자리에서 암시적으로 모종의 비난을 했고……. 편견을 드러내서…… 드러내서……."

"여러분." 러더퍼드가 말했다. 울 것 같은 얼굴이었다. "감정에 빠지지 맙시다. 아시다시피 후보자가 합격하려면 심사위원들이 만장일치로 동의해야 합니다. 의견차이를 좁힐 방법이 없겠습니까?"

아무도 대답하지 않았다.

러더퍼드가 한숨을 내쉬었다. "좋습니다. 저로서는 달리 대안이 없군요."

"잠깐만요." 고든 핀치였다. 시험이 진행되는 동안 내내 그가 워낙 조용했기 때문에 다른 사람들은 그의 존재를 거의 잊고 있었다. 그런 그가 의자에서 살짝 몸을 일으킨 자세로 탁자 상판을 바라보며 피곤하지만 단호하게 말했다. "영문과 임시 학과장으로서 제가 건의하고자 합니다. 여러분이 제 건의를 따라주실 것으로 믿습니다. 저는 모레까지 결정을 연기할 것을 건의합니다. 그동안 머리를 식히고 다시 이야기해보기로 하죠."

"이야기할 것이 어디 있습니까?" 로맥스가 발끈해서 말했다. "스 토너가 생각을……."

"저는 건의를 했습니다." 핀치가 부드럽게 말했다. "그 건의를 따라주시기 바랍니다. 러더퍼드 원장님, 후보자에게 우리의 결정을 알리는 것이 어떨까요?"

워커는 회의실 바깥의 복도에 지극히 편안한 자세로 앉아 있었다. 오른손에 아무렇게나 담배를 들고 지루한 표정으로 천장을 바라보는 중이었다.

"워커 군." 로맥스가 그를 부른 뒤 절룩거리며 다가갔다.

워커가 일어섰다. 로맥스보다 몇 인치쯤 키가 커서 로맥스를 내려다보는 자세가 될 수밖에 없었다.

"워커 군, 자네의 시험결과에 대해 위원회가 합의에 도달하지 못했음을 자네에게 알리라는 지시를 받고 왔네. 결과는 모레 알려주겠네. 하지만 걱정 말게." 그의 목소리가 높아졌다. "전혀 걱정할 필요 없어. 전혀."

워커는 냉정한 표정으로 교수들을 차례로 바라보며 잠시 서 있었다. "다시 한 번 배려에 감사드립니다, 교수님들." 스토너와 눈이 마주쳤을 때 순간적으로 미소가 그의 입술을 스치고 지나갔다.

고든 핀치는 누구에게도 말을 건네지 않고 서둘러 자리를 떴다. 스토너, 러더퍼드, 홀랜드는 함께 천천히 복도를 걸었다. 로맥스는 뒤에 남아 워커와 열심히 이야기를 나누고 있었다.

"참, 기분이 좋지 않군요." 러더퍼드가 스토너와 홀랜드 사이에서 걸으면서 말했다. "어떻게 봐도, 기분이 좋지 않은 일이 되어버렸습니다."

"네, 그렇습니다." 스토너는 이렇게 말하고 나서 두 사람에게서 몸을 돌려 대리석 계단을 내려갔다. 1층이 가까워지자 그의 발걸음이 점점 빨라지더니, 그는 밖으로 나가 연기 냄새가 섞인 오후의 향기로운 공기를 깊이 들이마시고 또 들이마셨다. 마치 물에서 올라온 수영선수처럼. 그러고는 천천히 집으로 걸어갔다.

다음 날 오후 일찍, 점심식사도 하기 전에 그는 고든 핀치의 비서에게서 당장 사무실로 와달라는 연락을 받았다.

스토너가 사무실에 들어섰을 때 핀치는 다급한 표정으로 기다리고 있었다. 그가 자리에서 일어나 자신이 책상 옆으로 끌어다 놓은 의자에 앉으라고 스토너에게 손짓했다.

"워커 일 때문인가?" 스토너가 물었다.

"그렇다고 할 수 있지." 핀치가 대답했다. "로맥스가 회의를 열어서 이 문제를 해결해보자고 하더군. 아마 불쾌한 자리가 될 거야. 그래서 로맥스가 오기 전에 몇 분 정도 자네와 단둘이 이야기를 해보고 싶었네." 그는 다시 자리에 앉아서 몇 분 동안 회전의자를 앞뒤로 흔들며 생각에 잠긴 표정으로 스토너를 바라보다가 불쑥 말했다. "로맥스는 좋은 사람일세."

"그건 나도 알아." 스토너가 말했다. "어떤 면에서는 영문과 최고의 인재라고 할 수 있지."

핀치는 스토너의 말을 듣지 못한 사람처럼 말을 이었다. "로맥스에게도 나름대로 문제가 있기는 하지만, 겉으로 드러나는 경우는 많지 않지. 드러나더라도 로맥스가 대개 잘 처리하는 편이고. 하필이면 지금 이런 일이 생기다니 안타까울 뿐일세. 시기가 너무 안좋아. 지금 영문과 내부에 분열이 생기면……." 핀치는 고개를 절레절레 저었다.

"고든." 스토너가 불편한 표정으로 말했다. "설마……."

핀치가 한 손을 들어올렸다. "잠깐." 그가 말했다. "자네한테 미리 말해두었다면 좋았을걸. 하지만 누설하면 안 되는 이야기이기도 하고, 공식적으로 정해진 일도 아니라서 말할 수 없었네. 지금도 기밀이지만…… 몇 주 전에 우리가 학과장에 대해 이야기한 것 기억하나?"

스토너는 고개를 끄덕였다.

"로맥스일세. 그가 새 학과장이야. 이미 결정이 난 이야기일세. 처음에 저 위층에서 넌지시 내려온 이야기이기는 해도, 분명히 말하지만 나도 찬성했네." 그는 짧은 웃음을 터뜨렸다. "그렇다고 내가 달리 어쩔 수 있는 처지는 아니었지만. 아니, 설사 내가 그럴 수 있는 처지였다 해도 찬성했을 걸세……. 그때는. 그런데 지금은 마음이 흔들리는군."

"그렇군." 스토너는 생각에 잠긴 표정으로 말했다. 잠시 뒤 그가 말을 이었다. "자네가 내게 미리 말하지 않은 것이 다행이네. 내가 그 사실을 알았어도 달라질 것은 없었겠지만, 어쨌든 그 사실이 문제를 가리지 않게 됐으니 다행이야."

"젠장, 빌." 핀치가 말했다. "자네가 좀 이해해주게. 난 워커 따위 어떻게 되든 상관없어. 로맥스도 마찬가지고……. 하지만 자넨 나의 오랜 친구일세. 이번 일에서 난 자네가 옳다고 생각해. 젠장, 자네가 옳다는 걸 알고 있다고. 하지만 현실을 생각해야지. 로맥스는 이번 문제를 심각하게 생각하고 있기 때문에 그냥 넘어가지 않을 걸세. 결국 싸움이 벌어진다면 정말이지 난처하기 짝이 없는 상황이 될 거야. 로맥스가 앙심을 품을 수도 있네. 자네도 나만큼 잘 알지 않나. 로맥스가 자네를 해고할 수는 없겠지만, 그 밖에는 거의 무슨 일이든 할 수 있네. 그리고 어느 정도까지는 나도 거기에 보조를 맞출 수밖에 없어." 그가 다시 쓰게 웃었다. "젠장, 그자와 아주 많이 보조를 맞출 수밖에 없네. 학장이 학과장의 결정을 자꾸 뒤집기 시작하면 결국 학과장을 바꿔야 하는 상황이 될 테니까. 만약 로맥스가 도가 지나친 행동을 하면 내가 그를 학과장 자리에서 쫓아낼 수 있네. 아니, 적어도 그런 시도는 할 수 있지. 그러고도 내가 무사히 넘어갈지, 그렇지 않을지는 모르겠네. 하지만 무사히 넘어간다 해도 싸움이 벌어져서 영문과가 분열될 거야. 심지어 우리 단과대학 전체에 균열이 생길 수도 있네. 그리고, 젠장……." 핀치가 갑자기 난처한 표정을 지으며 중얼거렸다. "젠장, 난 우리 단과대학 전체를 생각해야 하네." 그가 스토너를 똑바로 바라보았다.

"내 말이 무슨 뜻인지 알겠나?"

따스함과 애정, 오랜 친구를 향한 다정함과 존경심이 스토너의 마음속에 내려앉았다. 그가 말했다. "물론, 알지, 고든. 내가 이해하지 못할 줄 알았나?"

"좋았어." 핀치가 말했다. "한 가지 더 있네. 어찌 된 영문인지는 몰라도 로맥스가 총장을 꽉 틀어쥐고 멋대로 휘두르고 있네. 그러니까 어쩌면 자네 생각보다 훨씬 더 심한 일이 벌어질지도 몰라. 자네는 그저 생각을 다시 해보았다고 한마디만 하면 되네. 그냥 전부 내 탓으로 돌려도 좋아. 내가 억지로 시켰다고 하게."

"지금 내 체면을 살리는 건 중요한 문제가 아닐세, 고든."

"그건 나도 알아." 핀치가 말했다. "내가 말실수를 했군. 그럼 이런 식으로 생각해보게. 워커 따위 뭐가 중요한가? 그래, 나도 알지. 원칙이 중요하다는 것. 하지만 자네가 생각해야 할 또 다른 원칙이 있네."

"원칙 때문이 아니야." 스토너가 말했다. "문제는 워커일세. 그 친구를 강의실에 풀어놓는 건 재앙이 될 거야."

"젠장." 핀치가 지친 표정으로 말했다. "어차피 그 친구는 여기서 일이 잘 안 되면 어디 다른 학교에 가서 학위를 받을 수 있네. 아니, 이런 일들이 있었는데도 여기서 일이 잘 풀릴 수도 있지. 자네가 무슨 짓을 하든 이번에는 어쩔 수 없을 수도 있네. 워커 같은 친구들이 여기서 공부하는 것을 막을 수 없어."

"그럴지도 모르지." 스토너가 말했다. "하지만 시도해볼 수는 있네."

핀치는 한동안 말이 없다가 한숨을 내쉬었다. "알았네. 로맥스를 더 기다리게 해봤자 소용이 없겠군. 그냥 빨리 끝내버리는 편이 낫겠네." 그는 책상에서 일어나 자그마한 대기실로 이어진 문으로 걸어갔다. 하지만 스토너가 옆을 지나가는 그의 팔을 잡아 잠시 걸음을 멈추게 했다.

"고든, 데이브 매스터스가 옛날에 했던 말 기억하나?"

핀치는 무슨 소리인지 모르겠다는 듯이 눈썹을 치떴다. "갑자기 데이브 매스터스 얘기는 왜?"

스토너는 맞은편 창밖을 바라보며 기억을 더듬었다. "우리 셋이 함께 있을 때 그 친구가 뭐라고 했냐면…… 대학이 소외된 자, 불구가 된 자들이 세상에서 도망칠 수 있는 피난처라는 얘기를 했어. 하지만 그건 워커 같은 친구들의 이야기가 아니었지. 데이브라면 워커를…… 세상으로 보았을 걸세. 그러니까 그 친구를 허락할 수가 없어. 만약 우리가 허락한다면, 우리도 세상과 똑같이 비현실적이고 그리고……. 우리에게 희망은 그 친구를 허락하지 않는 것뿐일세."

핀치는 한동안 그를 바라보다가 히죽 웃었다. "이 나쁜 자식." 그가 유쾌하게 말했다. "이제 그만 로맥스를 만나봐야겠군." 그가 문을 열고 손짓을 하자 로맥스가 안으로 들어왔다.

그의 태도가 어찌나 뻣뻣하고 딱딱한지 오른다리를 살짝 저는 것이 거의 느껴지지 않을 정도였다. 마르고 잘생긴 얼굴은 차갑게 굳어 있었으며, 고개를 높이 들고 있어서 다소 길고 구불구불한 머리카락이 왼쪽 어깨 아래의 기형적인 혹에 거의 닿아 있었다. 그는 사무실 안에 있던 두 사람 중 누구에게도 시선을 주지 않고 핀치의 책상 맞은편 의자에 최대한 꼿꼿한 자세로 앉아서 핀치와 스토너 사이의 허공을 노려보았다. 그러다가 핀치를 향해 살짝 고개를 돌렸다.

"내가 우리 세 사람의 만남을 요청한 것은 간단한 목적을 위해서요. 스토너 교수가 어제의 현명하지 못한 의견을 재고해보았는지 알고 싶소."

"스토너 교수와 그 문제를 의논해보았소." 핀치가 말했다. "미안하지만, 문제를 해결할 수 없었다고 말해야겠군."

로맥스는 스토너에게 시선을 돌려 그를 노려보았다. 연한 파란색 눈이 반투명한 막에 덮인 것처럼 탁하게 보였다. "그렇다면 내가 다소 심각한 혐의를 공개할 수밖에 없겠군."

"혐의?" 핀치가 놀란 목소리를 냈다. 조금 화가 난 것 같기도 했다. "그런 얘기는 한 번도……."

"미안하지만 이것은 반드시 필요한 일이오." 로맥스는 스토너에게 시선을 돌렸다. "자네가 찰스 워커와 처음 이야기를 나눈 것은 워커가 자네의 대학원 세미나에 들어가고 싶다고 말했을 때였네. 맞나?"

"맞네." 스토너가 말했다.

"자네는 그 친구를 받아들이는 것을 꺼렸지. 그렇지 않나?"

"맞네." 스토너가 말했다. "벌써 학생 열두 명이 그 수업을 신청했으니까."

로맥스는 오른손에 들고 있는 메모를 흘깃 바라보았다. "그런데 학생이 반드시 그 수업을 들어야 한다고 하자 자네는 마지못해 그를 받아들이면서, 그 친구를 받아들이면 세미나 수업이 사실상 망가질 것이라고 말했네. 그렇지?"

"정확히 말하면 아닐세." 스토너가 말했다. "내 기억으로 내가 한 말은, 학생을 하나 더 받아들이면 수업이……."

로맥스가 손을 내저었다. "그런 건 상관없네. 그저 맥락을 알아보려는 거니까. 자, 그 첫 번째 대화 중에 자네는 그 학생이 세미나 수업을 따라올 수 있을지 능력에 의문을 제기하지 않았나?"

고든 핀치가 지친 목소리로 말했다. "홀리, 도대체 무슨 얘기를 하려는 거요? 이게 무슨 소용이……."

"부탁이오." 로맥스가 말했다. "내가 혐의를 제기하겠다고 했소. 그러니 내게 말할 시간을 주시오. 자, 학생의 능력에 의문을 제기하지 않았나?"

스토너는 차분히 말했다. "내가 학생의 능력을 알아보려고 몇 가지 질문을 던진 것은 맞네."

"그래서 만족스러운 답을 얻었나?"

"확신은 없었던 것 같네." 스토너가 말했다. "기억이 잘 나지 않는군."

로맥스는 핀치에게 시선을 돌렸다. "그렇다면 첫째, 스토너 교수가 세미나에 워커를 받아들이는 것을 꺼렸다는 사실이 입증되었소. 둘째, 스토너 교수는 마음이 내키지 않은 나머지 워커를 받아들이면 세미나 수업이 망가질 것이라며 워커를 위협했소. 셋째, 최소한 스토너 교수는 워커가 수업을 따라올 능력이 있는지 의심을 품었소. 넷째, 그런 의심과 강한 분노를 품었으면서도 스토너 교수는 워커를 수업에 받아들였소."

편치는 절망스러운 표정으로 고개를 저었다. "홀리, 그런 이야기가 무슨 소용이 있다는 거요?"

"기다려보시오." 로맥스는 다급히 메모를 살펴본 뒤 교활한 표정으로 편치를 바라보았다. "이 밖에 지적할 것들이 몇 가지 더 있소. '교차심문'을 통해 내 주장을 펼칠 수도 있지만……." 그는 '교차심문'이라는 말을 비꼬듯이 발음했다. "나는 검사가 아니오. 하지만 내가 필요한 경우 이 혐의들을 구체적으로 지적할 준비가 되었다는 점만은 분명히 말할 수 있소." 그는 힘을 모으려는 것처럼 잠시 가만히 있었다. "먼저 나는 스토너 교수가 워커 군에게 처음부터 편견을 가진 채 그를 수업에 받아들였음을 입증할 준비가 되어 있소. 또 기질과 감정상의 갈등이 수업 중에 드러나면서 이 편견이 더욱 강화되었음을 입증할 준비가 되어 있소. 그 갈등은 다른 학생들이 워커 군을 조롱하고 비웃도록 허락했을 뿐만 아니라, 때로는 그런 행위를 조장하기까지 한 스토너 교수 본인이 증폭시킨 것이오. 나는 스토너 교수가 학생들을 비롯한 여러 사람들에게 한 말에서 이 편견이 한 번 이상 분명히 드러났음을 입증할 준비가 되어 있소. 스토너 교수는 워커 군이 그저 반대의견을 말했을 뿐인데도 그가 다른 학생을 '공격'한다고 비난했으며, 이른바 이 '공격'이라는 것에 대해 분노를 느낀다고 시인했고, 심지어 워커 군이 '어리석은 행동'을 한다는 부정확한 말을 멋대로 하기까지 했소. 나는 또한 워커 군이 도발적인 행동을 하지 않았는데도 스토너 교수가 자신의 편견 때문에 워커 군을 게으르고, 무지하고, 부정직하다고 비난했음을 입증할 준비가 되어 있소. 그리고 마지막으로, 수업을 함께 들은 사람 열세 명 중에서 오직 워커 군만이, 오로지 그 친구만이 스토너 교수의 의심을 받았으며, 오로지 그 친구만이 세미나 보고서의 원고를 제출하라는 말을 들었소. 자, 스토너 교수, 이 혐의들을 한번 부인해보겠나? 하나씩 해도 좋고 한꺼번에 해도 좋네."

스토너는 거의 경탄한 표정으로 고개를 절레절레 저었다. "세상에. 그런 식으로 말하다니! 그래, 자네가 한 말은 모두 사실일세. 하지만 어느 것도 진실은 아니야. 자네가 말한 그런 식은 아닐세."

로맥스는 마치 그런 대답을 예상했다는 듯이 고개를 끄덕였다. "나는 내가 말한 것이 모두 진실임을 입증할 준비가 되어 있네. 필요하다면 세미나를 들은 학생들을 한 사람씩 불러서 질문하는 것쯤이야 간단한 일이지."

"안 돼!" 스토너가 날카롭게 말했다. "오늘 자네가 한 말 중에 가장 터무니없는 소리로군. 나는 학생들을 이런 진흙탕 속으로 끌어들이고 싶지 않네."

"자네한테는 아마 선택의 여지가 없을 거야, 스토너." 로맥스가 부드럽게 말했다. "전혀 선택의 여지가 없어."

고든 핀치가 로맥스를 바라보며 조용히 말했다. "무슨 말을 하려는 거요?"

로맥스는 그를 무시하고 스토너에게 말했다. "워커 군한테서 들었네. 자신은 원칙적으로 그렇게 하고 싶지 않지만, 이제는 자네가 그토록 추악한 의심을 던졌던 세미나 보고서 원고를 기꺼이 넘길 용의가 있다더군. 워커 군은 자네를 포함해서 영문과의 적절한 교수 세 명의 결정에 무조건 따르겠다고 하네. 세 명 중 다수가 합격 판정을 내리면 그 친구의 세미나 점수는 합격이 될 것이고, 그 친구는 대학원에 남아 공부를 계속하게 될 걸세."

스토너는 고개를 절레절레 저었다. 로맥스를 보고 있기가 딱했다. "나는 그런 판정을 내릴 수 없다는 걸 알잖나."

"좋네. 나도 내키지는 않지만, 자네가 어제의 의견을 바꾸지 않겠다면 자네의 혐의를 공식적으로 제기할 수밖에 없네."

고든 핀치가 목소리를 높였다. "뭘 하겠다고?"

로맥스가 차갑게 말했다. "미주리 대학교 학칙에 따라 종신임기를 보장받은 모든 교수는 역시 종신임기를 보장받은 다른 교수에 대해 혐의를 제기할 수 있소. 그 교수가 무능력하거나, 비윤리적이거나, 아니면 학칙 3장 6조의 윤리기준에 따라 책무를 수행하지 못한다고 믿을 만한 강력한 이유가 있을 때는 말이오. 내가 제기할 혐의와 그것을 뒷받침하는 증거들은 전 교수진 앞에 제기될 것이며, 교수진이 심의를 마친 뒤 제기된 혐의에 대해 3분의 2 이상이 찬성표를 던지면 혐의가 인정될 것이오."

고든 핀치는 입을 쩍 벌리고 의자에서 뒤로 물러나 앉았다. 도저히 믿을 수 없다는 듯 고개를 절레절레 젓고 있었다. "이봐요. 일을 어디까지 키울 거요? 설마 진심은 아니겠지, 홀리."

"분명히 말하지만 진심이오." 로맥스가 말했다. "이건 심각한 문제요. 원칙의 문제란 말이오. 그리고…… 그리고 나도 공격을 받았소. 내가 제기해야 마땅한 혐의를 제기하는 것은 나의 권리요."

핀치가 말했다. "결코 혐의를 인정받을 수 없을 거요."

"그래도 혐의를 제기하는 것은 내 권리요."

핀치는 잠시 로맥스를 응시하다가 조용히 말했다. 거의 상냥하게 들리는 목소리였다. "혐의를 제기할 수는 없소. 이 일이 어떻게 풀려나갈지 나로서는 알 수 없고, 사실 이 일이 어떻게 되든 나는 딱히 관심이 없소. 하지만 혐의를 제기할 수는 없소. 우리 모두 몇 분 뒤에 이곳을 나서면 오늘 오후에 나눈 이야기를 대부분 잊어버리려고 애쓰게 될 거요. 아니면 적어도 잊어버린 척이라도 하거나. 나는 우리 과나 단과대학이 이런 소동에 말려드는 것을 원치 않소. 혐의를 제기할 수는 없소. 왜냐하면……." 그가 유쾌하게 말을 이었다. "만약 당신이 혐의를 제기한다면, 내 분명히 약속하건대 무슨 수를 써서라도 당신을 확실히 파멸시킬 테니 말이오. 무슨 일이 있어도 반드시 그렇게 할 거요. 내가 가진 영향력을 남김없이 발휘해서. 필요하다면 거짓말도 할 것이고, 당신을 모함할 필요가 있다면 그렇게 할 것이오. 이제 나는 러더퍼드 대학원장에게 워커 군에 대한 표결결과가 바뀌지 않았다고 보고할 작정이오. 그래도 당신 주장을 굽힐 생각이 없다면 대학원장에게 직접 이야기하시오. 아니면 총장한테 가시거나. 하느님한테 가셔도 좋고. 하지만 나는 이 문제에 대해 이미 결정을 내렸소. 더 이상은 왈가왈부하고 싶지 않소이다."

핀치의 말이 길게 이어지는 동안 로맥스는 냉정하고 생각에 잠긴 표정으로 바뀌었다. 핀치의 말이 끝나자 로맥스는 거의 무심해 보이는 얼굴로 고개를 끄덕이고는 의자에서 일어서서 스토너를 한 번 바라보더니 절룩거리며 방을 가로질러 밖으로 나갔다. 핀치와 스토너는 잠시 동안 말없이 앉아 있었다. 마침내 핀치가 말했다. "저 친구와 워커 사이에 도대체 무슨 일이 있는 건지 궁금하군."

스토너는 고개를 절레절레 저었다. "자네가 생각하는 그런 일은 아닐 걸세." 그가 말했다. "무슨 일인지는 나도 모르지만 말이야. 알고 싶지도 않네."

열흘 뒤 홀리스 로맥스가 영문과 학과장으로 임명되었다는 사실이 발표되었다. 그러고 나서 2주일 뒤 다음 해의 강의 시간표가 영문과 교수들에게 배포되었다. 스토너는 두 학기 모두 1학년 작문 수업 셋과 2학년 개론 수업 하나가 자신에게 배정된 것을 보고 그리 놀라지 않았다. 상급반 학생들을 대상으로 한 '중세 문학 강독'과 대학원 세미나는 시간표에서 빠져 있었다. 스토너는 이것이 초보 강사에게나 어울릴 법한 시간표임을 깨달았다. 아니, 어떤 의미에서는 그보다 더 나빴다. 일주일에 6일 동안 아주 묘한 시간에 강의가 잡혀 있을 뿐만 아니라, 강의와 강의 사이의 간격도 길게 벌어져 있었기 때문이다. 그는 이런 시간표에 대해 전혀 항의하지 않고, 한 해 동안 아무 일도 없는 것처럼 강의를 해나가기로 마음을 정했다.

하지만 학생들을 가르치기 시작한 이후 처음으로 자신이 어쩌면 이 대학을 떠나 다른 곳에서 강단에 서게 될지도 모른다는 생각이 고개를 들기 시작했다. 그가 이디스에게 이런 이야기를 하자 그녀는 마치 그에게 한 대 맞은 사람 같은 표정으로 그를 바라보았다.

"난 안 돼요." 그녀가 말했다. "아, 정말 안 돼요." 그러고 나서 그녀는 자신이 속에 감추어두었던 두려움을 자기도 모르게 드러냈음을 깨닫고 화를 냈다. "도대체 무슨 생각을 하는 거예요? 우리 집, 이 멋진 집은 어쩌라고요. 게다가 친구들도 있잖아요. 그레이스의 학교도 있고. 아이가 자꾸 학교를 옮겨다니는 건 좋지 않아요."

"어쩌면 그래야 할지도 모르오." 그는 찰스 워커의 일과 거기에 로맥스가 관련된 사실을 이디스에게 말한 적이 없었지만, 그녀가 그 일을 자세히 알고 있음이 금방 분명해졌다.

"당신은 정말 멋대로예요." 그녀가 말했다. "정말로 멋대로예요." 하지만 화를 내고 있는 그녀의 모습이 묘하게 산만해서, 마치 형식적으로 화를 내는 것처럼 보일 정도였다. 그를 본 그녀의 연한 파란색 눈동자가 방황하다가 거실의 잡동사니들에 무심히 머물렀다. 마치 그 물건들이 계속 자리에 있음을 확인하고 안심하려는 것 같았다. 연한 주근깨가 있는 그녀의 가느다란 손가락들이 침착하지 못하게 움직였다. "당신이 무슨 문제를 겪었는지 난 다 알아요. 내가 당신 일에 간섭한 적은 한 번도 없지만…… 정말이지 당신은 너무 완고해요. 내 말은, 그레이스와 나도 이 일에 관련돼 있다는 거예요. 설마 당신이 어색한 처지를 자초했다는 이유만으로 우리더러 짐을 싸서 이사하라고 하는 건 아니겠죠?"

"하지만 내가 그런 생각을 한 것은, 적어도 부분적으로는, 당신과 그레이스를 위해서요. 여기에 계속 머무른다면, 내가 학과 내에서 더 이상 올라갈 수 있을 것 같지 않으니까."

"아." 이디스가 앙심을 품은 듯한 목소리를 이끌어내서 냉담하게 말했다. "그런 건 중요하지 않아요. 지금까지도 가난하게 살았으니, 앞으로도 계속 이렇게 살지 못할 이유가 없죠. 일찌감치 생각해보지 그랬어요? 그 일이 어디로 이어질지. 불구자처럼 무능력해지겠죠." 갑자기 그녀의 목소리가 바뀌더니 그녀가 마음껏 웃음을 터뜨렸다. 거의 애정이 느껴지는 웃음이었다. "솔직히 말해서 당신한테는 그런 일들이 아주 중요하죠. 그러니 달라져봤자 얼마나 달라지겠어요?"

그녀는 컬럼비아를 떠날 생각이 없었다. 만약 그래야 하는 상황이 된다면, 자신이 그레이스와 함께 에마 이모의 집에 들어가 사는 일이 얼마든지 가능하다고 그녀는 말했다. 에마 이모는 점점 몸이 쇠약해지고 있으므로 식구가 늘어나는 것을 반기리라는 것이었다.

그래서 그는 학교를 옮길 생각을 곧장 포기해버렸다. 여름학기에 예정된 그의 강의들 중에는 그가 특별히 흥미를 지닌 것이 두 개 있었다. 로맥스가 학장이 되기 전에 계획된 강의들이었다. 그는 그 두 개의 강의에 전력을 기울이기로 결심했다. 앞으로 그 강의를 다시 맡으려면 한참 시간이 흘러야 할 것 같았으니까.

11

1932년 가을학기가 시작되고 몇 주 뒤 윌리엄 스토너는 찰스 워커가 영문과 대학원 과정에 들어오지 못하게 하려던 자신의 싸움이 실패로 끝났음을 분명히 알게 되었다. 여름방학이 끝난 뒤 워커는 의기양양하게 경기장에 들어서는 사람처럼 캠퍼스로 돌아왔다. 제시 홀의 복도에서 스토너를 만났을 때는 빈정거리듯이 고개를 꾸벅하며 악의적인 웃음을 지었다. 스토너는 러더퍼드 대학원장이 작년의 표결을 공식화하는 것을 미뤘으며, 결국 워커에게 구두 예비시험 기회를 한 번 더 주기로 결정이 내려졌고, 영문과 학과장에게 심사위원 선임이 맡겨졌다는 이야기를 짐 홀랜드에게서 들었다.

그렇다면 싸움은 끝난 얘기였다. 스토너는 자신의 패배를 기꺼이 받아들일 생각이었다. 하지만 싸움은 아직 끝난 것이 아니었다. 복도나 학과 회의나 대학모임에서 로맥스와 마주칠 때마다 스토너는 두 사람 사이에 아무 일도 없었던 것처럼 예전과 똑같이 말을 걸었다. 하지만 로맥스는 그의 인사에 대답해주지 않고 차갑게 노

려보다가 시선을 돌렸다. 그래봤자 자신의 화가 가라앉지 않을 것
이라고 말하는 듯했다.

늦가을 어느 날 스토너는 편안한 태도로 로맥스의 사무실에 들
어가 책상 옆에 섰다. 그렇게 몇 분이 지난 뒤에야 비로소 로맥스
가 마지못해 고개를 들고 그를 바라보았다. 입술에는 힘이 잔뜩 들
어갔으며, 눈빛도 냉정했다.

스토너는 로맥스가 좀처럼 입을 열 생각이 없음을 깨닫고 어색
하게 말했다. "이보게, 홀리, 그 일은 이제 과거지사야. 그냥 잊어버
리면 안 되겠나?"

로맥스는 계속 그를 바라보기만 했다.

스토너는 말을 이었다. "우리가 서로 의견이 맞지 않았을 뿐이
야. 그것이 이례적인 일도 아니잖나. 그 일이 있기 전에 우리는 친
구였으니, 이제 와서 달라질 이유가……."

"우린 친구였던 적이 없네." 로맥스가 또렷하게 말했다.

"그렇군." 스토너가 말했다. "하지만 최소한 사이가 나쁘지는 않
았어. 서로 의견이 다른 거야 얼마든지 있을 수 있지만, 정말이지
그것을 이렇게 노골적으로 드러낼 필요는 없지 않나. 이젠 학생들
도 슬슬 눈치를 채고 있네."

"당연히 그렇겠지." 로맥스가 앙심을 품은 목소리로 말했다. "학
생 한 명의 앞날이 거의 망가질 뻔했으니 말이야. 아주 뛰어난 학
생이 상상력과 열정과 성실성 때문에 어쩔 수 없이 자네와 갈등을
빚은 죄밖에 없는데…… 그래, 이 말도 하는 편이 낫겠군……. 신

체적으로 아주 불행한 고통을 겪고 있어서 정상적인 사람이라면 그 학생에게 연민을 느꼈을 걸세." 연필을 쥐고 있는 로맥스의 정상적인 오른손이 부들부들 떨렸다. 스토너는 로맥스가 무서울 정도로 진지하며, 그의 생각을 돌이킬 길이 없음을 깨닫고 아연해졌다. "그래." 로맥스가 열정적으로 말을 이었다. "그 이유 때문에 나는 자네를 용서할 수 없네."

스토너는 딱딱한 목소리를 내지 않으려고 애썼다. "그건 용서하고 말고 할 문제가 아닐세. 그저 우리가 학생들과 우리 학과의 다른 사람들이 불편하지 않게 서로를 대하면 되는 문제야."

"내 아주 솔직하게 말하겠네, 스토너." 로맥스가 말했다. 이제 분노가 잦아들어서 목소리가 차분하고 냉정했다. "내 생각에 자네는 교육자가 되기에 적합한 사람이 아닐세. 재능과 학식보다 편견이 앞서는 사람이라면 절대 안 되지. 내게 그럴 힘이 있다면 십중팔구 자네를 해고했을 걸세. 하지만 우리 둘 다 알다시피 내게는 그럴 힘이 없지. 우리는…… 자네는 종신교수 제도의 보호를 받고 있네. 나도 그건 받아들이는 수밖에 없어. 그렇다고 내가 위선을 떨 필요는 없네. 난 이제 무슨 일에서든 자네와 얽히는 건 사양일세. 절대로. 그렇지 않은 척 가식을 떨지도 않을 거야."

스토너는 한동안 그를 물끄러미 바라보다가 고개를 저었다. "알겠네, 홀리." 그는 피곤한 목소리로 말하고 나서 몸을 돌리려고 했다.

"잠깐." 로맥스가 외쳤다.

스토너는 고개를 돌렸다. 로맥스는 책상 위에 놓인 어떤 서류를 강렬한 눈빛으로 바라보고 있었다. 얼굴이 빨갛게 달아오른 채로 자신을 억제하려고 무진 애를 쓰는 것 같은 모습이었다. 스토너는 그의 얼굴에 나타난 것이 분노가 아니라 수치심임을 깨달았다.

로맥스가 말했다. "앞으로는 나를 만나고 싶거든…… 그러니까 학과의 일로 만나고 싶거든…… 비서에게 연락해서 약속을 정하게." 스토너는 그 뒤로도 한동안 그를 물끄러미 바라보았지만, 로맥스는 고개를 들지 않았다. 고뇌의 표정이 언뜻 그의 얼굴을 스치고 지나갔지만, 그 뒤로는 표정의 변화가 전혀 없었다. 스토너는 밖으로 나갔다.

그 뒤로 20여 년 동안 두 사람은 다시는 직접적으로 대화를 나누지 않았다.

스토너는 학생들이 영향을 받을 수밖에 없다는 사실을 나중에 깨달았다. 그가 겉으로나마 잘 지내는 척하자고 로맥스를 설득하는 데 성공했다 해도, 장기적으로는 학생들이 두 사람의 싸움을 눈치채는 것을 막지 못했을 것이다.

예전에 그의 수업을 들었던 학생들, 그러니까 그가 비교적 잘 아는 학생들조차 그를 만나면 어색한 표정을 짓기 시작했다. 심지어 은근히 그의 기색을 살피는 것처럼 보이기도 했다. 일부러 여봐란 듯이 친하게 굴면서 그에게 말을 걸거나, 복도에서 그와 함께 걷는 모습을 남에게 보이는 학생들도 몇 명 있었다. 하지만 이제 그는 예전처럼 학생들과 공감대를 형성할 수 없었다. 이제 그는 특별한 사람이었다. 그래서 누군가가 그와 함께 있는 데에도, 함께 있지 않는 데에도 특별한 이유가 필요했다.

그는 친구와 적 모두 자신의 존재를 난처하게 여긴다는 생각이 들어서 혼자 보내는 시간이 점점 더 늘어났다.

그러다 보니 일종의 무기력감이 그를 엄습했다. 그는 최선을 다해 강의를 했지만, 1학년과 2학년 필수과목의 단조로움이 그의 열정을 고갈시켜 하루 일이 끝나고 나면 완전히 지쳐서 멍해졌다. 그는 강의와 강의 사이에 한참씩 비는 시간을 최대한 메워보려고 학생들과 상담을 잡아 학생들이 안절부절못할 때까지 붙잡아둔 채 그들의 과제와 성적을 꼼꼼히 살폈다.

그의 주위에서는 시간이 천천히 질질 끌리듯이 흘러갔다. 그는 집에서 아내와 딸과 함께 보내는 시간을 늘리려고 했지만, 괴상한 강의 시간표 때문에 애매한 시간에만 집에 있을 수 있었으므로, 이디스의 빡빡한 일일 계획표와는 맞지 않았다. 그는 자신이 자주 집에 있는 것에 아내가 신경질적이 될 만큼 동요해서 말문을 닫아버리거나 때로는 정말로 앓아눕기까지 한다는 것을 알아차렸다(그리 놀랍지는 않았다). 집에 머무르는 동안 그레이스를 자주 볼 수도 없었다. 이디스가 딸의 일정을 세심하게 짜놓았기 때문이었다. 아이가 '짬'이 나는 것은 저녁시간뿐인데, 스토너는 일주일에 나흘이나 늦은 시간에 저녁강의가 잡혀 있었다. 그래서 강의가 끝날 무렵이면 대개 그레이스는 잠들어 있었다.

그가 그레이스를 볼 수 있는 것은 여전히 짧은 아침식사 시간뿐이었다. 그나마도 아이와 단둘이 있을 수 있는 것은 이디스가 식탁 위의 접시들을 개수대로 가져가 물에 담그는 몇 분 동안이 고작이었다. 그는 아이의 몸이 점점 길쭉하게 자라고, 팔다리가 서투르지만 우아하게 변하고, 차분한 눈과 주의 깊은 얼굴에서 지성이 점점 자라나는 것을 지켜보았다. 때로는 딸과의 사이에 아직 친밀함이 조금 남아 있는 것 같은 느낌이 들기도 했지만, 두 사람 모두 감히 그 친밀함을 인정할 수 없었다.

결국 그는 제시 홀의 연구실에서 대부분의 시간을 보내던 과거의 습관으로 돌아갔다. 그는 이런저런 강의를 준비해야 한다는 압박감 없이, 공부의 방향을 미리 정해놓을 필요도 없이 자유로이 책을 읽을 수 있게 된 것에 감사해야 한다고 자신을 타일렀다. 그는 순전히 자기만의 즐거움을 위해 손에 잡히는 대로 책을 읽으려고 했다. 그가 수년 전부터 읽으려고 마음먹고 있던 책들이 많았기 때문이다. 하지만 그의 머리는 그가 원하는 곳으로 이끌려 가려고 하지 않았다. 생각은 그가 들고 있는 책에서 멀어져 방황했고, 그가 멍하니 허공을 바라보는 시간도 점점 늘어났다. 마치 그가 알고 있던 것들이 때로 머리에서 싹 비워져버리는 것 같았다. 그의 의지력이 모든 힘을 잃어버리는 것 같기도 했다. 가끔은 자신이 식물 같다는 생각도 들었다. 그는 자신을 찔러 활기를 되찾아줄 뭔가를 갈망했다. 고통이라도 좋았다.

이제 나이를 먹은 그는 압도적일 정도로 단순해서 대처할 수단이 전혀 없는 문제가 점점 강렬해지는 순간에 도달했다. 자신의 생이 살 만한 가치가 있는 것인지, 과연 그랬던 적이 있기는 한지 모르겠다는 생각이 자기도 모르게 떠오르곤 했다. 모든 사람이 어느 시기에 직면하게 되는 의문인 것 같았지만, 다른 사람들에게도 이 의문이 이토록 비정하게 다가오는지 궁금했다. 이 의문은 슬픔도 함께 가져왔다. 하지만 그것은 그 자신이나 그의 운명과는 별로 상관이 없는 일반적인 슬픔이었다(그의 생각에는 그런 것 같았다). 문제의 의문이 지금 자신이 직면한 가장 뻔한 원인, 즉 자신의 삶에서 튀어나온 것인지도 확실히 알 수 없었다. 그가 생각하기에는 나이를 먹은 탓에, 그가 우연히 겪은 일들과 주변 상황이 강렬한 탓에, 자신이 그 일들을 나름대로 이해하게 된 탓에 그런 의문이 생겨난 것 같았다. 그는 보잘것없지만 지금까지 자신이 배운 것들 덕분에 이런 지식을 얻게 되었을지도 모른다는 생각에서 우울하고 역설적인 기쁨을 느꼈다. 결국은 모든 것이, 심지어 그에게 이런 지식을 알려준 배움까지도 무익하고 공허하며, 궁극적으로는 배움으로도 변하지 않는 무(無)로 졸아드는 것 같다는 생각도 마찬가지였다.

한번은 저녁강의를 마친 뒤 늦게 연구실로 돌아와 책상에 앉아서 책을 읽어보려고 한 적이 있었다. 겨울이었는데, 낮에 눈이 내려서 바깥 풍경이 하얗고 부드럽게 보였다. 연구실 안은 지나치게 더웠다. 그는 사방이 막힌 연구실 안으로 서늘한 바람이 들어오도록 책상 옆의 창문을 열고 심호흡을 하며 하얗게 변한 캠퍼스를 눈으로 방황했다. 그러다가 충동적으로 책상 위의 불을 끄고는 덥고 어두운 연구실에 앉아 있었다. 차가운 공기가 허파를 가득 채웠다.

열린 창문을 향해 몸을 기울이자 겨울밤의 침묵이 들려왔다. 섬세하고 복잡하며 조직이 성긴 눈(雪)이라는 존재에 흡수된 소리가 느껴지는 것 같았다. 그 하얀 풍경 위에서 움직이는 것은 하나도 없었다. 그 죽음 같은 풍경이 그를 잡아당기고, 그의 의식을 빨아들이는 것 같았다. 공기 중의 소리를 끌어당겨 차갑고 하얗고 부드러운 눈 밑에 묻어버릴 때처럼. 그는 자신이 그 하얀 풍경을 향해 끌려가는 것을 느꼈다. 눈앞에 한없이 펼쳐진 하얀 풍경은 어둠의 일부가 되어 반짝였다. 그것은 높이도 깊이도 가늠할 수 없는, 구름 한 점 없이 맑은 하늘의 일부였다. 순간적으로 그는 창가에 꼼짝도 않고 앉아 있는 몸에서 자신이 빠져나가는 것을 느꼈다. 그 순간 모든 것이, 그러니까 그 하얗기만 한 풍경과 나무들과 높은 기둥들과 밤과 저 멀리의 별들이 믿을 수 없을 만큼 작고 멀어 보였다. 마치 그것들이 무(無)를 향해 점차 줄어들고 있는 것 같았다. 그때 등 뒤에서 라디에이터가 쩡 하는 소리를 냈다. 그가 몸을 움직이자 풍경이 원래대로 돌아왔다. 그는 이상할 정도로 내키지 않는 안도감을 느끼며 다시 책상 위의 불을 켰다. 그리고 책 한 권과 논문 몇 개를 챙겨서 연구실을 나가 어두운 복도를 걸었다. 제시 홀 뒤편의 널찍한 문을 통해 밖으로 나간 그는 집까지 천천히 걸어갔다. 마른 눈 속에 발을 디딜 때마다 뽀드득 소리가 억눌린 듯 커다랗게 울리는 것을 의식하면서.

12

그해에, 특히 겨울에 그는 자신이 그처럼 비현실적인 상태를 맛보는 시간이 점점 더 늘어나고 있음을 깨달았다. 마음만 먹으면 몸에서 의식을 분리시킬 수 있는 것 같았다. 그는 자신을 지켜보았다. 잘 모르는 사이인데도 묘하게 친숙한 누군가가 자신이 해야 하는 묘하게 친숙한 일들을 하고 있는 것 같았다. 전에는 이런 식으로 자신이 분리되는 느낌을 겪은 적이 한 번도 없었다. 그는 이 일이 고민거리가 되어야 마땅하다는 것을 알고 있었지만 그냥 멍하기만 했다. 이 일이 중요하다고 자신을 납득시킬 수 없었다. 이제 마흔두 살인 그의 앞날에는 즐겁게 여길 만한 것이 전혀 보이지 않고, 뒤를 돌아보아도 굳이 기억하고 싶은 것이 별로 없었다.

마흔세 살이 되던 해에 윌리엄 스토너의 몸은 거의 젊은 청년 시절만큼이나 호리호리했다. 그 시절 그가 캠퍼스에 발을 내디디며 느꼈던 아득한 경외감이 완전히 사라진 적은 한 번도 없었다. 해가 거듭될수록 그의 어깨는 점점 더 굽었고, 그는 천천히 움직이는 법을 배웠다. 그래야 농부의 자식답게 서투른 손발이 뼛속에 스민 어색함을 드러내지 않고 신중하게 보일 것 같았다. 시무룩하던 표정은 세월이 흐르면서 부드럽게 누그러졌다. 피부는 여전히 무두질한 가죽 같았지만, 이제는 날카로운 광대뼈 위에 팽팽하게 당겨져 있는 것처럼 보이지 않았다. 눈가와 입가의 잔주름들이 피부를 느슨하게 만들어준 덕분이었다. 여전히 예리하고 맑은 그의 회색 눈은 안쪽으로 더욱더 깊숙이 파묻혔고, 예민하고 주의 깊은 눈빛도 반쯤 가려졌다. 예전에는 밝은 갈색이던 머리카락 색깔은 짙어졌지만, 관자놀이 주위가 조금씩 희끗희끗하게 변해가고 있었다. 그는 세월에 대해 자주 생각하는 편이 아니었다. 세월이 흐르는 것을 그다지 아쉬워하지도 않았다. 하지만 거울을 볼 때나 제시 홀의 유리문에 비친 자신의 모습이 가까워질 때면 자신의 모습이 변했음을 깨닫고 조금 충격을 받았다.

초봄의 어느 날 늦은 오후에 그는 연구실에 혼자 앉아 있었다. 1학년 학생들의 과제물이 책상 위에 쌓여 있었다. 그는 그중 하나를 손에 들고 있었지만 그것을 보고 있지는 않았다. 최근에 빈번히 그러는 것처럼, 연구실 창문 밖으로 보이는 캠퍼스 풍경을 지긋이 바라볼 뿐이었다. 아직 밝은 낮이었다. 그가 지켜보는 동안 제시 홀의 그림자가 직사각형 안뜰 한복판에 강하지만 고독한 모습으로 우아하게 서 있는 다섯 기둥의 뿌리 가까이까지 옮겨가 있었다. 안뜰 중에서 그림자 속에 잠겨 있는 부분은 어렴풋이 갈색을 띤 짙은 회색이었다. 그림자 너머의 겨울 잔디밭은 밝은 황갈색이었지만,

연하디 연한 초록색이 아주 흐릿하고 얇은 막처럼 그 위를 덮고 있었다. 눈이 부실 만큼 하얀 대리석 기둥들은 제 몸을 거미줄처럼 휘감은 검은 덩굴들과 대조를 이루었다. 곧 그림자가 저 기둥들 위로 기어오를 것이라는 생각이 들었다. 그러면 기둥의 뿌리 부분은 지금보다 더 어두워질 것이고, 그 어둠이 처음에는 천천히 그러다가 점점 더 빨리 위를 향해 기어올라서 마침내…… 그는 누군가가 등 뒤에 서 있음을 알아차렸다.

의자에 앉은 채 몸을 돌려 시선을 들자 캐서린 드리스콜이 서 있었다. 작년에 그의 세미나를 들었던 젊은 강사. 그 뒤로 간혹 복도에서 마주치면 고개를 끄덕이며 인사를 하는 사이였지만, 두 사람이 제대로 이야기를 나눈 적은 없었다. 스토너는 갑자기 나타난 그녀 때문에 조금 짜증이 난다는 사실을 의식했다. 그 세미나와 관련된 일들을 다시 생각하고 싶지 않았다. 그는 의자를 뒤로 밀치며 어색하게 일어섰다.

"드리스콜 양." 그는 침착하게 말하며 책상 옆의 의자를 가리켰다. 드리스콜은 잠시 그를 바라보았다. 크고 검은 눈이었다. 스토너는 그녀의 얼굴이 유난히 창백하다는 생각이 들었다. 그녀는 고개를 살짝 움츠리며 그에게서 멀어져 그가 애매하게 가리킨 의자에 앉았다.

스토너는 다시 의자에 앉아 잠시 그녀를 바라보았지만, 실제로 그녀를 보고 있지는 않았다. 그러다가 자신이 이렇게 그녀를 바라보는 것이 무례하게 비칠지도 모르겠다는 생각이 들어서 애써 미소를 지으며 그녀가 맡은 강의에 대해 무의미하고 기계적인 질문을 중얼중얼 던졌다.

그녀가 불쑥 말했다. "선생님이…… 선생님이 전에 말씀하셨죠? 언제든 제가 논문을 본격적으로 시작하면 기꺼이 한번 봐주시겠다고요."

"그랬죠." 스토너는 고개를 끄덕였다. "그랬던 것 같습니다. 그래요." 그러고는 그녀가 서류철 하나를 무릎 위에서 꼭 쥐고 있다는 사실을 처음으로 알아차렸다.

"물론 선생님이 바쁘시다면……." 그녀가 조심스레 말했다.

"아닙니다." 스토너는 목소리에 조금 열정을 담아보려고 했다. "미안합니다. 정신이 다른 데 가 있는 사람처럼 보이고 싶지는 않은데."

드리스콜이 머뭇거리며 서류철을 들어올려 그에게 내밀었다. 그는 그것을 받아 무게를 가늠해본 뒤 그녀에게 미소를 지었다. "이것보다는 더 진도가 나갔을 줄 알았는데요." 그가 말했다.

"그랬죠." 그녀가 말했다. "하지만 처음부터 다시 시작했어요. 지금은 방향을 달리 해서…… 읽어보시고 선생님 생각을 말씀해주시면 고맙겠습니다."

그는 그녀를 향해 다시 빙긋 웃으며 고개를 끄덕였다. 무슨 말을 해야 할지 알 수 없었다. 두 사람은 잠시 어색한 침묵 속에 앉아 있었다.

마침내 그가 말했다. "언제까지 돌려드리면 될까요?"

그녀가 고개를 저었다. "언제든 괜찮아요. 아무 때나 시간 날 때 읽어보세요."

"나 때문에 일이 지연되게 만들고 싶지는 않습니다. 돌아오는 금요일은 어떨까요? 그 정도면 나도 시간이 충분할 겁니다. 3시쯤?"

드리스콜은 처음 앉을 때와 마찬가지로 갑작스레 벌떡 일어섰다. "고맙습니다. 더 이상 귀찮게 하지 않을게요. 고맙습니다." 그러고 나서 그녀는 몸을 돌려 호리호리한 몸을 꼿꼿이 세운 채 연구실 밖으로 걸어나갔다.

스토너는 서류철을 손에 들고 잠시 빤히 바라보았다. 그러고는 그것을 책상 위에 놓은 뒤 다시 1학년생들의 과제물을 보기 시작했다.

이것이 화요일의 일이었다. 그 뒤 이틀 동안 그 원고는 책상 위에 손도 대지 않은 채로 놓여 있었다. 스토너 자신도 이유를 완전히 이해할 수 없었지만, 어쨌든 차마 그 서류철을 열어 원고를 읽어볼 수 없었다. 몇 달 전만 해도 아주 기쁘게 읽어보았을 텐데. 그는 자신이 단념해버린 전쟁 속으로 다시 자신을 꾀어 들이려 하는 적을 바라보듯이 경계심 가득한 시선으로 그것을 바라보았다.

금요일이 되었지만 그는 여전히 원고를 읽어보지 않은 상태였다. 아침에 8시 강의를 위해 책과 자료를 챙기면서 보니 그 서류철이 그를 비난하는 것 같았다. 9시가 조금 지나서 다시 연구실로 돌아왔을 때는 일주일만 시간을 더 달라고 간청하는 메모를 써서 중앙 사무실에 있는 드리스콜의 우편함에 넣어두어야겠다고 거의 마음을 굳히고 있었다. 하지만 이내 생각을 바꿔서 11시 수업에 들어가기 전에 서둘러 원고를 살펴본 뒤 오후에 그녀가 찾아왔을 때 형식적인 말을 몇 마디 해주기로 했다. 그런데 정작 그 원고에 손을 댈 수가 없었다. 그날의 마지막 수업인 11시 수업에 들어가기 직전에 그는 책상 위의 서류철을 집어 다른 자료들 틈에 쑤셔 넣은 뒤 강의실을 향해 캠퍼스를 서둘러 가로질렀다.

정오에 수업이 끝난 뒤 학생들 여러 명이 할 얘기가 있다며 그를 찾아와 시간을 끌었기 때문에 그는 1시가 지난 뒤에야 자유로이 몸을 빼낼 수 있었다. 그는 모종의 굳은 결심을 품고 도서관으로 향했다. 거기서 빈 열람석을 찾아 드리스콜과 약속한 3시 이전에 한 시간 동안 서둘러 원고를 읽어볼 생각이었다.

하지만 어둑하고 조용하고 친숙한 도서관에서 서가들 아래쪽에 깊숙이 파묻힌 빈 열람석을 찾아냈는데도 그는 쉽사리 원고를 펼쳐볼 수 없었다. 그는 다른 책들을 펼쳐 아무 문단이나 읽었다. 꼼짝도 않고 가만히 앉아서 오래된 책들에서 풍기는 퀴퀴한 냄새를 들이마셨다. 결국 그는 한숨을 내쉬었다. 더 이상 미룰 수는 없는 노릇이었으므로 서류철을 열고 처음 몇 장을 급히 훑어보았다.

처음에는 불안하게 곤두선 마음만이 원고를 건드렸다. 하지만 점차 단어들이 강력하게 그를 향해 다가왔다. 그는 얼굴을 찌푸리며 더욱 주의 깊게 읽기 시작했다. 그러다가 빠져들었다. 그는 처음으로 되돌아갔고, 글을 따라 그의 시선이 흘러갔다. 그래, 그렇겠지. 그는 혼잣말을 했다. 그녀가 세미나 발표 때 말했던 내용 중 많은 부분이 여기에 포함되어 있었지만, 그때와는 다른 방식으로 배열되어서 그 자신도 어렴풋하게 언뜻 엿보기만 했던 방향을 가리키고 있었다. 세상에. 그는 놀라움에 차서 혼잣말을 했다. 종이를 넘기는 그의 손가락이 흥분으로 가늘게 떨렸다.

타자기로 친 원고의 마지막 장에 이르렀을 때, 그는 기분 좋은 피로를 느끼며 뒤로 등을 기대고 눈앞의 회색 시멘트벽을 물끄러미 바라보았다. 글을 읽기 시작한 지 겨우 몇 분밖에 되지 않은 것 같았지만, 손목시계를 보자 4시 30분이 다 되어 있었다. 그는 허겁지겁 일어나 원고를 챙긴 뒤 서둘러 도서관을 나섰다. 그리고 이제 와서 뛰어봤자 달라질 것이 없음을 알면서도 제시 홀까지 가는 길에 절반쯤은 뛰어서 캠퍼스를 가로질렀다.

그가 연구실로 가는 길에 중앙 사무실의 열린 문 앞을 지나치는데 누군가가 그의 이름을 불렀다. 그는 걸음을 멈추고 문 안으로 고개를 들이밀었다. 비서(로맥스가 최근에 새로 고용한 아가씨)가 비난하듯이 그에게 말했다. 거의 거만하게까지 들리는 목소리였다. "드리스콜 양이 3시에 교수님을 만나러 오셨어요. 거의 한 시간 동안이나 기다리셨습니다."

그는 고개를 끄덕이며 감사인사를 한 뒤 조금 전보다 천천히 연구실로 향했다. 그는 별로 중요한 일이 아니라고, 월요일에 원고를 돌려주며 사과하면 된다고 자신을 타일렀다. 하지만 원고를 다 읽었을 때 느낀 흥분이 도무지 가라앉지 않아서 그는 들뜬 마음으로 서성거렸다. 그러다 가끔 걸음을 멈추고 혼자 고개를 끄덕이기도 했다. 마침내 그는 책꽂이로 다가가서 잠시 훑어보다가 표지에 검은 글씨가 번진 것처럼 쓰여 있는 홀쭉한 소책자를 꺼냈다. 《미주리 대학교 교수 및 직원 인명록》. 여기에서 캐서린 드리스콜의 이름을 찾아냈지만, 그녀에게는 전화가 없었다. 그는 그녀의 주소를 확인한 뒤 책상에 있던 그녀의 원고를 챙겨 들고 밖으로 나갔다.

캠퍼스에서 시내 쪽으로 세 블록쯤 가면 크고 낡은 집들이 모여 있는 동네가 나왔다. 몇 년 전 아파트로 바뀐 이 집들에는 나이 많은 학생들, 젊은 교수들, 대학 직원들이 가득했다. 일반 시민들도 간간이 섞여 있었다. 캐서린 드리스콜이 사는 집은 이 동네 한복판에 있었다. 회색 돌로 지은 거대한 3층 건물로, 입구와 출구가 워낙 다양해서 정신이 없을 정도고, 작은 탑과 내달이 창과 발코니가 사방에서 밖을 향해 위쪽으로 튀어나와 있었다. 스토너는 건물 측면의 우편함에서 간신히 캐서린 드리스콜의 이름을 찾아냈다. 지하층으로 이어진 짤막한 시멘트 계단이 옆에 있었다. 그는 잠시 망설이다가 문을 두드렸다.

캐서린 드리스콜이 문을 열었을 때 윌리엄 스토너는 하마터면 그녀를 알아보지 못할 뻔했다. 머리카락을 전부 높이 쓸어올려서 뒤통수에 아무렇게나 묶어두었기 때문에 작은 분홍색 귀가 완전히 드러나 있었다. 어두운 색의 뿔테안경을 쓴 그녀의 검은 눈이 놀라서 휘둥그레졌다. 그녀가 입은 남자 같은 셔츠는 목 부위가 열려 있었고, 검은 바지는 그녀를 평소보다 우아하고 날씬하게 보이게 했다.

"미, 미안합니다. 약속을 어겨서." 스토너가 어색하게 말하며 서류철을 불쑥 내밀었다. "주말에 이것이 당신에게 필요할 것 같아서요."

한참 동안 그녀는 말이 없었다. 무표정하게 그를 바라보던 그녀가 아랫입술을 깨물더니 문에서 뒤쪽으로 물러섰다. "안으로 들어오실래요?"

그는 그녀의 뒤를 따라 아주 좁고 짧은 복도를 지나서 작디작은 방으로 들어갔다. 천장이 낮고 어둑한 그 방에는 소파로도 쓰이는 낮은 침대가 하나 있었다. 그 앞에는 길고 나지막한 탁자가 있고, 커버를 씌운 의자 하나, 작은 책상과 의자가 있었으며, 한쪽 벽에는 책이 가득한 책꽂이가 있었다. 바닥과 소파에 책 여러 권이 펼쳐져 있고, 책상 위에는 종이가 흩어져 있었다.

"집이 아주 작아요." 캐서린 드리스콜이 바닥에 놓여 있는 책 한 권을 주우려고 허리를 굽히며 말했다. "하지만 저한테는 공간이 많이 필요하지 않으니까요."

그는 소파 맞은편에 놓인, 커버를 씌운 의자에 앉았다. 드리스콜이 커피를 좀 드시겠느냐고 묻자 그는 그러겠다고 대답했다. 그녀는 거실 옆의 작은 주방으로 갔고, 그는 긴장을 풀고 주위를 둘러보며 그녀가 주방에서 조용히 움직이는 소리에 귀를 기울였다.

그녀가 섬세한 하얀 도자기 잔에 담긴 커피를 검은 쟁반에 담아들고 와서 소파 앞 탁자에 놓았다. 두 사람은 커피를 마시며 긴장된 분위기 속에서 잠시 이야기를 나누었다. 마침내 스토너가 원고에 대해 말을 꺼내는 순간, 조금 전 도서관에서 느꼈던 흥분이 다시 그를 찾아왔다. 그는 앞으로 몸을 기울이고 열심히 말을 이어갔다.

두 사람은 오랫동안 자연스럽게 이야기를 나누며 그 대화 속에 자신을 숨길 수 있었다. 캐서린 드리스콜은 소파 가장자리에 앉아서 눈을 반짝였다. 가느다란 손가락은 커피탁자 위에서 깍지를 꼈다가 풀기를 반복했다. 윌리엄 스토너는 의자를 앞으로 잡아끌고는 열렬한 표정으로 그녀를 향해 몸을 기울였다. 거리가 어찌나 가까운지 그가 손만 뻗으면 그녀에게 닿을 정도였다.

두 사람은 그녀가 논문 앞머리에서 제기한 문제들에 대해, 그녀의 연구가 나아갈 방향에 대해, 이 주제의 중요성에 대해 이야기했다.

"절대 포기하면 안 됩니다." 그의 목소리에 그 자신도 이해할 수 없는 다급함이 배어들었다. "아주 힘들 때도 있겠지만, 그래도 절대 포기하면 안 됩니다. 포기해버리기에는 너무 훌륭해요. 아, 정말 훌륭합니다. 의심의 여지가 없어요."

그녀는 아무 말이 없었다. 그녀의 얼굴에서 순간적으로 활기가 사라졌다. 그녀가 몸을 뒤로 기대고 그의 시선을 외면한 채 말했다. 마치 마음이 다른 곳에 가 있는 사람처럼. "그 세미나에서······ 선생님이 말씀하신 것들이······ 아주 도움이 됐어요."

그는 빙긋 웃으며 고개를 저었다. "당신은 굳이 그 세미나를 들을 필요도 없었습니다. 하지만 당신이 그 강의를 들을 수 있었던 것이 기쁩니다. 좋은 강의였던 것 같으니까요."

"아, 정말 안타까워요!" 그녀가 갑자기 감정을 터뜨렸다. "안타까워요. 그 세미나는······ 선생님은······ 저는 그 세미나를 들은 뒤 논문을 처음부터 다시 시작해야 했어요. 그런데 그런 일이 생기다니 정말 안타까워서……." 그녀는 분노와 안타까움에 혼란스러운 표정으로 말을 멈추고 소파에서 일어나 침착하지 못한 모습으로 책상으로 다가갔다.

스토너는 갑작스레 감정을 터뜨린 그녀의 모습에 당황해서 잠시 아무 말도 하지 못하다가 입을 열었다. "그렇게 걱정할 필요 없습니다. 살다 보면 그런 일도 있는 법이죠. 세월이 흐르면 다 잘 풀릴 겁니다. 별로 중요한 일이 아니에요."

이 말을 하고 나자 갑자기 그것이 정말로 중요하지 않은 일이 되었다. 순간적으로 자기 말에 담긴 진실을 느낀 그는 몇 달 만에 처음으로 자신을 무겁게 짓누르던 절망이 사라지는 것을 느꼈다. 그는 그동안 자신의 절망이 그토록 무거웠다는 것조차 제대로 깨닫지 못하고 있었다. 마음이 들뜨다 못해 현기증이 날 것만 같고, 금방이라도 웃음이 터질 것 같은 기분으로 그는 다시 말했다. "별로 중요한 일이 아닙니다."

하지만 이미 둘 사이에 어색한 분위기가 자리 잡았기 때문에 조금 전처럼 거리낌 없이 이야기를 나눌 수 없었다. 스토너는 이내 자리에서 일어나 커피를 잘 마셨다고 인사한 뒤 작별인사를 했다. 드리스콜은 문까지 그를 배웅해주었지만, 안녕히 가시라는 인사를 할 때는 거의 무뚝뚝하게 보일 지경이었다.

밖은 어두웠다. 봄의 싸늘함이 저녁 공기 속에 배어 있었다. 스토너가 심호흡을 하자 그 서늘한 기운에 몸이 찌릿찌릿하는 것이 느껴졌다. 들쭉날쭉한 집들의 윤곽 너머로 시내의 불빛들이 엷은 안개 속에서 반짝였다. 길모퉁이의 가로등이 사방에서 다가오는 어둠을 힘없이 밀어내고 있었다. 그 너머의 어둠 속에서 갑자기 웃음소리가 터져나와 잠시 머무르다가 사라졌다. 뒷마당에서 쓰레기를 태우는 냄새는 안개에 붙들려 있었다. 스토너는 저녁 풍경 속을 천천히 걸으면서 그 향기를 들이마시고, 혀에 닿는 싸늘한 밤공기를 맛보았다. 그가 걷고 있는 지금 이 순간만으로 충분해서 더 이상 많은 것이 필요하지 않은 것 같은 생각이 들었다.

그렇게 그는 연애를 했다.

그는 캐서린 드리스콜에게 자신이 품고 있는 감정을 서서히 깨달았다. 어느새 그는 자기도 모르게 오후에 그녀의 집을 찾아갈 핑계를 찾아내고 있었다. 어떤 책이나 논문 제목이 떠오르면 그것을 적어두고는 일부러 제시 홀 복도에서 그녀를 만나지 않으려고 피해 다녔다. 그래야 오후에 그녀의 집에 들러서 커피를 마시며 그제목을 알려주고 이야기를 나눌 수 있기 때문이었다. 한 번은 그녀의 논문 두 번째 장(章)에서 미심쩍어 보이는 부분을 강화해줄 참고자료를 찾으려고 도서관에서 한나절을 보내기도 했다. 도서관이 사진 복제본만 소장하고 있는, 잘 알려지지 않은 라틴어 원고 일부를 열심히 필사한 적도 있었다. 그 덕분에 며칠 동안 오후에 그녀가 그 원고를 번역하는 것을 도와주며 시간을 보낼 수 있었다.

함께 보내는 오후에 캐서린 드리스콜은 예의바르고, 상냥하고,

말수가 적었다. 그가 자신의 논문에 시간과 관심을 할애해주는 것에 그녀는 조용히 감사를 표했으며, 자기 때문에 그가 중요한 일들을 못하고 있는 것이 아닌지 걱정했다. 그는 그녀가 자신을 교수 이상으로 보아줄 것이라고는 생각하지 못했다. 그는 그녀의 논문에 관심을 보이는 교수였으며, 그녀는 그를 존경했다. 그리고 그가 그녀를 돕는 것이 친절한 일이기는 했으나, 그렇다고 그의 직무에서 크게 벗어나는 일도 아니었다. 그는 자신을 조금 바보 같은 인물로 생각하고 있었다. 누구든 일반적인 감정 외에 특별한 감정을 품기 힘든 사람. 그는 캐서린 드리스콜에 대한 자신의 감정을 인정한 뒤, 남들이 쉽사리 알아차릴 만큼 감정을 드러내지 않으려고 필사적으로 주의를 기울였다.

한 달이 넘도록 일주일에 두세 번씩 그녀의 아파트에 들러 길어야 두 시간 정도를 머무르다 가면서 그는 자신이 자꾸만 찾아오는 것에 그녀가 짜증을 느낄까 봐 걱정스러웠기 때문에 자신이 그녀의 논문에 정말로 도움이 될 수 있겠다는 확신이 들 때만 그녀를 찾아갔다. 그러면서 자신이 강의를 준비할 때와 똑같이 그녀의 집을 찾아갈 준비를 성실하게 하고 있음을 깨닫고 한편으로는 재미있으면서도 한편으로는 마음이 어두워졌다. 그는 이 정도면 충분하다고, 그녀가 자신의 존재를 참아주는 동안 그녀를 만나 이야기를 나누는 것만으로 만족하겠다고 자신을 타일렀다.

하지만 그토록 주의를 기울였는데도 함께 보내는 오후의 긴장감이 점점 높아졌다. 한참 동안 할 말이 없어서 커피만 마시며 서로를 외면하다가 조심스럽고 경계하는 목소리로 "저……." 하고 말을 꺼내놓고는 공연히 이런저런 구실을 만들어서 허둥지둥 움직이며 서로에게서 떨어졌다. 스토너는 자신이 그녀를 찾아가는 것이 슬슬 그녀에게 짐이 되고 있으며, 그녀가 예의 때문에 그 사실을 드러내지 못하고 있다고 속으로 말하면서 미처 예상치 못했던 강렬한 슬픔을 느꼈다. 그는 이미 예상했던 대로 결정을 내렸다. 자신이 그녀의 동요를 눈치챘다는 사실을 그녀가 알아차리지 못하게 조금씩 천천히 그녀에게서 멀어지자고. 그가 그녀에게 줄 수 있는 도움을 모두 주고 멀어지는 것처럼 보이자고.

그는 그다음 주에 딱 한 번만 그녀의 집에 들렀다. 그다음 주에는 한 번도 찾아가지 않았다. 그런데 그것이 이토록 힘든 일일 줄은 미처 예상하지 못했다. 오후에 연구실에 앉아 있을 때 그는 책상에서 일어나 서둘러 밖으로 나가서 그녀의 집으로 걸어가고 싶은 자신을 억제하느라 거의 물리적인 힘을 써야 할 정도였다. 먼발치에서 바삐 복도를 걸어가는 그녀를 한두 번 본 적은 있지만 그는 시선을 돌리고 다른 방향으로 걸어갔다. 그래야 그녀를 만나지 않을 테니까.

얼마쯤 그렇게 시간이 흐른 뒤 일종의 무감각 상태가 그를 찾아왔다. 그는 괜찮을 거라고 자신을 타일렀다. 며칠만 지나면 복도에서 그녀와 마주쳤을 때 고개를 끄덕여 인사하며 미소를 지을 수 있을 거라고. 어쩌면 잠시 그녀를 붙들어 세워두고 논문은 잘 되고 있느냐며 소식을 물어보는 것까지 가능할지도 모른다고.

그런데 어느 날 오후 중앙 사무실의 우편함에서 우편물을 꺼내던 중 젊은 강사가 다른 강사에게 캐서린 드리스콜이 아프다고 이야기하는 소리가 들려왔다. 지난 이틀 동안 그녀가 강의에 나오지 못했다는 것이었다. 그 순간 무감각 상태가 사라졌다. 가슴에 찌르는 듯한 통증이 느껴지더니, 그의 결심과 의지력이 그를 두고 떠나버렸다. 그는 경련하듯이 걸어서 자신의 연구실에 도착한 뒤 책꽂이를 필사적으로 뒤져서 책 한 권을 골라내고는 밖으로 나갔다. 캐서린 드리스콜의 집 앞에 도착했을 때 그는 문 앞에서 잠시 가쁜 숨을 골라야 했다. 그는 되도록 편안하고 무심해 보이기를 희망하며 얼굴에 미소를 지어 고정시킨 뒤 문을 두드렸다.

　그녀는 평소보다 훨씬 더 창백했다. 눈 주위도 검게 물들어 있었다. 옷은 아무런 무늬가 없는 어두운 파란색 실내복이었고, 머리카락은 한 올도 빠짐없이 뒤로 묶여 있었다.

　스토너는 자신이 차분하지 못하고 멍청하게 굴고 있다는 것을 알고 있었지만, 말이 흘러나오는 것을 멈출 수 없었다. "안녕하세요." 그가 밝게 말했다. "편찮으시다는 말을 듣고, 어떠신지 한번 들러볼까 했는데, 당신에게 도움이 될 만한 책도 한 권 있고, 괜찮으십니까? 불편하시다면……." 그는 뻣뻣하게 미소 짓고 있는 자신의 입에서 구르듯이 튀어나오는 소리에 귀를 기울이며 그녀의 얼굴에서 시선을 떼지 못한 채 살피듯이 바라보았다.

　마침내 그가 입을 다물자 그녀가 문에서 뒤로 물러서며 조용히 말했다. "들어오세요."

거실 겸 침실인 그 작은 방에 일단 발을 들여놓자 그의 동요와 멍청함이 사라졌다. 그는 침대 맞은편의 의자에 앉아 캐서린 드리스콜이 앞에 앉는 것을 보며 친숙한 편안함이 밀려오는 것을 느꼈다. 한동안 두 사람 모두 아무 말이 없었다.

마침내 그녀가 물었다. "커피 좀 드릴까요?"

"신경 쓰지 않아도 됩니다." 스토너가 말했다.

"괜찮아요." 무뚝뚝한 그녀의 목소리 속에 전에도 들은 적이 있는 분노가 깔려 있었다. "곧 끓여 올게요."

그녀는 주방으로 들어갔다. 스토너는 작은 방에 혼자 남아 어두운 표정으로 커피 탁자를 물끄러미 바라보며 오지 말걸 그랬다고 혼잣말을 했다. 남자들이란 왜 이런 어리석음에 휘둘려 쓸데없는 짓을 하는 건지 모르겠다는 생각이 들었다.

캐서린 드리스콜이 커피 주전자와 잔 두 개를 들고 돌아와 커피를 따랐다. 두 사람은 검은 커피에서 김이 올라오는 광경을 지켜보며 앉아 있었다. 그녀가 구겨진 담뱃갑에서 담배를 하나 꺼내 불을 붙이고는 불안한 듯 잠시 담배를 빨아들였다. 스토너는 자신이 가져온 책을 생각해내고는, 여전히 양손으로 꼭 쥐고 있던 그 책을 커피 탁자 위에 올려놓았다.

"지금은 힘들지도 모르지만……." 그가 말했다. "당신에게 도움이 될 것 같은 책을 우연히 발견해서……."

"거의 2주 동안 선생님을 뵙지 못했어요." 그녀는 이렇게 말하고 나서 재떨이에 담배를 사납게 비벼 껐다.

그는 당황해서 정신없이 말했다. "그동안 조금 바빴습니다…….
일이 워낙 많아서…….'

"그런 건 상관없어요." 그녀가 말했다. "정말로 상관없어요. 내가
가지 말걸……." 그녀는 손바닥으로 이마를 문질렀다.

그는 걱정스러운 표정으로 그녀를 바라보았다. 아무래도 열이
있는 것 같았다. "몸이 편찮으시다니 걱정입니다. 혹시 내가 할 수
있는 일이 있다면…….'

"저는 아픈 게 아니에요." 그녀는 이렇게 말하고 나서 차분하고
신중하다 못해 거의 무덤덤하게 느껴지는 목소리로 덧붙였다. "저
는 절망스러울 만큼, 절망스러울 만큼 불행해요."

그래도 그는 이해할 수 없었다. 속살을 모두 드러낸 그 날카로운
말이 칼날처럼 그를 찔렀다. 그는 그녀에게서 살짝 시선을 돌리고
혼란스러운 표정으로 말했다. "죄송합니다만, 자세히 이야기해주
실 수 있습니까? 내가 도울 수 있는 일이 있다면…….'

그녀가 고개를 들었다. 딱딱한 표정이었지만, 눈물이 가득한 두
눈은 눈부시게 반짝이고 있었다. "선생님을 난처하게 만들 생각은
없었어요. 죄송합니다. 제가 아주 바보 같은 여자처럼 보이시죠?"

"아닙니다." 그는 잠시 그녀를 바라보았다. 그녀의 창백한 얼굴
은 억지로 무표정을 유지하고 있는 것처럼 보였다. 그는 시선을 옮
겨 한쪽 무릎 위에서 꽉 맞잡고 있는 자신의 크고 앙상한 두 손을
바라보았다. 손가락은 뭉툭하고 묵직했으며, 하얗게 변한 손마디
는 갈색 피부 위에서 하얀 혹처럼 보였다.

마침내 그가 무거운 표정으로 천천히 말했다. "나는 여러 면에서 무지한 사람입니다. 바보 같은 것은 바로 납니다. 당신이 아니라. 내가 당신을 만나러 오지 않은 것은…… 내가 당신한테 점점 귀찮은 존재가 되고 있는 것 같아서였습니다. 그런데 그 생각이 잘못이었는지도 모르겠군요."

"그래요." 그녀가 말했다. "잘못 생각하셨어요."

그는 여전히 그녀를 바라보지 못한 채 말을 이었다. "나는…… 내 감정 때문에 당신을 불편하게 만들고 싶지 않았습니다. 당신을 계속 만난다면 조만간 그 감정이 뚜렷이 드러났을 테니까요."

그녀는 움직이지 않았다. 두 눈에 눈물이 글썽하게 차오르더니 뺨을 타고 흘러내렸다. 그녀는 눈물을 훔치지 않았다.

"어쩌면 내가 이기적이었던 건지도 모르겠습니다. 나는 이 관계가 당신에게는 난처함을, 내게는 불행만을 가져다줄 거라고 생각했습니다. 나의…… 상황은 당신도 아시지요? 그래서 당신이…… 당신이 내게 감정을 품는 것은 불가능한 일이라고……."

"그만하세요." 그녀가 부드럽지만 사나운 목소리로 말했다. "아, 정말이지, 이젠 입 다물고 이쪽으로 좀 오세요."

그는 자신이 떨고 있음을 깨달았다. 그는 소년처럼 서투르고 어색하게 커피 탁자 옆을 돌아가서 그녀 옆에 앉았다. 서투르고 조심스럽게 두 사람의 손이 서로를 향해 뻗어 나갔고, 두 사람은 어색하고 긴장한 표정으로 서로를 꼭 끌어안았다. 그렇게 오랫동안 가만히 앉아 있었다. 조금이라도 움직이면 두 사람이 함께 품고 있는 이 기묘하고 무서운 것이 도망쳐버릴 것만 같았다.

그가 줄곧 어두운 갈색이거나 검은색이라고 생각했던 그녀의 눈동자는 짙은 보라색이었다. 가끔 그 눈동자에 어둑한 램프 불빛이 닿으면 눈동자가 촉촉하게 반짝였다. 그가 고개를 이리저리 돌릴 때마다 그의 시선을 받고 있는 그 눈동자의 색깔이 바뀌었다. 가만히 쉬고 있을 때조차 그 눈동자는 잠시도 가만히 있지 못하는 것 같았다. 멀리서 볼 때는 아주 서늘하고 창백했던 그녀의 피부는 은근히 따스하고 불그스름한 혈색을 띠고 있어서, 반투명한 우윳빛 피부 밑에 빛이 흐르고 있는 것 같았다. 그 반투명한 피부와 마찬가지로, 그가 차분하고 과묵하다고 생각했던 그녀의 모습 뒤에는 따스함과 장난스러움과 유머가 숨어 있었다. 외모가 이런 성질들을 가려주었기 때문에, 오히려 강렬하게 느껴졌다.

나이 마흔셋에 윌리엄 스토너는 다른 사람들이 훨씬 더 어린 나이에 이미 배운 것을 배웠다. 첫사랑이 곧 마지막 사랑은 아니며, 사랑은 종착역이 아니라 사람들이 서로를 알아가는 과정이라는 것.

두 사람 모두 수줍어하면서 천천히 조심스럽게 서로를 알아갔다. 가까워졌다가 멀어지기도 하고, 서로에게 손을 내밀었다가 물러나기도 했다. 두 사람 모두 상대방에게 억지로 자신을 강요하고 싶지 않았다. 하루하루 날이 갈수록 두 사람을 보호해주던 과묵함이라는 막이 한 층씩 떨어져나가서 마침내 두 사람은 세상의 많은 사람들이 그러하듯이 지극히 수줍어하면서도 서로에게 무방비하게 마음을 열고 함께 있을 때 그 어느 때보다 편안해지는 관계가 되었다.

스토너는 거의 매일 수업이 끝난 오후에 그녀의 집으로 왔다. 두 사람은 사랑을 나누고, 이야기를 나누고, 또 사랑을 나눴다. 아무리 놀아도 지치지 않는 아이들 같았다. 그렇게 봄날이 흘러갔고, 두 사람은 여름을 고대했다.

13

젊다 못해 어렸을 때 스토너는 사랑이란 운 좋은 사람이나 찾아낼
수 있는 절대적인 상태라고 생각했다. 하지만 어른이 된 뒤에는 사
랑이란 거짓 종교가 말하는 천국이라는 결론을 내렸다. 재미있지
만 믿을 수 없다는 시선으로, 부드럽고 친숙한 경멸로, 그리고 당
황스러운 향수(鄕愁)로 바라보아야 하는 것. 이제 중년이 된 그는
사랑이란 은총도 환상도 아니라는 것을 조금씩 깨닫기 시작했다.
사랑이란 무언가 되어가는 행위, 순간순간 하루하루 의지와 지성
과 마음으로 창조되고 수정되는 상태였다.

　예전에는 연구실에서 은은히 빛나다가 사라져가는 풍경을 창문
을 통해 멍한 시선으로 바라보며 시간을 보냈지만, 이제는 캐서린
과 함께 시간을 보냈다. 매일 아침 일찍 그는 연구실에 나와서 10분
이나 15분 동안 안절부절못하고 앉아 있었다. 그래도 도무지 차분
해질 수 없었기 때문에 그는 정처없이 제시 홀을 벗어나 캠퍼스를
가로질러서 도서관으로 향했다. 그리고 도서관 서가들 사이를 또

10분이나 15분쯤 돌아다녔다. 그러다가 마침내, 마치 자기 자신과 승부라도 겨루는 사람처럼, 스스로 자초한 이 불안상태에서 해방되어 도서관 옆문을 슬쩍 빠져나와 캐서린의 집으로 향했다.

그녀는 밤늦게까지 작업을 할 때가 많아서 아침에 그녀의 집으로 가보면 방금 잠에서 깬 모습을 볼 수 있을 때가 간혹 있었다. 잠기운이 아직 남아서 따스하고 관능적인 그녀는 알몸에 암청색 로브만 걸치고 문을 열어주러 나왔다. 그런 날이면 두 사람은 서로 미처 입을 열기도 전에 아직 흐트러져 있는 좁은 침대로 가서 사랑을 나눌 때가 많았다. 침대는 캐서린의 체온으로 아직 따뜻했다.

그녀의 몸은 길쭉하고 섬세했으며, 부드럽지만 격렬했다. 그가 어색한 손길로 그녀의 몸을 만지면, 그 살결 위에서 그의 손이 생명을 얻었다. 때로 그는 자신에게 맡겨진 훌륭한 보물을 보듯이 그녀의 몸을 바라보았다. 그리고 연한 분홍색을 띤 허벅지와 배의 촉촉한 피부 위에서 뭉툭한 손가락을 놀리며 작고 단단한 젖가슴의 복잡하면서도 단순한 섬세함에 경탄했다. 지금까지 자신은 타인의 몸을 전혀 알지 못했던 것 같다는 생각이 들었다. 그래서 다른 사람들의 자아와 그 자아를 담고 있는 몸을 항상 분리시켜 보았던 것 같다는 생각도 들었다. 그러다가 마침내 자신은 타인에게 진정한 친밀감이나 신뢰나 인간적인 따스함을 느껴본 적이 없다는 최종적인 깨달음에 이르렀다.

모든 연인들이 그렇듯이, 두 사람은 자신들에 대해 많은 이야기를 나눴다. 마치 그런 대화를 통해 자신들의 존재를 가능하게 해준 세상을 이해할 수 있다고 생각하는 것 같았다.

"정말이지 내가 옛날에 당신을 얼마나 갈망했는지 알아요?" 캐서린이 말했다. "수업시간에 앞에 서 있는 당신 모습은 아주 크고 사랑스럽고 서툴러 보였어요. 나는 당신에게서 뭔가 격렬한 것을 보고 싶다고 갈망했는데, 당신은 전혀 몰랐죠?"

"몰랐소." 윌리엄이 말했다. "나는 당신이 아주 정숙한 숙녀라고 생각했거든."

그녀는 즐거운 웃음을 터뜨렸다. "그럼요, 정숙하고 말고요!" 그녀는 조금 차분해져서 과거를 돌아보는 듯한 표정으로 미소를 지었다. "나도 나 자신을 그렇게 생각했던 것 같아요. 정숙함을 던져버릴 이유가 없을 때는 사람들이 서로에게 얼마나 정숙해 보이는지! 자신에 대해 더 많은 것을 알기 위해서는 사랑에 빠져보아야 해요. 당신과 함께 있을 때 나는 가끔 내가 세계 최고의 헤픈 여자가 된 것 같아요. 헤프지만 열정적이고 신실한 여자. 그 정도면 정숙해 보이나요?"

"아니." 윌리엄은 빙긋 웃으며 그녀에게 손을 뻗었다. "이리 와요."

그녀가 예전에 한 번 연인을 사귄 적이 있음을 윌리엄은 알게 되었다. 대학 4학년 때였는데, 눈물과 비난과 배신으로 얼룩진 기막힌 결말을 맞았다.

"대부분의 연애가 나쁘게 끝나요." 그녀가 이렇게 말한 뒤 두 사람 모두 잠시 우울해졌다.

윌리엄은 그녀가 전에 사귀던 사람이 있었음을 알고 놀란 자신에게 충격을 받았다. 그 덕분에 그는 자신과 그녀가 서로 사귀기 전에는 그녀가 실제로 존재하지도 않았던 것처럼 생각하고 있음을 깨달았다.

"정말 수줍음이 많은 남자였어요." 그녀가 말했다. "어떻게 보면 당신과 비슷한 점도 있는 것 같아요. 하지만 그 사람은 신랄하고 겁이 많았죠. 무엇 때문에 그렇게 됐는지는 끝내 알아내지 못했지만요. 그 사람은 기숙사 앞길 끝에서 날 기다리곤 했어요. 커다란 나무 아래에서. 수줍음이 많아서 사람이 많은 곳까지 올라올 수 없었거든요. 우리는 시골길을 몇 마일씩 걸었어요. 거기서는 사람을 만날 가능성이 없었으니까요. 하지만 우리는 진정으로…… 하나였던 적이 없어요. 심지어 사랑을 나눌 때조차도."

스토너는 얼굴도 이름도 모르는 이 그림자 같은 사내가 거의 눈에 보이는 듯했다. 처음에 받은 충격은 슬픔으로 변했고, 그는 연유를 알 수 없는 불만 때문에 이제 스토너의 것이 된 여자를 밀어낸 그 미지의 청년에게 너그러운 마음으로 연민을 느꼈다.

가끔 사랑을 나누고 난 뒤 졸리고 나른한 상태에서 그는 느리고 부드럽게 흘러가는 한가로운 생각과 감각 같은 것을 느끼며 누워 있곤 했다. 그렇게 누워 있다 보면 자신이 소리 내어 말을 했는지, 아니면 머릿속에 떠오른 생각과 감각이 만들어낸 말들을 그냥 인식하기만 했는지 잘 알 수 없었다.

그는 완벽을 꿈꿨다. 두 사람이 항상 함께 있을 수 있는 세상. 그 꿈이 이루어질 수 있을 것이라고 절반쯤은 믿고 있었다. "그런 세상이 되면 어떨까?" 그는 이렇게 말하면서 자신이 가능하다고 믿는 세상을 펼쳐 보였지만, 그 세상은 지금 살고 있는 곳보다 그리 매력적이지 않았다. 두 사람 모두 말은 하지 않았지만, 자신들이 공들여 상상하는 것들이 사실은 사랑의 제스처이며, 지금 함께 누리고 있는 삶에 대한 축하라는 것을 잘 알고 있었다.

두 사람이 이렇게 함께 시간을 보낼 수 있을 것이라고는 두 사람 모두 상상해본 적이 없었다. 열정에서 시작된 감정이 욕망을 거쳐 깊은 관능으로 자라나 순간마다 계속 새로워졌다.

"욕망과 공부." 캐서린이 한 번은 이렇게 말했다. "중요한 건 그것뿐이죠, 안 그래요?"

스토너가 보기에는 딱 맞는 말 같았다. 이것이 그가 살면서 터득한 것들 중 하나인 것 같았다.

그해 여름 두 사람의 시간이 온통 정사와 이야기로만 채워진 것은 아니었다. 두 사람은 말하지 않고도 함께 있는 법을 터득했으며, 편안히 쉬는 데에 익숙해졌다. 스토너는 캐서린의 집에 책들을 가져다놓았다. 나중에는 책꽂이를 새로 들여놓아야 할 정도였다. 그녀와 함께 나날을 보내면서 스토너는 거의 팽개치다시피 했던 공부를 자신도 모르게 다시 시작했음을 깨달았다. 캐서린도 자신의 논문이 될 책을 계속 썼다. 그녀는 벽에 붙인 자그마한 책상에 몇 시간 동안 계속 앉아서 고개를 수그린 채 책과 논문에 열중하곤 했다. 그녀가 자주 입는 암청색 로브에서 가늘고 창백한 목이 구부정하게 흐르듯이 이어졌다. 스토너는 의자에 널브러지거나 침대에 누운 자세로 역시 그녀처럼 공부에 몰두했다.

그러다가 가끔 두 사람은 시선을 들어 서로를 향해 빙긋 웃은 뒤 다시 읽던 자료로 눈을 돌렸다. 때로 스토너가 책을 읽다가 눈을 들어 항상 머리카락이 덩굴손처럼 덮고 있는 그녀의 가느다란 목과 우아한 곡선을 그린 등을 지긋이 바라볼 때도 있었다. 그러다가 느긋한 욕망이 천천히 차분하게 솟아나면 그는 자리에서 일어나 그녀의 등 뒤에 서서 어깨에 가볍게 팔을 올렸다. 그러면 그녀는 등을 똑바로 펴면서 고개를 젖혀 그의 가슴에 기댔다. 그의 양손이 헐렁한 로브 속으로 들어가 그녀의 젖가슴을 부드럽게 만졌다. 그렇게 사랑을 나누고 난 뒤 두 사람은 한동안 조용히 누워 있다가 다시 공부를 시작했다. 두 사람의 사랑과 공부가 마치 하나의 과정인 것 같았다.

그것이 그해 여름에 두 사람이 배운, 이른바 '기존 관념'의 기이한 점 중 하나였다. 어렸을 때 두 사람은 마음과 몸이 별개의 것이며 서로 적대적인 관계라고 배우며 자랐다. 그래서 별로 깊이 생각해보지도 않고, 둘 중 하나를 선택하려면 나머지 하나를 희생하는 수밖에 없다고 당연한 듯이 믿고 있었다. 둘 중 하나가 다른 하나를 강화해줄 수도 있다는 생각은 한 번도 해본 적이 없었다. 그런데 두 사람이 진실을 깨닫기도 전에 체험이 먼저 찾아왔으므로, 이 새로운 발견이 오로지 두 사람만의 것처럼 보였다. 두 사람은 이처럼 '기존 관념'이 기이하게 달라진 사례들을 모아 보물처럼 간직해두기 시작했다. 그리고 이것이 기존 관념을 고수하는 세상으로부터 두 사람을 분리시키는 데 일조했다. 또한 두 사람이 야단스럽지는 않지만 감동을 느끼면서 서로에게 더 가까워지는 데에도 일조했다.

하지만 스토너가 알아차린 기이한 점들 중에 캐서린에게 말하지 않은 것이 하나 있었다. 그의 아내와 딸과 그의 관계에 관한 것이었다.

'기존 관념'에 따르면, 이른바 그의 '불륜'이 진행되면서 가족과의 관계가 꾸준히 악화되어야 마땅했다. 하지만 실제로는 그렇지 않았다. 오히려 꾸준히 나아지는 것처럼 보였다. 그가 여전히 '집'이라고 부를 수밖에 없는 곳을 비우는 시간이 늘어나면서 아주 오랜만에 처음으로 이디스나 그레이스와 더 가까워진 것 같았다. 그는 이디스에게 애정과 흡사한 묘한 호의를 느끼기 시작했고, 가끔 별로 특별하지 않은 일들을 주제로 이야기를 나누기까지 했다. 그해 여름에 이디스는 심지어 유리로 둘러싸인 일광욕실을 청소해주고, 그동안 바깥 날씨에 그대로 노출되면서 망가진 곳들을 수리하고, 침대 겸용 소파를 놓아주기까지 했다. 그 덕분에 스토너는 이제 거실 소파에서 잘 필요가 없어졌다.

주말에 가끔 이디스가 이웃집에 가면서 그레이스를 아버지와 단둘이 남겨놓을 때도 있었다. 때로 이디스가 오랫동안 밖에서 시간을 보낼 때면 그는 딸과 함께 시골길을 산책할 수도 있었다. 집에서 멀어지면 그레이스는 주위를 경계하듯 단단히 다물고 있던 입을 열었다. 때로는 조용하고 매력적인 미소를 짓기도 했다. 스토너가 거의 잊고 있던 모습이었다. 지난 한 해 동안 쑥쑥 자란 아이는 몸이 몹시 마른 편이었다.

그는 의지력을 동원해야 비로소 자신이 이디스를 속이고 있음을 떠올릴 수 있었다. 그가 영위하고 있는 두 개의 삶은 완전히 별개의 것처럼 떨어져 있었다. 그는 자신이 자기성찰에 약하고 자기기만 또한 가능하다는 점을 알고 있었지만, 누구든 자신이 책임을 져야 하는 사람에게 피해를 주고 있다고는 생각할 수 없었다.

그는 시치미를 떼는 데에는 재주가 없는 사람이었다. 자신과 캐서린 드리스콜의 관계를 숨겨야겠다는 생각도 한 적이 없었다. 그렇다고 남들에게 자랑하겠다는 생각을 한 것은 아니었지만. 그가 보기에는 누군가 외부 사람이 자신과 캐서린의 관계를 알게 되거나 관심을 갖게 될 가능성이 전혀 없는 것 같았다.

따라서 여름이 끝날 무렵 이디스가 그 관계에 대해 거의 처음부터 알고 있었음을 깨달았을 때 그는 커다란 충격을 느꼈지만 개인적으로 심각하게 생각하지는 않았다.

어느 날 아침 그가 아침식사와 함께 나온 커피를 평소보다 천천히 마시면서 그레이스와 이런저런 이야기를 나누고 있을 때, 이디스가 아무렇지도 않은 듯이 그 일을 입에 담았다. 그녀는 조금 날카로운 목소리로 그레이스에게 식탁에서 꾸물거리지 말라면서 시간낭비를 하고 싶으면 먼저 한 시간 동안 피아노 연습을 하라고 말했다. 윌리엄은 마르고 꼿꼿한 아이의 몸이 식당을 나서는 모습을 지켜본 뒤, 낡은 피아노 소리가 들려오기를 멍하니 기다렸다.

"여보." 이디스가 아직도 날카로움이 남은 목소리로 말했다. "오늘 아침에는 좀 늦은 것 아니에요?"

윌리엄은 의아한 표정으로 그녀를 돌아보았다. 그의 얼굴에 아직 멍한 표정이 남아 있었다.

이디스가 말했다. "당신의 귀여운 여학생이 기다리다가 화를 내지 않겠어요?"

그의 입술에서 감각이 사라졌다. "뭐?" 그가 물었다. "그게 무슨 소리요?"

"이런, 윌리." 이디스가 이렇게 말하고는 너그러운 표정으로 웃음을 터뜨렸다. "내가 당신의 그…… 가벼운 연애놀음에 대해 모르는 줄 알았어요? 세상에, 난 처음부터 알고 있었어요. 그 아가씨 이름이 뭐죠? 들었는데 잊어버렸네요."

충격과 혼란 속에서 그의 마음이 알아들은 단어는 하나뿐이었다. 그 말을 입에 담는 그의 목소리가 그의 귀에 성마르게 짜증을 내는 것처럼 들렸다. "당신이 말하는…… 연애놀음 같은 건 없소. 그건……."

"이런, 윌리." 그녀가 이렇게 말하고 나서 다시 웃었다. "완전히 당황한 표정이네요. 세상에, 나도 다 알아요. 당신 나이의 남자가 어떤지. 그런 것이 아마 자연스러운 일이겠죠. 적어도 세상 사람들 말로는 그렇다는 것 같아요."

잠시 그는 말이 없다가 마지못해 입을 열었다. "이디스, 그 일에 대해 이야기를 하고 싶은 거라면……."

"아니에요!" 그녀의 목소리에 두려움이 살짝 실려 있었다. "이야기할 건 하나도 없어요. 전혀."

그 뒤로 두 사람은 그 일에 대해 이야기를 나눈 적이 없었다. 이디스는 지금까지 그래왔던 것처럼 대개 그가 일 때문에 집을 자주 비우는 척하는 태도를 고수했다. 하지만 가끔, 거의 무의식적으로, 항상 자기 마음속 어딘가에 존재하는 그 사실을 입에 담을 때가 있었다. 다정하게 놀리듯이 장난스럽게 말할 때도 있고, 세상에서 가장 가벼운 화제를 입에 올리듯이 아무런 감정을 담지 않을 때도 있고, 뭔가 사소한 일에 기분이 상했을 때처럼 까다롭게 굴 때도 있었다.

"어머, 나도 알아요. 남자가 40대에 접어들면 다 그렇죠. 하지만 말이에요, 윌리, 당신 나이는 그 아가씨 아버지뻘 아니에요?"

그때까지 그는 다른 사람들, 세상 사람들 눈에 자신이 어떻게 비칠지 생각해본 적이 없었다. 순간적으로 그는 남들의 시선으로 자신을 보았다. 이디스가 방금 말한 내용도 그의 눈에 비친 자신의 모습 속에 포함되어 있었다. 흡연실에서 언뜻언뜻 화제에 오르는 자신의 모습, 싸구려 소설 속의 등장인물이 눈앞을 스치고 지나갔다. 아내에게 이해받지 못하고, 젊음을 다시 느끼고 싶어서 자기보다 한참 어린 아가씨와 사귀면서 자신은 가질 수 없는 그 젊음을 향해 원숭이처럼 서투르게 손을 뻗는 비루한 중년남자. 번쩍번쩍하게 차려입은 어리석은 광대 같은 그 모습에 세상 사람들은 불편함, 연민, 경멸을 느끼며 웃음을 터뜨릴 터였다. 그는 이 남자의 모습을 최대한 자세히 살펴보았다. 하지만 살펴보면 볼수록 그 남자의 모습이 낯설게 느껴졌다. 그가 보고 있는 것은 자신의 모습이 아니었다. 그것이 그 누구도 아니라는 사실을 그는 문득 깨달았다.

하지만 그는 세상이 자신을 향해, 캐서린을 향해, 두 사람이 자기들만의 것이라고 생각했던 그 작은 방을 향해 슬금슬금 다가오고 있음을 깨달았다. 그런 세상을 지켜보면서 그는 말로 표현할 수 없는, 심지어 캐서린에게도 말할 수 없는 슬픔을 느꼈다.

때 이른 서리가 내린 뒤 강렬한 늦더위가 기승을 부리던 9월에 가을학기가 시작되었다. 스토너는 오랜만에 열정을 느끼며 강의에 임했다. 100여 명의 신입생들을 대면해야 한다는 사실에도 그의 새로운 열정은 누그러지지 않았다.

캐서린과의 관계는 전과 비슷하게 지속되었다. 하지만 학생들과 많은 교수들이 캠퍼스로 돌아왔기 때문에 그는 주의를 기울여야겠다고 생각하기 시작했다. 캐서린이 살고 있는 낡은 주택은 여름 동안 거의 인적이 끊기다시피 했다. 따라서 두 사람은 누군가의 눈에 띌지도 모른다는 걱정을 할 필요 없이 거의 완벽한 둘만의 세계에서 함께 지낼 수 있었다. 하지만 이제는 윌리엄이 오후에 그녀의 집을 찾아갈 때 주의를 기울여야 했다. 그는 그녀의 집으로 다가가기 전에 자기도 모르게 길 양편을 훑어보았으며, 그녀의 아파트로 통하는 계단을 내려갈 때도 은밀히 움직였다.

두 사람은 몸짓에 대해 생각하고, 반항을 입에 담았다. 뭔가 터무니없는 일을 저지르고 싶다는 생각, 남들에게 여봐란 듯이 과시하고 싶다는 생각이 든다고 서로에게 말하기도 했다. 하지만 그런 생각을 실행에 옮기지는 않았다. 실제로 그렇게 하고 싶다는 욕망도 없었다. 그저 둘만의 세계에서 자연스러운 모습으로 있고 싶을 뿐이었다. 하지만 이런 소망을 품고 있으면서도 그들은 둘만의 세계에서 살아갈 수는 없다는 것을 알고 있었다. 자연스러운 본연의 모습도 유지할 수 없을 것 같았다. 두 사람은 자신들이 신중하게 움직이고 있다고 생각했기 때문에, 남들이 자신들의 관계를 의심할 것이라고는 거의 생각해본 적이 없었다. 그들은 대학 내에서 서로 마주치지 않도록 주의했으며, 공개적인 장소에서 만나는 것을 피할 수 없을 때에는 아주 정중하게 인사를 건넸다. 그러면서 그 속에 깃든 역설이 남들 눈에 드러나지 않을 것이라고 믿었다.

하지만 두 사람의 관계는 세상에 알려졌다. 그것도 가을학기가 시작하자마자 급속히. 십중팔구 사람들이 이런 문제에 대해 잘 발휘하는 특별한 천리안의 능력 덕분에 밝혀진 것 같았다. 두 사람 모두 겉으로는 사생활을 좀처럼 드러내지 않았으니까. 아니면 누군가가 한가로이 추측을 했는데, 그 이야기를 들은 다른 누군가가 그냥 허튼소리가 아닌 것 같다는 낌새를 알아차리고 두 사람을 자세히 관찰한 결과……. 이런 식의 추측은 한이 없다는 것을 두 사람은 알고 있었다. 그런데도 두 사람은 자기들의 일이 알려진 경위를 계속 추측했다.

두 사람이 자신들의 관계가 알려졌음을 깨닫게 된 징조들이 있었다. 어느 날 남자 대학원생 두 명의 뒤에서 걷고 있던 스토너의 귓가에 두 학생 중 한 명이 경탄과 경멸이 반반씩 섞인 목소리로 하는 말이 들어왔다. "스토너 영감이라니. 세상에, 누가 짐작이나 했겠어?" 곧이어 두 학생이 인간에 대한 조롱과 곤혹스러움을 담은 표정으로 고개를 절레절레 젓는 모습이 보였다. 캐서린의 지인들은 스토너를 완곡하게 지칭하며 자기들의 연애에 대해 캐서린이 청하지도 않은 내밀한 이야기들을 털어놓았다.

두 사람이 모두 놀란 것은, 두 사람의 관계가 그다지 문제가 되지 않는 것 같다는 점이었다. 두 사람과 대화를 거부한 사람도 없고, 기분 나쁜 표정으로 바라보는 사람도 없었다. 두 사람이 두려워했던 것처럼 세상 사람들의 등쌀에 괴로워지는 일은 일어나지 않았다. 두 사람은 자신들의 사랑에 적대적일 것이라고 생각했던 장소에서 어느 정도 품위를 유지하며 편안하게 살아가는 것이 가능하겠다는 생각이 들기 시작했다.

크리스마스 연휴에 이디스는 그레이스를 데리고 세인트루이스의 친정어머니를 만나러 가기로 했다. 그래서 윌리엄과 캐서린은 사귀기 시작한 뒤 처음으로 오랜 기간 동안 함께 지낼 수 있게 되었다.

두 사람은 크리스마스 연휴 동안 대학을 떠나 있을 것이라는 사실을 각자 따로따로 무심한 듯이 주위에 알렸다. 캐서린은 동부의 친척들을 만나러 갈 것이라고 했고, 윌리엄은 캔자스시티의 서지학 센터와 박물관에서 연구를 하겠다고 말했다. 두 사람은 서로 다른 시각에 다른 버스를 타고 출발해서 레이크 오자크에서 만났다. 오자크 대산맥 외곽의 산악지역에 있는 휴양지였다.

1년 내내 문을 여는 마을 유일의 숙소에 손님은 두 사람뿐이었다. 거기서 두 사람은 열흘을 함께 보냈다.

두 사람이 도착하기 사흘 전에 폭설이 내렸는데, 두 사람이 머무르는 동안에도 또 눈이 와서 그곳에 있는 동안 내내 완만하게 구불거리는 산들이 하얀 눈에 덮여 있었다.

두 사람이 빌린 오두막에는 침실 하나, 거실 하나, 작은 주방 하나가 있었다. 다른 오두막들과 조금 떨어진 이 오두막에서는 겨울 동안 줄곧 얼어붙어 있는 호수가 내다보였다. 아침에 깨어보면 두 사람은 서로 뒤엉킨 채 누워 있었다. 두툼한 담요를 덮고 있는 몸이 따스하고 풍요로웠다. 두 사람은 담요 속에서 고개만 내밀고 자신들이 내뱉은 숨결이 차가운 공기 속에 커다란 구름을 만들어내는 광경을 지켜보았다. 그러고는 아이처럼 웃으며 담요를 머리까지 뒤집어쓰고 서로 몸을 찰싹 붙였다. 아침에 사랑을 나눈 뒤 오전 내내 침대에 누워 해가 동쪽 창문에 다다를 때까지 이야기를 나눌 때도 있었다. 아니면 잠에서 깨자마자 스토너가 벌떡 일어나 캐서린의 알몸을 덮은 담요를 걷어내고 비명을 지르는 그녀를 향해 껄껄 웃으며 커다란 벽난로에 불을 붙일 때도 있었다. 불이 붙으면 두 사람은 담요 한 장만 두른 채 벽난로 앞에서 붙어 앉아 자기들의 체온과 점점 커지는 불꽃이 몸을 데워주기를 기다렸다.

날이 추운데도 두 사람은 거의 매일 숲 속을 산책했다. 눈밭을 배경으로 녹색이 감도는 검은색을 띤 커다란 소나무들이 구름 한 점 없는 연한 푸른색 하늘을 향해 육중하게 솟아 있었다. 가끔 가지에서 눈덩이가 미끄러져 떨어지는 소리에 사방을 채운 침묵이 한층 더 강렬해졌다. 가끔 새 한 마리가 외로이 지저귀는 소리 또한 두 사람이 숲 속을 걸으며 느끼는 고적함을 한층 더 강렬하게 만들어주었다. 한번은 높은 산에서 먹이를 찾아 내려온 암사슴을 본 적이 있었다. 검은 소나무와 하얀 눈이 뚜렷한 대비를 이루고 있는 풍경 속에서 녀석의 황갈색 몸이 눈부셨다. 50야드 거리에서 두 사람과 마주한 녀석은 앞발 하나를 눈 위로 섬세하게 들어올리고, 작은 귀를 앞으로 쫑긋 기울인 모습이었다. 완벽한 원을 그리고 있는 갈색 눈은 믿을 수 없을 만큼 부드러웠다. 아무도 움직이지 않았다. 암사슴이 두 사람에게 정중하게 의문을 던지듯이 그 섬세한 얼굴을 살짝 기울이더니 느긋하게 몸을 돌려 멀어져갔다. 녀석이 눈 속에 묻혀 있던 발을 우아하게 들어 정확한 장소에 내려놓으면 아주 작게 뽀드득 하는 소리가 났다.

오후에 두 사람은 숙소의 관리사무실로 갔다. 이 마을의 잡화점과 식당도 겸하고 있는 곳이었다. 두 사람은 커피를 마시며 누구든 안에 들어오는 사람들에게 말을 걸었다. 그리고 아마도 저녁식사로 먹게 될 식료품을 조금 샀다. 두 사람은 항상 오두막에서 저녁을 먹었다.

저녁이면 기름 램프에 불을 밝히고 책을 읽기도 했다. 하지만 담요를 접어 벽난로 앞에 깔고 앉아서 이야기를 나누거나, 장작

위에서 복잡한 무늬를 그리며 타오르는 불꽃과 그 불꽃이 서로의 얼굴에 너울거리는 모습을 지켜보며 말없이 시간을 보낼 때가 더 많았다.

어느 날 저녁, 그러니까 함께 보내는 시간이 거의 끝나갈 무렵, 캐서린이 조용히 말했다. 마치 멍하니 다른 생각에 잠긴 것 같은 표정이었다. "빌, 우리가 앞으로 다른 것을 결코 누릴 수 없게 된다 해도, 이번 주의 기억은 남아 있을 거예요. 너무 소녀 같은 말인가요?"

"그것이 소녀 같은 말이든 아니든 상관없소." 스토너가 말하며 고개를 끄덕였다. "그 말이 사실이니까."

"그럼 말할래요." 캐서린이 말했다. "이번 주의 기억은 우리에게 남아 있을 거예요."

마지막 날 아침에 캐서린은 오두막 안의 가구들을 정돈하고, 천천히 세심하게 청소를 했다. 그리고 그동안 끼고 있던 결혼반지를 빼서 벽과 벽난로 사이의 틈새에 끼워놓았다. 그녀가 어색하게 미소를 지으며 말했다. "여기에 우리 물건을 하나 남겨두고 싶어서요. 이곳이 존재하는 한 영원히 남아 있을 만한 물건으로. 바보 같죠?"

스토너는 대답할 수 없었다. 그는 그녀의 팔을 잡고 밖으로 걸어 나가 눈 속을 터벅터벅 걸어 관리사무실로 갔다. 그들을 컬럼비아로 데려다줄 버스를 그곳에서 타게 되어 있었다.

두 번째 학기가 시작되고 며칠이 지난 2월 말의 어느 오후, 고든 핀치의 비서가 스토너에게 전화를 걸어 학장이 이야기를 나누고 싶어 한다면서 그날 오후나 다음 날 오전에 들를 수 있느냐고 물었다. 스토너는 그러겠다고 대답하고 전화를 끊은 뒤, 전화기에 한 손을 얹은 채 몇 분 동안 앉아 있었다. 그러다가 한숨을 내쉬며 혼자 고개를 끄덕하고는 핀치의 사무실을 향해 계단을 내려갔다.

고든 핀치는 셔츠 차림으로 넥타이를 느슨하게 풀어둔 채 뒤통수에서 양손을 깍지 끼고 회전의자에 깊숙이 앉아 있었다. 스토너가 들어오자 그는 상냥하게 고개를 끄덕이며 자기 책상 옆에 비스듬히 놓인 가죽 안락의자를 가리켰다.

"앉게, 빌. 그동안 잘 지냈나?"

스토너는 고개를 끄덕였다. "그럼."

"수업 때문에 바쁘지?"

스토너는 무미건조하게 말했다. "그럭저럭 그런 편이지. 시간표가 꽉 찼네."

"그래, 나도 알아." 핀치는 고개를 저었다. "자네도 알다시피 내가 간섭할 수 있는 일은 아니지만, 정말이지 기가 막힌 일이야."

"괜찮네." 스토너가 조금 조급하게 말했다.

"그래." 핀치는 의자에 앉은 채 허리를 곧추세우더니 책상 위에서 양손을 맞잡았다. "오늘 이 자리는 절대 공식적인 것이 아닐세, 빌. 그냥 자네랑 이런저런 이야기나 좀 하고 싶었어."

한참 동안 침묵이 흐른 뒤 스토너가 부드럽게 말했다. "무슨 일인가, 고든?"

핀치는 한숨을 내쉬더니 불쑥 말했다. "그래, 지금 이 말은 친구로서 하는 걸세. 이야기가 떠돌고 있어. 아직은 학장으로서 내가 주의를 기울여야 할 수준은 전혀 아니지만…… 언젠가 내가 주의를 기울여야 하게 될지도 모르네. 그래서 일이 심각해지기 전에 자네랑 이야기를 해봐야겠다 싶었지. 다시 말하지만, 친구로서일세."

스토너는 고개를 끄덕였다. "떠도는 이야기라는 게 뭔가?"

"아, 젠장, 빌. 자네와 드리스콜이라는 아가씨 이야기일세. 자네도 알잖나."

"알지." 스토너가 말했다. "알아. 그저 이야기가 어디까지 진행됐는지 궁금했을 뿐일세."

"아직은 별것 아냐. 빈정거리는 소리, 한마디씩 툭툭 던지는 소리, 그 정도지."

"그렇군. 하지만 내가 뭘 어떻게 할 수 있다는 건지 모르겠네."

핀치는 종이 한 장을 조심스레 접었다. "진지한 감정인가, 빌?"

스토너는 고개를 끄덕이고는 창밖을 바라보았다. "그런 것 같네."

"이제 어쩔 생각인가?"

"나도 모르겠어."

핀치가 조심스레 접고 있던 종이를 갑자기 마구 구기더니 쓰레기통에 던져버렸다. 그러고 나서 이렇게 말했다. "이론적으로야 자네 인생은 자네 것일세. 이론적으로는, 누구든 자네가 원하는 사람과 잘 수 있고, 무엇이든 원하는 일을 할 수 있지. 그것이 강의에 지장을 주지만 않는다면 문제될 것이 없네. 하지만 말이야, 젠장, 자네 인생은 자네 것이 아니야. 자네 인생은…… 아, 빌어먹을. 내

말이 무슨 뜻인지 알지?"

스토너는 미소를 지었다. "아는 것 같군."

"좋지 않아. 이디스는 어떤가?"

"겉으로는 다른 사람들보다 훨씬 덜 심각하게 이 일을 받아들이고 있네. 우스운 일이야, 고든. 우리 사이가 작년만큼 좋았던 적이 없는 것 같으니."

핀치는 짧게 웃었다. "정말 세상일은 모르는 거라니까. 하지만 내가 말하려던 것은, 혹시 이혼을 하게 될 것 같은가, 뭐 그런 거야."

"모르겠네. 그렇게 될지도 모르지. 하지만 이디스가 가만히 있지 않을 걸세. 소란이 벌어질 거야."

"그레이스는 어쩌고?"

갑작스러운 아픔에 스토너는 목이 메었다. 표정에도 그런 기분이 드러났음을 알 수 있었다. "그건…… 다른 문제지. 모르겠네, 고든."

핀치가 마치 다른 사람의 일을 이야기하듯이 무덤덤하게 말했다. "이혼을 해도 자네는 살아남을 수 있을지 모르지. 지나친 소란만 벌어지지 않는다면. 힘들긴 하겠지만, 십중팔구 자네는 살아남을 걸세. 그리고 만약 이…… 드리스콜 양과의 일이 진지한 것이 아니고 자네가 그냥 바람을 피우는 거라면, 뭐, 그것도 처리될 수 있을 거야. 하지만 자네는 지금 위험을 무릅쓰고 있네, 빌. 위험을 자초하고 있어."

"그런 것 같군." 스토너가 말했다.

잠시 침묵이 흘렀다. "내 자리는 정말 거지 같은 자리일세." 핀치가 무겁게 말했다. "가끔은 내가 이 일에 맞지 않다는 생각이 들어."

스토너는 빙긋 웃었다. "옛날에 데이브 매스터스가 말하기를, 자네는 개자식이 덜돼서 진짜로 출세하기 힘들 거라고 했지."

"그 말이 맞을지도 모르지." 핀치가 말했다. "하지만 내가 이미 개자식이 됐다는 기분이 들 때가 많아."

"걱정 말게, 고든." 스토너가 말했다. "자네 자리가 어떤 건지 나도 이해하니까. 내가 자네 일을 좀 편하게 만들어줄 수 있다면……." 그는 잠시 말을 멈췄다가 짧게 고개를 저었다. "하지만 지금 내가 할 수 있는 일은 하나도 없네. 좀 더 기다려보는 수밖에. 어쩌면……."

핀치는 고개를 끄덕이고는 스토너를 외면했다. 그는 서서히 다가오는, 도저히 피할 수 없는 파멸을 바라보듯이 자신의 책상만 빤히 내려다보았다. 스토너는 잠시 기다려보았지만 핀치가 아무 말도 하지 않자 조용히 일어서서 밖으로 나갔다.

고든 핀치와 대화를 나눈 탓에 스토너는 그날 오후 캐서린의 아파트에 늦게 도착했다. 그는 굳이 거리를 훑어볼 생각도 하지 않고 길을 걸어가 안으로 들어갔다. 캐서린이 그를 기다리고 있었다. 옷도 갈아입지 않은 채 소파 위에 긴장한 모습으로 꼿꼿이 앉아 있는 모습이 마치 정중하게 예의를 차리는 것 같았다.

"늦으셨네요." 그녀가 단조로운 목소리로 말했다.

"미안하오." 그가 말했다. "일이 좀 있었소."

캐서린은 담배에 불을 붙였다. 손이 가늘게 떨리고 있었다. 그녀는 성냥을 잠시 조사하듯 바라보다가 훅 불어서 껐다. 연기가 한 줄 피어났다. 그녀가 말했다. "동료 강사 한 명이 일부러 저한테 말해주더군요. 핀치 학장이 오늘 오후에 당신을 불러들였다고요."

"그렇소." 스토너가 말했다. "그 때문에 늦어진 거요."

"우리 이야기였나요?"

스토너는 고개를 끄덕였다. "이런저런 이야기를 좀 들었다고 하더군."

"그럴 거라고 짐작했어요." 캐서린이 말했다. "저한테 이야기해준 동료 강사도 뭔가 알고 있는데 말하고 싶어 하지 않는 것 같았거든요. 아, 세상에, 빌."

"그렇게 걱정할 필요 없소." 스토너가 말했다. "고든은 오랜 친구요. 사실 그 친구는 우리를 보호해주고 싶어 하는 것 같아. 할 수만 있다면 그렇게 해줄 거요."

캐서린은 한동안 말이 없었다. 그녀는 발로 차듯이 신발을 벗어 던지고 소파에 누워 천장을 바라보다가 차분한 목소리로 말했다. "이제부터 시작이군요. 우리가 지나친 기대를 했던 것 같아요. 사람들이 우리를 내버려둘 것이라는 희망을 품다니. 하지만 사실 사람들이 정말 그렇게 해줄 거라고 진지하게 생각한 적은 없는 것 같아요."

"상황이 너무 심각해지면 여길 떠나면 되오." 스토너가 말했다. "뭔가 조치를 취하면 돼."

"아, 빌!" 캐서린이 살짝 웃었다. 목소리가 갈라져 있었다. 그녀가 소파에서 일어나 앉았다. "당신은 정말 소중한 사랑이에요. 사람이 상상할 수 있는, 소중하고 소중한 사랑. 남들이 우릴 귀찮게 굴면 나도 가만히 있지 않을 거예요. 절대로!"

그 뒤로 몇 주 동안 두 사람은 전과 다름없는 생활을 했다. 1년 전만 해도 해낼 수 없었을 전략을 구사하고 자신에게 있는 줄도 몰랐던 힘을 발휘해서 사람들을 피하고 말을 아꼈으며, 빈약한 병력으로 반드시 살아남아야 하는 노련한 장군처럼 재주를 부렸다. 이제는 진심으로 주변을 경계하고 주의했으며, 자신들의 이런 움직임에서 어두운 즐거움을 느꼈다. 스토너는 어두워진 뒤에만 그녀의 집을 찾았다. 그때라면 그가 그녀의 집에 들어가는 것을 아무도 볼 수 없을 터였다. 낮의 공강시간에는 캐서린이 커피숍에서 일부러 젊은 남자 강사들과 어울렸다. 두 사람 모두 단호하게 마음을 다잡고 있었기 때문에 함께 보내는 시간은 한결 더 강렬해졌다. 두 사람은 그 어느 때보다 서로에게 가까워졌다는 이야기를 나눴다. 속으로도 그렇게 생각했다. 그리고 이 말이 사실임을 깨닫고 깜짝 놀랐다. 사실은 스스로를 위로하기 위해 꺼낸 말이 단순한 위로의 말이 아니었던 것이다. 그 덕분에 두 사람은 더욱 가까워질 수 있었으며, 서로에게 진심을 다하는 것이 필연적인 일이 되었다.

두 사람은 빛이 절반밖에 들지 않는 세상에 살면서 자신들의 좋은 점들을 드러냈다. 그래서 어느 정도 시간이 흐르자 사람들이 살고 있는 바깥세상, 변화와 지속적인 움직임이 있는 그 세상이 비현실적인 거짓 세상처럼 보였다. 두 사람의 삶은 이 두 세계에 철저하게 나눠져 있었다. 이렇게 분열된 삶을 사는 것이 자연스러운 일인 것 같았다.

늦겨울과 초봄에 두 사람은 함께 있을 때 전에는 느끼지 못했던 고요함을 맛볼 수 있었다. 바깥세상이 점점 조여 들어오는 동안 두 사람은 그 세상의 존재를 덜 의식하게 되었다. 함께 느끼는 행복이 너무 커서 바깥세상에 대해 이야기할 필요가 없었다. 심지어 생각할 필요도 없었다. 작고 침침한 캐서린의 아파트, 육중하고 낡은 주택 밑에 동굴처럼 숨어있는 아파트에서 두 사람은 시간을 벗어나 자기들이 직접 발견한, 시간을 초월한 우주에서 살고 있는 것 같았다.

그런데 4월 말의 어느 날 고든 핀치가 스토너를 다시 사무실로 불렀다. 스토너는 인정하고 싶지는 않지만 어떤 일이 일어날지 이미 알고 있었기 때문에 멍하니 무감각한 상태로 핀치를 찾아갔다.

그에게 닥친 일은 정말이지 단순하고 전형적이었다. 스토너가 미리 짐작했어야 했는데 그러지 못한 일.

"로맥스야." 핀치가 말했다. "그 개자식이 어디서 소문을 듣고는 물고 늘어질 태세야."

스토너는 고개를 끄덕였다. "내가 그 가능성을 생각해두었어야 하는 건데. 충분히 예측할 수 있는 일이었는데 이렇게 됐군. 혹시 내가 로맥스를 만나서 이야기를 나눈다면 조금 도움이 되겠나?"

핀치는 고개를 젓더니 창가로 가서 섰다. 이른 오후의 햇살이 그의 얼굴에 쏟아졌다. 그의 얼굴은 땀에 젖어 번들거리고 있었다.

그가 피곤한 목소리로 말했다. "아직도 이해를 못한 모양이군, 빌. 로맥스의 방식은 그런 것이 아닐세. 심지어 아직 자네의 이름조차 끄집어내지 않았어. 그는 드리스콜 양에게 손을 쓰고 있네."

"그 친구가 뭐?" 스토너는 멍하니 물었다.

"이제는 로맥스한테 거의 감탄하는 마음이 생길 지경일세." 핀치가 말했다. "내가 그 일에 대해 모조리 알고 있다는 사실을 어찌 된 영문인지 그 친구도 지나치게 잘 알고 있어. 그래서 어제 우연히 들른 것처럼 나를 찾아와서 드리스콜 양을 해고해야 할 것 같다고 말하더군. 그러면서 고약한 소란이 벌어질지도 모른다고 내게 미리 알려주었네."

"안 돼." 스토너가 말했다. 가죽 안락의자의 팔걸이를 움켜쥔 손이 아파왔다.

핀치가 말을 이었다. "로맥스에 따르면, 그동안 불만이 제기되었다는군. 주로 학생들한테서. 동네 사람들도 몇 명 있고. 하루 종일 남자들이 드리스콜 양의 아파트를 드나드는 모습이 사람들의 눈에 띄었다는 것 같네. 이루 말할 수 없을 만큼 행실이 나쁘다…… 는 거지. 아, 로맥스의 솜씨는 정말 훌륭했네. 자기는 개인적으로 그 아가씨에게 반감이 없다는 거야. 오히려 감탄하는 편이라나. 하지만 자기는 우리 학과와 대학의 평판을 생각해야 하는 입장이라더군. 우리는 중산층의 도덕감정에 휘둘릴 수밖에 없는 우리의 처지를 한탄하고, 개신교 윤리에 반항하는 사람들에게 학자들의 세계가 피난처가 되어주어야 한다는 데 뜻을 같이했네. 하지만 현실적으로는 우리가 무기력하다는 결론을 내렸지. 로맥스는 이번 학기가 끝날 때까지 이 일을 내버려둘 수 있으면 좋겠지만 과연 그럴 수 있을지 의심스럽다고 말했어. 그러면서 대화를 나누는 동안 내내 우리가 서로를 완벽하게 이해하고 있다는 사실을 알고 있다고 말했다네, 그 개자식이."

목구멍이 단단히 조여드는 것 같아서 스토너는 말을 할 수 없었다. 그는 두 번 침을 꿀꺽 삼킨 뒤 목소리를 시험해보았다. 흔들림 없는 목소리를 낼 수 있었다. "그 친구가 무엇을 원하는지는 불을 보듯 명확하군."

"그렇다고 해야겠지." 핀치가 말했다.

"그 친구가 나를 미워한다는 사실은 알고 있었네." 스토너가 남의 일을 이야기하듯이 말했다. "하지만 한 번도 실감하지는…… 그 친구가 이렇게 나올 것이라고는 꿈에도……."

"그건 나도 마찬가지야." 핀치가 말했다. 그는 자신의 책상으로 돌아와 무겁게 주저앉았다. "그런데 난 아무것도 할 수 없네, 빌. 손을 쓸 수가 없어. 로맥스는 불만을 제기한 사람들을 얼마든지 우리 앞에 데려올 수 있을 걸세. 증인이 필요하다면 증인도 데려오겠지. 그자를 추종하는 사람들이 상당히 많으니까. 게다가 이 소문이 혹시라도 총장의 귀에 들어가는 날에는……." 그는 고개를 절레절레 저었다.

"만약 내가 사직하지 않겠다고 하면 일이 어떻게 될 것 같은가? 우리가 무조건 겁에 질려 휘둘리지 않겠다고 한다면?"

"그자가 드리스콜 양을 십자가에 못 박을 걸세." 핀치가 단호하게 말했다. "그러면서 마치 우연인 것처럼 자네까지 끌어들이겠지. 아주 교묘한 솜씨야."

"그렇다면 내가 할 수 있는 일이 하나도 없는 것 같군." 스토너가 말했다.

"빌." 핀치는 이 말을 하고 나서 침묵에 빠졌다. 꽉 쥔 양주먹에 머리를 기대고 있던 그가 흐릿한 목소리로 말했다. "가능성이 있긴 하네. 딱 하나. 내가 그자를 막을 수 있을 것 같아. 만약 자네가…… 만약 드리스콜 양이 그냥……."

"안 돼네." 스토너가 말했다. "그럴 수는 없어. 이 말 그대로일세. 그럴 수는 없어."

"아, 젠장!" 핀치의 목소리에 고뇌가 가득했다. "그자도 그걸 알고 있어! 한번 생각해보게. 어떻게 할 생각인가? 지금은 4월이야. 곧 5월이지. 이런 시기에 자네가 어디서 무슨 일자리를 얻을 수 있겠어? …… 아니, 애당초 일자리를 구할 수 있기나 하겠나?"

"나도 모르겠네." 스토너가 말했다. "뭔가……."

"그리고 이디스는? 이디스가 그냥 얌전히 뜻을 꺾고 이혼해줄 것 같은가? 그레이스는? 이 일이 그 아이한테 어떤 영향을 미치겠어? 이 도시에서? 자네가 그냥 그렇게 떠나버린다면 말일세. 캐서린은? 앞으로 자네 인생이 어떻게 되겠나? 자네 두 사람의 인생이 어떻게 되겠어?"

스토너는 아무 말도 하지 않았다. 그의 마음속 어딘가에서 허망

함이 생겨나기 시작했다. 마음이 시들어 떨어져나가는 것이 느껴졌다. 마침내 그가 말했다. "일주일만 말미를 주겠나? 생각을 좀 해봐야겠네. 일주일 괜찮지?"

핀치가 고개를 끄덕였다. "적어도 그 정도는 내가 그자를 막을 수 있네. 하지만 그 이상은 힘들어. 미안하네, 빌. 자네도 알 거야."

"그래." 스토너는 의자에서 일어나 잠시 가만히 서서 묵직하고 무감각한 다리를 시험해보았다. "내가 생각해보고 연락하겠네. 연락해도 되겠다 싶을 때 연락하지."

그는 길고 어두운 복도로 나가서 무거운 발걸음으로 햇빛을 향해 걸었다. 세상은 탁 트여 있었지만, 그에게는 어디를 돌아봐도 감옥 같았다.

세월이 흐른 뒤 가끔 그는 고든 핀치와 대화를 나눈 뒤 며칠 동안의 일을 회상해보았지만, 명확한 기억이 전혀 떠오르지 않았다. 자신이 이미 죽었는데도 오로지 고집스러운 의지력 덕분에 습관적으로 움직인 것 같았다. 그러면서도 그는 그 며칠 동안 자신을 스쳐간 장소들, 사람들, 사건들, 그리고 자기 자신을 묘하게 인식하고 있었다. 또한 사람들 앞에서는 자신의 상황이 드러나지 않게 했다는 사실도 알고 있었다. 그는 강의를 하고, 동료들과 인사를 나누고, 빠질 수 없는 회의에 참석했다. 그동안 그를 만난 사람들은 그에게 뭔가 문제가 있다는 사실을 전혀 알아차리지 못했다.

하지만 고든 핀치의 사무실을 나선 순간부터 그는 알고 있었다.

존재의 작은 중심에서 자라난 무감각한 공간 속 어딘가에서 자기 인생의 일부가 끝나버렸음을. 자신의 일부가 거의 죽음을 맞이하기 직전이라서 다가오는 죽음을 거의 차분한 태도로 지켜볼 수 있을 정도라는 것도 알고 있었다. 그는 초봄 오후의 밝고 산뜻한 온기 속에서 캠퍼스를 가로질러 걸어가는 자신을 어렴풋이 인식했다. 길가와 앞뜰에 늘어선 층층나무들은 흐드러지게 핀 꽃을 매단 채, 그의 눈앞에서 반투명하고 엷은 구름처럼 가볍게 흔들렸다. 생명이 꺼져가는 라일락꽃의 달콤한 향기가 사방을 흠뻑 적셨다.

캐서린의 아파트에 도착했을 때 그는 열에 들뜬 사람처럼 쾌활하면서도 냉혹했다. 그는 핀치와 무슨 이야기를 나눴느냐는 캐서린의 질문을 무시해버리고 그녀에게 웃음을 강요했다. 그러면서 어떻게든 쾌활한 분위기를 만들어보려는 자신들의 마지막 노력을 헤아릴 수 없는 슬픔으로 바라보았다. 마치 죽은 시체 위에서 생명이 춤을 추고 있는 것 같았다.

하지만 결국은 대화를 나눌 수밖에 없다는 것을 그는 알고 있었다. 두 사람의 대화는 마음속에서 자기가 알고 있는 사실들을 바탕으로 몇 번이나 연습한 공연 같았다. 문법적으로 정확한 두 사람의 말 속에 그들이 현실을 알고 있다는 사실이 드러나 있었다. 두 사람은 먼저 완료형에서 시작해서("그동안 우린 행복했어요, 그렇죠?") 과거형으로 나아갔다가("우린 행복했어요. 그 누구보다 행복했던 같아요") 마침내 대화가 필요하다는 결론에 이르렀다.

핀치와 대화를 나누고 나서 며칠 동안 두 사람은 함께 보내는 마지막 나날에 즐거운 분위기가 가장 적합하다는 결론을 내리고 마치 히스테리 환자처럼 즐거워했다. 그러던 어느 날 조용해진 순간에 캐서린이 말했다. "우리한테 남은 시간이 얼마 안 되죠?"

"그래요." 스토너가 조용히 말했다.

"얼마나 남았을까요?" 캐서린이 물었다.

"며칠 정도. 이틀이나 사흘."

캐서린이 고개를 끄덕였다. "옛날에는 견딜 수 없을 거라고 생각했는데, 지금은 그냥 멍하기만 해요. 아무런 느낌이 없어요."

"알아요." 스토너가 말했다. 두 사람은 잠시 아무 말도 하지 않았다. "무엇이든 내가 할 수 있는 일이 있다면…… 무엇이든…… 그러면……."

"그러지 마세요." 그녀가 말했다. "당신 마음은 나도 잘 알아요."

그는 소파에 등을 기대고 두 사람이 사는 세상의 하늘이었던 나지막하고 어둑한 천장을 바라보았다. 그리고 차분하게 말했다. "만약 내가 모든 걸 던져버린다면…… 모든 것을 포기하고 그냥 떠나기로 한다면…… 당신은 나랑 함께 가주겠지, 그렇지 않소?"

"그래요." 그녀가 말했다.

"하지만 내가 그렇게 하지 않으리라는 걸 당신은 알고 있겠지, 그렇지 않소?"

"네, 알아요."

"내가 그런 행동을 하면……." 스토너는 자신에게 설명하듯이 말을 이었다. "모든 것이…… 우리가 했던 모든 일과 우리의 모든 것이 의미를 잃어버릴 것이오. 내가 교단에 설 수 없게 되리라는 것은 거의 확실한 일이고, 당신은…… 당신도 지금과는 다른 사람이 되겠지. 우리 둘 다 지금과는 다른 사람, 우리 자신의 모습과는 다른 사람이 될 거요. 그래서…… 아무것도 아닌 존재가 될 거야."

"아무것도 아닌 존재." 그녀가 말했다.

"하지만 지금 우리는 이번 일에서, 적어도 우리 자신의 모습은 지킬 수 있었소. 지금의 모습이…… 우리 자신의 모습이니까."

"그래요." 캐서린이 말했다.

"장기적으로 내다봤을 때, 날 이 자리에 붙들어둔 것은 이디스도 아니고 심지어 그레이스도 아니오. 반드시 그레이스를 잃을 것이라는 사실도 아니지. 당신이나 내가 상처를 입을 것이라는 생각이나 추문 때문도 아니오. 우리가 힘든 시간을 보내야 할 것이라는 사실 때문도 아니고, 어쩌면 사랑을 잃게 될지도 모른다는 생각 때문도 아니오. 그저 우리 자신이 파괴될 것이라는 생각, 우리의 일이 망가질 것이라는 생각 때문이지."

"알아요."

"그러니까 결국은 우리도 세상의 일부인 거요. 그걸 알았어야 하는 건데. 아니 알고는 있었지만, 조금 뒤로 물러나서 그렇지 않은 척할 수밖에 없었던 거요. 그래야 우리가……."

"알아요." 캐서린이 말했다. "저도 아마 처음부터 알고 있었던 것 같아요. 겉으로는 아닌 척하면서도 알고 있었어요. 언젠가, 언젠가, 우리가……. 알고 있었어요." 그녀는 말을 멈추고 흔들리지 않는 시선으로 그를 바라보았다. 눈에 갑자기 눈물이 글썽해지면서 반짝였다. "그래도 그까짓 게 다 뭐예요, 빌! 그까짓 것!"

두 사람은 더 이상 아무 말도 하지 않았다. 서로의 얼굴을 보지 않으려고 끌어안았고, 말을 하지 않으려고 사랑을 나눴다. 서로를 잘 아는 오랜 연인들의 부드러운 관능과 상실을 앞두고 새로이 솟아난 강렬한 열정으로 사랑을 나눴다. 정사가 끝난 뒤 작은 방의 검은 어둠 속에서 두 사람은 아무 말 없이 가만히 누워 있었다. 서로의 몸이 가볍게 닿았다. 한참 뒤에 캐서린의 숨소리가 잠든 사람처럼 평온해졌다. 스토너는 조용히 일어나서 어둠 속에서 옷을 입고 그녀를 깨우지 않은 채 방을 나섰다. 그리고 동쪽에서 회색 빛이 처음 밝아올 때까지 컬럼비아의 적막한 거리를 걷다가 캠퍼스로 향했다. 그는 제시 홀 앞의 돌계단에 앉아 동쪽에서 떠오른 빛이 안뜰 한복판의 커다란 돌기둥을 기어오르는 모습을 지켜보았다. 자신이 태어나기도 전에 이 낡은 건물을 안에서부터 망가뜨린 화재가 생각났다. 아직까지 남아 있는 것들을 보고 있자니 아련한 슬픔이 밀려왔다. 사방이 환해졌을 때 그는 건물 안으로 들어가 자신의 연구실로 가서 첫 번째 강의시간을 기다렸다.

캐서린 드리스콜과는 다시 만나지 못했다. 그가 그녀의 곁을 떠난 뒤 아직 날이 밝기 전에 그녀는 잠자리에서 일어나 소지품을 모두 챙기고 책을 마분지 상자에 넣어 포장했다. 그리고 아파트 관리인에게 짐을 보내달라고 주소를 알려주었다. 그녀는 학생들의 성적 채점결과와 함께 아직 일주일 반이 남은 수업을 종강시켜달라는 내용의 편지를 영문과 사무실에 우편으로 보내왔다. 사직서도 그 안에 들어 있었다. 그러고 나서 그녀는 오후 2시 기차에 몸을 싣고 컬럼비아를 떠났다.

그녀는 얼마 전부터 떠날 계획을 미리 짜고 있었음이 틀림없었다. 스토너는 그 사실을 깨닫고 자신이 그것을 미리 알지 못했다는 것에, 그리고 그녀가 차마 하지 못한 말을 담은 마지막 편지를 남기지 않았다는 것에 감사했다.

14

그해 여름에 그는 강의를 맡지 않았다. 그리고 생애 처음으로 병을 앓았다. 그는 원인이 불분명한 엄청난 고열에 시달렸다. 겨우 일주일이었지만, 기운이 쭉 빠져서 몹시 수척해졌을 뿐만 아니라 후유증으로 청각마저 일부 잃어버렸다. 여름 내내 그는 너무나 쇠약해져서 겨우 몇 발짝만 걸어도 녹초가 되었다. 그래서 집 뒤편의 작고 사방이 막힌 일광욕실에서 소파 겸용 침대에 눕거나 지하실에서 직접 가져온 낡은 안락의자에 앉아 시간을 보냈다. 슬레이트로 된 천장이나 창밖을 물끄러미 바라보다가 가끔 몸을 일으켜 부엌으로 가서 요깃거리를 가져오곤 했다.

기운이 없어서 이디스는 물론 심지어 그레이스와도 이야기를 나누기가 힘들었다. 하지만 이디스가 가끔 이 뒷방으로 불쑥 들어와 몇 분 동안 산만하게 말을 걸다가 침입할 때처럼 갑작스럽게 나가버렸다.

여름 중반쯤에 그녀가 캐서린의 이야기를 꺼냈다.

"방금 들었어요. 하루 전쯤인가?" 그녀가 말했다. "그 여학생이 떠나버렸다면서요?"

그는 창문을 바라보던 시선을 힘들게 돌려 이디스를 바라보았다. "그렇소." 그가 온화하게 말했다.

"그 아가씨 이름이 뭐였죠?" 이디스가 물었다. "그 이름을 매번 잊어버리네요."

"캐서린이오." 그가 말했다. "캐서린 드리스콜."

"아, 그렇죠. 캐서린 드리스콜. 그것 봐요. 내가 뭐랬어요? 그런 건 중요한 일이 아니라니까요."

그는 멍하니 고개를 끄덕였다. 뒤뜰 울타리를 가득 채운 늙은 느릅나무에서 검은색과 하얀색이 섞인 커다란 새, 그러니까 까치가 지저귀고 있었다. 그는 녀석이 외치는 소리에 귀를 기울이며, 있는 힘껏 고독하게 외쳐대는 녀석의 부리를 막연하게 홀린 듯 바라보았다.

그해 여름에 그는 급속히 늙어갔다. 그래서 가을에 다시 강의를 하게 되었을 때, 몇몇 사람들은 그를 언뜻 알아보지 못해 화들짝 놀라기도 했다. 수척하고 앙상해진 얼굴에는 주름이 깊게 패었고, 머리에도 흰머리가 무겁게 내려앉았으며, 등이 심하게 굽어서 마치 보이지 않는 짐을 지고 있는 것 같았다. 목소리는 조금 거칠고 무뚝뚝하게 변했다. 또한 고개를 숙인 채 한 사람을 빤히 바라보는 버릇이 생겨서 헝클어진 눈썹 밑의 선명한 회색 눈이 예리하고 성마르게 보였다. 수업을 듣는 학생들 외에는 누구에게도 거의 말을 건네지 않았으며, 남들의 질문과 인사에 답할 때는 항상 조급해 보였다. 때로는 거친 반응을 보일 때도 있었다.

그가 집요하고 고집스럽게 일을 해내는 것을 보며 나이 많은 동료들은 재미있다는 반응을 보였지만 젊은 강사들은 화를 냈다. 그들도 그와 마찬가지로 1학년 작문 강의만 맡고 있기 때문이었다. 그는 1학년 학생들의 과제물을 채점하고 교정하는 데 몇 시간을 보냈으며, 매일 학생들과 상담을 했다. 학과 회의에도 항상 성실하게 참석했다. 회의에서 자주 발언하지는 않았지만, 일단 입을 열면 외교적인 요령을 부리지 않았기 때문에 동료들 사이에서 심술궂고 성격이 나쁘다는 평을 듣게 되었다. 하지만 어린 학생들을 대할 때는 상냥하고 참을성이 있었다. 그래도 학생들에게 그들이 원하는 수준 이상의 공부를 요구할 때는 무정할 만큼 단호한 태도였기 때문에 많은 학생들이 그를 쉽게 이해하지 못했다.

동료들, 특히 젊은 동료들은 흔히 그를 '헌신적인' 교육자라고 불렀다. 부러움과 경멸이 반반씩 섞인 이 호칭은 그가 지나친 헌신으로 인해 강의실 밖에서 일어나는 일, 아니 적어도 대학의 건물 밖에서 일어나는 일에는 눈이 멀어버렸다는 뜻이었다. 그를 가볍게 놀리는 사람들도 있었다. 어느 날 스토너가 학과 회의에 참석해서 문법 교수법과 관련해서 최근 실시한 몇몇 실험들에 대해 퉁명스럽게 발언한 적이 있었다. 회의가 끝난 뒤 젊은 강사가 "스토너 교수님은 성교(copulation)를 항상 동사로만 생각하실 거야." 하고 말했다. 그리고 주위의 반응에 깜짝 놀라버렸다. 나이 많은 교수들 몇 명이 주고받는 시선과 웃음에 심상찮은 의미가 숨어 있는 것 같았기 때문이다. 누군가가 이런 말을 한 적도 있었다. "스토너 영감은 WPA(Works Progress Administration, 공공사업 촉진국 – 옮긴이)가 틀린 대명사 선례(Wrong Pronoun Antecedent)의 약자인 줄 알 거야." 나중에 그는 자신의 이 말장난이 일부 사람들 사이에서 통용된다는 것을 알고 뿌듯해했다.

하지만 윌리엄 스토너는 젊은 동료들이 잘 이해할 수 없는 방식으로 세상을 알고 있었다. 그의 마음속 깊은 곳, 기억 밑에 고생과 굶주림과 인내와 고통에 대한 지식이 있었다. 그가 분빌에서 농사를 지으며 보낸 어린 시절을 생각하는 경우는 별로 없었지만, 무명의 존재로서 근면하고 금욕적으로 살다 간 선조들에게서 혈연을 통해 물려받은 것에 대한 지식이 항상 의식 근처에 머무르고 있었다. 선조들은 자신을 억압하는 세상을 향해 무표정하고 단단하고 황량한 얼굴을 보여주자는 공통의 기준을 갖고 있었다.

비록 스토너는 그들을 무감각하게 바라보는 것처럼 보였지만, 자신이 살아온 세월을 의식하고 있었다. 많은 사람들이 마치 심연을 바라보고 있는 것처럼 항상 단단하고 황량한 표정을 짓게 되었던 그 10년 동안, 그런 표정을 공기만큼 친숙하게 알고 있던 윌리엄 스토너는 어렸을 때부터 겪은 전반적인 절망의 징조를 보았다. 좋은 사람들이 번듯한 생활에 대한 꿈이 깨어지면서 함께 망가져서 서서히 절망을 향해 스러져가는 것이 보였다. 정처 없이 거리를 떠도는 그들의 눈은 깨진 유리조각처럼 공허했다. 그들은 스스로 처형장을 향해 가는 사람처럼 고통스러운 자존심을 품고 남의 집 뒷문으로 다가와 빵을 구걸했다. 그것을 먹으면 다시 구걸에 나설 기운을 얻을 수 있을 터이니. 한때 허리를 꼿꼿이 세우고 자신 있게 걷던 이들이 이제는 부러움과 증오가 깃든 시선으로 그를 바라보았다. 그가 대학의 종신교수로서 누리고 있는 보잘것없는 안정감이 어떻게든 사라지는 일은 없기 때문이었다. 그는 자신이 인식한 이런 일들을 소리 내어 말하지 않았다. 하지만 모두들 비참한 생활을 하고 있다는 사실이 그의 마음을 움직여 깊숙이 숨겨져 있어서 남들은 보지 못하는 부분에서 그를 변화시켰다. 모두가 함께 겪고 있는 곤궁한 생활에 대한 조용한 슬픔이 그가 살아가는 매 순간 한 번도 깊숙이 파묻혀버리지 않았다.

그는 또한 술렁거리는 유럽의 정세를 먼 곳의 악몽처럼 의식하고 있었다. 1936년 7월에 프랑코가 스페인 정부에 반기를 들고 히틀러가 그 반란을 부추겨 전쟁으로 발전시켰을 때, 스토너는 다른 사람들과 마찬가지로 악몽이 꿈의 세계에서 현실 속으로 뛰쳐나올지도 모른다는 생각에 진저리를 쳤다. 그해 가을 학기가 시작되었을 때 젊은 강사들은 다른 이야기를 거의 하지 않았다. 스페인 내전에 자원해서 왕당파를 위해 싸우거나 구급차를 운전하겠다고 외치는 강사들도 여럿 있었다. 첫 번째 학기가 끝날 무렵, 몇몇 강사들이 실제로 전쟁에 자원해서 서둘러 사직서를 제출하기도 했다. 스토너는 데이브 매스터스를 떠올렸다. 오래전 친구를 잃고 느낀 상실감이 새삼 강렬하게 되살아났다. 아처 슬론도 떠올렸다. 거의

20년 전 그 위악적인 얼굴에서 서서히 자라나던 고뇌와 그의 단단한 자아를 갉아서 흩어버린 절망이 생각났다. 이제는 슬론이 우려하던 전쟁의 폐해가 무엇인지 조금은 알 것 같았다. 앞으로 다가올 몇 년간을 미리 생각해보니, 최악의 시절이 닥칠 것 같았다.

아처 슬론과 마찬가지로 그도 세상을 미지의 종말로 몰고 가는 비합리적이고 어두운 힘에 자신을 온전히 바치는 것이 무익한 낭비임을 깨달았다. 하지만 아처 슬론과 달리 스토너는 연민과 사랑의 감정을 향해 조금 뒤로 물러났기 때문에 눈앞의 급박한 흐름에 휩쓸리지 않았다. 과거 위기와 절망의 순간에 그랬던 것처럼 이번에도 그는 대학이라는 기관에 구현되어 있는 신중한 믿음에 다시 의지했다. 속으로는 그 믿음이라는 것이 별것 아니라고 되뇌었지만, 이제 자신이 손에 쥔 것이 그것뿐임을 그는 알고 있었다.

1937년 여름에 그는 학문에 대한 과거의 열정이 되살아나는 것을 느꼈다. 젊음이나 나이와는 상관이 없고 현실과도 유리된, 호기심 많은 학자의 열정으로 그는 아직까지 자신을 배신하지 않은 유일한 삶으로 되돌아갔다. 그러다 보니 절망의 순간에도 자신이 그 삶과 그리 멀리 떨어져 있지 않았음을 알 수 있었다.

그해 가을 그의 시간표는 유난히 형편없었다. 네 개의 1학년 작문 강의가 평일 6일 동안 서로 멀찍이 떨어져 있었다. 로맥스는 학과장으로 취임한 뒤 단 한 번도 잊지 않고 스토너에게 풋내기 강사조차 마지못해 받아들일 만한 강의시간표를 배정해주었다.

새로운 학년이 시작되는 첫날 이른 아침에 스토너는 연구실에 앉아 타자기로 깔끔하게 작성된 자신의 시간표를 다시 살펴보았다. 전날 밤에 르네상스 시대까지 살아남은 중세전통에 대한 새로운 연구결과를 읽느라 늦게까지 잠을 자지 않은 데다가, 그 글을 읽으며 느낀 흥분이 아침까지 고스란히 남아 있었다. 시간표를 보자 마음속에서 둔탁한 분노가 솟아올랐다. 그는 눈앞의 벽을 잠시 바라보다가 시간표를 다시 흘깃 본 뒤 혼자 고개를 끄덕였다. 그리고 시간표와 거기에 첨부된 강의계획서를 쓰레기통에 넣어버리고 구석에 있는 서류함으로 가서 맨 위 서랍을 꺼냈다. 그는 그 안의 갈색 서류철들을 멍하니 살펴보다가 하나를 꺼내 조용히 휘파람을 불면서 그 안의 자료들을 휙휙 넘겼다. 그러고는 서랍을 닫은 뒤 서류철을 팔 밑에 끼고 밖으로 나가 첫 번째 강의가 예정된 강의실로 향했다.

바닥이 나무로 된 그 낡은 건물은 급히 강의실이 필요할 때만 이용되는 곳이었다. 그에게 배정된 방은 너무 작아서 수강신청을 한 학생들을 다 수용할 수 없었기 때문에 창턱에 앉거나 서 있는 남학생들이 여러 명 있었다. 스토너가 들어서자 그들은 믿을 수 없다는 듯 불편한 시선으로 그를 바라보았다. 그는 그들의 친구일 수도, 적일 수도 있었다. 하지만 그들은 어느 편이 더 나쁜지 알 수 없었다.

그는 이런 강의실에서 수업을 하게 된 것에 대해 학생들에게 사과하며 교무부서를 놀리는 가벼운 농담을 던졌다. 그리고 서 있는 학생들에게 내일은 의자가 마련될 것이라고 말해주었다. 그는 수평이 맞지 않아서 책상 위에 불안하게 놓여 있는 낡은 책 받침대

위에 서류철을 내려놓고 학생들의 얼굴을 죽 살펴보았다.

그리고 잠시 머뭇거리다가 입을 열었다. "이 강의를 위해 이미 교재를 구입한 학생들은 서점에 가서 책을 반환하고 환불을 받아도 좋습니다. 우리는 강의계획표에 나와 있는 교재를 사용하지 않을 겁니다. 여러분 모두 이 강의를 신청할 때 강의계획표를 받았겠지요? 그 강의계획표도 사용하지 않을 겁니다. 이 강의에서 나는 다른 방식으로 주제에 접근해볼 생각입니다. 이를 위해서 여러분은 다른 교재 두 권을 구입해야 할 겁니다."

그는 학생들에게 등을 돌리고 낡은 칠판 밑의 선반에서 분필을 집어들었다. 그리고 칠판에 뭔가를 쓸 것처럼 자세를 잡은 채 잠시 귀를 기울였다. 학생들이 작게 한숨을 내쉬고 부스럭거리며 책상에서 편안히 자리를 잡는 소리가 들렸다. 그들은 갑자기 친숙해진, 대학의 흔한 일상을 견뎌내는 중이었다.

스토너가 말했다. "우리가 사용할 교재는……." 그는 책 제목을 입으로 천천히 말하면서 칠판에 적었다. "루미스와 윌러드가 편집한《중세 영어 운문과 산문》, J. W. H. 애트킨스가 저술한《영문학비판: 중세》입니다." 그는 학생들에게 시선을 돌렸다. "서점에는 이 책들이 아직 들어와 있지 않을 겁니다. 아마 2주나 기다려야 할 텐데, 그동안 이번 강의의 주제와 관련된 기본적인 정보와 강의의 목표를 여러분에게 설명해주겠습니다. 그리고 도서관의 자료들을 이용한 과제도 몇 가지 내줄 테니 심심하지는 않을 겁니다."

그는 잠시 말을 멈췄다. 많은 학생들이 책상 위로 몸을 수그린 채 그의 말을 열심히 적고 있었다. 자기는 똑똑해서 교수의 말을 다 이해했다는 듯 살짝 미소를 지으며 그를 빤히 바라보는 학생이 몇 명, 그리고 감탄의 기색을 적나라하게 드러내며 그를 바라보는 학생이 또 몇 명 있었다.

"이번 강의의 가장 중요한 자료는……." 스토너가 말했다. "루미스와 윌러드의 선집에서 찾을 수 있습니다. 우리는 세 가지 시각에서 중세 운문과 산문을 공부할 겁니다. 첫째, 그 자체로서 의미를 지닌 문학작품으로서, 둘째, 영문학 전통에서 문학적인 문체와 방법론의 시초를 보여주는 사례로서, 셋째, 담화의 문제에 대한 수사학적이고 문법적인 해결책으로서. 이 해결책은 어쩌면 오늘날에도 실질적인 가치와 응용 가능성을 지니고 있을지 모릅니다."

이제는 거의 모든 학생들이 필기를 멈추고 고개를 들고 있었다. 똑똑한 척 미소를 짓고 있던 학생들조차 조금 긴장한 기색이었다. 학생 몇 명이 손을 들었다. 스토너는 흔들림 없이 높게 손을 든 학생을 가리켰다. 안경을 쓴 검은 머리의 키 큰 청년이었다.

"교수님, 이거 일반 영어 1, 섹션 4 강의 아닙니까?"

스토너는 청년을 향해 미소를 지었다. "자네 이름이 뭔가?"

청년은 침을 꿀꺽 삼켰다. "제섭입니다, 교수님. 프랭크 제섭."

스토너는 고개를 끄덕였다. "제섭 군이군. 그래, 제섭 군, 일반 영어 1, 섹션 4 강의가 맞네. 그리고 내 이름은 스토너이지. 맨 처음에 내 이름을 밝혔어야 하는 건데 그랬군. 또 다른 질문 있나?"

청년은 다시 침을 꿀꺽 삼켰다. "아닙니다, 교수님."

스토너는 고개를 끄덕이고는 자애로운 표정으로 학생들을 둘러보았다. "또 질문 있는 학생?"

학생들이 그를 마주 바라보았다. 미소를 짓는 학생은 하나도 없고, 입을 쩍 벌린 학생이 몇 명 보였다.

"그렇군." 스토너가 말했다. "그럼 설명을 계속하겠습니다. 처음에 말했던 것처럼, 이 강의의 목표는 대략 1200년대부터 1500년대 사이의 작품들을 공부하는 것입니다. 역사상의 몇 가지 사건들이 우리에게 장애물이 될 것입니다. 철학적인 어려움뿐만 아니라 언어학적인 어려움, 종교적인 어려움뿐만 아니라 사회적인 어려움, 실질적인 어려움뿐만 아니라 이론적인 어려움이 있을 겁니다. 사실 우리가 지금까지 받았던 교육이 모두 이런저런 방식으로 우리를 방해할 것입니다. 경험의 본질에 대해 생각하는 우리의 습관이 우리의 기대치를 결정한 것처럼, 중세 사람들의 기대치도 습관에 의해 결정되었으니까요. 먼저 기본적인 공부를 위해 중세 사람들의 삶과 생각과 글을 결정했던 마음의 습관들을 몇 가지 살펴봅시다……."

이 첫 번째 강의에서 그는 학생들을 한 시간 동안 꼬박 잡아두지 않았다. 30분도 채 지나지 않아서 그는 기초적인 설명을 마치고 주말 과제를 내주었다.

"짤막한 에세이를 써서 제출해주기 바랍니다. 세 장을 넘지 않는 분량으로, 주제는 아리스토텔레스의 토포이 개념, 즉 다소 조잡한 영어 번역으로 토픽입니다. 아리스토텔레스의 《수사학》 2권에 '토픽'이 길게 논의되어 있고, 레인 쿠퍼가 펴낸 《수사학》에는 여러분에게 크게 도움이 될 수 있는 개괄적인 설명이 실려 있습니다. 에세이 마감일은…… 월요일입니다. 오늘 강의는 이것으로 마칩니다."

그는 수업을 마친 뒤 잠시 동안 조금 걱정스러운 마음으로 학생들을 응시했다. 학생들은 움직이지 않았다. 그는 학생들을 향해 짧게 고개를 끄덕한 뒤 갈색 서류철을 팔 밑에 끼고 강의실을 나섰다.

월요일까지 에세이를 제출한 학생은 절반이 되지 않았다. 그는 에세이를 제출한 학생들에게는 돌아가도 좋다고 말한 뒤, 그 밖의 학생들과 남은 강의시간을 보내며 자신이 과제로 내준 주제를 몇 번이고 거듭 설명해주었다. 마침내 학생들이 설명을 이해했다는 확신이 들자 그는 수요일까지 에세이를 완성해서 제출하라고 말했다.

화요일에 그는 제시 홀의 로맥스 사무실 앞 복도에 학생들이 모여 있는 것을 보았다. 그의 첫 번째 강의를 들은 학생들이었다. 학생들은 옆을 지나치는 그를 외면한 채 바닥이나 천장이나 로맥스의 사무실 문을 바라보았다. 그는 혼자 빙긋 웃으며 연구실로 가서 전화를 기다렸다. 반드시 전화가 걸려올 터였다.

그날 오후 2시에 전화가 왔다. 수화기를 들자 로맥스의 비서 목소리가 들렸다. 얼음처럼 차갑고 정중한 목소리였다. "스토너 교수님? 로맥스 교수님이 오늘 오후에 최대한 빨리 에른하르트 교수님을 만나뵈라고 하셨습니다. 에른하르트 교수님이 기다리고 계실 거예요."

"로맥스도 동석하는 겁니까?" 스토너가 물었다.

비서는 충격을 받았는지 잠시 말이 없다가 자신없는 목소리로 말했다. "아마…… 아마 그렇지는 않을 거예요……. 선약이 있어서요. 하지만 에른하르트 교수님이 위임을 받으셔서……."

"로맥스에게 그 자리에 동석하라고 하세요. 내가 10분 뒤에 에른하르트의 연구실로 갈 거라고 전해요."

조얼 에른하르트는 30대 초반의 청년인데도 벌써 머리가 벗어지고 있었다. 그는 로맥스가 3년 전에 영입한 사람이었다. 하지만 성격 좋고 진지한 청년일 뿐, 특별한 재능이나 학생들을 가르치는 재주가 없다는 사실이 드러나서 그는 1학년 영어 프로그램을 맡게 되었다. 그의 사무실은 20여 명의 젊은 강사들이 강사실로 쓰고 있는 커다란 교원 휴게실 맨 구석자리에 있는, 사방을 둘러친 작은 공간이었다. 스토너가 그곳으로 가려면 휴게실을 길게 가로질러 걸어가야 했다. 그가 강사들의 책상 사이를 지나가고 있는데, 강사들 몇 명이 시선을 들어 그를 바라보며 대놓고 히죽거렸다. 그러면서 그의 모습을 끝까지 지켜보았다. 스토너는 노크도 없이 사무실 문을 열고 안으로 들어가 에른하르트의 책상 앞에 있는 의자에 앉았다. 로맥스는 보이지 않았다.

"날 만나자고 했나?" 스토너가 물었다.

피부가 몹시 하얀 에른하르트가 살짝 얼굴을 붉혔다. 그는 그런 듯한 미소를 지으며 열성적으로 말했다. "이렇게 들러주시다니 고맙습니다, 빌." 그러고는 잠시 성냥을 들고 허둥거리며 담뱃대에 불을 붙이려고 했다. 하지만 성냥이 제대로 긁히지 않았다. "젠장, 습기 때문에." 그가 뚱한 표정으로 말했다. "담배가 항상 축축해져요."

"로맥스는 오지 않을 모양이군." 스토너가 말했다.

"네." 에른하르트가 담뱃대를 책상에 내려놓으며 말했다. "하지만 저더러 교수님과 이야기를 나눠보라고 하신 분이 바로 로맥스 교수님입니다. 그러니까 어떻게 보면……." 그는 불편한 표정으로 웃었다. "저는 사실 일종의 전령이나 마찬가지예요."

"그래, 무슨 말을 전하라고 하던가?" 스토너가 건조한 목소리로 물었다.

"저, 제가 알기로, 학생들이 불만을 제기한 모양입니다. 학생들이…… 아시죠?" 그는 딱하다는 듯이 고개를 저었다. "몇몇 학생들이…… 뭐랄까, 교수님의 8시 수업이 어떻게 돌아가는 건지 잘 모르겠는 모양이에요. 로맥스 교수님은…… 저, 사실 제 생각에 로맥스 교수님은 1학년 작문 수업에 그런 식으로 접근하는 것이 현명한지 의문을…… 그러니까 그런……."

"중세 언어와 문학연구 말이군." 스토너가 말했다.

"네." 에른하르트가 말했다. "사실 저는 선생님 생각을 이해할 수 있을 것 같아요. 학생들에게 충격을 줘서 조금 뒤흔든 다음에 새로운 접근법을 제시해서 학생들이 생각을 하게 만드시려는 거죠?"

스토너는 근엄하게 고개를 끄덕였다. "최근 1학년 작문 회의에서 새로운 방법론에 관해 많은 이야기가 있었네. 실험을 해보자는 거지."

"바로 그거예요." 에른하르트가 말했다. "그 실험에 저만큼 공감하는 사람은 없을 겁니다. 왜냐하면…… 가끔 아주 좋은 의도에서 하는 일이라 해도 우리가 좀 지나친 것 같기도 하니까요." 그는 웃음을 터뜨리며 고개를 저었다. "확실히 저는 그렇습니다. 누구보다 먼저 그랬다고 자백할 거예요. 하지만 저나…… 로맥스 교수님은…… 저, 일종의 타협 같은 걸…… 강의계획표로 부분적으로나마 돌아가서 할당된 교재를 사용하는 게…… 이해하시죠?"

스토너는 입을 꾹 다물고 천장을 바라보았다. 그리고 팔걸이에 팔꿈치를 댄 채 손끝을 한데 모아 엄지손가락 끝에 턱을 얹었다. 마침내 그가 단호하게 말했다. "아니, 내가 보기에 그…… 실험이 아직 공정한 기회를 얻지 못한 것 같네. 로맥스에게 학기가 끝날 때까지 실험을 계속할 생각이라고 전하게. 그렇게 해주겠나?"

에른하르트의 얼굴이 빨갛게 달아올라 있었다. 그가 팽팽한 목소리로 말했다. "그러겠습니다. 하지만 제 생각에는…… 틀림없이 로맥스 교수님이 몹시…… 실망하실 겁니다. 정말 크게 실망하실 겁니다."

스토너가 말했다. "아, 처음에는 그럴지도 모르지. 하지만 이겨낼 걸세. 로맥스 교수라면 고참 교수의 강의방식에 끼어들 사람이 아니지. 그 교수와 의견을 달리할 수는 있지만, 만약 로맥스 교수가 자신의 판단을 강요하려 한다면 그것은 무엇보다 비윤리적인 일일세……. 참고로 조금 위험한 일이기도 하고. 자네도 그렇게 생각하지 않나?"

에른하르트는 담뱃대를 들어 담배를 넣는 부분을 움켜쥐고 사나운 표정으로 가만히 바라보았다. "제가……교수님의 결정을 로맥스 교수님께 전하겠습니다."

"그래주면 고맙겠네." 스토너는 의자에서 일어나 문으로 걸어가다가 마치 뭔가를 떠올린 사람처럼 걸음을 멈추고 에른하르트를 돌아보았다. 그리고 무심하게 말했다. "아, 한 가지 더. 내가 다음 학기에 대해서 조금 생각을 해보았는데 말일세, 만약 내 실험이 잘 풀리면 다음 학기에는 다른 것을 시도해볼까 하네. 셰익스피어의 일부 희곡에 살아남은 고전시대와 중세시대 라틴 전통을 조사하는 방식으로 작문의 몇 가지 문제를 다루는 방법의 가능성을 생각하고 있거든. 조금 전문적인 방법처럼 들리겠지만, 내가 강의에 맞는 수준으로 조정할 수 있을 것 같네. 나의 이 아이디어도 로맥스에게 전해주겠나? 한번 잘 생각해보라고 하게. 어쩌면 몇 주 뒤에 자네와 내가……."

에른하르트가 의자에 앉은 채 축 늘어졌다. 그가 담뱃대를 책상에 떨어뜨리더니 피곤한 목소리로 말했다. "알겠습니다, 빌. 전해드리죠. 제가…… 들러주셔서 감사합니다."

스토너는 고개를 끄덕인 뒤 문을 열고 밖으로 나가서 신중하게 문을 닫았다. 그리고 긴 휴게실을 가로질렀다. 젊은 강사 한 명이 의문을 품은 표정으로 그를 올려다보자 그는 대담하게 윙크를 하며 고개를 끄덕이고는…… 마침내 얼굴 전체로 미소를 지었다.

그는 연구실로 돌아와 책상에 앉아서 열어놓은 문을 바라보며 기다렸다. 몇 분 뒤 복도 저편에서 문이 쾅 닫히는 소리가 나고, 불규칙한 발소리가 들리더니 로맥스가 절룩거리는 다리로 최대한 빨리 그의 연구실 앞을 지나갔다.

스토너는 꼼짝 않고 감시를 계속했다. 30분도 안 돼서 로맥스가 다리를 끌며 천천히 계단을 올라오는 소리가 들리더니 그가 다시 한 번 그의 연구실 앞을 지나갔다. 스토너는 복도 저편에서 문이 닫히는 소리가 들릴 때까지 기다렸다가 고개를 끄덕이며 일어나 집으로 갔다.

몇 주 뒤 스토너는 그날 오후에 로맥스가 핀치의 사무실로 쳐들어왔던 일을 핀치에게서 직접 들었다. 로맥스는 스토너의 행동을 신랄하게 비난하면서 그가 중세영어 상급과정에나 알맞은 내용을 1학년들에게 가르치고 있다고 설명했다. 그리고 핀치에게 그를 징계하라고 요구했다. 잠시 침묵이 흐른 뒤 핀치는 뭐라고 말을 하려다가 그만 웃음을 터뜨렸다. 한참 동안 웃으면서 간간이 뭐라고 말을 하려고 했지만, 그때마다 웃음이 말을 밀어냈다. 마침내 웃음이 잦아들자 그는 로맥스에게 사과한 뒤 이렇게 말했다. "그 친구한테 당한 거요, 홀리. 모르겠습니까? 그 친구는 물러서지 않을 거요. 그리고 당신은 전혀 손을 쓸 수 없어요. 나더러 당신 일을 대신 해달라고요? 그러면 사람들 눈에 어떻게 보이겠소? 학장이 고참 교수의 강의에 간섭하는 걸로 모자라서, 그 학과의 학과장 선동에 넘어가 그런 짓을 하다니. 그건 안 될 일이오. 그 일은 당신이 알아서 해결하시오. 최선을 다해서. 하지만 선택의 여지가 별로 없을 거요. 그렇지요?"

이런 대화를 나눈 지 2주 뒤 로맥스의 사무실에서 스토너에게 메모가 전달되었다. 다음 학기 그의 시간표가 바뀌어서 라틴전통과 르네상스 문학에 관한 예전의 대학원 세미나, 중세 영어와 문학에 대한 4학년 강의와 대학원 강의, 2학년 문학개론, 1학년 작문한 섹션을 맡게 될 것이라는 내용이었다.

어떤 의미에서는 그의 승리였지만, 그는 항상 재미있어하면서도 무시하는 태도를 취했다. 마치 권태와 무관심 덕분에 얻어낸 승리라고 생각하는 것 같았다.

15

그 사건은 그의 이름에 붙기 시작한 전설 중 하나가 되었다. 그의 전설은 해가 갈수록 점점 상세하고 정교해져서 마치 신화처럼 개인적인 사건에서 전례적인 진실로 변화했다.

40대 후반인 그는 실제 나이보다 훨씬 더 늙어 보였다. 젊었을 때처럼 풍성하고 말을 듣지 않는 머리카락은 거의 완전한 백발이었으며, 얼굴에는 깊은 주름이 패었고, 눈은 푹 꺼져 있었다. 캐서린 드리스콜과의 연애가 끝난 그 여름에 시작된 청각장애는 해가 갈수록 조금씩 악화되어서 이제는 그가 다른 사람의 말을 들을 때 고개를 한쪽으로 기울이고 눈을 강렬하게 빛내는 모습이 마치 정체를 알 수 없는 당혹스러운 생물을 멀리서 바라보고 있는 것처럼 보였다.

그의 청각장애는 조금 묘한 구석이 있었다. 그는 자신과 직접 대화하는 사람의 말을 잘 알아듣지 못하는 경우가 종종 있었지만, 시끄러운 방 안 저편에서 사람들이 낮게 웅얼거리며 나누는 대화는 완벽히 알아들을 때가 많았다. 이 청각장애 술수를 통해서 그는 자신이, 젊은 시절 유행하던 표현을 빌리자면, '캠퍼스의 괴짜'로 여겨지고 있음을 점차 알게 되었다.

이런 방식으로 그는 자신이 신입생들에게 중세영어를 가르친 이야기와 홀리스 로맥스가 그에게 항복한 이야기가 윤색되어 돌아다니는 것을 몇 번이나 들을 수 있었다. "37학번 학생들이 3학년이 돼서 영어시험을 쳤을 때, 어느 반 점수가 제일 높았는지 아세요?" 마지못해 1학년 영어를 가르치고 있는 젊은 강사가 물었다. "물론, 스토너 영감의 중세영어를 들은 반이죠. 그런데 우리는 지금도 연습문제랑 안내서 같은 것만 수업에 쓰고 있다고요!"

스토너는 젊은 강사들과 나이 많은 학생들, 그러니까 미처 이름과 얼굴을 확실히 기억하기도 전에 훌쩍 사라지곤 하는 사람들에게 자신이 거의 신화적인 존재가 되었음을 인정할 수밖에 없었다. 하지만 그 신화적인 존재의 정체는 다양하게 자주 변했다.

어떤 때는 그가 악당이었다. 그와 로맥스 사이의 긴 싸움을 설명하기 위해 만들어진 이야기에서 그는 로맥스가 순수하고 고상한 열정을 품고 있던 젊은 대학원생을 유혹한 뒤 버린 사람이었다. 그를 바보처럼 묘사한 이야기도 있었다. 역시 그와 로맥스의 싸움을 다룬 다른 이야기는 예전에 로맥스가 그의 대학원 제자에게 추천서를 써주지 않으려 했다는 이유로 로맥스와 그가 말을 하지 않게 되었다고 설명했다. 그가 영웅이 되는 경우도 있었다. 사람들이 많이 받아들이지는 않는 최종 버전에서는 그가 로맥스의 미움을 받아 더 이상 위로 올라가지 못하게 된 이유를 이렇게 설명했다. 로맥스가 총애하는 학생이 스토너의 강의를 들었는데, 로맥스가 그 학생에게 최종시험 문제지를 건네다가 스토너에게 들켰다라고.

하지만 전설을 규정한 것은 강의에서 그가 보여주는 태도였다. 세월이 흐르는 동안 그는 점점 더 생각이 다른 곳에 가 있는 사람처럼 굴면서도 점점 더 강렬해졌다. 처음에는 서투르게 더듬더듬 강의를 시작하지만, 금방 강의 주제에 흠뻑 빠져들어서 주위의 모든 것을 의식하지 못하게 되는 것 같았다. 한번은 스토너가 라틴전통 세미나를 강의하는 회의실에서 이사 여러 명과 총장이 모이는 자리가 마련된 적이 있었다. 그는 모임이 있을 예정이라는 말을 미리 들었는데도 까맣게 잊어버리고, 여느 때처럼 그 회의실에서 강의를 시작했다. 강의가 절반쯤 진행됐을 때, 수줍게 문을 두드리는 소리가 들렸다. 하지만 강의 내용에 어울리는 라틴어 구절을 즉석에서 번역하는 데 흠뻑 빠져 있던 스토너는 그 소리를 알아차리지 못했다. 잠시 후 문이 열리더니 테 없는 안경을 쓴 땅딸막한 중년남자가 까치발로 살금살금 걸어 들어와 스토너의 어깨를 가볍게 두드렸다. 스토너는 고개도 들지 않고 물러가라는 듯 손을 휘휘 저었다. 남자는 물러났다. 그리고 열린 문 밖에서 여러 사람이 속삭이는 소리로 의견을 나눴다. 스토너는 번역을 계속했다. 곧 총장을 필두로 남자 네 명이 성큼성큼 걸어 들어와 스토너의 책상 옆에 군인들처럼 멈춰 섰다. 총장은 몸집이 위압적이고 혈색이 좋은, 키 크고 풍채 좋은 사람이었다. 그가 인상을 찌푸리며 큰 소리로 헛기침을 했다. 스토너는 잠시도 멈추지 않고 계속 라틴어를 번역하면서 고개를 들어 총장과 그 일행을 향해 번역하던 시의 다음 구절을 부드럽게 읊었다. "물러가라, 물러가라, 이 못된 갈리아 놈들!" 그러고는 여전히 번역을 이어나가면서 책으로 고개를 돌렸다. 총장 일행은 놀라서 헉 하고 숨을 삼키며 휘청휘청 뒤로 물러나더니 몸을 돌려 도망치듯 밖으로 나갔다.

전설은 이런 사건들을 양분 삼아 점점 자라나서, 마침내 스토너의 전형적인 행동에 대부분 이런저런 일화들이 곁들여지는 지경이 되었다. 그리고 나중에는 전설이 대학 바깥에까지 퍼져나가서 결국은 이디스까지도 전설에 포함되었다. 대학모임에서 이디스와 스토너가 함께 있는 모습이 거의 눈에 띄지 않았기 때문에 그녀는 사람들의 상상 속을 유령처럼 스치고 지나가는 흐릿한 수수께끼의 인물이었다. 그래서 그녀가 원인을 알 수 없는 먼 옛날의 슬픔 때문에 남몰래 술을 마신다느니, 희귀한 불치병으로 서서히 죽어가고 있다느니, 눈부신 재능을 지닌 예술가였는데 일을 포기하고 스토너에게 헌신하고 있다느니 하는 이야기들이 생겨났다. 공개적인 자리에서 그녀가 짓는 신경질적인 미소는 눈 깜짝할 사이에 그 갸름한 얼굴에서 사라져버렸고, 눈은 밝게 반짝였으며, 목소리는 아주 날카롭고, 말의 내용은 앞뒤가 맞지 않았다. 그래서 다들 그녀의 외모와는 다른 현실이 감춰져 있을 것이라고, 그 겉모습 뒤에 도저히 믿을 수 없는 참모습이 숨어 있을 것이라고 확신했다.

윌리엄 스토너는 병을 앓고 난 뒤 삶의 일부가 되어버린 무심함 때문에 오래전 이디스와 함께 구입한 집에서 점점 더 많은 시간을 보내게 되었다. 처음에 이디스는 그가 집에 있는 것에 당황해서 침묵을 지켰다. 뭔가 곤혹스러워하는 사람 같았다. 그러다가 그가 매일 오후, 매일 밤, 매 주말에 항상 집에 있을 것이라는 사실을 확실히 깨닫고는 새로운 의지를 다지며 예전과 같은 싸움을 시작했다. 아주 사소한 일로도 그녀는 의지할 곳 없는 사람처럼 흐느끼며 이 방 저 방을 떠돌아다녔다. 스토너는 그런 그녀를 무심하게 바라보며 멍하니 연민의 말을 몇 마디 중얼거렸다. 그녀가 자기 방에 틀어박혀 문을 잠그고 몇 시간 동안이나 나오지 않았을 때에는, 스토너가 그녀 대신 식사를 만들어 먹었다. 그리고 그녀가 뺨과 눈이 퀭하니 꺼진 창백한 얼굴로 마침내 방에서 나왔을 때에는, 그녀가 방에 틀어박혔던 사실을 알아차리지 못한 것처럼 굴었다. 그녀는 아무리 하찮은 일이라도 구실이 생길 때마다 스토너를 비웃었지만, 그는 그녀의 말을 별로 귀담아 듣는 것 같지 않았다. 그녀가 비명처럼 고함을 지르며 저주를 퍼부어대면 그는 정중하고 흥미로운 표정으로 귀를 기울였다. 그녀는 일부러 그가 책에 흠뻑 빠져 있는 순간을 골라 거실로 가서 평소에는 거의 치지도 않는 피아노를 미친 듯이 두드려댔다. 그가 딸에게 조용히 말을 건넬 때면, 이디스는 둘 중 한명이나 두 사람 모두에게 벌컥 화를 냈다. 스토너는 그녀의 모든 행동, 즉 분노, 고뇌, 고함, 증오에 찬 침묵 등을 모두 남의 일처럼 바라보았다. 그리고 그 자신은 일부러 애를 써도 그것에 대해 고작 형식적인 관심밖에 보일 수 없는 것 같았다.

마침내 이디스는 지칠 대로 지쳐서 거의 고마운 심정으로 자신의 패배를 인정했다. 강렬하던 분노는 점점 누그러져서 스토너의 형식적인 관심처럼 형식적인 수준이 되었다. 길고 긴 침묵은 상대의 무관심을 공격하는 수단이 아니라, 스토너가 더 이상 개입하지 않는 개인적인 공간으로 물러나는 수단이 되었다.

　마흔 살이 된 이디스 스토너는 젊었을 때처럼 마른 몸매였지만, 고집 센 태도로 인해 딱딱하고 과민해 보여서 행동 하나하나가 마지못해 하는 것처럼 보였다. 얼굴의 골격은 더욱 날카로워졌고, 창백하고 얇은 피부가 그 위에 팽팽하게 펼쳐져 있었다. 따라서 주름살도 팽팽하고 선명했다. 안색이 몹시 창백한 그녀는 얼굴에 엄청난 양의 분을 바르고 화장도 진하게 했기 때문에 매일 텅 빈 가면 위에 자신의 얼굴을 새로 그려내는 것 같았다. 건조하고 단단한 피부에 감싸인 그녀의 손은 온통 뼈밖에 없는 듯이 보였다. 그녀는 그 손을 끊임없이 움직이며 아주 차분한 순간에도 손을 비틀거나 쥐어뜯거나 꽉 쥐곤 했다.

　항상 우울하게 침잠해 있는 그녀는 중년에 이르러 점점 더 쌀쌀맞고 무심해졌다. 잠깐 동안 마지막으로 스토너를 공격하다가 결국 절망에 차서 한 번 강하게 불타오른 뒤, 그녀는 유령처럼 휘청거리며 자기만의 공간으로 들어가버렸다. 애당초 그녀는 그 공간에서 완전히 나온 적이 없는 사람이었다. 그녀는 마치 아이에게 하듯이 부드럽고 이성적인 목소리로 혼잣말을 하기 시작했다. 별로 어색해하는 기색도 없고 숨기는 기색도 없는 것을 보면, 그녀는 그

것이 자신에게 무엇보다 자연스러운 일이라고 생각하는 것 같았
다. 결혼생활을 하면서 간헐적으로 이런저런 방면의 예술에 손을
대보았던 그녀는 마침내 조각이 가장 '만족스럽다'는 결론을 내렸
다. 주로 찰흙을 다뤘지만, 가끔 무른 돌로 작업할 때도 있었다. 그
녀가 만든 흉상과 인물 조각상과 온갖 종류의 형상들이 집 안 여
기저기에 자리를 잡았다. 그녀의 작품은 대단히 현대적이었다. 흉
상은 세부 형상이 최소한으로 표현된 구체였고, 인물 조각상은 몇
군데가 길게 늘어난 찰흙 덩어리였으며, 기타 형상들은 정육면체,
구체, 막대 형태 등을 임의적으로 모아 놓은 기하학적인 모양이었
다. 가끔 스토너는 그녀의 작업실(예전에 그의 서재였던 방)을 지나치
면서 잠시 걸음을 멈추고 그녀가 작업하는 소리에 귀를 기울였다.
그녀는 마치 아이에게 하듯이 자신을 향해 이런저런 지시를 내렸
다. "자, 이제 그걸 여기다 붙여. 너무 많이 붙이지 말고, ……여기,
작은 구멍 바로 옆에. 이런, 봐, 떨어졌잖아. 물기가 부족했어, 그렇
지? 뭐, 고칠 수 있어, 그렇지? 물로 조금만 적셔주면…… 됐다. 그
렇지?"

그녀는 남편과 딸을 3인칭으로 지칭하며 말하는 버릇이 생겼다.
자신이 말하는 상대 말고 다른 사람이 더 있는 것 같았다. 스토너
에게는 이런 식으로 말했다. "윌리는 커피를 빨리 마시는 편이 좋
겠어요. 9시가 다 됐는데, 자칫하면 지각할지도 몰라요." 딸에게 말
할 때도 이런 식이었다. "그레이스는 요새 피아노 연습을 충분히
하지 않아요. 하루에 적어도 한 시간. 아니 두 시간은 돼야죠. 그렇

게 재능을 썩히면 되나요? 안타까운 일이에요. 안타까워요."

그녀가 이렇게 자기 안으로 숨어버린 것이 그레이스에게 어떤 영향을 미치는지 스토너는 알 수 없었다. 그레이스도 그 나름대로 제 엄마만큼 쌀쌀맞고 말없는 아이로 변해버린 탓이었다. 그레이스는 입을 다물고 침묵을 지키는 버릇이 생겼다. 아버지에게 수줍고 부드러운 미소를 보여주기는 했지만, 이야기를 나누려고 하지는 않았다. 그가 병을 앓던 여름에 그레이스는 아무도 모르게 그의 작은 방으로 들어와 옆에 앉아서 함께 창밖을 내다보곤 했다. 단순히 아버지와 함께 있는 것만으로 만족하는 것 같은 모습이었다. 하지만 그 때에도 그녀는 침묵을 지켰으며, 그가 그녀의 내심을 끌어내려고 하면 불안해했다.

그 여름에 그레이스는 열두 살이었다. 빨간색보다는 금발에 더 가까운 머리카락과 섬세한 이목구비를 지닌, 키 크고 마른 여자아이. 가을에 이디스가 남편과 결혼생활과 자기 자신, 그리고 세월 속에서 변해버린 자기 모습을 향해 마지막으로 격렬한 공격을 퍼붓고 있을 때 그레이스는 거의 꼼짝도 하지 않고 가만히 있는 버릇이 생겼다. 조금이라도 움직이면 심연에 내동댕이쳐져서 다시 기어올라올 수 없게 될 것이라고 생각하는 것 같았다. 공격을 마친 직후에 이디스는 그녀 특유의 무모한 자신감으로 그레이스가 조용해진 것은 불행하기 때문이며, 그녀가 불행한 것은 학교 친구들 사이에서 인기가 없기 때문이라는 결론을 내렸다. 그래서 스토너를 향해 점점 희미해지던 공격성의 방향을 이른바 그레이스의 '사교

생활' 쪽으로 돌렸다. 그녀는 다시 아이에게 '관심'을 갖고, 딸에게 최신 유행의 밝은 옷을 입혔다. 하지만 프릴이 잔뜩 달린 옷은 아이의 마른 몸매를 강조할 뿐이었다. 이디스는 파티를 열고 피아노를 치며 모두 춤을 춰야 한다고 밝은 표정으로 고집을 부렸다. 그레이스에게는 모두를 향해 웃어주고, 이야기하고, 농담을 던지고, 소리 내어 웃어야 한다고 잔소리를 해댔다.

이 공격은 한 달이 채 가지 못했다. 이디스는 이내 공격을 그만두고 자기도 잘 알지 못하는 어떤 곳을 향해 길고 느린 여행을 시작했다. 하지만 그녀가 그레이스에게 퍼부은 공격은 그 기간에 비해 훨씬 커다란 영향을 미쳤다.

공격이 끝난 뒤 아이는 한가할 때마다 거의 항상 제 방에 혼자 틀어박혀 아버지가 열두 살 생일선물로 준 작은 라디오를 들었다. 정리하지 않은 침대에 꼼짝 않고 누워 있거나 책상에 꼼짝 않고 앉아서 협탁에 놓아둔 땅딸막하고 못생긴 기계의 소용돌이무늬 속에서 가늘게 흘러나오는 소리를 들었다. 마치 그 목소리, 음악, 웃음소리만이 그녀의 정체감을 채워주는 것 같았다. 그리고 그 정체감마저 그녀가 다시 불러올 수 없는 저 먼 침묵 속으로 흐릿하게 사라져가고 있는 것 같았다.

그러더니 점점 살이 쪘다. 그해 겨울부터 열세 번째 생일 사이에 그레이스의 체중은 거의 50파운드(약 20킬로그램)가 넘게 늘었다. 얼굴은 부풀어오르는 반죽처럼 뚱뚱하고 건조해졌으며, 팔다리는 말랑말랑하고 느리고 서투르게 변했다. 먹는 양은 별로 늘어나지 않았지만 단 것을 몹시 좋아해서 방에 항상 사탕 상자가 있었다. 그녀의 내면에 있던 어떤 것이 느슨하고 말랑말랑하고 절망적으로 변해버린 것 같았다. 그녀의 내면에 있던 무정형의 어떤 것이 몸부림을 치며 밖으로 풀려나와 이제 어둡고 비밀스러운 자신의 존재를 구현해내라고 그녀의 몸을 설득하고 있는 것 같았다.

스토너는 아이의 변화를 지켜보며 슬픔을 느꼈지만, 세상 사람들에게는 여전히 무심한 표정만을 보여주었다. 죄책감이라는 편안한 사치품을 자신에게 허락할 수는 없었다. 타고난 본성과 이디스와의 생활이라는 조건을 감안할 때, 지금까지 그가 할 수 있는 일은 하나도 없었다. 이런 깨달음이 죄책감보다 훨씬 더 슬픔을 부추겼고, 딸에 대한 사랑은 더욱 깊어졌다.

아이가 워낙 섬세한 도덕적 본성을 타고났기 때문에 계속 그 본성을 보살피고 키워주어야 하는 드물고 사랑스러운 인간에 속한다는 것을 그는 알고 있었다. 아무래도 아주 일찍부터 알고 있었던 것 같았다. 그런데 이처럼 세상과 이질적인 본성이 도저히 집이라고 할 수 없는 곳에서 살아야 했다. 부드러운 애정과 조용한 생활을 갈망하는 본성이 무관심과 무정함과 소음을 먹고 자라야 했다. 그런데 그 본성은 어쩔 수 없이 살아야 하는 그 이상하고 유해한 환경 속에서도 사나움을 얻지 못해서 자신에게 맞서는 잔혹한 세력과 싸워 물리치지 못하고 그저 조용한 곳으로 물러나 작게 웅크린 채 고독하게 꼼짝도 하지 않았다.

고등학교 3학년 전반기, 아이가 열일곱 살 때 또 한 번 변화가 일어났다. 아이의 본성이 숨을 곳을 찾아서 아이가 마침내 세상에 모습을 드러낼 수 있게 된 것 같았다. 3년 전 급속히 살이 찔 때와 마찬가지로, 역시 급속히 살이 빠졌다. 전부터 아이를 알던 사람들이 보기에 아이의 변신은 마치 마법 같았다. 아이가 번데기 상태를 벗어나 자신을 위해 준비된 공중으로 날아오른 것 같았다. 아이는 거의 아름답다고 할 수 있는 모습이었다. 몹시 말랐다가 갑자기 몹시 뚱뚱해졌던 몸은 이제 부드러워졌고, 팔다리는 섬세했으며, 걸음걸이는 가볍고 우아했다. 아이의 아름다움은 얌전한 종류여서 거의 평온해 보일 정도였다. 얼굴은 가면처럼 무표정했다. 밝은 파란색 눈은 사람을 똑바로 바라보았으며, 그 속에는 어떤 두려움도 호기심도 없었다. 목소리는 몹시 부드럽고 약간 단조로웠지만 말을 할 때가 거의 없었다.

이디스의 표현을 빌리자면, 아이는 느닷없이 '인기'를 얻었다. 아이를 찾는 전화가 자주 걸려오고, 아이는 거실에 앉아서 가끔 고개를 끄덕이며 부드럽고 짧게 전화 속 목소리에 대답했다. 어스레한 오후에 자동차들이 집 앞으로 와서 아이를 데려갈 때도 있었다. 익명의 존재인 그들은 소리를 지르고 웃어댔다. 가끔 스토너는 앞쪽 창가에 서서 자동차들이 흙먼지를 구름처럼 피워 올리며 끼익 하는 소리와 함께 멀어져가는 모습을 지켜보았다. 조금은 걱정스럽기도 하고, 조금은 감탄스럽기도 했다. 그는 차를 가져본 적도 없고, 운전을 배운 적도 없었다.

이디스는 기뻐했다. "봤죠?" 공연히 의기양양해하며 이렇게 말하곤 했다. 자신이 그레이스의 '인기' 문제를 미친 듯이 공격한 뒤로 지나간 3년 여의 세월이 존재하지 않는 것처럼. "봤죠? 내가 옳았어요. 아이를 살짝 밀어주기만 하면 된다고 했잖아요. 그런데 윌리는 좋아하지 않았죠. 어머, 난 다 알아봤어요. 윌리는 좋아하는 법이 없다는걸."

오래전부터 스토너는 매달 몇 달러씩 돈을 따로 모아두었다. 때가 되면 그레이스가 컬럼비아를 떠나 조금 떨어진 대학, 어쩌면 동부의 대학 같은 곳에 갈 수 있게 해주기 위해서였다. 이디스는 이런 계획에 대해 알고 있었으며, 찬성하는 것처럼 보였다. 하지만 막상 때가 되자 그런 얘기를 들으려고도 하지 않았다.

"어머, 안 돼요!" 그녀가 말했다. "난 참을 수 없어요! 내 아이라고요! 작년에 여기서 아이가 얼마나 잘 지냈는데요. 인기도 아주 좋고, 행복했어요. 다른 곳에 가면 새로 적응해야 할 거예요……. 아가, 그레이시, 아가." 그녀는 딸에게 시선을 돌렸다. "그레이시는 사실 엄마를 떠나고 싶지 않지? 엄마를 혼자 남겨두지 않을 거지?"

그레이스는 말없이 어머니를 잠시 바라보았다. 그리고 아주 잠깐 아버지를 바라보며 고개를 저었다. 아이가 어머니에게 말했다. "제가 여기 있는 걸 원하신다면, 물론 여기 있을 거예요."

"그레이스." 스토너가 말했다. "얘야, 떠나고 싶다면…… 그러니까 정말로 떠나고 싶다면……."

아이는 그를 다시 바라보려 하지 않았다. "그런 건 중요하지 않아요." 아이가 말했다.

스토너가 다시 뭐라고 말하기 전에 이디스가 말하기 시작했다. 스토너가 저축해둔 돈으로 새 옷을, 정말 좋은 새 옷을 사자는 얘기였다. 혹시 친구들이랑 같이 쓸 수 있는 작은 차도……. 그레이스는 서서히 번져나가는 특유의 엷은 미소를 지으며 고개를 끄덕였다. 그리고 상대방의 기대에 따르려는 듯이 가끔 뭐라고 한마디씩 했다.

그렇게 결정되었다. 스토너는 그레이스의 진짜 심정이 어떤지, 스스로 원해서 남은 건지 아니면 어머니가 원했기 때문에 남은 건지 아니면 자신의 앞날이 어찌 되든 완전히 무관심했기 때문에 남은 건지 결코 알 수 없었다. 아이는 가을에 미주리 대학교에 입학해서 적어도 2년 동안 다닐 예정이었다. 그 뒤에 아이가 원한다면 다른 주로 가서 대학공부를 마치게 해주기로 했다. 스토너는 이 편이 더 낫다고, 그레이스가 갇혀 있는 줄도 모르는 감옥에서 2년 더 견디는 편이 이디스의 무력한 의지에 휘둘리며 또 고통을 당하는 것보다 낫다고 자신을 타일렀다.

그렇게 해서 변화는 일어나지 않았다. 그레이스는 새 옷을 얻었고, 차를 사주겠다는 어머니의 제의를 거절했으며, 미주리 대학교에 입학했다. 전화는 계속 울려댔고, 똑같은 얼굴들(아니 그들과 비슷한 또 다른 얼굴들)이 계속 집 앞에 나타나 소리를 지르고 웃어댔으며, 똑같은 자동차들이 어스름 속에서 부르릉거리며 멀어져갔다. 그레이스는 고등학교 때보다 훨씬 더 자주 집을 비웠다. 이디스는 딸의 인기가 점점 높아진다며 기뻐했다. "애가 엄마를 닮았어요."

그녀가 말했다. "결혼하기 전에 아이 엄마도 아주 인기가 많았거든 요. 청년들이 전부…… 아버지는 그 청년들한테 엄청 화를 내곤 했 지만, 사실 속으로는 아주 자랑스러워했어요. 난 다 알아봤어요."

"그래요, 이디스." 스토너는 부드럽게 말했다. 심장이 졸아드는 것 같았다.

스토너에게는 힘든 학기였다. 대학의 3학년생 전원을 상대로 치 러지는 영어시험을 그가 관리할 차례였는데, 이와 동시에 특히 어 려운 박사 논문 두 건의 지도교수도 맡게 되었다. 두 논문 모두 그 가 추가로 많은 자료를 읽어야 하는 경우였다. 그래서 그는 지난 몇 년간보다 더 자주 집을 비우게 되었다.

11월이 거의 끝나가는 어느 날 저녁에 그는 평소보다 훨씬 늦 게 집으로 돌아왔다. 거실의 불이 꺼져 있고, 집 안은 조용했다. 그 는 그레이스와 이디스가 벌써 잠자리에 든 모양이라고 생각했다. 그는 학교에서 가져온 자료를 들고 자신의 뒷방으로 갔다. 침대에 서 조금 읽어볼 작정이었다. 그는 샌드위치와 우유 한 잔을 가져오 려고 부엌으로 가서 빵을 자르고 냉장고 문을 열었다. 그런데 그때 갑자기 아래층 어딘가에서 칼날처럼 선명하고 날카로운 비명이 길 게 이어졌다. 그는 거실로 뛰어나갔다. 비명이 다시 들려왔다. 이번 에는 짧고 몹시 화가 난 듯한 소리였다. 소리가 들려온 곳은 이디 스의 작업실이었다. 스토너는 재빨리 거실을 가로질러 작업실 문 을 열었다.

이디스가 쓰러진 사람처럼 바닥에 널브러진 채 앉아 있었다. 눈이 번들거리고, 입이 벌어져서 금방이라도 또 비명을 지를 것 같았다. 그레이스는 맞은편 의자에 다리를 꼬고 앉아서 거의 차분하게 보이는 표정으로 어머니를 바라보고 있었다. 이디스의 작업대에 있는 램프 하나만이 켜져 있어서 지나치게 밝은 빛과 깊은 어둠이 방 안을 가득 채웠다.

"무슨 일이오?" 스토너가 물었다. "무슨 일이야?"

이디스의 고개가 헐거운 축에 끼워진 것처럼 그를 향해 빙글 돌았다. 눈이 텅 비어 있었다. 그녀가 묘하게 토라진 것 같은 말투로 말했다. "아, 윌리. 아, 윌리." 그녀는 힘없이 고개를 저으면서 계속 그를 바라보았다.

그는 그레이스를 바라보았다. 아이의 표정은 여전히 차분했다.

아이가 스스럼없이 말했다. "저 임신했어요, 아버지."

그러자 다시 비명이 울렸다. 말로 형용할 수 없을 만큼 분노에 차고 찌르는 듯한 소리였다. 두 사람 모두 이디스를 향해 고개를 돌렸다. 이디스는 두 사람을 번갈아 바라보았다. 비명을 지르고 있는 입과 달리 눈은 다른 것을 생각하는 사람처럼 냉정했다. 스토너는 방으로 들어가 그녀의 뒤에서 허리를 굽혀 그녀를 일으켜 세웠다. 그녀가 품 안에서 힘없이 늘어졌기 때문에 그가 그녀를 지탱해 주어야 했다.

"이디스!" 그가 날카롭게 말했다. "조용히 해요."

그녀의 몸이 뻣뻣하게 굳더니 그에게서 멀어졌다. 그리고 떨리는 다리로 방을 가로질러 그레이스 앞에 섰다. 그레이스는 꼼짝도 하지 않았다.

"너!" 그녀가 뱉듯이 말했다. "오, 하느님. 세상에, 그레이시. 네가 어떻게…… 오, 하느님. 네 아버지랑 똑같아. 그 피가 어디 가겠니. 그래, 맞아. 더러워. 더러워……."

"이디스!" 스토너가 더욱 날카롭게 그녀를 부르며 성큼성큼 다가가 양손으로 그녀의 팔을 단단히 잡고 그레이스에게서 돌려세웠다. "욕실로 가서 찬물로 세수를 좀 해요. 그리고 당신 방으로 올라가서 누워 있어요."

"아, 윌리." 이디스가 간청하듯이 말했다. "내 귀여운 아이가. 내 아이가. 어떻게 이런 일이 있을 수 있어요? 어떻게 저 아이가……."

"가요." 스토너가 말했다. "나중에 내가 부를 테니."

이디스는 비틀거리며 방에서 나갔다. 스토너는 욕실에서 수돗물 소리가 들릴 때까지 꼼짝 않고 그녀의 뒷모습을 지켜보았다. 그러고 나서 그레이스에게 고개를 돌렸다. 아이는 여전히 안락의자에서 그를 올려다보고 있었다. 그는 아이에게 짧게 미소를 지은 뒤 이디스의 작업대로 가서 등받이가 곧은 의자를 가져와 그레이스의 의자 앞에 놓았다. 위를 향해 치켜든 아이의 얼굴을 내려다보며 이야기하고 싶지 않았다.

"자." 그가 말했다. "이제 자세히 이야기해볼래?"

아이는 특유의 부드럽고 엷은 미소를 지었다. "말할 것도 별로 없어요. 저 임신했어요."

"확실하니?"

아이가 고개를 끄덕였다. "의사한테 진찰도 받았는 걸요. 오늘 오후에 진단이 나왔어요."

"그렇구나." 그는 이렇게 말하고 나서 어색하게 아이의 손을 잡았다. "걱정 마라. 다 잘될 거야."

"네." 아이가 말했다.

그가 부드럽게 말했다. "아이 아버지가 누군지 말해주겠니?"

"학생이에요." 아이가 말했다. "대학의."

"나한테 말하지 그랬니."

"싫어요." 아이가 말했다. "그래봤자 달라질 게 없는걸요. 그 사람 이름은 프라이예요. 에드 프라이. 2학년이고요. 아마 작년에 아버지의 1학년 작문 강의를 들었을 거예요."

"난 기억이 안 나는구나." 스토너가 말했다. "전혀 기억이 나질 않아."

"죄송해요, 아버지." 그레이스가 말했다. "제가 멍청했어요. 그 사람은 조금 취한 상태였고, 우리는…… 예방조치를 취하지 않았어요."

스토너는 아이에게서 시선을 돌려 바닥을 바라보았다.

"죄송해요, 아버지. 저 때문에 충격받으셨죠?"

"아니다." 스토너가 말했다. "놀란 것 같기는 하다만. 지난 몇 년 동안 우린 사실 서로에 대해 잘 알지 못했잖니, 그렇지?"

아이가 시선을 피하며 불편한 표정으로 말했다. "네, 뭐, 그랬던 것 같아요."

"너…… 그 청년을 사랑하니, 그레이스?"

"어머, 아니에요." 아이가 말했다. "그 사람을 잘 알지도 못해요."

그는 고개를 끄덕였다. "넌 어떻게 하고 싶니?"

"모르겠어요." 아이가 말했다. "사실 그런 건 중요하지 않아요. 전 골칫덩이가 되고 싶지 않아요."

두 사람은 아무 말 없이 한참 동안 앉아 있었다. 마침내 스토너가 말했다. "뭐, 걱정 마라. 다 잘될 거야. 네가 어떤 결정을 내리든…… 네가 원하는 일이 무엇이든, 다 잘될 거야."

"네." 그레이스는 이렇게 말하고 나서 의자에서 일어나 아버지를 내려다보며 말했다. "아버지랑 저, 이제는 이야기를 할 수 있네요."

"그래." 스토너가 말했다. "이야기를 할 수 있어."

그레이스가 작업실을 나갔다. 스토너는 위층에서 아이의 침실 문이 닫히는 소리가 들릴 때까지 기다렸다. 그러고는 자기 방으로 가기 전에 먼저 조용히 계단을 올라가서 이디스의 침실 문을 열었다. 이디스는 옷을 모두 입은 채 침대에 널브러져 곤히 자고 있었다. 침대 옆의 스탠드 불빛이 그녀의 얼굴을 무자비하게 비췄다. 스토너는 그 불을 끄고 아래층으로 내려갔다.

다음 날 아침식사 때 이디스는 거의 유쾌해 보이는 표정이었다. 전날 밤 히스테리를 부렸던 흔적은 전혀 보이지 않았다. 그녀는 마치 이론적인 문제의 해결법을 이야기하듯 미래를 이야기했다. 그녀는 그레이스의 상대인 청년의 이름을 듣고 밝게 말했다. "그래, 그렇구나. 우리가 그 집 부모에게 연락할까? 아니면 그 청년을 먼저 만나는 게 좋겠니? 어디 보자……. 지금이 11월 마지막 주구나.

2주 정도면 어때? 그 정도면 준비를 다 마칠 수 있을 거야. 어쩌면 작은 교회에서 결혼식까지 끝낼 수 있을지 모르지. 그레이시, 네 친구 말인데, 그 청년 이름이……."

"이디스." 스토너가 말했다. "진정해요. 모든 걸 너무 당연한 듯 생각하지 마시오. 그레이스와 그 청년은 결혼을 원하지 않을 수도 있어요. 먼저 그레이스와 찬찬히 이야기를 나눌 필요가 있소."

"이야기할 것이 뭐가 있어요? 두 아이가 결혼하고 싶어 하는 게 당연하잖아요. 어차피 둘이서…… 둘이서……. 그레이시, 네 아버지한테 말씀드려라. 설명해드려."

그레이스가 스토너에게 말했다. "상관없어요, 아버지. 전혀 상관없어요."

정말로 상관없다는 사실을 스토너는 깨달았다. 그레이스의 눈은 그의 뒤편 저 먼 곳에 고정되어 있었다. 눈에 보이지도 않고, 호기심도 없이 찬찬히 생각해볼 수 있는 곳. 그는 잠자코 앉아서 아내와 딸이 계획을 세우는 것을 지켜보았다.

그레이스의 '청년'(이디스는 마치 그의 이름이 금기라도 되는 것처럼 그를 이렇게 불렀다)을 집으로 초대해서 이디스가 '이야기'를 나눠보기로 결정되었다. 그녀는 연극의 한 장면처럼 그 오후의 만남을 준비했다. 등장과 퇴장이 있고, 심지어 대사도 한두 줄 마련되어 있었다. 스토너에게는 핑계를 대고 자리를 피하라고 했고, 그레이스에게는 좀 더 남아 있다가 역시 자리를 피하라고 했다. 이디스가 청년과 단둘이 남아 이야기를 하겠다는 것이었다. 그리고 나서 30분 뒤에 스토너가 다시 나타나고, 그레이스도 모습을 드러내는 것으로 결정되었다. 그때쯤이면 모든 이야기가 끝나 있을 터였다.

실제로 모든 것이 이디스의 계획대로 풀려나갔다. 나중에 스토너는 젊은 에드워드 프라이가 수줍은 표정으로 문을 두드린 뒤 불구대천의 적들이 잔뜩 앉아 있는 것처럼 보이는 방으로 안내될 때 과연 무슨 생각을 하고 있었을지 궁금해하면서 조금 재미있다는 생각이 들었다. 그는 키가 크고 다소 통통한 청년이었다. 이목구비도 또렷하지 않고, 언뜻 뚱해 보였다. 그는 당혹감과 두려움에 멍한 상태였으며, 어느 누구도 마주 보려 하지 않았다. 스토너가 방을 나설 때 그 젊은이는 의자에 힘없이 늘어지듯 앉아서 양팔을 무릎에 얹은 채 바닥만 뚫어지게 바라보고 있었다. 30분 뒤에 그가 다시 방으로 돌아왔을 때도 청년의 자세는 그대로였다. 새처럼 유쾌하게 조잘대는 이디스의 무차별 공격 앞에서 조금도 움직이지 않고 가만히 있은 모양이었다.

하지만 모든 것이 정해졌다. 이디스는 높고 인위적이지만 진정한 즐거움이 담긴 목소리로 그에게 '그레이스의 청년'이 세인트루이스의 아주 훌륭한 가문 출신이라고 알려주었다. 저 청년 아버지가 주식중개인인데, 십중팔구 '우리' 친정아버지와 거래한 적이 있거나 적어도 아버지 은행과 거래한 적이 있을 것 같아요. '젊은이들'이 최대한 빨리, 아주 편안한 분위기의 결혼식을 치르기로 했고요, 둘 다 적어도 1~2년 동안 학교를 그만두고 세인트루이스에서 살 거예요. 환경이 다른 곳에서 새로운 출발을 하는 거죠. 아이들이 이번 학기를 마칠 수는 없겠지만, 중간 휴식기까지는 다닐 거예요. 그리고 결혼식은 그날, 그러니까 금요일 오후에 열릴 거예요. 정말 멋지지 않아요? 상황이야 어찌 됐든.

결혼식은 치안판사의 지저분한 서재에서 치러졌다. 증인은 윌리엄과 이디스뿐이었고, 항상 찌푸린 표정을 하고 옷차림이 헝클어져 있는 백발의 판사 아내는 결혼식이 진행되는 동안 부엌에서 일을 하다가 증인으로 서명해야 하는 순간에만 잠깐 밖으로 나왔다. 춥고 황량한 오후였다. 날짜는 1941년 12월 12일.

결혼식 닷새 전에 일본이 진주만을 폭격했다. 윌리엄 스토너는 전에 없이 엇갈린 심정으로 결혼식을 지켜보았다. 다른 사람들과 마찬가지로, 그도 멍한 상태라고밖에 표현할 수 없는 상태에 빠져 있었다. 하지만 그는 아주 깊고 강렬한 여러 감정들이 그 안에 혼합되어 있음을 알고 있었다. 차마 견딜 수 없기 때문에 인정할 수도 없는 감정들이었다. 그를 강타한 것은 국가적인 비극에 대한 감정이었다. 거기서 느낀 경악과 비통함이 무엇에든 배어 있어서 개인적인 비극이나 불행은 다른 세상의 일처럼 느껴졌다. 하지만 그들이 처해 있는 전체적인 상황의 무게가 워낙 거대했기 때문에 개인적인 일들에 관한 느낌도 한층 강렬해졌다. 사막에 홀로 솟아 있는 무덤이 바로 주위를 둘러싼 광활한 사막 때문에 더욱 외롭게 보이는 것과 같았다. 무심함에 가까운 연민을 안고 그는 그 슬픈 결혼식을 지켜보며 딸의 얼굴에 나타난 얌전하고 무심한 아름다움과 청년의 얼굴에 나타난 뚱한 절망에 묘한 감동을 느꼈다.

결혼식이 끝난 뒤 두 젊은이는 전혀 즐겁지 않은 표정으로 프라이의 작은 무개 자동차에 올라 세인트루이스로 출발했다. 그곳에서 그들은 청년의 부모를 만난 뒤 자리를 잡고 살게 될 터였다. 스토너는 아이들이 차를 몰고 떠나는 모습을 집 안에서 지켜보았다. 그 옛날 방에서 그와 나란히 앉아 엄숙하고 기쁜 표정으로 자신을 바라보던 딸의 모습, 이미 오래전에 죽어버린 그 사랑스럽고 작은 아이의 모습만이 머리에 떠오를 뿐이었다.

결혼식 두 달 뒤 에드워드 프라이가 군에 입대했다. 아이가 태어날 때까지 세인트루이스에 남아 있겠다고 결정한 것은 그레이스 본인이었다. 6개월도 안 돼서 프라이는 태평양의 작은 섬 바닷가에서 목숨을 잃었다. 그는 일본군의 진군을 필사적으로 막아보기 위해 파견된 새파란 신병들 중 하나였다. 1942년 6월에 그레이스의 아이가 태어났다. 아들이었다. 그녀는 아이가 한 번도 보지 못했고 앞으로 사랑하지도 않을 아이 아버지의 이름을 아이에게 붙여주었다.

그해 6월에 딸을 '돕기' 위해 세인트루이스로 간 이디스는 컬럼비아로 돌아오라고 딸을 설득하려 했지만 그레이스는 뜻을 굽히지 않았다. 그녀에게는 작은 아파트, 프라이의 보험에서 나오는 소액의 수입, 시부모가 있었다. 그리고 행복해 보였다.

"아이가 좀 변했어요." 이디스가 괴로운 표정으로 스토너에게 말했다. "우리의 귀여운 그레이스가 아니에요. 많은 일을 겪었기 때

문에 힘든 기억을 다시 떠올리고 싶지 않은 모양이에요……. 당신
에게 사랑한다고 전해달래요."

16

전쟁이 벌어진 몇 해 동안은 시간이 흐릿하게 한데 뭉쳐서 흘러갔
다. 스토너는 견디기 힘든 맹렬한 폭풍 속을 지나갈 때처럼 고개
를 숙이고, 옷깃을 단단히 여미고, 생각은 한 발 한 발 앞으로 내딛
는 데에만 고정시킨 채 그 시절을 겪어냈다. 하지만 단단한 인내심
과 무신경함으로 하루를 보내고 몇 주를 보내면서도 그의 마음속
은 격렬히 분열되어 있었다. 마음 한쪽은 매일 헛되이 스러지는 생
명, 냉혹하게 마음과 정신을 강타하는 수많은 파괴와 죽음에 본능
적인 두려움을 느끼며 움츠러들었다. 이번에도 교수진이 고갈되
었고, 강의실에서 젊은 청년들이 사라졌으며, 남은 사람들의 얼굴
에는 고뇌가 가득했다. 그 얼굴들에서 그는 서서히 죽어가는 마음,
모질게 마모되어 사라지는 감정과 애정을 보았다.

하지만 또 다른 마음 한구석은 그가 움츠리며 피한 그 학살을 향
해 강렬히 끌리고 있었다. 그는 자신의 내면에서 자신도 몰랐던 폭
력의 가능성을 발견했다. 그는 그 일에 참여하기를 갈망했으며, 죽

음의 맛과 쓰라린 파괴의 기쁨과 피의 느낌을 원했다. 그는 수치심과 자부심을 동시에 느끼면서 또한 자신과 이 시대, 그리고 자신 같은 인간을 만들어낸 주변 상황에 쓰디 쓴 실망을 느꼈다.

매주, 매달, 죽은 자들의 이름이 그의 눈앞에 펼쳐졌다. 개중에는 먼 과거의 기억처럼 단순히 이름으로만 기억되는 사람도 있었고, 그 이름을 지닌 사람의 얼굴이 함께 떠오르는 경우도 있었다. 그리고 그 사람의 목소리, 그가 했던 말이 떠오를 때도 있었다.

그동안 내내 그는 강의와 연구를 계속했지만, 때로는 맹렬한 폭풍 앞에서 등을 구부리는 것이나 질 나쁜 성냥의 흐릿한 불꽃을 양손으로 오목하게 감싸는 것처럼 소용없는 짓을 하고 있다는 생각이 들었다.

가끔 그레이스가 컬럼비아로 부모를 만나러 왔다. 처음에는 첫돌이 갓 지난 아들을 데려왔지만, 이디스가 왠지 모르게 그 아이의 존재에 신경을 쓰는 것 같았기 때문에 그다음부터는 아이를 세인트루이스의 조부모에게 맡겨두고 왔다. 스토너는 손자를 보고 싶었지만 그 말을 입에 올리지는 않았다. 그레이스가 컬럼비아를 떠난 것이 사실은 감옥을 벗어나려는 시도였음을 그는 이제 알고 있었다(어쩌면 임신도 그런 시도일 수 있었다). 그런 그녀가 결코 사라지지 않는 상냥함과 부드럽고 선한 의지 때문에 그 감옥을 다시 찾고 있었다.

이디스는 짐작하지 못했거나 인정하려 들지 않았지만, 그레이스가 술을 은근히 많이 마시기 시작했다는 사실을 스토너는 알고 있었다. 그가 그 사실을 처음 알게 된 것은 전쟁이 끝난 해의 여름이었다. 그레이스가 며칠 동안 친정에 다니러 왔는데, 유난히 지쳐 보였다. 눈가에 거뭇한 그림자가 졌고, 창백한 얼굴은 긴장된 표정을 짓고 있었다. 어느 날 저녁식사 후에 이디스가 일찍 잠자리에 들었을 때, 그레이스는 스토너와 함께 부엌에 앉아 커피를 마셨다. 스토너는 그레이스와 이야기를 나눠보려고 했지만, 그녀는 정신이 산만한 듯 잠시도 가만히 있지 못했다. 두 사람은 한참 동안 말없이 앉아 있었다. 마침내 그레이스가 강렬한 눈빛으로 그를 바라보며 어깨를 으쓱하더니 불쑥 한숨을 내쉬었다.

"아버지." 그녀가 말했다. "집에 혹시 술 있어요?"

"아니." 그가 말했다. "없을 거다. 찬장에 혹시 셰리주가 한 병 있을지 모르겠지만……."

"저는 지금 정말로 간절히 술이 필요해요. 잡화점에 전화해서 술을 한 병 배달시켜도 될까요?"

"되지, 당연히." 스토너가 말했다. "네 엄마랑 나는 보통 술을 안……."

하지만 그레이스는 이미 일어나서 거실로 나가 있었다. 그녀는 전화번호부를 펄럭펄럭 뒤적이더니 사납게 전화기 다이얼을 돌렸다. 다시 부엌으로 돌아온 그녀는 식탁 옆을 지나쳐 찬장으로 가서 반쯤 남은 셰리주 병을 꺼냈다. 그리고 건조대에서 잔을 하나 집어서 밝은 갈색 술을 거의 찰랑찰랑하게 채웠다. 그러고는 선 채로 잔을 단숨에 비우더니 살짝 부르르 떨면서 입술을 닦았다. "시큼해졌네요." 그녀가 말했다. "게다가 난 셰리주가 싫어요."

그녀는 병과 잔을 들고 식탁으로 와서 앉은 뒤 정확히 자기 앞에 그것들을 놓았다. 그리고 잔을 절반쯤 채우고는 기묘한 미소를 띠고 아버지를 바라보았다.

"제가 술을 좀 많이 마셔요." 그녀가 말했다. "가엾은 아버지. 모르셨죠?"

"그래." 그가 말했다.

"매주 저는 이렇게 다짐하죠. 다음 주에는 술을 많이 마시지 말아야지. 하지만 항상 술을 더 많이 마시게 돼요. 이유를 모르겠어요."

"너 불행하니?" 스토너가 물었다.

"아뇨. 행복한 것 같아요. 뭐, 어쨌든 거의 행복해요. 그래서 마시는 게 아니라……." 그녀는 말을 끝맺지 않았다.

그녀가 셰리주를 다 마셨을 무렵에는 잡화점에 주문한 위스키가 이미 도착해 있었다. 그녀는 위스키 병을 부엌으로 들고 와서 익숙한 몸짓으로 뚜껑을 따고는 셰리주 잔에 그 독한 술을 따랐다.

두 사람은 아주 늦게까지, 그러니까 창밖이 희부옇게 밝아올 때까지 앉아 있었다. 그레이스는 조금씩 홀짝거리며 계속 술을 마셨다. 밤이 점점 깊어지면서 그레이스의 얼굴에 잡혀 있던 주름이 점점 펴져 얼굴이 차분하고 젊게 변했다. 두 사람은 오랫동안 할 수 없었던 이야기를 나눴다.

"제 생각에……." 그녀가 말했다. "제 생각에 저는 일부러 임신했던 것 같아요. 그때는 그걸 몰랐지만요. 제가 여기서 도망치는 걸 얼마나 간절히 원했는지, 그것이 얼마나 저한테 필요한 일이었는지도 몰랐던 것 같아요. 원하지 않는 임신을 피할 정도의 지식은 있었으니까요, 정말이지. 고등학교 때의 그 많은 남자애들, 그리고……." 그레이스는 아버지를 향해 일그러진 미소를 지었다. "아버지랑 엄마는 모르고 계셨죠?"

"그랬던 것 같구나." 그가 말했다.

"엄마는 제가 인기 있는 아이가 되길 바라셨어요. 뭐…… 제가 인기가 있기는 했죠. 하지만 그건 아무 의미가 없었어요. 전혀."

"네가 불행하다는 건 알고 있었다." 스토너가 힘겹게 말했다. "하지만 난 정말 몰랐어…… 정말로……."

"저도 몰랐던 것 같아요. 알 수가 없었죠. 에드가 안됐어요. 결국 이용만 당한 셈이니까요. 제가 그 사람을 이용했어요. 아, 물론 그 사람이 아이 아버지인 건 맞아요. 그래도 제가 그 사람을 이용한 거예요. 착한 사람이라서 항상 그 일을 부끄러워했죠……. 스스로 참질 못했어요. 그래서 원래 입영날짜보다 6개월 먼저 입대해버린 거예요. 그저 도망치고 싶어서. 제가 그 사람을 죽였다고 해도 될 거예요. 정말 좋은 사람이었는데. 우린 서로를 그다지 좋아하지도 않았어요."

두 사람은 오랜 친구처럼 밤늦게까지 이야기를 나눴다. 스토너는 그레이스가 직접 말했던 것처럼 절망을 거의 기쁘게 받아들이고 있음을 깨달았다. 그레이스는 해가 갈수록 술을 조금씩 더 마셔서 공허해진 자신의 삶에 맞서 스스로를 무감각하게 만들면서 하루하루를 조용히 살아갈 터였다. 그는 그녀에게 적어도 그런 생활이라도 있는 것이 다행이라고 생각했다. 그레이스가 술을 마실 수 있다는 사실이 고마웠다.

제2차 세계대전 직후의 몇 년간은 교수로서 그에게 최고의 시절이었다. 그리고 어떤 의미에서는 그의 인생에서 가장 행복한 시절이기도 했다. 전쟁에 참전했던 사람들이 캠퍼스로 몰려오는 바람에 학교 분위기가 바뀌었다. 전에 없는 생기가 넘치고, 강렬함과 소란스러움이 합쳐져서 학교의 변신을 이루어낸 것이다. 스토너는 그 어느 때보다 열심히 일했다. 나이가 많아서 이상해 보이는 학생들은 열렬하고 진지했으며, 시시한 것들을 경멸했다. 유행이나 관습에 무지한 그들이 공부를 대하는 태도는 스토너가 예전에 꿈꾸던 학생의 모습 그대로였다. 공부를 특정한 목적을 이루기 위한 구체적인 수단이 아니라 인생 그 자체로 생각하는 모습. 스토너는 지금 이 시절이 지나고 나면 결코 이렇게 학생들을 가르칠 수 있는 때가 오지 않으리라는 것을 알고 있었다. 그래서 그는 녹초가 될 때까지 즐겁게 온몸을 바쳐 일하면서 이 시절이 결코 끝나지 않기를 바랐다. 과거나 미래는 거의 생각하지 않았다. 실망이나 기쁨도 마찬가지였다. 그는 자신이 끌어낼 수 있는 모든 에너지를 지금 이 순간에 쏟으면서, 이제는 학자로서 자신이 해온 일을 통해 알려지기를 바랐다.

이 시절에 그가 이처럼 일에 헌신하는 태도에서 멀어지는 경우는 거의 없었다. 가끔 딸이 이 방 저 방을 정처 없이 돌아다니는 사람처럼 컬럼비아에 다니러 오면, 그는 참기 힘들 만큼 강렬한 상실감을 느꼈다. 이제 스물다섯 살인 그레이스는 그보다 10년은 더 늙어 보였다. 희망이라고는 눈곱만큼도 없는 사람처럼 계속 주저하면서도 술을 마셨고, 세인트루이스의 조부모에게 아이에 대한 통제권을 점점 넘겨주고 있음이 분명해졌다.

스토너가 캐서린 드리스콜의 소식을 들은 것은 딱 한 번뿐이었다. 1949년 초봄에 동부의 대형 대학 출판부에서 보낸 광고전단이 그에게 날아왔다. 거기에 캐서린의 책이 출판된다는 소식과 함께 그녀에 대한 설명이 몇 마디 적혀 있었다. 그녀는 매사추세츠의 훌륭한 교양학부 대학에서 교편을 잡고 있었으며, 미혼이었다. 그는 최대한 빨리 그 책을 구해 보았다. 그 책을 손에 쥐자 손가락들이 생명을 얻어 살아나는 것 같았다. 손가락이 너무 떨려서 책을 펼치기도 힘들었다. 맨 앞의 몇 장을 넘기자 헌사가 보였다. "W. S.에게."

눈앞이 흐려졌다. 그는 한참 동안 꼼짝도 않고 앉아 있다가 고개를 저으며 그 책으로 다시 시선을 돌려 단번에 끝까지 읽었다.

그가 짐작했던 것만큼 훌륭한 책이었다. 문체는 우아했고, 명석한 지성과 냉정함이 열정을 살짝 가리고 있었다. 그는 자신이 글 속에서 그녀의 모습을 보고 있음을 깨달았다. 지금도 그녀의 모습이 어쩌나 생생한지 감탄이 나올 정도였다. 갑자기 그녀가 바로 옆 방에 있는 것 같은 생각이 들었다. 조금 전까지 그녀와 함께 있다가 온 것 같았다. 방금 그녀를 만졌던 것처럼 손이 저릿거렸다. 그 상실감, 그가 너무나 오랫동안 속에 담아두었던 그 상실감이 쏟아져 나와 그를 집어삼켰다. 그는 의지를 넘어 그 흐름에 휩쓸리는 자신을 내버려두었다. 자신을 구하고 싶지 않았다. 그러다가 그는 다정한 미소를 지었다. 마치 기억을 향해 미소 짓는 것처럼. 이제 자신은 예순 살이 다 되었으므로 그런 열정이나 사랑의 힘을 초월해야 마땅하다는 생각이 들었다.

하지만 그는 초월하지 못했다는 것을 알고 있었다. 앞으로도 영원히 초월하지 못할 것이다. 무감각, 무심함, 초연함 밑에 그것이 아직도 남아 있었다. 강렬하고 꾸준하게. 옛날부터 항상 그곳에 있었다. 젊었을 때는 잘 생각해보지도 않고 거리낌 없이 그 열정을 주었다. 아처 슬론이 자신에게 보여준 지식의 세계에 열정을 주었다. 그게 몇 년 전이더라? 어리석고 맹목적이었던 연애시절과 신혼시절에는 이디스에게 그 열정을 주었다. 그리고 캐서린에게도 주었다. 그때까지 한 번도 열정을 주어본 적이 없는 사람처럼. 그는 방식이 조금 기묘하기는 했어도, 인생의 모든 순간에 열정을 주었다. 하지만 자신이 열정을 주고 있음을 의식하지 못했을 때 가장 온전히 열정을 바친 것 같았다. 그것은 정신의 열정도 마음의 열정도 아니었다. 그 두 가지를 모두 포함하는 힘이었다. 그 두 가지가 사랑의 구체적인 알맹이인 것처럼. 상대가 여성이든 시(詩)든, 그 열정이 하는 말은 간단했다. 봐! 나는 살아 있어.

그는 자신을 노인으로 생각할 수 없었다. 가끔 아침에 면도를 하다가 거울을 보면 그 속에서 놀란 표정으로 자신을 마주 바라보는 얼굴에 결코 동질감을 느낄 수 없었다. 기괴한 가면 속에서 눈빛만 선명했다. 마치 자신이 알 수 없는 이유로 터무니없는 변장을 하고 있는 것 같았다. 자신이 원하기만 하면 하얗게 세어버린 그 텁수룩한 눈썹, 헝클어진 백발, 앙상한 뼈 주위로 늘어진 살, 나이 든 척하는 깊은 주름살들을 모두 벗어버릴 수 있을 것 같았다.

하지만 그는 늙은 척하는 것이 아니었다. 그는 세계대전이 끝난 뒤 온 세상과 자기 조국의 병든 모습을 지켜보았다. 증오와 의심이 일종의 광기가 되어 신속히 퍼지는 역병처럼 전국을 휩쓸었다. 젊은이들은 또다시 무의미한 파멸을 향해 열렬히 행진하며 전쟁터로 향했다. 악몽이 메아리치는 것 같았다. 그가 느낀 연민과 슬픔은 너무나 오래돼서 그의 나이의 일부가 되어 있었기 때문에 그는 세상사가 자신에게 거의 영향을 미치지 못하는 것 같다고 생각했다.

세월이 휙휙 흘러갔다. 그리고 그는 세월이 지나가는 것을 거의 인식하지 못했다. 1954년 봄, 예순세 살 때 그는 자신이 교단에 설 수 있는 기간이 기껏해야 4년밖에 남지 않았다는 사실을 문득 깨달았다. 그는 그 이후의 삶을 그려보려고 했지만 아무것도 보이지 않았다. 굳이 보고 싶은 생각도 없었다.

그해 가을에 고든 핀치의 비서에게서 메모가 왔다. 언제든 시간 날 때 사무실에 들러달라는 내용이었다. 스토너는 바빴으므로 며칠이 지난 뒤에야 오후에 시간을 낼 수 있었다.

고든 핀치를 만날 때마다 스토너는 그가 거의 나이를 먹지 않은 것처럼 보인다는 사실에 조금 놀랐다. 스토너보다 한 살 아래인 그는 기껏해야 쉰 살 정도로 보였다. 머리는 완전히 벗어졌고, 살집 있고 주름 없는 얼굴은 아기천사처럼 건강하게 반짝였다. 발걸음은 경쾌했다. 게다가 나이를 먹은 다음부터는 옷차림에 격식을 차리지 않기 시작해서, 화려한 색의 셔츠와 독특한 재킷을 입었다.

그날 오후 스토너가 사무실로 들어서자 그는 당황한 것 같은 표정을 지었다. 두 사람은 잠시 편안하게 이야기를 나눴다. 핀치는 이디스의 안부를 묻고, 자기 아내 캐롤라인이 며칠 전 다 함께 한번 만나자는 이야기를 했다고 언급했다. 그러고는 이렇게 말했다. "세월이 정말이지, 날 듯이 흐르고 있어!"

스토너는 고개를 끄덕였다.

핀치가 갑자기 한숨을 내쉬었다. "음, 아무래도 자네와 그 이야기를 해봐야 할 것 같네. 내년이면 자네는…… 예순다섯 살이야. 그러니 좀 계획을 세워봐야 할 것 같아."

스토너는 고개를 저었다. "서두를 필요는 없네. 난 당연히 2년 옵션을 이용할 생각이야."

"그럴 거라고 짐작했네." 핀치는 이렇게 말하고 나서 의자에 등을 기댔다. "난 아니야. 아직 3년이 남았는데, 여길 떠날 걸세. 가끔 내가 놓치고 산 것들, 아직 가보지 못한 곳들을 생각해. 그러다 보면…… 젠장, 빌, 인생이 너무 짧아. 자네도 그만두지 그러나? 한번 생각해보게. 한가한 시간이……."

"시간이 생겨도 난 어떻게 써야 할지 모를 걸세." 스토너가 말했다. "그런 걸 배운 적이 없으니까."

"아, 젠장." 핀치가 말했다. "요즘 시대에 예순다섯은 상당히 젊은 나이야. 새로운 걸 배울 수 있는 시간도……."

"로맥스 때문이지? 그 친구가 자네를 쥐어짜고 있나보군."

핀치가 히죽 웃었다. "그거야 당연하지. 생각 못했나?"

스토너는 잠시 침묵을 지키다가 말했다. "로맥스에게 내가 그 이야기는 들으려고도 하지 않더라고 전하게. 내가 나이를 먹더니 아주 심술궂고 못되게 변해서 자네도 손을 쓸 수 없다고 해. 그러니 그 친구가 직접 나서야 할 거라고 전하게."

핀치는 웃음을 터뜨리며 고개를 저었다. "정말이지, 자네 말대로 하겠네. 이만큼 세월이 흘렀으니 자네들 두 사람도 조금 누그러질지 모르지."

하지만 두 사람의 대결이 금방 일어나지는 않았다. 그러다 두 번째 학기 중간쯤인 3월에 마침내 대결이 벌어지기는 했으나, 스토너가 예상하던 형태는 아니었다. 그에게 학장의 사무실로 오라는 연락이 다시 날아왔다. 이번에는 시간이 정해져 있었고, 급한 일인 듯한 암시가 있었다.

스토너는 몇 분 늦게 도착했다. 로맥스는 이미 도착해서 핀치의 책상 앞에 뻣뻣하게 앉아 있었다. 그 옆에 빈 의자가 하나 있었다. 스토너는 천천히 걸어가서 그 의자에 앉은 뒤 고개를 돌려 로맥스를 바라보았다. 로맥스는 경멸스럽다는 듯이 한쪽 눈썹을 치뜬 채 조금의 동요도 없이 앞만 바라보고 있었다.

핀치가 잠시 두 사람을 물끄러미 바라보았다. 재미있다는 듯 살짝 웃는 표정이었다.

"자." 그가 말했다. "문제가 뭔지는 우리 모두 알고 있소. 스토너 교수의 정년퇴직 문제지." 그는 규정을 간략하게 설명했다. 자발적인 정년퇴직은 예순다섯 살부터 가능하므로, 스토너가 원한다면 이번 학년 말이나 다음 해 두 학기 중 아무 때나 학기말에 퇴직할 수 있다는 내용이었다. 아니면, 학과장, 해당 단과대의 학장, 교수 본인의 합의 하에 예순일곱 살까지 정년을 연장하는 것도 가능했다. 그리고 예순일곱 살에는 반드시 퇴직해야 했다. 물론 그 교수에게 석좌교수의 직위가 부여되는 경우에는……

"그럴 가능성이 몹시 희박하다는 점에는 우리 모두 동의한다고 봐도 되겠지요." 로맥스가 건조한 목소리로 말했다.

스토너도 핀치에게 고개를 끄덕였다. "몹시 희박하지."

"솔직히 말해서 나는……." 로맥스가 핀치에게 말했다. "스토너 교수가 이번 기회에 퇴직하는 것이 우리 학과와 단과대학에 가장 이로운 일이 될 것이라고 생각하고 있소. 내가 오래전부터 커리큘럼과 교수진의 변화를 구상하고 있는데, 이번에 스토너 교수가 퇴직한다면 그 구상을 실현할 수 있게 될 것이오."

스토너가 핀치에게 말했다. "나는 필요 이상으로 일찍 퇴직할 생각이 없네. 단순히 로맥스 교수의 변덕을 수용할 생각이 없어."

핀치는 로맥스를 바라보았다. 로맥스가 말했다. "스토너 교수가 아주 많은 점들을 생각하지 못하고 있는 것 같소. 퇴직을 하면 여가시간이 늘어날 터이니……." 그는 살짝 말을 멈췄다가 다시 이었다. "그동안 강의에 헌신하느라 하지 못한 저술작업을 할 수 있을 것이오. 그의 오랜 경험이 과실을 거둔다면 틀림없이 학계에 이바지하는……."

스토너가 말을 끊었다. "나는 지금 저술을 직업으로 삼아 새로운 인생을 시작할 생각이 없소."

로맥스는 의자에서 꼼짝도 하지 않은 채 핀치에게 고개를 숙여 인사하는 듯한 동작을 취했다. "교수님께서 지나치게 겸손하신 것 같소. 나 역시 2년도 안 돼서 규정에 의해 영문과 학과장 직을 비워주어야 하는 처지요. 물론 나는 말년을 유용하게 활용할 생각이오. 사실 퇴직 후의 한가로운 생활을 고대하고 있소이다."

스토너가 말했다. "나는 이 학과의 일원으로 남아 있고 싶소. 적어도 그 경사스러운 순간까지는."

로맥스는 잠시 말이 없다가 생각에 잠긴 듯한 표정으로 핀치에게 말했다. "지난 몇 년 동안 나는 대학을 위해 스토너 교수가 기울인 노력이 제대로 평가받지 못한 것이 아닌가 하는 생각을 여러 번 했소. 그래서 퇴직하는 해에 정교수로 승진시켜주는 것이 스토너 교수에게 걸맞은 최고의 마무리가 아닐까 하는 생각이 들었소이다. 승진을 기념하는 만찬이라면…… 잘 어울리는 행사가 되겠지요. 아주 즐거운 행사가 될 것이오. 비록 지금은 학년말이 다 되었고, 승진계획이 이미 대부분 발표된 뒤이지만, 만약 내가 강렬히 주장한다면 명예로운 퇴직을 기념하기 위해 내년에 스토너 교수를 승진시키는 계획을 잡을 수 있을 것이라고 확신하오."

그가 로맥스와 하고 있던 게임, 묘하게 즐겁기까지 했던 게임이 갑자기 하찮고 비열하게 보였다. 피로가 덮쳐왔다. 그는 로맥스를 똑바로 바라보며 지친 목소리로 말했다. "홀리, 이미 오랫동안 자네와 알고 지낸 만큼 자네가 나를 나름대로 알고 있을 것이라고 생각했네. 나는 자네가 내게 '줄' 수 있는 것이나 내게 '할' 수 있는 행동에 대해 조금도 신경을 써본 적이 없어. 전혀." 그는 잠시 말을 멈췄다. 정말이지 생각했던 것보다 훨씬 더 피곤했다. 그는 힘겹게 말을 이었다. "중요한 것은 그것이 아닐세. 그건 한 번도 중요했던 적이 없어. 난 자네가 좋은 사람이라고 생각하네. 물론, 좋은 교수이기도 하고. 하지만 어떤 면에서 자네는 무식한 개자식일세." 그는 또 잠시 말을 멈췄다. "자네가 바란 것이 무엇인지는 모르겠지만, 나는 퇴직하지 않을 걸세. 이번 학년 말에도, 다음 학년 말에도." 그는 천천히 일어나서 잠시 선 채로 힘을 모았다. "실례지만 내가 좀 피곤하네. 나는 이만 가볼 테니, 남은 이야기가 있으면 둘이서 마저 하게."

그는 이것으로 끝이 아니라는 것을 알고 있었지만 개의치 않았다. 그 학년 마지막 교수총회에서 로맥스는 다음 학년 말에 윌리엄 스토너 교수가 퇴직할 것이라고 발표했다. 스토너는 자리에서 일어나 로맥스 교수가 착오를 일으켰다며, 로맥스가 발표한 시기보다 2년 늦게 퇴직할 것이라고 교수들에게 알렸다. 그리고 가을학기가 시작되었을 때 신임 총장이 오후에 스토너를 집으로 불러 차를 함께 마시며 그가 오랫동안 학교에 봉사했으니 충분히 휴식을 취할 자격이 있다면서 모두들 그에게 감사하고 있다고 너그럽게 말했다. 스토너는 최대한 고집스러운 태도로 총장을 '젊은이'라고 부르며 그의 말이 들리지 않는 척했다. 그래서 결국 젊은 총장은 최대한 유화적인 어조로 고함을 지르고 말았다.

하지만 이런 하찮은 노력만으로도 그는 예상보다 더 피곤해져서 크리스마스 무렵에는 거의 녹초가 되어 있었다. 그는 자신이 정말로 늙어가고 있다면서 학년 말까지 일을 제대로 해내려면 조금 쉬어야 할 것 같다고 혼잣말을 했다. 크리스마스 연휴 열흘 동안 그는 힘을 비축하려는 듯이 휴식을 취했다. 그리고 남은 학기를 마치기 위해 학교로 돌아갔을 때는 자신조차 놀랄 만큼 활기차게 정력적으로 일했다. 그의 퇴직 문제는 이제 해결된 것 같았다. 그는 귀찮아서 그 문제를 다시 생각하고 싶지 않았다.

2월 말에 또 피로가 그를 덮쳤다. 아무리 해도 피곤을 떨쳐버릴 수 없었다. 그는 집에서 많은 시간을 보내며 자신의 작은 뒷방에서 소파 겸용 침대에 기대어 서류작업을 했다. 3월에는 다리와 팔이 둔중하게 아프다는 사실을 깨달았다. 그는 피곤해서 그럴 것이라며 따뜻한 봄이 되면 조금 나아질 것이라고, 그저 휴식이 필요할 뿐이라고 자신을 타일렀다. 4월이 되자 통증이 아랫배 쪽으로 국한되었다. 그래서 그는 가끔 수업을 빼먹었고, 강의실을 옮겨다니는 것만으로도 엄청나게 힘이 든다는 사실을 알게 되었다. 5월 초에는 통증이 심해져서 더 이상 그냥 귀찮기만 한 가벼운 일이라고 생각할 수 없게 되었다. 그는 대학 부속병원에 진료예약을 했다.

여러 가지 검사, 진찰, 문진이 이어졌지만, 스토너는 그 의미를 아주 어렴풋이 이해할 수 있을 뿐이었다. 의사는 그에게 특수한 식단을 정해주고, 진통제를 몇 알 처방해준 뒤, 다음 주 초에 다시 와서 검사결과를 보자고 말했다. 피로는 여전했지만, 몸이 한결 나아진 것 같았다.

그의 담당의사는 재미슨이라는 젊은이로, 개인 병원을 열기 전에 몇 년 동안 대학에서 일하고 있다고 스토너에게 설명해주었다. 분홍색의 둥근 얼굴에 테 없는 안경을 쓴 그는 불안하고 서투르게 보여서 오히려 스토너의 믿음을 샀다.

스토너는 예약된 시간보다 몇 분 일찍 도착했지만, 접수원이 당장 안으로 들어가보라고 말했다. 그는 길고 좁은 복도를 걸어 재미슨의 작은 상자 같은 진찰실로 향했다.

재미슨은 그를 기다리고 있었다. 그것도 얼마 전부터 기다리고 있었음이 분명했다. 서류철과 X선 사진과 메모가 책상 위에 깔끔하게 정리돼 있었다. 재미슨이 일어서서 불쑥 불안한 미소를 짓더니 책상 앞의 의자를 향해 손을 뻗었다.

"스토너 교수님." 그가 말했다. "앉으세요, 앉으세요."

스토너는 앉았다.

재미슨은 자기 책상의 모습을 보고 인상을 찌푸리며 종이 한 장을 매끈하게 편 뒤 의자에 앉았다. "저……." 그가 말했다. "소화관 하부에 모종의 폐색 증상이 있습니다. 그것만은 분명해요. X선 사진으로는 많은 것을 알 수 없지만, 그것이 드문 일은 아닙니다. 아,

사진이 구름이 낀 것처럼 조금 흐릿하기는 해요. 하지만 그것이 반드시 의미 있는 일은 아닙니다." 그는 의자를 돌려 X선 사진을 틀에 끼우고 불을 켰다. 그리고 막연히 사진을 가리켰다. 스토너는 사진을 보았지만 아무것도 알 수 없었다. 재미슨은 불을 끄고 다시 책상으로 몸을 돌렸다. 그러고는 아주 사무적인 태도로 말했다. "혈액 수치가 아주 낮습니다만 감염증이 있는 것 같지는 않습니다. 혈액 침전율이 정상수준 이하이고 혈압도 낮아요. 체내에 수상해 보이는 부종이 있고, 체중도 상당히 줄었습니다. 그리고…… 지금까지 나타난 교수님의 증상을 바탕으로 보건대……." 그는 책상을 향해 손을 흔들었다. "할 수 있는 일은 하나뿐입니다." 그는 그린 듯한 미소를 지으며 긴장된 표정으로 억지로 익살을 부리듯 말했다. "직접 몸을 열고 보는 방법밖에 없습니다."

스토너는 고개를 끄덕였다. "그렇다면 암이라는 얘기로군요."

"저……." 재미슨이 말했다. "너무 심각하게 생각하지 마세요. 암 외에도 많은 가능성이 있습니다. 종양이 있다는 건 확실하지만……. 몸을 열고 직접 살펴보기 전에는 그 무엇도 절대적으로 확신할 수 없습니다."

"종양이 얼마나 된 것 같습니까?"

"아, 그건 알아낼 방법이 없습니다. 하지만 짐작으로는…… 음, 크기가 상당히 커요. 생긴 지 꽤 됐을 겁니다."

스토너는 잠시 말이 없다가 입을 열었다. "내게 남은 시간이 얼마나 될 것 같습니까?"

재미슨이 당혹스러운 표정으로 말했다. "아, 저, 그게, 스토너 교수님." 그는 웃어보려고 애썼다. "성급히 결론을 내리시면 안 됩니다. 가능성은 항상 있으니까요…… 악성이 아닌 그냥 종양일 가능성 말입니다. 아니면…… 아니면 그 밖에도 많은 가능성이 있어요. 그저 지금으로서는 확실히 알 수 없다는……."

"그렇지요." 스토너가 말했다. "수술은 언제가 좋겠습니까?"

"빠를수록 좋습니다." 재미슨이 안도한 표정으로 말했다. "이삼일 안에."

"그렇게나 빨리." 스토너가 거의 멍한 표정으로 말했다. 그러고는 재미슨을 똑바로 바라보았다. "몇 가지 물어보겠습니다, 선생님. 반드시 솔직하게 대답해주셔야 합니다."

재미슨은 고개를 끄덕였다.

"그냥 단순한 종양이라면…… 그러니까 선생님 말씀대로 악성이 아니라면…… 두어 주 정도 미룬다고 해서 크게 달라질 것이 있습니까?"

"글쎄요." 재미슨이 내키지 않는 표정으로 말했다. "통증을 느끼시겠죠. 그리고…… 아뇨, 크게 달라질 것은 없을 겁니다."

"다행이군요." 스토너가 말했다. "그럼 선생님 생각처럼 악성 종양인 경우라면, 두어 주 정도 미루면 결과가 크게 달라집니까?"

한참 뒤에 재미슨이 거의 쓸쓸하게 보이는 표정으로 말했다. "아뇨, 그렇지 않을 겁니다."

"그렇다면……." 스토너가 조리 있게 말했다. "두어 주쯤 수술을

미루겠습니다. 정리해야 할 일도 좀 있고…… 꼭 해야 하는 일도
있어서요."

"아시겠지만, 별로 권하고 싶은 일은 아닙니다." 재미슨이 말했
다. "결코 권하고 싶지 않아요."

"그러시겠지요." 스토너가 말했다. "그리고 선생님…… 이 일을
아무에게도 밝히시지 않겠지요?"

"그럼요." 재미슨은 이렇게 말하고 나서 약간 온기가 묻어나는
목소리로 말을 덧붙였다. "물론입니다." 그는 전에 권했던 식단에
서 몇 가지를 바꿔보라고 제안한 뒤 알약을 다시 처방해주고는 입
원날짜를 잡았다.

스토너는 아무런 느낌이 없었다. 마치 방금 의사에게서 들은 일
이 조금 거추장스러운 일에 불과한 것 같았다. 자신이 해야 하는
일을 끝내기 위해 어떻게든 에둘러 돌아가야 하는 장애물 같은 것.
이런 일이 벌어진 시기가 조금 늦었다는 생각이 문득 들었다. 로맥
스가 그를 대신할 사람을 구하기 힘들 텐데.

병원에서 받아온 알약을 먹으면 조금 어지러워졌는데, 그 느낌
이 묘하게 기분 좋았다. 그는 시간감각을 잃어버렸다. 정신을 차리
고 보니 제시 홀 1층의, 나무조각들을 모자이크처럼 바닥에 붙여
장식한 긴 복도에 서 있었다. 멀리서 새들이 날갯짓을 하는 것처럼
나지막하게 붕붕거리는 소리가 귓속에서 들렸다. 어두운 복도에서
출처를 알 수 없는 빛이 흐릿하게 빛나며 그의 심장박동처럼 깜박
거리는 것 같았다. 자신의 모든 움직임을 직접 알고 있는 그의 몸

은 그가 빛과 어둠이 뒤섞인 공간을 향해 일부러 조심스럽게 발을 내딛는 순간 저릿거렸다.

그는 2층으로 이어진 계단에 섰다. 대리석으로 만들어진 계단의 정중앙에는 수십 년 동안 그곳을 오르내린 사람들의 발이 만들어 놓은, 완만하고 매끈한 골이 나 있었다. 그가 처음 이곳에 서서 지금처럼 위를 올려다보며 이 길이 그를 어디로 이끌어줄지 궁금해 하던 시절(그게 몇 년 전이더라?)에는 이 계단도 거의 새 것이었다. 그는 부드럽게 흘러가는 시간을 생각했다. 그는 첫 번째 계단의 매끄럽게 패인 자리에 한 발을 조심스레 올려놓고 몸을 끌어올렸다.

이제 그는 고든 핀치의 사무실 앞의 대기실에 있었다. 비서 아가씨가 말했다. "핀치 학장님은 곧 나가셔야⋯⋯." 그는 멍하니 고개를 끄덕이고 그녀에게 빙긋 웃어 보인 뒤 핀치의 사무실로 들어갔다.

"고든." 그가 따뜻한 목소리로 말했다. 여전히 미소 띤 표정이었다. "오래 걸리지 않을 걸세."

핀치는 반사적으로 마주 미소를 지어주었다. 눈이 피곤해 보였다. "그러지, 뭐, 빌. 앉게."

"오래 걸리지 않을 거야." 스토너가 다시 말했다. 자신의 목소리에 묘하게 힘이 실리는 것이 느껴졌다. "뭐냐면, 내 생각이 바뀌었네⋯⋯. 그러니까 퇴직에 대해서 말이야. 좀 어색한 상황인 건 알아. 이렇게 늦게야 말해서 미안하네. 하지만⋯⋯ 글쎄, 이것이 두루두루 최선인 것 같네. 이번 학기 말에 그만두겠네."

핀치의 얼굴이 그의 앞으로 둥둥 떠왔다. 놀라서 눈이 동그래져 있었다. "이게 무슨……. 누가 자네를 괴롭히기라도 한 건가?"

"그런 것이 아니야." 스토너가 말했다. "내가 스스로 결정한 걸세. 그저…… 내가 하고 싶은 일들이 있다는 걸 깨달았어." 그는 차분하게 말을 덧붙였다. "그리고 휴식도 좀 필요하고."

핀치는 짜증스러운 표정이었다. 그럴 만도 했다. 스토너는 자신이 사과의 말을 또다시 중얼거리는 소리가 들린 것 같았다. 자신이 아직도 바보처럼 미소를 짓고 있는 것이 느껴졌다.

"글쎄." 핀치가 말했다. "아직 너무 늦지는 않았네. 내가 내일부터 서류처리를 시작하면 되니까. 자네, 연금이나 보험 같은 것에 대해서는 전부 잘 알고 있겠지?"

"아, 물론이네." 스토너가 말했다. "그런 것도 다 생각해뒀어. 걱정 말게."

핀치는 손목시계를 보았다. "내가 좀 늦었네, 빌. 하루나 이틀 뒤에 한 번 들르게. 그때 자세한 사항들을 정리하지. 그동안은…… 뭐, 로맥스에게도 알려야겠군. 내가 오늘 밤에 그 친구에게 전화하겠네." 그가 히죽 웃었다. "자네가 그 친구를 기쁘게 해줄 것 같군."

"그래." 스토너가 말했다. "그런 것 같네."

병원에 입원하기 전 2주일 동안 할 일이 아주 많지만, 그는 다 해낼 수 있을 것이라고 생각했다. 그는 그다음 이틀 동안의 강의를 취소하고, 독자적인 연구나 논문을 지도해주고 있는 학생들 모두와 상담 약속을 잡았다. 그리고 그들이 작업을 완수하는 데 지침이 되어줄 상세한 가르침을 적어서 복사한 뒤 로맥스의 우편함에 넣어두었다. 그가 갑자기 학생들을 버리고 떠나려 한다는 생각에 당황한 학생들을 달래고, 새로운 지도교수를 만나야 한다는 생각에 겁을 집어 먹은 학생들에게는 격려를 해주었다. 의사가 준 알약이 통증을 가라앉혀주는 한편 머리를 둔하게 만든다는 사실을 깨달은 그는 낮에 학생들과 이야기할 때나 밤에 반쯤 완성된 수많은 과제물과 논문을 읽을 때에는 통증이 너무 심해서 일에 정신을 집중할 수 없는 경우에만 약을 먹었다.

그가 퇴직을 선언하고 이틀 뒤, 한창 분주한 오후 시간에 고든 핀치에게서 전화가 걸려왔다.

"빌? 고든일세. 저기, 작은 문제가 하나 있어서 자네와 이야기를 해봐야 할 것 같아."

"그래?" 그가 조급하게 물었다.

"로맥스 문제일세. 자네의 퇴직이 자기 방식대로 이루어지지 않는 것을 견딜 수 없는 모양일세."

"그런 건 중요하지 않네." 스토너가 말했다. "로맥스가 무슨 생각을 하든 자유지."

"잠깐…… 그게 전부가 아니야. 전에 말했던 만찬이니 뭐니 하는 것을 전부 실행할 계획을 짜고 있네. 자기가 약속을 했다면서 말이야."

"고든, 내가 지금 몹시 바쁘네. 자네가 어떻게든 그걸 막아줄 수 없겠나?"

"나도 애써봤지만 로맥스가 영문과를 통해 그 일을 추진하고 있어. 나더러 로맥스를 불러들이라면 그렇게 하겠지만, 자네도 그 자리에 있어야 하네. 로맥스가 이렇게 굴 때는 내 말도 소용없어."

"알았네. 그 멍청한 짓을 언제 하겠다던가?"

잠시 침묵이 흘렀다. "다음 주 금요일. 수업 마지막 날이자 시험 주간 직전일세."

"알았네." 스토너가 피곤한 목소리로 대답했다. "그때쯤이면 나도 정리가 끝났을 거야. 그러니 지금 입씨름을 하는 것보다 그 편이 편하겠지. 그냥 내버려두게."

"자네가 알아야 할 것이 또 있네. 로맥스는 자네가 명예교수로 퇴직한다고 발표하고 싶어 해. 비록 이 조치가 공식적으로 확정되는 건 내년이나 되어야 하겠지만."

스토너의 목구멍으로 웃음이 솟아올랐다. "그건 또 무슨 짓인지." 그가 말했다. "그것도 괜찮네."

그주 내내 그는 시간을 의식하지 못하고 일했다. 금요일까지 쭉, 아침 8시부터 밤 10시까지 쉬지 않았다. 그는 마지막 과제물을 다 읽고 마지막 메모를 한 뒤 의자에 등을 기댔다. 책상 위의 스탠드 불빛이 그의 눈을 채웠다. 그러자 순간적으로 여기가 어디인지 알 수 없게 되어버렸다. 주위를 둘러보고서야 이곳이 자기 연구실임을 깨달았다. 책꽂이들은 되는 대로 꽂아둔 책들로 터질 지경이었고, 귀퉁이에는 여러 개의 종이 더미가 있었다. 서류함은 열린 채 헝클어진 상태였다. 정리를 좀 해야겠군. 그는 속으로 생각했다. 내 물건들을 정돈해야겠어.

"다음 주에 하자." 그는 혼잣말을 했다. "다음 주에."

과연 자신이 집까지 무사히 갈 수 있을지 모르겠다는 생각이 들었다. 숨을 쉬는 것만으로도 힘이 들었다. 그는 생각의 폭을 좁혀 팔다리에만 초점을 맞춰서 팔다리의 반응을 이끌어냈다. 그렇게 자리에서 일어선 뒤에는 절대로 휘청거리지 않았다. 그는 책상 위의 스탠드를 끄고 창문으로 들어오는 달빛에 눈이 적응할 때까지 서 있었다. 그러고는 양발을 차례대로 내디며 어두운 복도를 걸어서 밖으로 나가 조용한 거리들을 통과해 집으로 향했다.

집에는 불이 켜져 있었다. 이디스가 아직 깨어 있는 모양이었다. 그는 마지막 남은 힘을 끌어모아 집 앞 계단을 올라가서 거실로 들어갔다. 하지만 더 이상은 나아갈 수 없었다. 그는 소파까지 가서 앉는 데 성공했다. 잠시 후 조금 힘이 생기자 조끼 주머니에서 알약이 든 튜브를 꺼냈다. 그리고 알약 하나를 입에 넣고 물도 없이 삼켰다. 한 알을 더 먹었다. 맛이 썼지만, 그 맛이 오히려 기분 좋게 느껴지는 것 같았다.

이디스가 거실에서 이리저리 서성이는 것이 눈에 들어왔다. 아직 그녀가 자신에게 말을 걸지 않았어야 할 텐데. 통증이 조금 누그러지고 힘도 조금 되돌아온 뒤 그는 그녀가 자신에게 말을 걸지 않았음을 깨달았다. 그녀는 뾰족하게 굳어진 얼굴로 성난 사람처럼 뻣뻣하게 서성거렸다. 그는 그녀에게 뭐라고 말을 건네려다가 목소리가 제대로 나올지 확신할 수 없다는 결론을 내렸다. 그래서 그냥 그녀가 왜 화를 내고 있는지 궁금하다는 생각만 했다. 그녀가 화를 내는 것은 오랜만이었다.

마침내 그녀가 서성거리는 것을 멈추고 그를 정면으로 바라보았다. 주먹을 쥔 양손이 옆구리에 늘어져 있었다. "나한테 할 말 없어요?"

그는 헛기침을 하며 눈에 초점을 잡았다. "미안하오, 이디스." 그의 귀에 조용하고 굳건한 자신의 목소리가 들렸다. "내가 조금 피곤해서 말이오."

"당신은 아무 말도 안 할 작정이었죠? 분별없는 사람 같으니. 나한테도 알 권리가 있다는 생각은 안 해봤어요?"

그는 순간적으로 의아했지만 이내 고개를 끄덕였다. 힘이 좀 더 있었다면 화를 냈을 것이다. "어떻게 알았소?"

"그런 건 알아서 뭐하게요? 나만 빼고 다들 알고 있는 것 같던데. 아, 윌리, 정말이지."

"미안하오, 이디스. 정말로 미안해요. 당신을 걱정시키고 싶지 않았소. 다음 주에 말할 작정이었어요. 거기 들어가기 직전에. 아무 일도 아니니 당신은 걱정할 필요 없어요."

"아무 일도 아니라고요!" 그녀가 신랄하게 웃었다. "암일지도 모른다면서요. 그게 무슨 뜻인지 몰라요?"

그는 갑자기 몸이 둥둥 뜨는 것 같았다. 그래서 뭔가를 움켜쥐지 않으려고 안간힘을 써야 했다. "이디스." 그가 냉정한 목소리로 말했다. "그 얘기는 내일 합시다. 부탁이오. 지금은 내가 좀 피곤해요."

그녀가 잠시 그를 바라보았다. "내가 방까지 부축해주길 바라는

거예요?" 그녀가 기분 나쁜 표정으로 물었다. "혼자서는 못 갈 것
같아 보이는데."

"난 괜찮소." 그가 말했다.

하지만 방에 도착하기도 전에 그는 그녀의 도움을 받을걸 그랬
다는 생각이 들었다. 순전히 자기 몸이 생각보다 더 약해져 있음을
깨달았기 때문만은 아니었다.

그는 토요일과 일요일에 휴식을 취하고, 월요일에는 강의에 나
갈 수 있었다. 그는 일찍 집으로 돌아와 거실 소파에 누워 흥미로
운 표정으로 천장을 바라보았다. 그때 초인종이 울렸다. 그는 똑바
로 일어나 앉아서 일어서려고 했지만, 문이 열렸다. 고든 핀치였다.
안색이 창백하고 손이 떨리고 있었다.

"들어오게, 고든." 스토너가 말했다.

"세상에, 빌." 핀치가 말했다. "왜 나한테 말을 안 했나?"

스토너는 짧게 웃었다. "신문에 광고라도 낼 걸 그랬군." 그가 말
했다. "다른 사람들을 귀찮게 하지 않고 조용히 처리할 수 있을 것
같았네."

"그건 알아. 그래도…… 세상에, 나한테 말을 할 것이지."

"그렇게 흥분할 필요 없네. 아직 확실한 건 아니니까. 그냥 수술
을 받는 것뿐이야. 조사를 위한 수술이라던가, 그렇게 부르는 것
같더군. 그런데 자네는 어떻게 알았나?"

"재미슨한테서 들었네." 핀치가 말했다. "그 친구가 내 주치의이
기도 하거든. 윤리에 어긋난다는 건 아는데 내가 알아야 할 것 같

아서 말해준다고 하더군. 그 말이 맞네, 빌."

"나도 알아." 스토너가 말했다. "그런 건 중요하지 않네. 다른 사람들도 아나?"

핀치는 고개를 저었다. "아직은."

"그럼 입을 다물어주게. 부탁이야."

"염려 말게, 빌." 핀치가 말했다. "그럼 금요일의 만찬 말인데⋯⋯ 꼭 그 일을 해낼 필요는 없네. 자네도 알겠지만."

"그래도 하겠네." 스토너는 이렇게 말하고 나서 씩 웃었다. "내가 로맥스한테 갚아야 할 빚이 있는 것 같아서 말이야."

핀치의 얼굴에 유령처럼 흐릿한 미소가 떠올랐다. "자네 정말로 못된 고집쟁이 영감이 되어버렸구먼."

"그런 것 같네." 스토너가 대답했다.

만찬은 학생회관의 작은 연회실에서 열렸다. 이디스가 마지막 순간에 그 자리를 끝까지 참아낼 수 없을 것 같다는 결론을 내렸기 때문에 그는 혼자 참석했다. 그는 조금 일찍 학교로 가서 천천히 캠퍼스를 걸었다. 봄날 오후에 편안히 산책하는 사람 같았다. 예상대로 연회실에는 아무도 없었다. 그는 웨이터를 불러 아내의 이름표를 치우고 메인테이블에 빈 자리가 생기지 않게 다시 정리하게 했다. 그러고 나서 자리에 앉아 손님들을 기다렸다.

그의 자리는 고든 핀치와 총장 사이였다. 만찬의 사회자 역할을 맡은 로맥스는 세 자리 떨어진 곳에 앉았다. 그는 미소를 지으며 함께 앉은 사람들과 가벼운 이야기를 나누고 있었다. 스토너에게는 눈길을 주지 않았다.

연회실이 빠르게 사람들로 채워졌다. 오랫동안 스토너와 제대로 이야기를 나눠본 적이 없는 영문과 사람들이 저편에서 그에게 손을 흔들었다. 스토너는 고개를 끄덕였다. 핀치는 거의 말을 하지 않고 주의 깊게 스토너를 지켜보았다. 젊은 신임총장(스토너는 그의 이름이 기억나지 않았다)은 편안하고 공손한 태도로 그에게 말을 걸었다.

하얀 재킷을 차려입은 학생들이 음식을 날랐다. 스토너가 아는 얼굴도 여럿 있었다. 그는 고개를 끄덕이며 그들에게 말을 걸었다. 손님들은 슬픈 표정으로 음식을 바라보다가 먹기 시작했다. 사람들이 편안하게 웅성웅성 대화를 나누는 소리에 은식기와 도자기 그릇이 기분 좋게 쟁쟁 부딪히는 소리가 섞여 고동쳤다. 스토너는 사람들이 자신의 존재를 거의 잊어버렸음을 알고 있었기 때문에 음식을 깨작거리며 예의상 몇 입 먹는 시늉만 할 수 있었다. 그러고 나서 주위를 둘러보았다. 눈을 가늘게 떠도 사람들의 얼굴이 보이지 않았다. 여러 색깔과 흐릿한 형체들이 앞에서 움직이는 것이 보이기는 했다. 마치 액자 속에 들어 있는 것 같은 그 형체들은 매 순간 절제된 흐름으로 새로운 무늬를 만들어냈다. 기분 좋은 광경이었다. 그가 거기에 특별한 방식으로 주의를 기울이고 있으면 통증이 느껴지지 않았다.

갑자기 사방이 조용해졌다. 그는 꿈에서 깨어나려는 듯이 고개를 흔들었다. 좁은 식탁의 거의 끝부분에 로맥스가 서서 나이프로 물잔을 가볍게 두드리고 있었다. 미남이구나. 스토너는 멍하니 생각했다. 아직도 미남이야. 그렇지 않아도 길고 갸름하던 얼굴이 나이를 먹어 더욱 갸름해졌고, 주름살은 노화의 증거라기보다 감수성이 늘어난 표식 같았다. 미소는 여전히 친밀하면서도 냉소적이었고, 목소리는 예전과 똑같이 울림이 좋고 굳건했다.

그가 뭐라고 말하고 있었다. 스토너의 귀에는 단어들이 언뜻언뜻 들어올 뿐이었다. 마치 그의 목소리가 침묵 속에서 웅장하게 단어 몇 개를 말한 뒤 다시 가늘어지기를 반복하는 것 같았다. "…… 오랫동안 헌신하신…… 스트레스에서 벗어나 휴식을 취할 자격이 넘칠 만큼 충분…… 동료들의 존경……." 그는 이것이 자신을 빈정거리는 말임을 알아들었다. 참으로 오랜만에 로맥스가 자기 나름의 방식으로 그에게 말을 걸고 있다는 생각이 들었다.

짧게 터져 나온 박수갈채가 상념에 빠져 있던 그를 화들짝 일깨웠다. 옆에서 고든이 일어나 뭐라고 말하고 있었다. 그는 고든을 올려다보며 귀에 잔뜩 힘을 주었지만 핀치의 말이 들리지 않았다. 고든의 입술이 움직였다. 시선은 앞쪽에 고정되어 있었다. 박수소리가 나고, 그가 앉았다. 고든의 반대편에 있던 총장이 일어나 감언에서 위협으로, 유머에서 슬픔으로, 안타까움에서 기쁨으로 쪼르르 쪼르르 오가는 목소리로 입을 열었다. 그는 스토너의 퇴직이 끝이 아니라 새로운 시작이기를 바란다고 말했다. 그가 없는 대학은 예전보다 못한 곳이 될 것이라면서 전통의 중요성과 변화의 필

374

요성을 언급했다. 그리고 앞으로 오랫동안 모든 학생들이 진심으로 감사할 것이라고 말했다. 스토너는 그의 말이 무슨 뜻인지 이해할 수 없었다. 하지만 총장의 인사말이 끝나자 커다란 박수갈채가 터져나왔다. 사람들은 모두 웃는 얼굴이었다. 박수소리가 잦아들자 누군가가 가느다란 목소리로 외쳤다. "한 말씀 하시죠!" 또 다른 사람이 그 말을 받자, 이내 여기저기서 사람들이 웅성거리며 그 말을 외쳤다.

핀치가 그에게 귓속말을 했다. "내가 적당히 얼버무려줄까?"

"아닐세." 스토너가 말했다. "괜찮아."

그는 자리에서 일어났지만, 할 말이 전혀 없다는 것을 깨달았다. 그는 한참 동안 아무 말 없이 사람들의 얼굴을 하나씩 바라보았다. 그러다가 단조롭게 흘러나오는 자신의 목소리가 들렸다. "저는 이……." 그는 이렇게 말하고 나서 다시 처음부터 시작했다. "저는 이 대학에서 거의 40년 동안 학생들을 가르쳤습니다. 교육자가 되지 않았다면 과연 무슨 일을 하며 살았을지 모르겠습니다. 학생들을 가르치지 않았다면, 아마 저는……." 그는 정신이 다른 곳에 가 있는 사람처럼 잠시 말을 멈췄다가 단호하게 말했다. "제가 학생들을 가르칠 수 있게 해준 여러분 모두에게 감사하고 싶습니다."

그는 자리에 앉았다. 박수소리와 호의적인 웃음소리가 들렸다. 방 안의 분위기가 자유롭게 풀리면서 사람들이 이리저리 돌아다녔다. 누군가가 스토너의 손을 잡고 악수했다. 상대가 뭐라고 했는지는 잘 모르겠지만, 자신이 미소를 지으며 고개를 끄덕이고 있다는 것을 알 수 있었다. 총장이 그의 손을 꼭 쥐고 따뜻한 미소를 지으며 언제든 꼭 들러주시라고 말한 뒤, 손목시계를 보고는 서둘러 밖으로 나갔다. 연회실이 점점 비어갔다. 스토너는 자리에 혼자 서서 연회실을 가로질러 걸어갈 힘을 모았다. 그는 자신 안에서 뭔가가 단단해졌다는 느낌이 들 때까지 기다렸다가 식탁 옆을 돌아서 밖으로 나갔다. 도중에 삼삼오오 모여 있던 사람들 옆을 지나쳤는데, 그들은 호기심 어린 시선으로 그를 흘긋 바라보았다. 그가 이미 이방인이 되어버린 것 같았다. 로맥스도 그들 중에 있었지만, 그는 지나가는 스토너를 향해 시선을 돌리지 않았다. 스토너는 이렇게 세월이 흐른 마당에 로맥스와 굳이 이야기할 필요가 없다는 사실이 문득 감사하다는 생각이 들었다.

다음 날 그는 병원에 입원해서 수술이 예정된 월요일 아침까지 휴식을 취했다. 그동안 주로 자면서 시간을 보낸 그는 곧 자신이 겪을 일에 이렇다 할 관심이 없었다. 월요일 아침에 누군가가 그의 팔에 주삿바늘을 꽂았다. 그는 침대에 실려 온통 천장과 불빛만 있는 것 같은 이상한 방을 향해 복도를 굴러가고 있음을 막연히 인식했다. 그는 자신의 얼굴을 향해 뭔가가 내려오는 것을 보고 눈을 감았다.

그는 욕지기를 느끼며 깨어났다. 머리가 아팠다. 아랫배에 불쾌하지만은 않은 새로운 통증이 예리하게 느껴졌다. 구역질을 하고 나자 기분이 조금 나아졌다. 그는 몸통을 두껍게 뒤덮은 붕대를 손으로 만져보았다. 그러고는 다시 잠들었다가 밤중에 깨서 물을 한 잔 마시고 아침까지 또 잤다.

그가 깨어났을 때, 재미슨이 침대 옆에 서서 왼쪽 손목을 손가락으로 짚고 있었다.

"그래, 기분은 좀 어떠세요?" 재미슨이 말했다.

"괜찮은 것 같습니다." 목구멍에 습기가 없었다. 그가 손을 뻗자 재미슨이 물잔을 건네주었다. 그는 물을 마신 뒤 재미슨을 바라보며 기다렸다.

"저……." 재미슨이 마침내 불편한 표정으로 말했다. "종양을 꺼냈습니다. 아주 큰 놈이었어요. 하루나 이틀이 지나면 몸이 훨씬 좋아질 겁니다."

"그럼 퇴원할 수 있는 겁니까?" 스토너가 물었다.

"이삼 일 뒤에는 일어나서 걸어다니실 수 있습니다." 재미슨이 말했다. "다만, 한동안 입원해 계시는 편이 좀 더 편안할지도 몰라요. 그것을 전부…… 제거할 수 없었습니다. 앞으로 방사선 치료라든가 뭐 그런 방법을 사용할 겁니다. 물론 통원치료도 가능하지만……."

"싫습니다." 스토너는 이렇게 말하고 나서 베개로 다시 머리를 떨어뜨렸다. 또 피로가 몰려왔다. "최대한 빨리 집에 가고 싶습니다."

17

"아, 월리." 이디스가 말했다. "당신 속이 다 먹혀버렸대요."

그는 작은 뒷방의 소파 겸용 침대에 누워 열린 창문 밖을 물끄러미 응시하고 있었다. 지평선 너머로 살짝 넘어간 늦은 오후의 태양이 서쪽의 나무들과 집들 위에 긴 잔물결처럼 걸려 있는 구름 아래쪽을 붉은 빛으로 물들였다. 파리 한 마리가 창문 방충망에서 윙윙거리고, 옆집 마당에서 쓰레기를 태우는 매캐한 냄새가 적막한 허공에 걸려 있었다.

"뭐?" 스토너는 멍하니 대답하며 아내에게 시선을 돌렸다.

"당신 속 말이에요." 이디스가 말했다. "의사 말이 온몸에 퍼졌대요. 아, 월리, 가엾어서 어떡해."

"그렇군." 스토너가 말했다. 어떻게 해도 이야기에 흥미가 생기지 않았다. "뭐, 당신은 걱정할 필요 없소. 생각하지 않는 것이 최선이니까."

그녀는 아무 말 하지 않았다. 그는 다시 열린 창문으로 시선을 돌려 하늘이 점점 어두워지는 것을 지켜보았다. 마침내 저 멀리 구름에 탁한 자줏빛이 도는 줄무늬 하나밖에 남지 않았다.

그가 집으로 돌아온 지 일주일이 조금 넘었다. 마침 그날 오후에 병원에 가서 재미슨이 긴장된 미소를 지으며 '치료'라고 부르는 것을 받고 온 참이었다. 재미슨은 상처가 아무는 속도에 감탄하며, 그에게 40대 남자 같은 체력을 지녔다는 식의 이야기를 하더니 갑자기 입을 다물어버렸다. 스토너는 몸을 이리저리 찔러보는 남들의 손에 자신을 맡겼다. 그리고 사람들의 손에 이끌려 검사대로 올라가서 끈에 고정된 채 커다란 기계가 소리 없이 몸 위에서 어른거리는 동안 꼼짝도 않고 누워 있었다. 이것이 어리석은 짓이라는 것을 그는 알고 있었지만, 반발하지 않았다. 반발하는 것은 매정한 일이었다. 누구도 피할 수 없는 사실을 외면하는 데 도움이 된다면, 그런 치료도 해볼 만했다.

그는 지금 자신이 누워서 창밖을 바라보고 있는 이 작은 방이 점차 자신의 세계가 될 것임을 깨달았다. 벌써부터 통증이 다시 시작되는 징조가 멀리서 이름을 부르는 옛 친구의 목소리처럼 어렴풋이 느껴졌다. 이제는 사람들이 자신에게 병원에 가자는 소리를 하지 않을 것 같았다. 오늘 오후에 재미슨의 목소리에서 끝이 다가왔다는 느낌을 받았고, 재미슨은 그에게 혹시 '불편'해지면 먹으라며 알약을 주었다.

"그레이스한테 편지라도 써보는 게 어떻소?" 이디스에게 말하고 있는 자신의 목소리가 들렸다. "이곳에 다니러 온 지 한참 된 것 같은데."

그가 시선을 돌려 보니 이디스가 멍하니 고개를 끄덕이고 있었다. 그녀도 지금까지 그와 마찬가지로 창밖에서 점점 짙어지는 어둠을 고요히 바라보고 있었다.

그 뒤 2주일 동안 그는 몸이 점차 쇠약해지는 것을 느꼈다. 처음에는 속도가 느렸지만 이내 빨라졌다. 통증도 다시 시작되었다. 통증이 그렇게 강렬할 줄은 그도 미처 예상하지 못했다. 알약을 먹으면 통증이 조심스러운 짐승처럼 어둠 속으로 물러나는 것이 느껴졌다.

그레이스가 왔다. 하지만 그는 결국 그레이스에게 할 말이 거의 없다는 사실을 깨달았다. 그레이스는 세인트루이스가 아닌 다른 곳에 가 있다가 어제야 돌아와서 이디스의 편지를 발견했다고 말했다. 그녀는 지치고 긴장한 모습이었으며, 눈 밑에 검은 그림자가 져 있었다. 스토너는 딸의 아픔을 조금이라도 줄여주고 싶었지만 자신이 할 수 있는 일이 없다는 것을 알고 있었다.

"좋아 보여요, 아버지." 그레이스가 말했다. "아주 좋아요. 괜찮아지실 거예요."

"물론이지." 그는 이렇게 말하면서 미소를 지었다. "우리 에드 녀석은 잘 지내니? 넌 잘 지냈어?"

그레이스는 자신도 에드도 잘 지낸다면서, 올가을에 에드가 중학교에 들어갈 것이라고 말했다. 스토너는 조금 당혹스러운 심정으로 그레이스를 바라보았다. "중학교?" 이렇게 묻고 나서야 그는 그 말이 사실임을 깨달았다. "그렇지. 이제 그 아이도 한참 자랐을 텐데 까맣게 잊어버렸구나."

"에드는…… 시부모님 댁에 주로 있어요." 그레이스가 말했다. "그 편이 아이한테 최선이에요." 그녀는 이어서 뭔가 다른 이야기를 했지만 그의 생각은 다른 곳으로 흘러갔다. 이제는 한 가지 일에 계속 정신을 집중하기가 점점 힘들어졌다. 예측할 수 없는 곳으로 생각이 흘러가곤 했기 때문에, 가끔 정신을 차려보면 자신도 출처를 알 수 없는 말을 하고 있었다.

"아버지가 가엾어요." 그레이스의 목소리가 들려서 그는 다시 정신을 다잡았다. "아버지가 가엾어요. 편안한 삶이 아니었잖아요."

그는 잠시 생각해본 뒤 입을 열었다. "그랬지. 하지만 나도 편안한 삶을 원하지는 않았던 것 같다."

"엄마와 제가…… 우리 둘 다 아버지를 실망시켰죠?"

그는 딸을 만지려는 듯이 손을 들어올렸다. "아냐, 그렇지 않아." 그가 흐릿한 열정을 담아 말했다. "넌 절대로……." 그는 더 말을 잇고 싶었다. 딸에게 설명하고 싶었다. 하지만 말을 이을 수 없었다. 눈을 감자 정신이 풀어지는 것이 느껴졌다. 갖가지 영상들이 머릿속에서 북적거리다가 화면이 바뀌는 것처럼 바뀌었다. 클레어몬트의 집에서 처음 만났을 때의 이디스가 보였다. 파란 드레스와 가느다란 손가락과 부드럽게 미소 짓던 하얗고 섬세한 얼굴. 그리고 매 순간이 달콤하고 놀랍다는 듯 열성을 띠던 연한 푸른색 눈. "네 어머니는……." 그가 말했다. "네 어머니가 항상 그렇지는……."

그녀가 항상 그랬던 것은 아니었다. 지금 그녀의 모습 속에서 한때 소녀였던 모습이 보이는 것 같았다. 옛날부터 항상 그 모습을 보고 있었던 것 같았다.

"넌 아주 예쁜 아이였다." 그의 귀에 자신의 목소리가 들렸다. 하지만 순간적으로 그는 이것이 누구에게 한 말인지 알 수 없었다. 빛이 눈앞에서 어지럽게 빙빙 돌다가 형체를 갖추더니 딸의 얼굴로 변했다. 주름이 지고, 우울하고, 걱정 때문에 초췌해진 얼굴이었다. 그는 다시 눈을 감았다. "서재에서…… 기억하니? 내가 일할 때 네가 내 옆에 앉아 있곤 했지. 너는 아주 조용했고, 빛이…… 빛이……." 책상의 스탠드 불빛(이제 그 불빛이 생생히 보였다.)이 책이나 그림에 아이답게 푹 빠져 있는 그레이스의 작은 얼굴에 흡수되어 그 매끈한 살갗이 방의 어둠 속에서 밝게 빛났다. 멀리서 아이의 작은 웃음소리가 메아리쳤다. "그렇지." 그는 이렇게 말하고 나서 그 아이의 지금 얼굴을 바라보았다. "그랬어." 그가 다시 말했다. "넌 항상 거기 있었다."

"쉬." 그레이스가 부드럽게 말했다. "좀 쉬세요."

그것이 그들의 마지막 인사였다. 다음 날 그녀는 아래층의 아버지에게 내려와 며칠 동안 세인트루이스에 다녀와야겠다는 이야기와 그 밖의 이야기를 단조롭고 절제된 목소리로 말했지만 그는 듣지 못했다. 그레이스의 얼굴은 일그러져 있었고, 붉게 충혈된 눈은 촉촉하게 젖어 있었다. 두 사람의 시선이 얽혔다. 그레이스는 거의 믿을 수 없다는 표정으로 한참 동안 아버지를 바라보다가 몸을 돌렸다. 그는 이제 그레이스를 다시 볼 수 없을 것임을 깨달았다.

그는 죽고 싶지 않았다. 하지만 그레이스가 떠난 뒤 조급하게 죽음을 기다리는 순간들이 가끔 있었다. 별로 여행을 하고 싶지도 않으면서 여행을 떠나는 순간을 기대하는 사람처럼. 모든 여행자가 그렇듯이, 그도 떠나기 전에 할 일이 아주 많은 것 같다는 생각이 들었다. 하지만 그 일들이 무엇인지 생각나지 않았다.

그는 걷지도 못할 만큼 쇠약해져서 밤이나 낮이나 그 자그마한 뒷방에만 머물렀다. 그가 책을 보고 싶다고 말하면, 그가 원하는 책들을 이디스가 가져와서 좁은 침대 옆 탁자에 놓아주었다. 그래야 별로 힘을 들이지 않고 책에 손을 뻗을 수 있기 때문이었다.

그는 책을 거의 읽지 않았지만, 책이 옆에 있다는 사실에서 위안을 얻었다. 그는 이디스를 시켜 모든 창문의 커튼을 열게 했다. 뜨겁게 이글거리는 오후의 햇빛이 방 안으로 비스듬히 비쳐들 때에도 그는 커튼을 닫지 못하게 했다.

가끔 이디스가 그의 방으로 들어와서 침대 옆에 앉아 그와 이야기를 나누었다. 사소한 이야기들이었다. 두 사람이 편안하게 알고 지내는 사람들 이야기, 캠퍼스에 새로 지어지고 있는 건물 이야기, 해체된 옛 건물 이야기…… 화제가 무엇인지는 중요하지 않은 것 같았다. 두 사람 사이에 새삼 고요한 분위기가 자리를 잡았다. 그 조용한 분위기는 사랑이 시작될 때와 비슷했다. 스토너는 굳이 생각해보지 않았는데도 왜 이런 분위기가 생겨났는지 알 수 있었다. 그들은 서로에게 입힌 상처를 용서하고, 자신들의 삶이 지금과는 다른 모습이 될 수도 있지 않았을지 생각하는 일에 빠져 있었다.

이제는 그녀를 바라보아도 후회가 거의 느껴지지 않았다. 늦은 오후의 부드러운 햇빛을 받은 그녀의 얼굴이 주름 없는 젊은 얼굴처럼 보였다. 내가 좀 더 강했더라면. 그는 속으로 생각했다. 내가 좀 더 많은 것을 알고 있었더라면. 내가 이해할 수 있었더라면. 그리고 마지막으로 그는 무정한 생각을 했다. 내가 저 사람을 좀 더 사랑했더라면. 아주 먼 거리를 움직이는 것처럼 그의 손이 이불 위를 움직여 그녀의 손에 가 닿았다. 그녀는 움직이지 않았다. 얼마 뒤 그는 스르르 선잠이 들었다.

진정제를 복용하고 있는데도 그의 머리는 여전히 맑은 상태를 유지하는 것 같아서 그는 감사한 마음이 들었다. 하지만 사실은 자신의 의지가 아닌 다른 의지가 그 머리를 사로잡아 그 자신도 이해할 수 없는 방향으로 움직이고 있는 것 같았다. 시간이 흘렀지만 그는 그것을 알아차리지 못했다.

고든 핀치가 거의 매일 그를 찾아왔다. 하지만 그가 찾아왔던 기억은 또렷하지 않았다. 가끔 그는 그 자리에 있지도 않은 고든에게 말을 걸다가, 텅 빈 방에 울리는 자신의 목소리에 깜짝 놀랐다. 고든과 한창 이야기를 나누다가 말을 멈추고 이제야 느닷없이 고든의 존재를 깨달았다는 듯 놀란 표정을 지을 때도 있었다. 한 번은 까치발로 조심스레 방 안에 들어서는 고든을 향해 그가 조금 놀란 표정으로 시선을 돌리더니 "데이브는 어디 있나?" 하고 묻기까지 했다. 그는 고든의 얼굴에 충격과 두려움의 표정이 번져가는 것을 보고 힘없이 고개를 저으며 말했다. "미안하네, 고든. 거의 잠결이었어. 데이브 매스터스 생각을 하고 있었네⋯⋯. 내가 가끔 나도 모르게 생각하던 것을 그대로 말할 때가 있거든. 약 때문인 것 같네."

고든은 미소를 짓고 고개를 끄덕이며 농담을 던졌다. 하지만 스토너는 바로 그 순간에 고든이 자신에게서 멀어져 뒤로 물러났으며, 다시는 돌아올 수 없으리라는 것을 알았다. 데이브 매스터스의 이야기를 그런 식으로 하지 말걸 그랬다는 후회가 가슴을 찔렀다. 두 사람이 모두 사랑했던 그 반항적인 청년의 유령은 지금까지 그 오랜 세월 동안 두 사람 자신도 결코 깨닫지 못할 만큼 깊은 우정으로 그들을 묶어주고 있었다.

고든이 동료들의 걱정과 염려를 전해주며, 그가 흥미를 보일 만한 대학의 일들을 두서없이 이야기해주었다. 하지만 그의 눈빛은 불안했으며, 얼굴에도 불안한 미소가 언뜻 나타났다 사라졌다.

이디스가 들어오자 고든 핀치는 무겁게 일어섰다. 자기들 외에 다른 사람이 나타났다는 사실에 안도한 그는 지나칠 만큼 상냥하게 굴었다.

"이디스." 그가 말했다. "이쪽에 앉아요."

이디스는 고개를 젓고는 스토너를 바라보았다.

"우리 빌이 한결 나아 보이네요." 핀치가 말했다. "정말 지난주보다 훨씬 나아 보이는 것 같아요."

이디스는 핀치의 존재를 처음으로 알아차린 사람처럼 그에게 시선을 돌렸다.

"어머, 고든." 그녀가 말했다. "이 사람 안색은 엉망이에요. 가엾은 윌리. 이제 우리 곁에 있을 시간이 얼마 남지 않았어요."

고든은 안색이 창백해져서 한 대 맞은 사람처럼 한 걸음 뒤로 물러났다. "세상에, 이디스!"

"얼마 남지 않았어요." 이디스가 생각에 잠긴 표정으로 남편을 바라보며 다시 말했다. 스토너는 살짝 미소를 짓고 있었다. "난 이제 어쩌죠, 고든? 저 사람 없이 어쩌면 좋아요?"

그가 눈을 감자 두 사람의 모습이 사라졌다. 고든이 뭐라고 속삭이는 소리, 자신에게서 멀어지는 두 사람의 발소리가 들렸다.

자신이 이토록 편안하다는 것이 놀라웠다. 고든에게 자신이 얼마나 편안한지 말해주고 싶었다. 자신 앞에서 그런 이야기를 해도, 그것을 생각해도 전혀 거슬리지 않는다고 말해주고 싶었다. 하지만 그럴 수 없었다. 이제는 그런 이야기를 하는 것이 그리 중요해 보이지도 않았다. 부엌에서 두 사람의 목소리가 들려왔다. 고든의 목소리는 낮고 다급했으며, 이디스는 마지못해 말하는 사람처럼 딱딱 끊어지는 말투였다. 둘이서 무슨 얘기를 하는 거지?

……통증이 갑작스레 다급하게 몰려오는 바람에 아무 준비도 하지 못한 그는 하마터면 비명을 지를 뻔했다. 그는 침대보를 움켜쥐고 있던 양손을 힘들게 풀어서 협탁을 향해 꾸준히 움직였다. 그렇게 알약을 여러 알 꺼내서 입에 넣은 뒤 약간의 물을 삼켰다. 이마에 식은땀이 솟았다. 그는 통증이 가라앉을 때까지 꼼짝도 하지 않고 누워 있었다.

다시 목소리가 들렸지만 그는 눈을 뜨지 않았다. 고든의 목소리인가? 그의 귀가 몸을 벗어나 구름처럼 몸 위를 어른거리며 아주 민감하게 소리들을 전달해주는 것 같았다. 하지만 그의 머리는 단어들을 정확히 가려내지 못했다.

그 목소리(고든인가?)는 그의 인생에 대해 이야기하고 있었다. 그는 단어들을 알아듣지도 못하고 실제로 그런 이야기가 오가고 있다는 확신도 없었지만, 그의 머리는 상처 입은 짐승처럼 사납게 덤벼들었다. 그래서 그는 냉혹한 눈으로 다른 사람들의 눈에 비친 자신의 인생을 볼 수 있었다.

그는 냉정하고 이성적으로 남들 눈에 틀림없이 실패작으로 보일 자신의 삶을 관조했다. 그는 우정을 원했다. 자신을 인류의 일원으로 붙잡아줄 친밀한 우정. 그에게는 두 친구가 있었지만 한 명은 그 존재가 알려지기도 전에 무의미한 죽음을 맞았고, 다른 한 명은 이제 저 멀리 산 자들의 세상으로 물러나서……. 그는 혼자 있기를 원하면서도 결혼을 통해 다른 사람과 연결된 열정을 느끼고 싶었다. 그래서 그 열정을 느끼기는 했지만, 그것을 어떻게 해야 할지 몰랐기 때문에 열정이 죽어버렸다. 그는 사랑을 원했으며, 실제로 사랑을 했다. 하지만 그 사랑을 포기하고, 가능성이라는 혼돈 속으로 보내버렸다. 캐서린. 그는 속으로 생각했다. "캐서린."

그는 또한 가르치는 사람이 되고 싶었다. 실제로도 그렇게 되었지만, 거의 평생 동안 무심한 교사였음을 그 자신도 알고 있었다. 언제나 알고 있었다. 그는 온전한 순수성, 성실성을 꿈꿨다. 하지만 타협하는 방법을 찾아냈으며, 몰려드는 시시한 일들에 정신을 빼앗겼다. 그는 지혜를 생각했지만, 오랜 세월의 끝에서 발견한 것은 무지였다. 그리고 또 뭐가 있더라? 그는 생각했다. 또 뭐가 있지?

넌 무엇을 기대했나? 그는 자신에게 물었다.

눈을 뜨니 사방이 어두웠다. 그는 창밖의 하늘을 보았다. 진한 검푸른 색 공간. 구름 속에서 가느다란 달빛이 보였다. 아주 늦은 시간인 것 같았다. 밝은 오후의 햇빛 속에서 고든과 이디스가 옆에 서 있던 것이 조금 전이었던 것 같은데. 아니, 아주 오래전의 일이었나? 그는 확실히 알 수 없었다.

몸과 함께 머리도 틀림없이 쇠약해졌다는 사실은 그도 이미 알고 있었다. 하지만 이렇게 느닷없이 깨닫게 될 줄은 몰랐다. 몸은 강해. 그는 속으로 생각했다. 우리가 생각하는 것보다 강해. 항상 계속 살아가려고 하지.

목소리가 들리고 불빛이 보이더니 통증이 오락가락했다. 이디스의 얼굴이 위에서 어른거렸다. 그는 자신의 얼굴이 미소 짓는 것을 느꼈다. 가끔 자신의 목소리가 들렸다. 침착하게 말하고 있다는 생각이 들었지만, 확신할 수는 없었다. 이디스의 손이 그의 몸을 오가며 씻어주는 것이 느껴졌다. 이디스에게 다시 아이가 생겼군. 그는 생각했다. 이제야 저 사람이 돌봐줄 수 있는 아이가 생겼어. 그녀에게 말을 할 수 있으면 좋을 텐데. 할 말이 있는 것 같았다.

넌 무엇을 기대했나? 그는 생각했다.

뭔가 무거운 것이 그의 눈꺼풀을 누르고 있었다. 눈꺼풀이 파르르 떨리더니 그가 힘들게 눈을 떴다. 그가 느낀 것은 빛이었다. 오후의 밝은 햇빛. 그는 눈을 깜박이며 창문으로 보이는 파란 하늘과 눈부신 태양 가장자리를 덤덤하게 바라보았다. 그리고 그것들이 진짜라는 결론을 내렸다. 손을 움직여 보았더니 몸속에 묘한 힘이 흐르는 것이 느껴졌다. 마치 공기 중에서 흘러들어온 것 같았다. 그는 심호흡을 했다. 통증이 없었다.

숨을 쉴 때마다 기운이 더 많이 돌아오는 것 같았다. 살갗이 찌릿찌릿했다. 얼굴에 닿는 빛과 그림자의 섬세한 무게가 느껴졌다. 그는 침대에서 몸을 일으켜 침대 옆의 벽에 등을 기댄 채 반쯤 앉은 자세를 취했다. 이제 문 밖의 모습이 보였다.

긴 잠을 자고 일어나 기운이 나는 것 같았다. 늦봄 또는 초여름…… 풍경을 보니 아무래도 초여름이지 싶었다. 뒷마당의 커다란 느릅나무 이파리들이 풍요롭게 반짝였다. 그 느릅나무 그늘은 그도 전에 경험한 적이 있는 깊이와 서늘함을 담고 있었다. 공기가 진하게 느껴졌다. 풀과 이파리와 꽃의 향기로운 냄새에 묵직함이 잔뜩 섞여서 그 향기들을 허공에 묶어두고 있었다. 그는 다시 숨을 들이쉬었다. 깊숙이. 긁히는 것 같은 자신의 숨소리가 들리고, 여름의 달콤함이 허파 속에 쌓이는 것이 느껴졌다.

또한 그 들숨과 함께 자신의 안쪽 깊숙한 곳 어딘가가 움직이는 것이 느껴졌다. 그 움직임은 뭔가를 멈추게 하고, 그의 머리를 움직일 수 없게 고정해버렸다. 하지만 이내 그 느낌이 사라졌다. 그는 생각했다. 그래, 이런 느낌이구나.

이디스를 불러야겠다는 생각이 들었다. 하지만 이내 자신이 그녀를 부르지 않을 것임을 깨달았다. 죽음은 이기적이야. 그는 생각했다. 죽어가는 사람은 혼자만의 순간을 원하지. 아이들처럼.

그는 다시 숨을 쉬었지만, 그의 몸 안에서 뭐라고 꼭 집어 말할 수 없는 차이가 느껴졌다. 자신이 뭔가를 기다리고 있는 것 같았다. 어떤 지식 같은 것을. 세상 모든 시간이 자신의 것인 양 느긋해도 될 것 같았다.

멀리서 웃음소리가 들리자 그는 그쪽으로 고개를 돌렸다. 학생들 몇 명이 뒷마당 잔디밭을 가로질렀다. 어딘가로 서둘러 가고 있는 것 같았다. 그들의 모습이 또렷이 보였다. 모두 세 쌍이었다. 여학생들은 팔다리가 길었으며, 가벼운 여름옷을 입은 모습이 우아했다. 남학생들은 즐겁고 경이로운 표정으로 여학생들을 바라보고 있었다. 그들은 잔디밭에 거의 발이 닿지 않을 정도로 가볍게 걸었다. 그래서 그들이 있던 자리에는 아무런 흔적이 남지 않았다. 그는 시야를 점점 벗어나는 그들을 지켜보았다. 그들이 사라진 뒤에도 오랫동안 웃음소리가 들려왔다. 조용한 여름날 오후에 어딘가 멀리서 아무것도 모른 채 터뜨리는 웃음소리.

넌 무엇을 기대했나? 그는 다시 생각했다.

기쁨 같은 것이 몰려왔다. 여름의 산들바람에 실려온 것 같았다. 그는 자신이 실패에 대해 생각했던 것을 어렴풋이 떠올렸다. 그런 것이 무슨 문제가 된다고. 이제는 그런 생각이 하잘것없어 보였다. 그의 인생과 비교하면 가치 없는 생각이었다. 그의 의식 가장자리에 뭔가가 모이는 것이 어렴풋하게 느껴졌다. 눈에 보이지는 않았지만, 그들이 있다는 것을 알 수 있었다. 그들은 좀 더 생생해지려고 힘을 모으고 있었지만, 그는 볼 수도 들을 수도 없었다. 자신이 그들에게 다가가고 있음을 그는 알고 있었다. 하지만 서두를 필요는 없었다. 원한다면 그들을 무시할 수도 있었다. 세상의 모든 시간이 그의 것이었다.

주위가 부드러워지더니, 팔다리에 나른함이 조금씩 밀려들었다. 자신의 정체성에 대한 감각이 갑작스레 강렬하게 그를 덮쳤다. 그 힘이 느껴졌다. 그는 그 자신이었다. 그리고 과거의 자신을 알고 있었다.

그는 고개를 돌렸다. 협탁 위에 오랫동안 손도 대지 않은 책들이 쌓여 있었다. 그는 잠시 손으로 책들을 만지작거렸다. 가늘어진 손가락, 관절의 섬세한 움직임이 놀라웠다. 그 안의 힘이 느껴져서 그는 탁자 위에 어지럽게 쌓여 있는 책 더미에서 손가락으로 책 한 권을 뽑아냈다. 그가 찾고 있던 그 자신의 책이었다. 손에 그 책을 쥔 그는 오랫동안 색이 바래고 닳은 친숙한 빨간색 표지를 향해 미소를 지었다.

이 책이 망각 속에 묻혔다는 사실, 아무런 쓸모도 없었다는 사실은 그에게 별로 중요하지 않았다. 이 책의 가치에 대한 의문은 거의 하찮게 보였다. 흐릿하게 바랜 그 활자들 속에서 자신의 모습을 찾게 될 것이라는 환상은 없었다. 하지만 부정할 수 없는 그의 작은 일부가 정말로 그 안에 있으며, 앞으로도 있을 것이라는 사실은 알고 있었다.

그는 책을 펼쳤다. 그와 동시에 그 책은 그의 것이 아니게 되었다. 그는 손가락으로 책장을 펄럭펄럭 넘기며 짜릿함을 느꼈다. 마치 책장이 살아 있는 것 같았다. 짜릿한 느낌은 손가락을 타고 올라와 그의 살과 뼈를 훑었다. 그는 그것을 어렴풋이 의식했다. 그러면서 그것이 그를 가둬주기를, 공포와 비슷한 그 옛날의 설렘이 그를 지금 이 자리에 고정시켜주기를 기다렸다. 창밖을 지나가는 햇빛이 책장을 비췄기 때문에 그는 그곳에 쓰인 글자들을 볼 수 없었다.

손가락에서 힘이 빠지자 책이 고요히 정지한 그의 몸 위를 천천히, 그러다가 점점 빨리 움직여서 방의 침묵 속으로 떨어졌다.

〈끝〉

옮긴이의 말

세월의 뒤안길에서 돌아와 거울 앞에 선 누이 같은 소설.

옮긴이 말을 어떻게 써야 할까 고민하다가 문득 떠오른 말이다. 막상 생각해내고 보니 딱이라는 생각이 들었다. 오랫동안 주목받지 못하다가 뒤늦게 사람들의 눈에 띄었다는 점이 그렇고, 화려한 장식 같은 것 없이 수수하다는 점도 그렇고, 읽고 나면 애잔해지는 것도 그렇다.

1965년에 출간된 이 소설은 거의 50년이 흐른 뒤에야 미국이 아닌 유럽에서 베스트셀러 반열에 올랐다. 주인공만큼이나 참을성이 많은 작품이라고나 할까.

하지만 스토너의 삶은 누군가의 지적처럼 '실패'에 더 가깝다고 볼 수도 있다. 그는 학자로서 명성을 떨치지 못했고, 교육자로서 학생들의 인정을 받지도 못했으며, 사랑에 성공하지도 못했다. 그는 선하고 참을성 많고 성실한 성격이었으나 현명하다고 하기는 힘들었다. 불굴의 용기와 지혜로 난관을 극복하기보다는 조용히 인내하며 기다리는 편이었다. 21세기 한국의 독한 이야기들에 익숙해진 나는 종종 가슴을 쳤다. '이 사람아, 왜 당하고만 있어. 찍소리라도 내봐야지. 딸을 위해서라도, 사랑하는 캐서린을 위해서라도.' 나는 끊임없이 상상했다. 스토너가 악의 무리(이디스, 로맥스, 찰스 워커)를 놀라운 지혜와 용기로 무찌르고 사랑하는 사람들(딸과 캐서린)을 행복의 세계로 이끄는 상상.

하지만 작가와 스토너는 끝까지 나의 기대를 배반했다. 스토너는 계속 참기만 하는데 악의 무리는 승승장구했다. 상황을 단번에 바꿔주는 극적인 반전은 끝내 나오지 않았다. 나는 몹시 아쉬워하다가 결국 깨달았다. 독한 삶이든, 화려한 삶이든, 스토너처럼 인내하는 수수한 삶이든 마지막에 남는 질문은 똑같다는 것. 그는 죽음을 앞둔 병상에서 같은 질문을 몇 번이나 되뇐다. "넌 무엇을 기대했나?"

스토너의 삶이 애잔하지만 그를 섣불리 실패자로 낙인찍을 수 없는 것은 바로 이 질문 때문이다. 그는 삶을 관조하는 자였다. 오랜 세월이 흐른 뒤 거울 앞에 선 누이처럼. 그가 자신의 실수 또는 남의 잘못으로 인해 겪는 고난은 누구나 살면서 몇 번이나 겪게 마련인 고난의 사례일 뿐이다.

여기에 작가가 인터뷰에서 했다는 말이 완전히 새로운 시각을 제시해주었다. "나는 그가 진짜 영웅이라고 생각합니다. 이 소설을 읽은 많은 사람들이 스토너의 삶을 슬프고 불행한 것으로 봅니다. 하지만 내가 보기에 그의 삶은 아주 훌륭한 것이었습니다. 그가 대부분의 사람들보다 나은 삶을 살았던 것은 분명합니다. 자신이 하고 싶은 일을 하면서 그 일에 어느 정도 애정을 갖고 있었고, 그 일에 의미가 있다는 생각도 했으니까요."

하, 이렇게 볼 수도 있구나 싶었다. 이런 시각에서 보면 스토너의 삶은 행복하다. 우리들 중에 자기가 좋아하는 일을 하면서 끝까지 애정을 잃지 않는 사람이 과연 얼마나 될까. 그래서 작가 윌리엄스는 이 소설을 슬프다고 생각하는 독자의 반응에 오히려 놀랐다고 한다. "몇 주 전 어느 날 오후에 내 원고를 타자기로 쳐주고 있는 학생(역사학과 3학년이고 상당히 평범한 학생이라고 할 수 있습니다)에게 다가갔더니, 15장의 타이핑을 마무리하면서 눈물을 줄줄 흘리고 있었습니다. 그 아이를 영원히 사랑해줘야겠습니다." 하하.

우리나라 독자들은 이 작품을 과연 어떻게 받아들일지 궁금하다. 나처럼 가슴을 칠까, 작가처럼 스토너를 영웅으로 볼까. 하지만 어느 쪽이든 이 소설을 끝까지 읽고 나면 저마다 생각에 잠길 수밖에 없을 것 같다. '나는 과연 내 인생에서 무엇을 기대했나? 무엇을 기대하고 있나?' 하고. 자꾸 독하고 그악스러운 이야기에만 익숙해지고 있는 우리에게는 이런 성찰이 무엇보다 필요하다.

역자 김승욱

스토너

1판 1쇄 발행 2015년 1월 2일
1판 27쇄 발행 2024년 9월 24일

지은이 존 윌리엄스
옮긴이 김승욱

발행인 양원석
편집장 김건희
영업마케팅 양정길, 정다은, 윤송, 김지현, 한혜원
펴낸 곳 ㈜알에이치코리아
주소 서울시 금천구 가산디지털2로 53, 20층 (가산동, 한라시그마밸리)
편집문의 02-6443-8902   **도서문의** 02-6443-8800
홈페이지 http://rhk.co.kr
등록 2004년 1월 15일 제2-3726호

ISBN 978-89-255-5499-0 (03840)